KNAUR

Über die Autorin:
Kirsten Rick, 1969 geboren, wuchs in einem kleinen Dorf nahe Hamburg auf. Sie studierte Kulturwissenschaften in Lüneburg und hat als Redakteurin für verschiedene Zeitschriften gearbeitet, von »Amica« bis zum »Hamburger Abendblatt Magazin«. Kirsten Rick veröffentlichte zahlreiche Kurzgeschichten und mehrere erfolgreiche Romane; sie lebt mit Mann und Kindern in Hamburg.

Kirsten Rick

Tapeten wechsel

Roman

KNAUR

Besuchen Sie uns im Internet:
www.knaur.de

Wenn Ihnen dieser Roman gefallen hat und Sie auf der Suche sind nach ähnlichen Büchern, schreiben Sie uns unter Angabe des Titels »Tapetenwechsel« an: frauen@droemer-knaur.de

FSC
www.fsc.org
MIX
Papier aus verantwortungsvollen Quellen
FSC® C083411

Originalausgabe Juli 2013
Knaur Taschenbuch

Ein Unternehmen der Droemerschen Verlagsanstalt
Th. Knaur Nachf. GmbH & Co. KG, München

Redaktion: Albrecht Barke
Umschlaggestaltung: ZERO Werbeagentur, München
Umschlagabbildung: © Image Source/Corbis; FinePic®, München
Satz: Adobe InDesign im Verlag
Druck und Bindung: CPI – Clausen & Bosse, Leck
Printed in Germany
ISBN 978-3-426-51273-9

2 4 5 3 1

Prolog

Man muss auch mal ins kalte Wasser springen. Meine Worte. Mein Lebensmotto. Das habe ich oft genug zu anderen gesagt, ob sie es nun hören wollten oder nicht. Natürlich war das symbolisch gemeint. Nie, nie, nie habe ich dabei an echtes Wasser gedacht. Und wenn, dann vielleicht höchstens an den Pool eines Wellness-Resorts – obwohl: Wenn dort das Wasser kalt gewesen wäre, hätte ich mich wahrscheinlich sofort bei der Geschäftsleitung beschwert.

Aber jetzt bin ich in keinem Wellness-Resort, sondern auf der »New Orleans Queen«, einer Art Schaufelraddampfer, der auf der Elbe auf und ab schippert und dabei ungefähr so deplaziert aussieht wie ein Marzipanschweinchen auf einem Matjesbrötchen. Der Chefredakteur des Lifestyle-Magazins Ancilla hat den schwimmenden Touristenmagneten gebucht, um die neueste Erfolgsmeldung angemessen zu feiern: über dreihunderttausend verkaufte Exemplare! Angemessen heißt: mit Anzeigenkunden, Clarks immens wichtigen Freunden aus dem Showbiz und dem Rotlichtmilieu und mit der Redaktion. Ich bin Redakteurin bei Ancilla. Leitende Redakteurin. Vielfache Ressortleiterin. Entertainment, Lust & Liebe, Reise, Gesundheit, Essen & Trinken – alles meins. Das klingt so, als wäre ich wichtig. Bin ich auch. Zumindest in dem Ancilla-Kosmos, dieser Welt aus Glitzer und Glamour, teuren Abendroben und noch teureren Nachtcremes, Bambi-, Echo-, Gold- und Was-weiß-ich-Verleihungen, akzentuierten Verwöhnmomenten und exklusiven Genussstrategien. Ich mache mich gut in dieser Welt. Mein Kleid schmiegt sich elegant an meinen mit kostbaren Produkten gepflegten Körper, in meinem Glas prickelt Champagner, und ich lehne mich sehr dekorativ gegen die Reling. Kate Winslet in »Titanic« ist gegen mich so unscheinbar wie ausgeleierter Doppelripp. Ich passe hierher, auf diesen aufgetakelten, bunt beleuchteten Kahn, zwischen die Mediengestalter und -gestalten. Ich bin eine von ihnen. Ich bin dort, wo ich immer sein wollte. Bin das, was ich immer sein wollte.

Aber es fühlt sich nicht mehr richtig an.

Das soll alles sein? Ist mir das hier wirklich wichtig?

Ich starre ins Elbwasser. Das sieht nicht nur kalt aus, sondern vor allem dreckig. Wer weiß, wo das herkommt und was da alles drin herumschwimmt. Fische mit drei Köpfen, vor Jahrzehnten ertrunkene und von Schiffsschrauben zerkleinerte Taucher, Lack- und Lösungsmittelreste aus den Docks der Werften …

Ach was. Soll doch inzwischen ganz gut sein, das Elbwasser. Hin und wieder wird sogar ein »Elbe-Badetag« veranstaltet. Nicht, dass ich je dabei gewesen wäre. Ich meide Volksfeste. Aber ich habe mal ein Bild in der Zeitung gesehen: ein Mann mit beeindruckendem Bauchansatz und sehr kleiner Badehose vor gigantischem Containerschiff. Animierend war das Bild nicht gerade.

Ich nehme noch einen Schluck Champagner und nicke leicht abwesend Clark, meinem Chefredakteur, zu. Wir schippern an der Hafenstraße vorbei, den ehemals besetzten Häusern. Die Kolleginnen aus dem Mode-Ressort lästern.

»Hätte man einfach abreißen sollen, diese hässlichen verfallenen Dinger. Und dann die Schmierereien! Ist ja grauenhaft! Diesen Leuten fehlt jegliches Gefühl für Stil und Ästhetik!«

Ich denke an das Haus, in dem ich wohne, ein paar Straßen dahinter. Ob es noch steht, wenn ich wiederkomme? Und wenn ja, steht es dann morgen auch noch? Und nächste Woche? Nächsten Monat? Diese Fragen sind nicht unbegründet.

Geblendet von der ganzen Glitzerwelt, im Sog der Deadlines und gesellschaftlichen Verpflichtungen, hatte ich fast vergessen, was mir wirklich wichtig ist: mein Zuhause.

Mir ist, als hinge ich zwischen zwei Welten. Eine bildschön, begehrenswert, voller Annehmlichkeiten. Diese Welt braucht mich nicht, aber ich dachte immer, ich brauche sie. Die andere Welt: unvollkommen, bröckelig, leicht angeschmuddelt. Aber auch liebenswert. Eine, zu der ich nie dazugehören wollte. Die mir egal, sogar etwas lästig war – bis sie mich in ihren Bann zog. Die echte Welt. Sie ist in höchster Not, sie braucht mich jetzt. Vielleicht kann ich sie retten. Ich muss mich entscheiden.

Probeweise lasse ich das Glas ins Wasser fallen. Das geht ganz leicht – einfach den Stiel loslassen und schwups. Es ist sofort weg. Ein Containerschiff der »Grimaldi«-Linie kommt uns entgegen, groß und hässlich wie ein Baumarkt, nur höher.

Man muss auch mal ins kalte Wasser springen. Mein Motto.

Und jetzt?

Soll ich springen?

Teil 1:

Anfangen

1. Kapitel

Das ist meine große Chance: Mein Traumjob ist zum Greifen nah. Der Chefredakteur von Ancilla hat mich zum Vorstellungsgespräch eingeladen. Ancilla ist die Nummer eins der Glamour-Fashion-Hochglanzmagazine. Da will ich hin.

Bislang, in meinem Job bei der »Lüneburger Landeszeitung«, konnte ich mich nicht so richtig entfalten. Hier ein kleiner Skandal im Kirchenvorstand, dort die Einweihung eines neuen Kliniktraktes, dann mal ein vergiftetes Zuchtkaninchen – so richtig glamouröse Themen waren dort selten. Daher habe ich nebenbei eine Wochenendbeilage entwickelt und mit allem gefüllt, was nichts mit dem schnöden Alltag zu tun hatte. Stars (oder solche, die zumindest im Umkreis von dreißig Kilometern leidlich bekannt waren), Mode (oder was man in der Kleinstadt dafür hält), Schminktipps – eigentlich habe ich versucht, die Ancilla nachzubauen. In Schwarzweiß auf Zeitungspapier statt in Hochglanz. Für mich war das Ergebnis ziemlich unbefriedigend, aber bei den Lesern kam es gut an. Die besten Texte daraus habe ich jetzt in meiner Mappe, die steckt in meiner Tasche, und die klemme ich mir fest unter den Arm.

Der Job ist perfekt für mich, das spüre ich. Jetzt muss ich beweisen, dass ich auch perfekt für diesen Job bin. Zeigen,

dass ich mehr kann, als auf Pudel-Champion-Ehrungen eine gute Figur zu machen, enthüllende Interviews über den schlechten Zustand der Grundschulturnhalle zu führen oder über die Tatsache, dass der Kassenwart des Schützenvereins die Einnahmen veruntreut hat.
Mit hocherhobenem Kopf und gestrecktem Rücken gleite ich geschmeidig durch die Drehtür des Verlagsgebäudes. Ich bin bereit zum Sprung – wie eine Raubkatze, die ein neues Revier erobert. Zumindest äußerlich. Innerlich bin ich eher eine Hauskatze, die sich fragt, ob es ihr zusteht, auf das Sofa zu springen. Immerhin.
Die Haare der Empfangsdame schlängeln sich wie dichte Lianen um ihren Kopf. Ihre Augen funkeln wie exotische Schmetterlinge. Das mag am großzügig aufgetragenen Lidschatten liegen. Ich mache mir in meinem Kopf eine Notiz: mehr Make-up auflegen! Im Dschungel gilt es aufzufallen.
»Zu wem möchten Sie?«, fragt der Schmetterling.
»Ich bin Katrin Weilrich und ich habe einen Termin bei Ancilla. Mit dem Chefredakteur«, sage ich mit möglichst fester Stimme.
Die Empfangsdame flattert mit den Schmetterlingsflügel-Augendeckeln und wendet mit ihren perfekt lackierten Fingernägeln grazil eine Liste hin und her.
»Ah ja, Sie sind angemeldet. Dritter Stock, in der Halle die Wendeltreppe hoch, rechts um die Ecke die Galerie entlang, dann die zweite Tür links. Aber erst müssen Sie dies hier ausfüllen.« Sie schiebt mir einen Block und einen Kuli zu. Ich trage meinen Namen ein, die Uhrzeit und den Grund meines Besuchs und erwäge noch kurz, den Mädchennamen meiner Urgroßmutter, meinen Aszendenten und noch ein paar wichtige Daten, die

mich eindeutig als harmlosen Menschen ausweisen, hinzuzufügen. Die Rubrik »Verlassen des Gebäudes um … Uhr« irritiert mich. Woher soll ich denn das wissen? Und: Ich will doch gar nicht wieder gehen, ich will bleiben.
Die Schmetterlingsfrau kann Gedanken lesen. »Das fülle ich nachher aus«, beruhigt sie mich. »Hier ist Ihr Gästeausweis, den tragen Sie bitte deutlich sichtbar am Körper. Ich melde Sie telefonisch an. Viel Spaß!«
Ich bin zu stolz, noch mal nach dem Weg zu fragen, und gehe zum Fahrstuhl. Neben dem Knopf mit der Drei klebt ein Schild mit der Aufschrift Ancilla. Geht doch. Sobald der gläserne Fahrstuhl außer Sichtweite der Empfangsdame ist, lasse ich den Gästeausweis unauffällig in meiner Tasche verschwinden. Ich will kein Gast sein, ich will dazugehören.

Als ich aus dem Fahrstuhl trete, galoppiert eine Horde Gazellen an mir vorbei. Langbeinige Grazien, wunderschön anzusehen. Bestimmt aus dem Mode- oder Beauty-Ressort. Sie folgen einer Art Kreuzung aus Kaffernbüffel und Hyäne: einem nicht gerade großen Mann, dessen schlaffes Doppelkinn als eindrucksvolle Hautfalte herunterhängt. Seine für sich genommen schönen, großen, geraden Zähne dominieren sein Gesicht und bilden einen reizvollen Kontrast zu seinem nur unregelmäßig sprießenden, vermutlich einst lockigen Haupthaar, in das sich die Jahresproduktion eines Olivenölbauern verirrt zu haben scheint. Auf seinen kurzen Beinen bewegt er sich erstaunlich flink. Er scheint mich gesehen zu haben, ändert seine Laufrichtung und schnellt direkt auf mich zu.
»Na, Schätzchen, was willst du denn hier?«, fragt er frech.

Er legt seinen Kopf leicht in den Nacken und bleckt die Zähne.
»Ich wüsste nicht, was Sie das angeht. Gehen Sie lieber wieder mit Ihren Puppen spielen«, antworte ich kühl. Ich lächle dabei distanziert-freundlich, denn schließlich will ich potenzielle neue Kollegen nicht verschrecken. Ich bin stolz auf mich. Eine schlagfertige Antwort genau im richtigen Moment abfeuern zu können ist selten. So selten wie unrasierte weibliche Beine in der Bikinisaison. Aber es ist weitaus cooler.
Der Büffel guckt verblüfft. Die Gazellen kichern nervös. Vielleicht bin ich zu weit gegangen. Ach Quatsch. Er ist zu weit gegangen. Er grinst und dreht ab. Ich bin erleichtert. Komischer Typ. Was der hier wohl für einen Job hat? Egal. Kann ja so doll nicht sein, bei dem Benehmen. So etwas Respektloses! Innerlich zittere ich ein wenig, vor Wut und Anspannung, die sich auch nicht wieder lösen will. Aber ich lasse mir nichts anmerken. Ich muss die Nerven behalten. Ich bin ganz kurz vorm Ziel.
Meine Freundin Eva hat mir das Vorstellungsgespräch bei Ancilla vermittelt. Solche Jobs werden nicht in Zeitungen inseriert, die werden so vergeben. Über Kontakte. Bei ihrem letzten Besuch bei mir nahm sie ein paar der von mir entwickelten Wochenendbeilagen mit und zeigte sie jemandem. Sie kennt sehr, sehr viele Menschen, die »was mit Medien« machen.
»Die Dinger sind das beste Bewerbungsmaterial«, hat sie gesagt. Und dann kam die Einladung zum Vorstellungsgespräch.

»Hallo, bist du Katrin?«
Ich habe die Frau gar nicht bemerkt, die soeben neben mir

aufgetaucht ist, und schrecke zusammen. Sie trägt ein weiches, eng anliegendes Strickkleid und ein ebenso kuscheliges Lächeln.
»Du kommst zum Vorstellungsgespräch, nicht wahr?«
»Genau«, antworte ich.
Sie reicht mir ihre Hand, das Armband daran klingelt einladend. »Ich bin Maria, Assistentin des Chefredakteurs. Ich bringe dich zu ihm.«
»Danke«, antworte ich, bin aber leicht irritiert darüber, dass Maria mich wie selbstverständlich duzt. Vielleicht hält sie mich für eine Praktikantin?
Mit kleinen, sicheren Schritten geht Maria vor mir die steile Wendeltreppe hinauf, die mitten im Foyer steht und zu einer Galerie führt. Die Treppe sieht filigran, elegant und dabei gleichzeitig tückisch aus. Wäre dies hier eine Soap, wäre dies der Ort, an dem Intrigen geschmiedet und ausgeführt werden. »I don't do stairs« ist mein Lieblingszitat von Mariah Carey; keine Treppen, diese Regelung lässt sich die Diva angeblich sogar in alle Verträge schreiben. Durchaus sinnvoll, finde ich, als ich versuche, Maria zu folgen.
»Halt dich besser fest!«, ruft sie mir lässig über die Schulter zu. »Die Treppe ist nichts für Anfänger.«
Pah, Anfänger, denke ich, ich bin Profi, ich bin gut, ich werde doch wohl eine Treppe hinaufgehen können. Die Stufen sind durchsichtig, dazwischen sind große Löcher, es ist, als würde man auf einer Pyramide aus Champagnergläsern balancieren. Aber ich schaffe es, komme heil oben an. Auch ohne anfassen.
Ich folge Maria den Gang entlang. An den Wänden hängen riesige gerahmte Fotos. Models in extravaganten Outfits, aufgenommen an den schönsten Orten der Welt.

Auf einem der Fotos steht ein unwirklich attraktives weibliches Wesen am Rande einer Klippe. Ein Hauch von Chiffon umhüllt die grazile Erscheinung. Sie hebt die Arme, ist ganz kurz davor, mit einem eleganten Kopfsprung in das Meer einzutauchen, das sich mindestens fünfzehn Meter unter ihren Füßen (und deshalb bestimmt siebzehn Meter von ihrem Kopf entfernt) geheimnisvoll kräuselt. Eisig sieht es aus, das Meer, schwere Wolken verdunkeln den Himmel auf dem Bild. Man muss auch mal ins kalte Wasser springen, denke ich und kann mich sofort mit dem Model identifizieren. Disziplin ist alles in dem Job.
Maria bringt mich in ein großes Büro, dessen eine Seite komplett verglast ist. Dahinter liegt eine Dachterrasse, von der aus man einen Blick über halb Hamburg hat. An der anderen Wand hängen mehrere Gemälde. Darauf: Frauenbeine. Die Füße der kopf-, rumpf- und unterleibslosen Damen stecken in roten Lackpumps.
»Die sind von mir«, höre ich hinter mir einen Mann sagen. Ich drehe mich rasch um – und stehe Auge in Auge mit dem Büffel. Dem Mann, den ich eben noch lässig abgefertigt habe. Hoffentlich ist er nicht nachtragend. Ich senke meinen Blick, um meine Verlegenheit zu kaschieren. Eine völlig falsche Strategie, denn ein gesenkter Blick signalisiert ja Verlegenheit, aber dabei fallen mir seine Cowboystiefel auf und ein neuer Spruch ein. Die Situation ist eh schon so peinlich, dann kann ich ja noch einen draufsetzen.
»Die Pumps tragen Sie aber nur privat, oder?«, frage ich mit meinem süßesten Lächeln und zeige dabei auf die Bilder.
Der gleiche verblüffte Blick wie vorhin. Er ist es anschei-

nend nicht gewohnt, dass Frauen schlagfertig sind. Ehrlich gesagt: In diesem Maße bin ich es von mir auch nicht gewohnt. Aber meinetwegen kann das so weitergehen.

Der Büffel guckt auf die Bilder, dann auf seine Cowboystiefel.

»Ich, äh, nein, privat, nein, das sind nicht meine Beine, ich meinte, ich habe die Bilder gemalt«, stammelt er. Doch dann fängt er sich wieder und streckt mir seine Hand entgegen. »Ich bin Clark. Ich bin hier der Chefredakteur. Und du bist wahrscheinlich Katrin, meine neue Entertainment-Redakteurin.«

Sein Händedruck fühlt sich an wie frischer Hefeteig.

»Ja, genau. Die bin ich«, antworte ich und hoffe, dass das stimmt. Das soll mein Vorstellungsgespräch gewesen sein? Ich hab den Job? Das ging ja schneller, als bei eBay ein gefälschtes Designerstück zu kaufen.

»Na, das wollen wir erst mal sehen«, sagt der Büffel Clark mit skeptischem Oberarzt-Ton. Ich habe also keinen Grund, entspannt zu sein. Ich will den Job. Aber wenn er jetzt gleich mit »Machen Sie sich mal bitte obenrum frei« kommt, dann gehe ich. Doch Clark ist ein klitzeklein wenig seriöser. Ich reiche ihm die Mappe mit meinen Arbeitsproben, die er schnell wie ein Daumenkino durchblättert. Dann lässt er sich auf seinen Ledersessel fallen, legt die Füße auf den swimmingpoolgroßen Schreibtisch und beginnt zu reden. Am Anfang höre ich noch zu. Er entwickelt großartige Visionen, wohin er mit dem Heft will, wie glamourös und glamouröser alles werden soll, welche raffinierten journalistischen Einfälle er hat. Er redet von Reichweiten und Mediawerten, wirft mit Millionen und Namen um sich wie jemand, der nie staubsaugen muss, mit Konfetti. Vorsichtig sehe ich mich nach einer

Sitzgelegenheit um, es scheint ja ein wenig länger zu dauern. Das werte ich als gutes Zeichen. Ganz langsam setze ich mich auf die Kante des Sofas. Besetzungscouch, denke ich und gebe acht, nur das Nötigste meines Körpervolumens mit dem zweifelhaften Möbel in Kontakt kommen zu lassen.

»Maaaariiiiiiaaaaa!«, brüllt Clark plötzlich los. Ich zucke zusammen, aber mich kann er ja nicht meinen. »Kaaaaffeeeeeee!«

Clark ist immer noch in seinen Vortrag vertieft, als Maria, die Assistentin, ein Tablett mit zwei Kaffeespezialitäten hereinträgt. Clark nimmt sich den Becher mit der Aufschrift: »Bitte nicht stören – Genie beim Arbeiten«. Mir reicht Maria den anderen. Ich nippe vorsichtig. Von Kaffee bekomme ich Pickel, wortwörtlich. Das Koffein sucht sich einen denkbar ungeeigneten Weg, meinen Körper zu verlassen: durch die Poren an meinem Kinn. Morgen früh werde ich in den Spiegel gucken und eine Streuselschnecke sehen.

Clark redet weiter. Ich nicke zustimmend, sage aber kein Wort. Er ist einer dieser Männer, die sich selbst am liebsten zuhören. Schon der Klang seiner eigenen Stimme erregt ihn, das kann ich sehen, seine Hand zuckt verdächtig, er muss sich zurückhalten, damit er sich nicht die Eier krault. Ihn zu unterbrechen wäre für ihn ein Coitus interruptus, das wäre der größte Fehler, den ich machen könnte. Ich nicke also freundlich, murmle zustimmende »Hms« und warte, bis er fertig ist. Eine Taktik, die im Bett beim Liebesspiel nur in seltenen Fällen empfehlenswert ist, bei Vorstellungsgesprächen aber durchaus wirkungsvoll. Hin und wieder ist es ja auch ganz interessant, was er sagt: Er verspricht mir Interviewreihen mit Megastars an exotischen

Orten (unrealistisch, das weiß ich jetzt schon), originelle Kolumnen (Plagiate aus dem *Sunday Times Magazine*, aber durchaus reizvoll) und das Blaue vom Himmel, als müsste er mich davon überzeugen, diesen Job doch bitte, bitte, bitte anzunehmen. Er preist den *spirit* von Ancilla und fragt dann, völlig ohne Zusammenhang: »Könntest du sofort anfangen?«

»Klar«, antworte ich. Ich bin baff. So leicht ist das, einen Traumjob zu bekommen?

Clark fängt meinen verdutzten Blick auf und bleckt seine schönen Zähne zu einem breiten Grinsen.

»Glaub ja nicht, dass du auch nur ein Quentchen einer Chance gehabt hättest, wenn du dich hier *beworben* hättest. Diese Kriecherei und Einschleimerei kann ich nicht leiden. *Ich habe dich entdeckt!*« Er wippt zufrieden mit seinen Cowboystiefeln.

»Okay, schreib mir bis Montagmorgen fünfzehntausend Zeichen über Paul Monnay und sein neues Weltmusikprojekt. Dein Interviewtermin mit Paul ist am Samstagabend um neunzehn Uhr in seinem Studio am Starnberger See. Und dann sehen wir weiter.«

»Heißt das: Ich hab den Job?«, frage ich.

»Ich sagte: Dann sehen wir weiter«, wiederholt Clark. »Hopp, hopp, es ist Freitagnachmittag, du hast noch einiges zu tun.« Er wedelt mit der Hand, als wollte er eine lästige Schmeißfliege vertreiben. Wäre er ein Kaffernbüffel, denke ich, hätte er dafür mit dem Schwanz gewedelt. Ich bin ganz froh, dass er kein Kaffernbüffel ist.

Als Maria mir den Schlüssel für den Firmenwagen gibt, fühle ich mich gut. Zwar muss ich ausgerechnet Paul Monnay treffen, einen ziemlich durchgenudelten Schlagersänger, der sich nach dem gescheiterten Versuch eines Image-

wechsels zum Rocker jetzt der Weltmusik hingibt, aber immerhin! Mein erster Text für Ancilla!
Da fällt mir ein: Am Wochenende ziehe ich ja auch um …
Aber das schaffe ich schon beides.
Irgendwie.

2. Kapitel

Nö, gute Frau, das passt nicht«, sagt der schlaksige Angestellte des Umzugsunternehmens. Er kratzt sich dabei unter seiner speckigen Baseballkappe, als wolle er ein paar Gehirnzellen aufwecken. Das scheint jedoch nichts zu nützen, er guckt weiterhin so intelligent wie ein Toastbrot mit Butter und macht keinerlei Anstalten, mein Bett in meine neue Wohnung zu tragen. Sein dicklicher Kollege grunzt zustimmend, die Entwicklungsstufe des Spracherwerbs scheint er noch nicht erreicht zu haben. Nun habe ich von professionellen Umzugshelfern auch keine anregenden philosophischen Gespräche erwartet, aber doch immerhin, dass es ihnen gelingt, meine Möbel von A nach B zu bringen. Wobei B in diesem Fall meine neue Wohnung ist, die nur durch ein zugegebenermaßen etwas enges Treppenhaus zu erreichen ist. Durch ein enges, verwinkeltes und dringend renovierungsbedürftiges Treppenhaus, in dem es ein wenig aufdringlich nach Kohlrouladen und einem Hauch Pumapisse riecht.

Ich frage mich, ob ich mir nicht doch eine vernünftige Wohnung hätte suchen sollen. Die Antwort ist leicht: hätte ich. Doch stattdessen habe ich mich von meiner Freundin Eva beschwatzen lassen und ihre Butze samt Mietvertrag übernommen. Eva musste kurzfristig nach São Paulo, sie hat dort einen Job beim Goethe-Institut bekom-

men und wollte schon immer dort leben. Davor wollte sie aber schon immer in St. Pauli leben, in einer, wie ich jetzt feststelle, winzig kleinen Wohnung mit schiefen Wänden und zwei Zimmern, von denen eines erst noch ein bisschen wachsen müsste, bis ich es als ein solches bezeichnen würde.
Ich hatte ihre Wohnung etwas anders in Erinnerung. Als ich sie vor ein paar Monaten besucht habe, führte Eva mich durch drei großzügige Zimmer auf eine Dachterrasse. Bodentiefe Fenster, Parkett, Fußbodenheizung, und das alles über einer gediegenen Konditorei.
»Fühl dich wie zu Hause«, hatte Eva gesagt, »ich tue es ja auch.« Ein ungewöhnlicher Satz, wenn man über sein eigenes Zuhause spricht, fällt mir im Nachhinein auf. Und dann erwähnte sie, glaube ich, mal, dass sie umziehen wolle. Oder dass sie irgendwo eine Wohnung zur Zwischenmiete hätte oder auf eine Katze aufpassen sollte oder was weiß ich. Aber ich dachte, sie meint damit São Paulo. Auf jeden Fall schwärmte sie von ihrer Wohnung, von dem Viertel und hat mir sozusagen alles als Komplettpaket mitsamt Job vermittelt.
»Da hast du alles, was du brauchst«, meinte sie. Warum hätte ich da widersprechen sollen?
Jetzt muss aber erst mal mein Bett in meine Rotlichtviertelbehausung. Es handelt sich dabei nicht um irgendein Bett, sondern um ein aus einem Stück geschweißtes Designerbettgestell. Es ist zwei Meter lang und 1,80 Meter breit, und man kann es nicht auseinandernehmen. Design eben, das muss nicht praktisch sein. Es sieht toll aus, reicht das etwa nicht?
Ich mache einen neuen Versuch, die Umzugsprofis zu motivieren (eine Reitpeitsche wäre vielleicht hilfreich), und

gebe Anweisungen, nach denen sie das sperrige Gestell durch das Treppenhaus manövrieren sollen. Schließlich ist es weder ein Nadelöhr noch ist mein Bett ein Kamel, und es wird den beiden Profis doch wohl möglich sein, ihren Job anständig zu machen. Mehr will ich ja gar nicht.
Das ist gelogen. Ich will mehr. Ich will immer mehr. Ich bin nie zufrieden, denn Zufriedenheit ist Stillstand und macht träge. Und wer träge ist, verfettet und erreicht nie etwas im Leben. Und wird niemals glücklich. Zufriedenheit ist nämlich nicht dasselbe wie Glück.
»Links hinten höher! Jetzt etwas rechts um die Ecke!«, kommandiere ich. Aber sie verwechseln rechts und links, und ich befürchte, wenn sie das Bett erst mal zwischen niedriger Decke, bröckeligen Wänden und wackeligem Geländer verkantet haben, gibt es kein Vor und Zurück mehr, man muss die Bewohner evakuieren und das ganze Haus abreißen. Das will ich nicht riskieren, deshalb tue ich etwas, was ich schon immer mal tun wollte. Ich lebe meine Allmachtsphantasien aus und schmettere den unfähigen Umzugshelfern ein scharfes »Sie sind gefeuert!« entgegen. Das fühlt sich gut an, irgendwie befreiend.
Die Herren tragen es mit Fassung, der Sprachbegabte murmelt irgendwas von »Zicke«. Sie lehnen das Bettgestell im Treppenhaus an die Wand, dabei fallen kleine bis mittelgroße Brocken Putz herab. Dann gehen sie, wortlos natürlich, an mir vorbei auf die Straße, entladen erstaunlich schnell den Lkw, wobei sie meine Sachen zu einem sperrmüllähnlichen Haufen auf dem Gehweg auftürmen, und brausen davon. Mir fällt ein, dass ich sie im Voraus bezahlt habe.
Andere würden jetzt anfangen zu heulen. Ich weiß das, weil sich auch bei mir ein Kloß im Hals bildet, meine Keh-

le verschließt und drauf und dran ist, meinen Tränendrüsen ein »Go« zu geben. Aber ich schlucke ihn hinunter. Heulen hilft nichts. Ist auch nicht mein Stil.
Dann mache ich das eben selbst. Ich nehme mir zwei Kisten und schleppe sie hoch zu meiner Wohnung, vorbei am Engpass Bettgestell in den dritten Stock. Geht doch.
Als ich wieder nach unten auf die Straße komme, untersuchen mehrere Menschen interessiert mein Hab und Gut. Vor allem die Arne-Jacobsen-Stühle und meine Kleiderkartons scheinen großen Anklang zu finden.
»Das ist kein Flohmarkt. Und zu verschenken gibt es hier auch nichts«, raunze ich die Schnäppchenjäger an.
»Ach schade, dabei hätte ich für das hier bestimmt einen guten Preis herausgeholt«, grinst mich ein Typ frech an und zeigt auf meinen Bräter von Le Creuset. Ich bin zwar in der Küche kein Universalgenie, aber mit dem schweren, gusseisernen Qualitätsteil kriege ich einen ganz passablen Braten hin. Das ist mir immerhin vor zwei Jahren mal gelungen. Seither habe ich nicht mehr für Gäste gekocht.
»Unterstehen Sie sich!«, herrsche ich den Mann an. Dann habe ich eine Idee. Der Kerl sieht ein wenig abgerissen aus, kaputte Jeans mit Farbklecksern drauf, Schuhe, die ihre besten Jahre ungefähr zur Zeit des Ersten Weltkriegs hatten, und ein T-Shirt mit der Aufschrift »MTV Ramelsloh«. Der kann etwas Geld bestimmt gut gebrauchen. »Ich gebe Ihnen fünf Euro, wenn Sie mir helfen, meine Sachen hochzutragen.«
»Das ist ja noch nicht mal Mindestlohn«, kontert er.
Aha, ein politisch Korrekter.
»Sie schaffen das ja wohl in weniger als einer Stunde«, antworte ich.

»Und Sie schaffen das auch alleine«, behauptet er. »Ich kann ja inzwischen auf die Sachen aufpassen.«
Er hat recht. Ich kann das alleine. Ich brauche keinen Mann, schon gar keinen, der sich mir widersetzt. Das hat jetzt nichts mit Emanzipation zu tun. Ich weiß auch gar nicht, warum darum so viel Gewese gemacht wird. Die Frauen sollen einfach mal machen. So wie ich. Einfach machen und dann klappt das auch.
Nach dem fünften Mal hoch und runter bin ich ganz schön aus der Puste. Mr. Politisch-Korrekt durchwühlt in Ruhe meine Bücherkiste und schüttelt hin und wieder amüsiert-missbilligend den Kopf. Arroganter Fatzke. Schnösel im Penner-Look. Ich mag ihn nicht. Nein. Er ist mir egal.
Ich habe mal gelesen, dass Yoko Ono ein Experiment mit drei Pflanzen gemacht haben soll: Beim Gießen hat sie bei der ersten an etwas Schönes gedacht und die Pflanze, wenn auch nur im Geiste, mit Komplimenten überhäuft (ehrlich gesagt, ich wüsste nicht, was für Komplimente ich einer Pflanze machen sollte), die zweite hat sie beim Gießen innerlich verflucht, bei der dritten hat sie an gar nichts gedacht. Und welche Pflanzen wuchsen am besten? Die erste und die zweite! Das beweist also, dass Pflanzen sogar negative Energien für sich nutzen können. Und was Pflanzen können, können unsympathische Mitmenschen bestimmt erst recht, deshalb gehe ich besser nicht verschwenderisch mit meinen negativen Energien um, sondern nutze meine letzten Kräfte, um meinen Geldbaum die Treppen hochzuwuchten.
Als ich wieder auf die Straße taumele, um die endgültig letzte Kiste ins Haus zu schleppen, strahlt er mich an.
»So, und jetzt würde ich dich gerne auf einen Kaffee einla-

den. Oder einen Whisky, je nachdem, was du jetzt besser brauchen kannst.«
Die Einladung von meinem Hausratsbewacher kommt überraschend. Ich bin noch zu sehr außer Atem, um nein sagen zu können, deshalb schüttele ich nur den Kopf.
»Na denn …«, resigniert er und guckt ehrlich enttäuscht. Was, bitte, hat er erwartet? Dass ich ihm begeistert in die Arme falle, in die schwächlichen, spiddeligen Ärmchen, die anscheinend noch nicht mal dazu in der Lage sind, mehr als ein Buch auf einmal in die Hand zu nehmen, geschweige denn eine ganze Umzugskiste?
»Ich lass mich übrigens nicht kaufen«, murmelt er noch, das soll wohl eine Erklärung für sein unverschämtes Verhalten sein.
»Ich mich auch nicht«, behaupte ich. Dabei bin ich mir nicht so sicher, ob das stimmt.

Nach dem Umzug sprinte ich zum Interview. Im CD-Player das neueste Machwerk von Paul Monnay, brettere ich nonstop zum Starnberger See. Stunden später treffe ich in seinem Studio *the Künstler himself*, bekomme überflüssigerweise das Album noch mal in dröhnender Lautstärke vorgespielt (was allerdings keinen neuen Erkenntnisgewinn bringt), führe dann ein ganz nettes Gespräch mit Herrn Monnay, lehne dankend seine Einladung, doch über Nacht zu bleiben, ab, fahre achthundert Kilometer nach Lüneburg in meine alte Wohnung zurück, schlafe dort ein paar Stündchen auf einer Isomatte, packe die letzten Reste zusammen, übergebe den Schlüssel an den Nachmieter, gebe in Hamburg den Dienstwagen zurück (Tiefgarage des Verlags, Schlüssel in den Briefkasten, wie Maria mir erklärt hat) und stehe

nun ein wenig erschöpft und neben der Spur in meiner neuen Wohnung.
Es ist grauenhaft kalt, ich mag die Jacke gar nicht ausziehen. Wo ist denn hier die Heizung?
Ich mache mich auf die Suche. Gar nicht so leicht, bei dem Karton-Chaos. Aha, im Wohnzimmer gibt es eine Art klobigen Heizkörper. Nachtspeicher, aber immerhin. Ich suche weiter.
In der Küche: Nichts, es sei denn, man lässt den alten Elektroherd als Heizelement durchgehen. Im Schlafzimmer: gar nichts. In der Ecke des Raumes mache ich auf den Dielen alte Ausbesserungen und Verfärbungen aus, da hat wahrscheinlich mal ein Ofen gestanden. Ob Eva den aus Versehen mitgenommen hat? Unwahrscheinlich.
Diese Wohnung hat nur einen einzigen Heizkörper, und ich habe keine Ahnung, wie man den anschaltet. Einen Knopf gibt es zwar an dem Apparat, aber der scheint nur zur Zierde angebracht zu sein, es tut sich jedenfalls nichts, wenn ich daran drehe. Ob das mit einer Fernbedienung funktioniert? Oder über den Sicherungskasten?
Bevor ich das herausfinden werde, muss ich aufs Klo. Eine Toilette gibt es, in einem winzigen Badezimmer. Und da ist auch das Waschbecken. Badewanne? Fehlanzeige. Dusche? Vielleicht ist da ja so eine luxuriöse Regenwalddusche unsichtbar eingelassen? Nein, anscheinend nicht. Das hätte auch nicht viel geholfen, denn ich hätte erstens gar nicht gewusst, wie man sie anstellt, und zweitens gibt es auch keinen Ablauf im Boden.
Ich war eigentlich fest davon überzeugt, dass inzwischen jede normale Wohnung (und gerade eine in innerstädtischer Lage) mit einem gewissen Standardkomfort ausgestattet ist, den man ungefragt voraussetzen kann. Außer-

dem erschien mir Eva durchaus immer frisch geduscht und gepflegt. Wie sie das wohl gemacht hat? Vielleicht hat sie in einem Holzbottich oder einer Zinkwanne gebadet?
Im langen Flur stoße ich auf eine Art Wandschrank. Wie praktisch, denke ich. Doch warum hängt da so ein Schlauch aus der Wand? Ich ziehe einen Feudel beiseite und stelle fest: Der hing nicht an einem Haken, sondern an einem Wasserhahn. Mein Blick richtet sich gen Boden und bleibt an einem Abfluss hängen. Messerscharf kombiniere ich: Das muss die Dusche sein. Ein ungewöhnlicher Ort, zugegeben, ich hätte dort gerne meinen Staubsauger geparkt oder Mäntel aufgehängt, aber darauf verzichte ich gern zugunsten meiner persönlichen Körperhygiene und des Inspirationsrituals, das Duschen zweifelsohne darstellt.
Doch jetzt muss es erst mal ohne Inspiration gehen, denn nun kommt die Fleißarbeit. Morgen früh muss ich den Paul-Monnay-Text abgeben. Ich setze mich an den Laptop und tippe das Interview ab. Dabei fällt mir auf: Der Mann hat nichts, wirklich gar nichts Sinnvolles, Interessantes oder gar Geistreiches gesagt. Er floskelt klischeehaft herum – das habe ich während des Interviews gar nicht so empfunden.
Er war so charmant. So einnehmend. So ein Gentleman. Hat mir sogar in die Jacke geholfen, was sicher nicht leicht war, da er mir nur bis zum Ellbogen reicht. Er hätte dafür fast auf ein Höckerchen steigen müssen. Ich war wie verzaubert von ihm. Dabei stehe ich gar nicht auf Schlagersänger, die auf Weltmusikrocker machen …
Ich bin so gnadenlos dumm und dämlich! Das Interview ist grauenhaft.
Ich komme nicht weiter. Ich brauche eine Pause. Und einen Tee.

In der Küche finde ich eine einzige Steckdose, da schließe ich meinen Wasserkocher an. Mein wichtigstes Küchengerät. Mit heißem Wasser lassen sich viele Probleme lösen – man wird damit Schnupfen los, kann Wärmflaschen befüllen, hartnäckigen Schmutz lösen, jemanden ernsthaft verletzen ... Wenn ich mir jetzt heißes Wasser über beide Hände kippe, dann muss ich nicht weiterschreiben, sondern erst mal ins Krankenhaus.

Nein, das ist auch keine Lösung. Man muss auch mal ins kalte Wasser springen, das ist mein Lebensmotto, und das mache ich jetzt. Zähne zusammenbeißen und durch. So ein alberner kleiner Text über Paul Monnay, das wird doch wohl zu schaffen sein.

Als ich mir meine zweite Tasse Tee eingieße, sehe ich am Küchenschrank einen bunt verzierten Zettel. »Gebrauchsanweisung für die Wohnung« steht darauf. Eva hat mir eine Anleitung für die Wohnung dagelassen? Als ob ich nicht wüsste, wie man eine Wohnung benutzt! Aber diese hier scheint wirklich ein paar Besonderheiten zu haben, die sie auf drei dichtbekritzelten Blättern beschreibt.

Ich lerne, dass man die Heizung erst mal Wärme speichern lassen muss, bevor sie welche abgibt. Dass die Dusche im Flur ist (und angeblich funktioniert). Dass es in der Küche nur eine einzige Steckdose gibt, die auf gar keinen Fall überlastet werden darf, weil sonst entweder die Hauptsicherung rausknallt oder das ganze Gebäude in Flammen aufgeht (sie beschreibt nicht, welcher Fall mit größerer Wahrscheinlichkeit eintritt). Sie erklärt, wie man die Fenster öffnet und wieder schließt (manche besser nicht anfassen), dass der winzige Balkon wegen akuter Einsturzgefahr gesperrt ist und was die roten Aufkleber im Flur bedeuten. Dort hat sie auf dem Fußboden eine Art Parcours markiert, damit man weiß, wo die Dielen am wenigsten knarzen. Dann gibt es noch eine gelbe Markierung, aber was es damit auf sich hat, kann ich nicht lesen, weil mir dort ein wenig Tee hingetropft und die Schrift nun zu verschwommen ist.

Ich gehe über die roten Markierungen nach vorne ins Wohnzimmer und schaue aus dem Fenster. Es sind erstaunlich viele Leute auf der Straße. Von unten dröhnt Musik. »Abschied ist ein scharfes Schwert« von Roger Whittaker. Immer wieder. Nicht gerade inspirationsfördernd. Das muss aus der Kneipe unten im Haus kommen. Die Kneipe heißt »Zur gemütlichen Ecke«, obwohl sie weder an einer Ecke liegt noch ansatzweise gemütlich aussieht.

Der Tee war schon mal gut, aber nicht gut genug.

Ich versuche, an Ancilla zu denken und den faszinierenden Glamour, der damit verbunden ist. Wenn du den Text schreibst, bekommst du den Job und kannst dir auch eine anständige Wohnung leisten, versuche ich mich zu motivieren.

Auch das hilft noch nichts. Ich weiß gar nicht, was mit mir los ist. Sonst fällt mir das Schreiben nie schwer, selbst wenn es mir an Material mangelt. Ich kann noch auf einer Glatze Locken drehen. Und genau das müsste ich hier auch machen. Es ist halt nur – der Text ist für Ancilla. Das ist was anderes als so ein kleinstädtisches Käseblatt.

Aber warum eigentlich? Ich stelle mir die Leserinnen vor, wie sie in schicken Cafés sitzen und gelangweilt die Hochglanzillustrierte durchblättern. Dann höre ich wieder ein bisschen vom Paul-Monnay-Interview. Er labert und salbadert …

Vielleicht hilft es, wenn ich mich nicht nur von innen, sondern auch von außen auftaue? Bei einer weniger le-

bensfeindlichen Außentemperatur würden meine Gedankengänge eventuell doch noch auf Touren kommen.
Ich brauche mehr Wasser, um meine Gehirnzellen anzuregen. Also erst mal in den Schrank und duschen.

Das Wasser der Dusche spült mir tatsächlich eine Idee zu: Ich erinnere mich an eine Zuchtbullen-Prämierung, zu der mich mein früherer Chefredakteur geschickt hatte. Ich trat in einen Kuhfladen, und als ich den Dreck mit einem Ästchen von der Schuhsohle kratzte, sah mich einer der Bullen mit seinen großen, warmen Augen an. In dem Moment hat es bei mir klick gemacht. Ich war fasziniert von seinem Charme und verfasste kurzentschlossen eine leichtfüßige Ode. Mein Chef war begeistert.
»Da will man doch spontan zur Kuh werden«, rief er. »Genau so! Die Leute wollen nicht lesen, wie etwas ist – sie wollen lesen, wie etwas perfekt sein könnte.«
Nun hat Paul Monnay zwar eher wenig Ähnlichkeit mit einem Rind (abgesehen von den Augen vielleicht), aber die beklemmende Ehrfurcht vor Ancilla und meine Schreibblockade sind weg. Ich hülle mich in Bademantel, Yogahose und Winterjacke und tippe los. Plötzlich ist alles ganz leicht, die Sätze fließen, ich komme mit meinem noch nicht mal semiprofessionellen Zwei-Finger-Tippsystem kaum hinterher. (Kurze Gedankennotiz: dringend Maschinenschreibkurs belegen!) Über den journalistischen Ehrenkodex mache ich mir besser keine Gedanken. Ich weiß schon, dass das nicht korrekt ist. Aber was soll ich denn machen? Einen Text abgeben, der selbst in dreifachen Espresso getaucht noch zum Mittagsschlaf animiert? Den guten Herrn Monnay als hübschen kleinen Langweiler dastehen lassen? Ist das etwa nett? Nein. Na also.

Im Interview steht: »Die Zusammenarbeit mit den anderen Musikern war sehr harmonisch. Wir hatten unheimlich viel Spaß miteinander, die Stimmung war immer gut, wir haben unsere gemeinsamen Sessions genossen blablabla.«

Daraus wird: »So ein verrückter Haufen Musiker aus der ganzen Welt ist schwieriger zu bändigen als ein Netz voller Schmetterlinge. Der eine wollte zur Inspiration immer duschen, die andere verknotete sich in Yogapositionen, und der nächste hat alle Bäume auf meinem Grundstück umarmt. Ich kam mir vor wie in einem Selbstfindungs-Camp und wundere mich selbst, dass wir überhaupt dazugekommen sind, eine Platte aufzunehmen.«

Es klopft. Nicht in meinem Kopf, wie ich zuerst denke, sondern an der Wohnungstür. Ich erwarte keinen Besuch. Ich erwarte nur selten Besuch, und wenn, dann auf gar keinen Fall unangemeldeten, denn für Überraschungen bin ich gar nicht zu haben. Die einzigen Menschen, die es wagen würden, mich überraschend zu besuchen, sind meine Eltern. Aber auch die müssten mittlerweile begriffen haben: Überraschungen finde ich grauenhaft. Ich will wissen, was mich erwartet, und notfalls darauf Einfluss nehmen.

In diesem Fall besteht mein Einfluss darin, das Klopfen zu ignorieren. Es wird schon irgendwann wieder aufhören. Ich schreibe konzentriert weiter.

Klopf, klopf. Klopf, klopf, klopf.

Es hört nicht auf. Nein, es entwickelt sich zu kleinen Trommelrhythmen, als hätte der Klopfende Spaß daran.

Genervt eile ich zur Tür. Ich drücke die Klinke runter, aber nichts tut sich.

Wie war das noch mit den Markierungen? Die gelbe hatten wir noch nicht. Ich trete probeweise mit Schmackes drauf.

Aha! Die Tür springt auf, die Klinke knallt mir gegen den linken Arm und fällt dann schuldbewusst ab.
»Aua!«
»Ist was passiert?« Hinter meiner Wohnungstür steht der Typ, der mir bei meinem Einzug NICHT geholfen hat. *Prince Charming* persönlich. Er grinst, obwohl ich das in dieser Situation nicht angemessen finde. Oder liegt das an mir? Mir wird bewusst, dass ich in Bademantel plus Winterjacke aussehe wie ein frierender Schneemann. Na toll.
»Was ist nun?«, blaffe ich ihn an.
Wortlos geht er an mir vorbei zu meiner frisch entdeckten und ausprobierten Dusche. Er macht sich an diversen Hähnen zu schaffen, die ich vorher noch nicht entdeckt hatte, weil sie unter weiteren Feudeln verborgen waren, dreht hier, fummelt da und sagt dann: »Das müsste reichen.«
»Wie? Reichen? Wofür?« Ich bin mir bewusst, dass auch ich schon mal eloquenter gewirkt habe, aber ich möchte unbedingt vermeiden, dass sich meine frisch motivierten Hirnregionen mit aller Kraft den brennend interessanten Themen »Sanitärinstallationen« und »So klappt's auch mit dem Nachbarn« zuwenden und die mühsam konstruierten Paul-Monnay-Textideen in unerreichbare Gefilde verdrängen. Verdammt. Kann der jetzt mal gehen?
»Man muss vor dem Duschen diesen Hebel hier umlegen und diesen Stöpsel dort hineinstecken. Und nach dem Duschen alle Hähne ganz, ganz fest zudrehen. Sonst tropft es bei mir durch die Decke. Hat Eva dir das nicht gesagt?«
Ich schüttele stumm den Kopf und spüre, wie sich die geistreichen Sätze zum Thema Paul Monnay in meinem Kopf auflösen wie Kakaopulver in heißer Milch.
»Sicherheitshalber habe ich unten einen Eimer aufgestellt. Der ist jetzt aber voll«, sagt er noch. Dann geht er.

Endlich!
Ich stürze wieder zum Computer.
Da klopft es schon wieder.
Ich reagiere nicht.
»Willst du nicht mal dein Bett hochholen?«, ruft er.
»Jetzt nicht!«, schreie ich.
»Ich dachte nur. Ich könnte dir ja dabei helfen.«
Ach so. Ach ja. Na klar.
Beim Einzug hätte er mir helfen können. Als ich ihn darum gebeten habe. (Gebeten ist vielleicht nicht ganz das richtige Wort.) Hat er aber nicht. Deshalb habe ich meine Matratze, die zum Glück komplett in die Originalverpackung aus Plastikfolie gehüllt ist, nur notdürftig ins Treppenhaus gezerrt und neben dem Bettgestell angelehnt. Wenn ich wieder bei Kräften bin und endlich mal diesen Text geschrieben habe, dann ziehe ich sie Stufe für Stufe hoch. Oder so. Das wird gehen, das muss gehen, denn ich muss ja irgendwo schlafen.
Was aus dem Bettgestell werden soll, kann ich mir ja später überlegen. Man muss Prioritäten setzen.
»Nein! Geh weg!«, wehre ich mich gegen seinen Vorschlag und tippe weiter. Nachher liebend gerne, denke ich, aber ich mach das hier jetzt erst mal fertig. Die Arbeit geht vor.
»Wie du meinst. Ich bin übrigens Jan und wohne unter dir«, antwortet mein aufdringlicher Nachbar und verkrümelt sich endlich. Der hat doch bestimmt was zu tun. Wassereimer ausleeren oder so.

Ist denn hier immer so ein Lärm? Jetzt klingelt etwas ganz aufdringlich. Nach ein paar Sekunden fällt mir ein: Das könnte mein Wecker sein. In Ermangelung eines Bettes

habe ich mich auf dem Sofa zusammengerollt. Den Text habe ich natürlich vorher fertiggeschrieben, und beim nochmaligen Überfliegen der Zeilen finde ich: Der ist okay. Hat zwar nichts mehr mit der Realität zu tun, aber ich will ja schließlich Redakteurin sein, keine Journalistin.
Ich lösche noch schnell das Wort »Zuchtbulle«, das mir da irgendwie hineingeraten ist, speichere den Text auf einem USB-Stick, drucke die acht Seiten aus, ziehe meine Lieblingsteile aus dem Jil-Sander-Lagerverkauf an (*very, very last season*, aber vielleicht kann ich mir ja bald etwas aus der aktuellen Kollektion leisten), fahre mit den Händen durch meine Haare, um sie irgendwie in Form zu bringen, schminke mich kurz in dem Witz von Badezimmer (in erster Linie Augenringe und Kaffee-Pickel mit einem Concealer tarnen). Dann will ich schwungvoll die Wohnung verlassen – und pralle gegen etwas Weiches. Meine Matratze hat anscheinend alleine den Weg zu ihrem neuen Zuhause gefunden. Unterwegs hat sie auch schreiben gelernt, denn es hängt ein kleiner Zettel daran, auf dem steht: »Schlaf gut!«
Na prima, denke ich, zum Schlafen habe ich jetzt doch überhaupt keine Zeit. Ich zerre das widerborstige Ding in meine Wohnung, lasse sie im Schlafzimmer umkippen, würde am liebsten hinterherfallen, renne dann aber los.
Zur Arbeit.
Die Karriereleiter hochklettern.

»Willkommen im Team«, sagt Clark, nachdem er den Text gelesen hat. »Paul Monnay hat auch schon angerufen. Er sagte, er ist gespannt, was du aus seinem Gelaber machst. Und dieser Text ist mindestens so gut wie deine Pudel-Champion-Reportage für das Käseblatt.«

»Dabei habe ich diesmal eher an Zuchtbullen gedacht«, bemerke ich trocken. Clark denkt, ich hätte einen Witz gemacht, und wirft sich vor Lachen fast unter den Tisch.
»Der war gut!«, schnauft er und brüllt dann unvermittelt nach Maria, die sofort im Türrahmen steht.
»Zeig Katrin mal ihren Schreibtisch und gib ihr einen Schlüssel«, weist er sie an. Und dann, an mich gewandt: »Von dir bekomme ich nachher die Themenlisten für die Musik- und Filmseiten.«

Am nächsten Tag gebe ich meinen Einstand. Das heißt: Ich versuche es. Ich schleppe einen großen Karton mit portugiesischen Vanilletörtchen an und gehe von Büro zu Büro, um mich vorzustellen. Bei den »Edelfedern«, den Star-Autoren, klopfe ich vergeblich. Die scheinen ausgeflogen zu sein. Aus der Grafik gehe ich rückwärts wieder raus, denn dort macht die Art Directorin ihr Team gerade zur Schnecke. Ausdrücke wie »nichtsnutzige Versager« gehören da noch zu den Schmeicheleien. Die Reiseredakteurin ist verreist, die Lust-&-Liebe-Redakteurin mitten im Dildo-Test. Also nur theoretisch.
»Bisschen orale Befriedigung zwischendrin kann nicht schaden«, meint sie lächelnd, nimmt sich ein Törtchen und fegt mit dieser Bewegung den Dildo-Wald vor sich vom Tisch. Sie scheint nett zu sein, ein bisschen verhuscht vielleicht.
»Du bist also die Neue?« Drei Moderedakteurinnen mustern mich von oben bis unten.
»Sie sieht so … unverbraucht aus«, sagt die erste.
»So … retro«, befindet die zweite.
»Fast schon rustikal«, urteilt die dritte.

So, wie sie es gesagt haben, könnten es Komplimente sein. Oder Beleidigungen. Ich bin mir da nicht sicher.
Als ich ihnen den aufgeklappten Karton mit Törtchen unter die Nase halte, zucken sie zusammen, als hätte ich sie mit einer Faustfeuerwaffe bedroht.
»Die Modewochen stehen bevor«, zischt die eine, als hätte das was mit meinem Gebäck zu tun.
»Wir sind nicht nur auf Low-, wir sind auf Zero-Carb«, erklärt die zweite.
»Nichts schmeckt so gut, wie sich dünn anfühlt«, flötet die dritte. »Das hat schon Kate gesagt.«
»Kate Bush?«, frage ich irritiert, doch die drei Grazien starren nur hohlwangig auf die Törtchen und huschen dann auf ihre Plätze, als eine elfengleiche Erscheinung in den Raum weht und vor mir zum Stehen kommt. Für eine Elfe hat sie ein erstaunlich strenges Gesicht.
»Ich bin die neue Entertainment-Redakteurin«, stelle ich mich vor.
»So?« Das klingt nicht wirklich wie eine Frage, sondern wie eine gelangweilte Antwort.
Sie wiegt sich hin und her, als würde sie gleich in Trance fallen.
»Ihr«, sie wedelt mit einer vagen Handbewegung in meine Richtung, »ihr spuckt Wörter aus. Wir«, ihre Hände greifen theatralisch ans Herz, »wir fühlen die wahre Schönheit und visualisieren sie.«
»Ich habe hier ein paar Törtchen …«, versuche ich noch vorsichtig anzubringen, aber sie macht eine eindeutige »Hinfort!«-Handbewegung. »Die Törtchen stelle ich in die Küche, für später«, murmle ich beim Hinausgehen.
Dort begegne ich Maria.
»Na, warst du bei den Grazien in der Moderedaktion?«,

fragt sie, als sie die noch so gut wie volle Schachtel sieht. Sie nimmt sich ein Gebäckstück und beißt hinein. »Hm, lecker! Lass dich bloß nicht von diesen Tusneldas einschüchtern. Sie denken, sie machen das Heft und wir sind nur der störende Bodensatz. Arrogantes Pack. Aber leider nicht unwichtig, da sie so gut mit den Anzeigenkunden können.«

Ich betrachte kritisch meine Schuhe. Flache Bowlingschuhe aus blauem Leder.

»Vielleicht sollte ich mein Outfit überdenken?«

»Das würde auch nichts helfen«, meint Maria und rennt Richtung Clark, der ihren Namen durch die Gänge brüllt.

Als ich später wieder in die Küche gehe, sind die Törtchen weg. Vor der Tür des Mode-Ressorts liegen ein paar Krümel auf dem Teppich.

Die muss ich wohl vorhin dort verloren haben, oder?

3. Kapitel

Es ist Sonntag, und in meiner Küche gibt es nur ein Paket mit Nudeln und eines mit Reis. Die Fertigsoßen sind aufgebraucht, die Gurke (ich kann mich gar nicht mehr daran erinnern, eine Gurke gekauft zu haben) ist so schlapp, dass sie nicht mal mehr als Dildo-Parodie taugen würde. Müsli ist da, aber die Milch ist alle. In großzügiger Menge vorhanden sind Salz, Pfeffer und eine etwas verstaubte Kräuter-in-Gläsern-Sammlung, die Eva noch zu D-Mark-Zeiten gekauft hat. Ich könnte mir also Nudeln kochen und mit Kräutern bestäuben. Pasta im Dialog mit historischen Kräutern der Provence.

Klingt grauenhaft.

Aber wer weiß, vielleicht gibt es hier in der Gegend Restaurants, die noch Schlimmeres zu bieten haben? Ich habe noch nie darauf geachtet. Ich esse normalerweise nicht zu Hause. Schon als Kind nicht, meine Mutter hatte es nicht so mit dem Kochen. Ich hole mir eben was aus einer Bäckerei, bestelle mittags was vom Thailänder, werde abends auf Veranstaltungen mit Fingerfood fast beworfen.

Fliegendes Fingerfood kann ich jedoch hier nirgendwo entdecken. Immerhin: Mein Blick, der die Straße auf und ab schweift, registriert zwischen Dreck und Müll, vielen Menschen und beschmierten Wänden eine unverhoffte Vielfalt. Ich gehe los, die Wohlwillstraße hoch, und passiere eine Eisdiele, einen Fischimbiss, ein Café und drei Döner-Läden. Dazwischen gibt es eine Galerie, einen Plattenladen und ein Geschäft mit dem rätselhaften Namen »Lockengelöt«. Geradeaus an der T-Kreuzung hängt über einem Schaufenster ein Schild, auf dem »Käse und Wein« steht. Das wäre jetzt genau richtig, doch der Laden hat zu. Dann links um die Ecke in die Clemens-Schultz-Straße, noch tiefer rein nach St. Pauli. Da gibt es einen winzigen Imbiss mit dem Namen »Mini-Grill«, ein indisches Restaurant und drei türkische. Vor allen stehen Tafeln, darauf werden in schon halb verwischter Kreideschrift die Tagesgerichte angepriesen. Eines der türkischen Restaurants lockt auf der emotionalen Schiene: »Gefühlte Paprika« gibt es dort. Gefühlte Paprika. Ich bin ja weder ein romantischer noch ein besonders emotionaler Mensch, man könnte auch sagen: Ich bin *tough* und kein bisschen weichlich, und es macht mir überhaupt nichts aus, alleine essen zu gehen, ich genieße es geradezu. Aber diese gefühlten Paprika sprechen mich an. Das klingt irgendwie nach mehr als bloß einer warmen Mahlzeit. Das ist was für die Seele – so ich denn eine habe, aber man weiß ja nie.

Normalerweise regiert bei mir der Wille, gesteuert von rationalem Denken. Doch heute handele ich eher instinktiv. Wie soll man auch nachdenken, wenn man Hunger hat? Ich gehe rein, setze mich auf ein winziges Höckerchen an ein niedriges Tischchen, auf dem meine Hände für immer festkleben würden, wenn ich sie drauflegte (was ich natürlich nicht tue), und bestelle beim Kellner, der elegant mit einem Tuch über den Tisch wedelt, den dabei wirklich restlos säubert und dann noch eine Kerze anzündet und hübsch vor mir arrangiert, also: Bei diesem Kellner bestelle ich, als er mit seiner Zeremonie fertig ist, die

gefühlten Paprika. Ich spreche es auch genauso aus, mit ganz langem »ü«, aber er zuckt nicht mit der Wimper und lächelt auch nicht, sondern fragt nur: »Was möchten Sie dazu trinken?«
»Was empfehlen Sie mir denn?«
»Ayran. Türkisches Spezialgetränk. Sehr erfrischend. Heute im Angebot.«
»Gerne.«
Gut, dann also gefühlte Paprika und ein erfrischendes Spezialgetränk. Ich hole mein Notizbuch heraus, natürlich von Moleskine, und schreibe mir ein paar Themenideen für das nächste Heft auf. Ein Istanbul-Special könnte man mal machen, in dem prominente Deutschtürken Reisetipps geben. Und was ist überhaupt mit Orient-Pop? Ging da eigentlich nach Ofra Haza noch was? Aber die war ja gar nicht aus der Türkei, sondern aus Israel.
Dann serviert der Kellner die gefühlten Paprika und einen Blechbecher voll flüssigem Joghurt, und es geschieht etwas Ungewöhnliches: Ich höre auf, an die Arbeit zu denken, und denke stattdessen an meine neue Wohnung. An mein Bettgestell, das immer noch im Treppenhaus steht. An meine Nachbarn. Wie die wohl sind? Werde ich sie kennenlernen? Was für Menschen leben hier?
Aufgewachsen bin ich in Einfamilienhäusern. Wir sind oft umgezogen, mein Vater wurde andauernd versetzt. Länger als drei Jahre waren wir selten an einem Ort. Ich habe gelernt, mich auf mich selbst zu verlassen anstatt auf soziale Bindungen. Was wird denn aus Kinderfreundschaften? Man geht auf verschiedene Schulen, und dann sieht man sich nie wieder. Und falls man sich doch wiedersieht, stellt man fest, dass die eine Vorsitzende des Landfrauenvereins in Hückelsdorf, die andere drogenabhängig und die dritte

Millionärsgattin mit Hang zu Versace-Kitsch geworden ist. Das kann man alles nicht brauchen.
Bei den Häusern meiner Kindheit gab es keine Nachbarn. Es gab Gärten, die von hohen Mauern umgeben waren. Oder von hohen Hecken. Manchmal auch von beidem. Man hatte, schätzte und pflegte seine Privatsphäre. Man war allein in seinem Glück – und in seinem Elend, das war noch wichtiger. Niemand sollte wissen, was hinter den Mauern und Hecken vor sich ging. Niemand sollte neidisch werden – oder schadenfroh. Gefühlte Paprika gab es bei uns nie.

Am nächsten Tag gehe ich auf dem morgendlichen Weg zur Redaktion an dem »Käse und Wein«-Laden vorbei. An »Renates Käse und Wein«-Laden, genauer gesagt.
Warum sollte ich nicht mal ganz normal Lebensmittel erwerben? Ich weiß zwar nicht, was ich in der Redaktion mit Käse soll, auch Wein scheint mir nicht angebracht, aber vielleicht gibt es in dem Laden auch noch etwas anderes. Ich weiß es nicht, und genau das ist es, was mich jetzt dort hineinzieht: Neugier, journalistisches Erkenntnisinteresse, zumindest gaukele ich mir das vor. Dabei ist es ebenso unwahrscheinlich, dass Ancilla einen Käseladen vorstellt, wie die Möglichkeit, dass Karl Lagerfeld die Arbeitskleidung für die Hamburger Stadtreinigung entwirft. Obwohl das eine reizvolle Idee ist, vielleicht müsste ihm das nur mal jemand nahelegen? Ich mache mir eine kleine Notiz in mein Moleskine-Büchlein.
»Na, schreibst du jetzt noch schnell einen Einkaufszettel?« Eine Stimme, die Käse zum Schmelzen bringen könnte und eher nach luftgetrocknetem Schinken klingt, lässt mich hochschrecken. Hinter dem Glastresen sind

Käseberge aufgebaut, dahinter steht eine Frau, die aussieht, als sei sie gerade reingekommen und hätte die Jahre vorher im Freien verbracht, auf dem Deich oder woanders, wo man erst ab Stärke acht überhaupt von Wind spricht. Wettergegerbt bis in die Locken. Das muss Renate sein.

»Na, was willste denn?«, fragt sie mich.

»Ich … äh … weiß es nicht.« Ich kann ja schlecht sagen: keinen Käse.

»Das ist das Problem mit euch jungen Leuten: Nie wisst ihr, was ihr wollt. Dabei solltet ihr das wissen, sonst bekommt ihr es nicht. Oder was ganz anderes. Und was machst du mit Ziegengouda, wenn du doch eigentlich Bavette wolltest?«

Wollte ich Bavette? Was sind Bavette? Und warum duzt die mich überhaupt?

»Ich schau mich mal ein bisschen um«, sage ich, um Zeit zu gewinnen.

Das zarte Pling einer kleinen Glocke, das einen interessanten Kontrast zur kräftigen Stimme der Inhaberin bildet, meldet einen neuen Kunden. Ein Mann betritt den Laden. Das Ciabatta im Korb sieht wirklich gut aus.

»Ich nehme das Brot da und auch etwas von dem Pesto«, bestelle ich schnell in Richtung Verkäuferin. Der Mann sieht mich wütend an. Habe ich was Falsches gesagt?

Renate nimmt das Brot und erklärt: »Tut mir leid, Schätzchen, das Brot ist für Oliver reserviert.« Mit dem Ciabatta deutet sie auf den Mann, dessen Gesicht sich wieder erhellt. »Ihr könntet euch das aber auch teilen.«

Was soll ich? Mit einem fremden Mann ein Brot teilen? Warum nicht gleich das Bett und alles andere?

Dieser Oliver guckt genauso entsetzt. Er sieht hungrig aus.

»Ich schneide euch das durch. Muss aber nicht«, beschwichtigt Renate.
»Na gut«, lenkt Oliver großzügig ein.
»Ein Gentleman«, lobt Renate. Ich finde, da gehört ein wenig mehr zu. Immerhin komme ich so zu einem halben Ciabatta und einem Töpfchen Pesto.
»Du solltest dir noch ein paar Tomaten dazuholen. Die besten gibt es bei Thorsten«, empfiehlt Renate, als sie mir mein Wechselgeld über den Tresen reicht.
Thorsten? Wer ist das nun wieder? Auch so ein Brot-Reservierer wie dieser Oliver?
»Das ist der Gemüsehändler. Ein paar Meter die Straße runter, in der Paul-Roosen. Vitamine würden dir guttun.«
»Danke«, sage ich verwirrt und frage mich, warum sich Renate über meinen Vitaminhaushalt Gedanken macht. Die kennt mich doch gar nicht. Sehe ich so blass aus?

4. Kapitel

Ich könnte mal wieder eine Affäre haben, denke ich mir. Nichts Ernstes, nur ein wenig körperliche Entspannung mit einem attraktiven Mann, der sich mit einem kleinen Teil meiner ohnehin knappen Freizeit zufriedengibt und keinerlei anstrengende Ansprüche stellt. (Also nicht: gemeinsam auf Gomera einen Trommel-Workshop besuchen. Auch nicht: sonntagmorgens zusammen joggen. Auf keinen Fall: dieser ganze »Lass uns heiraten, Kinder haben, und du gibst deinen Job auf«-Quatsch. Igitt!) Ich könnte die Liste der Dinge, die ich NICHT gemeinsam mit ihm machen möchte, ins Unendliche fortsetzen. Aber mal wieder knutschen, das wäre ganz schön. Oder machen das nur die mich sanft umwummernden Bässe?

Ich nehme einen Schluck aus einem Glas, das ich nicht abstellen kann, weil es so mit Schirmchen und Obstspießen überladen ist, dass es ohne meine stützende Hand umfallen würde. Ich möchte gerne ein wenig durch den Raum gehen, um zu sehen, ob ein geeigneter Kandidat anwesend ist, bei dem ich meine Negativliste abhaken kann, aber bei jedem Schritt riskiere ich, dass mir Sand in die Schuhe rieselt. Und das Gefühl von Sand in den Schuhen kann ich nicht leiden. Wenn ich das gewusst hätte, hätte ich Gummistiefel angezogen. (Das ist rein hypothetisch gedacht, denn ich besitze gar keine Gummistiefel.) Aber wer

konnte das ahnen? Der Psychotherapeut eines Eventmanagers hätte darauf kommen können. Ich dagegen habe mich noch nicht ganz an die ach so originellen Ideen der Partyveranstalter gewöhnt.
Ich befinde mich bei einer sogenannten Goldverleihung. In diesem speziellen Fall soll den Protagonisten eines Hits eine gerahmte goldfarbene Schallplatte überreicht werden, also mit zwei schlanken blonden Damen mit zwar unsichtbaren, aber für jeden deutlich wahrnehmbaren »Fick mich hier, jetzt und sofort«-Tätowierungen auf der Stirn und einem muskulösen dunkelhäutigen Herrn, der dieser Aufforderung symbolisch in ausdrucksvoll eindeutigen Tanzschritten nachkommt. Der Partyveranstalter hat das Naheliegende getan und den Veranstaltungsort, die Garage hinter dem Mojo-Club, zu einer riesigen Indoor-Sandkiste für Erwachsene herausgeputzt. An künstlichen Palmen baumeln erschreckend echt aussehende Kokosnüsse.
»Wusstest du, dass weltweit jährlich mehr Menschen von Kokosnüssen erschlagen werden, als durch Haibisse sterben?«, sagt jemand neben mir. Optisch ist er eher Junge als Mann, schmal, nur knapp größer als ich. Sein Gesicht sieht aus wie aus Porzellan, echtes Meißner, ganz fein geformt und handbemalt. Dabei nicht kitschig, sondern einfach rührend bezaubernd. Er wäre eine ganz hübsche Marionette in einem historischen Puppentheater. Seine Augen scheinen auszuweichen, ob ungewollt oder absichtlich ist nicht ganz klar. Er wirkt völlig unnahbar, ich kann kaum glauben, dass er das eben zu mir gesagt hat.
»Dann geh mal lieber in Sicherheit«, rate ich ihm und ergänze auf meiner Negativliste: keine Anmachsprüche, in denen es um Tod und/oder Statistiken geht. Schade, denn

er sieht wirklich reizend aus. Wenn er schweigen würde, wäre vielleicht alles okay.
Er rührt sich nicht, sagt aber auch nichts mehr, denn die Musik donnert los. Der »Sommerhit« in voller Lautstärke. Darin geht es um Kokosnüsse, soweit ich den Text richtig deute. Ich habe den Song bestimmt schon so oft gehört, wie ich in diesem Winter die Kühlschranktür geöffnet habe. Er läuft überall, in fast jeder Kneipe auf dem Kiez, vor allem auch in der »Gemütlichen Ecke« unter meiner Wohnung, obwohl sich die Kneipe sonst eher mit Roger-Whittaker-Abenden zu profilieren versucht. Der »Sommerhit« ist eines von diesen hirnlosen Liedern, die gleichzeitig Bedürfnisse zu wecken und zu befriedigen scheinen, die offensichtlich viele Menschen haben: nach guter Laune, nach Sonne, nach einem total öden Pauschalurlaub, bei dem einem das Gehirn schrumpft und der IQ auf die Konfektionsgröße absinkt. Ein Song, der einen zum Zucken bringt, ob man will oder nicht, selbst wenn man sich dafür vor sich selbst schämt. Genial. Eine Gelddruckmaschine. Die Schirmchen auf den Cocktails, die inzwischen gereicht wurden, zittern vor Ehrfurcht. Und die Kokosnüsse sitzen bedrohlich locker. Ich halte Abstand von den bewaffneten Kunstpalmen und gucke zur Bühne, die das Trio im Gänsemarsch hinter einem schmerbäuchigen Mann betritt. Der hat den rosigen Charme einer morbiden, bröckeligen Putte und scheint der Produzent zu sein.
»Hach, den Guido muss ich dir nachher vorstellen. Das ist ein ganz Netter! Und was er anfasst, wird zu Gold«, dringt eine selbst im Flüsterton noch schrille Stimme in mein Ohr. Gerlinde, die Presse-Promoterin der Plattenfirma, hat sich unbemerkt von hinten an mich herangeschlichen. Auf der Bühne nimmt Guido die Auszeichnung entgegen

und hält die Goldene Schallplatte so, dass sie das Licht der Scheinwerfer effektvoll reflektiert.
»Siehst du«, flüstert Gerlinde bestätigend. Ich verkneife mir die Bemerkung, dass die Goldene Schallplatte ja wohl auch schon vorher golden war. »Und er hat da ein paar ganz heiße Projekte am Laufen. Du MUSST ein Interview mit ihm machen!«
Die Dankrede, die der nette Gold-Guido gerade auf der Bühne hält, ist Gerlinde egal, sie macht hier und bei jeder Gelegenheit ihren Job: ihre Schützlinge in die Presse bringen, möglichst in die Ancilla, und das auf möglichst vielen Seiten. Egal, ob es passt oder nicht. Und Guido passt nun wirklich gar nicht.
»Und da haben wir ja auch Alex«, fährt Gerlinde fort. Sie arbeitet immer die Liste der aktuellen Veröffentlichungen ab. Jetzt zeigt sie auf die hübsche »Marionette« mit der Haistatistik und versucht, dessen Hand zu ergreifen, die er ihr jedoch entzieht. »Der macht ganz wundervolle Remixe. Er ist auf dieser Wahnsinns-Compilation, die wir nächsten Monat rausbringen. Und er ist hier nebenan im Mojo *Resident DJ*.«
Ich lächle Alex professionell zu. Ein DJ, der nebenbei ein wenig an Remixen herumbastelt, so, so. Ja, das könnte schlimmer sein. DJ, das hat einen gewissen Glamour-Faktor. Er schaut abwesend in die Kokosnuss-Deko, während Gerlinde weiter die Veröffentlichungen der nächsten Wochen anpreist. Sie wird mir alle CDs zuschicken, es werden sechsundzwanzig sein, ich werde in alle brav reinhören, zu jeder einzelnen mindestens einmal von ihr angerufen werden, und am Ende kommt im Laufe des Monats mit Glück eine dreizeilige Rezension dabei heraus. Gerlinde hat äußerst selten richtige Stars zu promoten, sie macht seit fast

zwei Jahrzehnten die Drecksarbeit in ihrer Abteilung. Das scheint allerdings keine Auswirkungen auf ihre immerzu brillante Laune zu haben. Ist das normal, oder steht das in ihrer Stellenbeschreibung?

Irre ich mich, oder hat der DJ-Alex mir da eben zugeblinzelt? Vielleicht schielt er auch? Doch, er ist sehr hübsch, ich mag dieses Marionettenhafte und könnte mir gut vorstellen, ein wenig an seinen unsichtbaren Fäden zu ziehen. Inzwischen kullert Gold-Boy Guido von der Bühne, nicht ohne vorher seinen beiden blonden Grazien einen Klaps auf den jeweiligen Hot-Pants-Hintern verpasst zu haben. Statt zurückzuhauen, kichern die beiden nur. Die müssen noch was lernen, denke ich. Gerlinde schnellt, so gut es in dieser Sandkiste eben geht, auf Guido zu, greift ihn sich und zerrt ihn in meine Richtung. Guido schenkt mir ein zahniges Lächeln, auf einem seiner Schneidezähne funkelt ein kleiner Brillant. Es sieht aus, als hätte er in die Auslage eines Juweliers gebissen oder wäre beim Handkuss einer Reedersgattin nicht angemessen zurückhaltend gewesen. Zurückhaltung scheint in seinem Wesen sowieso nicht vorgesehen zu sein, merke ich bald. Wir werden einander vorgestellt, ich als Entertainment-Chefin von Ancilla. Als er das hört, funkeln seine Augen mit seinem Gebiss um die Wette.

»Geiler Song, was?«, fragt er rhetorisch und streicht sich dabei über Brust und Bauch, beides nicht nur vom Stolz, sondern offensichtlich auch von Bier und Muckibude angeschwollen. Dann greift er meine Hand, ich denke, er will sie schütteln, aber er beugt sich nach vorne zum Handkuss. Da ich keinen Schmuck trage, habe ich nichts zu befürchten, aber unangenehm ist mir der feuchte Schmatz auf dem Handrücken schon.

»Was für ein Gentleman«, fiept Gerlinde entzückt.
Guido lässt meine Hand einfach nicht wieder los, obwohl ich sie mit Kraft zurückziehe. Alex sieht immer noch zu mir. Könnte der mich mal bitte retten, statt nur dumm dazustehen? Jetzt lehnt er sich auch noch an die Deko-Palme.
»Lass uns zusammen einen Drink nehmen«, raunt Guido mich an.
»Ja, gerne«, antworte ich in der Hoffnung, ihn gleich Richtung Bar schicken und diese Gelegenheit zur Flucht nutzen zu können. Innerlich verfluche ich mich schon – warum musste ich nur zu dieser Veranstaltung gehen? Aber das ist eine blöde Frage. Das gehört zu meinem Job. Ich gehe zu allen Veranstaltungen, zu denen ich eingeladen werde – und die meisten davon sind ein reines Vergnügen. Ich werde gesehen, knüpfe Kontakte und kann sicher sein, dass ich zuerst davon erfahre, wenn vielleicht nicht gerade Gerlinde, sondern ihre bessergestellten Kolleginnen Interviews mit richtigen Stars zu verteilen haben. Und dass ich dann auch einen dieser begehrten Interviewtermine bekomme. Ich genieße es, dazuzugehören. Networking ist alles – und man weiß ja schließlich nicht im Voraus, ob der klebrigste Kontakt des Abends ein – immerhin sehr erfolgreicher – Euro-Trash-Sommerhit-Produzent sein wird.
»Gerlinde, besorg uns mal zwei ›Sex on the beach‹, Schätzchen!«, kommandiert Guido die Promotion-Dame herum. Ich seufze unauffällig genervt. Alex grinst von seiner sicheren Palmen-Position, lehnt sich fester an den Stamm und beginnt, leicht zu schaukeln. Die Palme wiegt sich wie im Wind. Sehr romantisch. Gerlinde kämpft sich durch den Sand und das Publikum zur Bar. Guido macht mir eklige Komplimente über meine Hände (»Zart wie die

einer Prinzessin!«), meine Haare (»Weich wie Seide!«), starrt dabei aber die ganze Zeit auf meine Brüste, die sich ungefähr auf seiner Augenhöhe befinden. Alex gafft wenigstens nicht in meinen Ausschnitt, sondern schaut nach oben. Ich folge seinem Blick und sehe, dass direkt über Guido eine Kokosnuss hängt. Alex schaukelt stärker. Ich grinse, was Guido dazu veranlasst, mich in seine Finca auf Malle (er sagt wirklich »Malle«) einzuladen. Die Kokosnuss löst sich, ich springe zur Seite. Doch das ist gar nicht nötig, sie trifft mit einem den immer noch dudelnden Sommerhit übertönenden »Plopp« Guido auf den oben schon leicht kahlen Schädel. Guido lächelt debil und sagt mit wabernder Stimme zu mir: »Entweder hat mich der Schlag getroffen, oder ich bin in dich verliebt.« Dann tänzelt er zwei Schritte nach links, drei nach rechts und schlägt längs hin wie ein gefällter Baum. Oha. Ich muss hier weg. Von der Seite nähert sich Gerlinde mit den Cocktails. Soll sie doch »Sex on the Beach« haben, mir ist gerade nicht danach. Alex nimmt meine Hand und zieht mich energisch vom horizontalen Guido und von der vertikalen Palme weg.

»Ich glaube, Guido braucht jetzt deine ganz besondere Fürsorge«, lasse ich Gerlinde im Vorbeieilen wissen.

Alex übernimmt die Führung, zieht mich raus aus der Sandkiste, weg von der Deko, in einen schmalen, dunklen Gang. Vom Regen in die Traufe, denke ich einen kurzen Moment. Der könnte mir jetzt auch einen Knüppel über den Kopf ziehen, mich ausrauben und meine Organe verkaufen, niemand würde etwas davon mitbekommen. Aber dann öffnet er eine Tür, und wir sind in der Bar des Mojo-Clubs.

»Entschuldige bitte, ich konnte einfach nicht ertragen,

wie dich dieser schmierige Typ angebaggert hat«, sagt Alex.
Das ist ja süß. Er entschuldigt sich auch noch bei mir dafür, dass er mich gerettet hat! Der ist wirklich niedlich.
»Danke«, antworte ich.
»Möchtest du etwas trinken? Vielleicht etwas Kokosmilch?«, fragt Alex.
»Nein, ich glaube, so etwas Hartes vertrage ich heute Abend nicht.« Ich grinse ihn an, er grinst zurück.
»Ich wollte doch nur ein bisschen an der Statistik arbeiten und den Ruf der Haie verbessern«, bemerkt er. »Ich mag die nämlich.«
»Ich auch – vor allem geräuchert als Schillerlocke.«
»Typisch Frau: denkt immer ans Essen.« Er grinst.
»Kannst du denn kochen?«, spinne ich den Faden weiter. »Das würde dir hier Punkte einbringen …«
»Wo denkst du hin? Ich bin ein Held, keine Haushälterin! Ich halte Küchen für unnütze Platzverschwendung. Lauter Räume, die man so schön anders nutzen könnte.« Dabei sieht er mich an, als hätte er tausend Ideen, was man in leergeräumten Küchen so machen könnte – und als hätten die alle mit mir zu tun. Aber vielleicht täusche ich mich, denn seine Hände stecken wieder tief in seinen Hosentaschen. Ich muss erst mal herausfinden, ob er eine Freundin hat. Vielleicht auf die plumpe Tour?
»Aber deine Freundin ist da doch sicher anderer Meinung?«
»Das war sie. Jetzt ist sie nicht mehr meine Freundin. Unüberwindbare Gegensätze. Ist aber schon lange her.«
Aha. Sehr gut. Wenn er interessiert ist, wird er jetzt zurückfragen.
Aber er scheint in sein Taschenbillardspiel versunken zu

sein. Nicht interessiert. Definitiv. Schade, der wäre echt was zum Herzeigen. Und ein DJ – also irgendwie passt das. Ich wüsste gerne mal, wie der küsst.

»Ich kann nicht nur gut Kokosnüsse schütteln, ich kann auch gut küssen«, sagt Alex da. Kann der Gedanken lesen?

»Das ist ein Angebot, das ich nicht ablehnen kann«, kommentiere ich seinen forschen Vorstoß. Aber dann passiert seltsamerweise erst mal nichts. Verlegen schauen wir uns an, fast erschrocken über unser rasches Vorpreschen in erotische Galaxien. Alex bestellt zwei Gin Tonic, die wir schweigend trinken. Dabei mustern wir uns immer wieder ganz genau. Er ist makellos. Man hätte ihn sofort rahmen und ausstellen können, finde ich. Einerseits genieße ich die Spannung zwischen uns, andererseits frage ich mich, wie ich aus dieser Situation wieder herauskomme. Einfach gehen? Nein, das wäre schade.

Ein Mädchen, höchstens zwanzig, blond und auch im übertragenen Sinn blauäugig, wagt es in diesem fragilen Moment, Alex anzusprechen.

»Du hast mich gar nicht zurückgerufen«, sagt sie vorwurfsvoll. »Ich habe fünf Mal auf deine Mailbox gesprochen.«

Ich ärgere mich, dass gerade keine Kokospalme in der Nähe ist. Wir hätten an diesem Abend noch viel mehr für den guten Ruf der Haie tun können.

In Ermangelung einer Kokosnuss knalle ich ihr nach einer kurzen Schrecksekunde eine Antwort vor den Latz: »Tut mir leid, er hat sein Handy verloren. Er meldet sich, wenn ich ihm ein neues gekauft habe.« Dann nehme ich Alex' Hand, ziehe ihn davon, raus, vor den Club. Ich habe langsam das Gefühl, dass wir den ganzen Abend auf der Flucht sind.

»Du bist so cool«, murmelt Alex. »Und so schön.«

»Danke, gleichfalls«, sage ich verlegen.
Eigentlich ist alles klar zwischen uns. Nur traut sich keiner, den ersten Schritt zu machen. Daher wende ich einen alten Trick an: Ich ziehe die Schultern hoch und bibbere ein wenig. Alex erkennt die Gelegenheit sofort und nutzt sie.
»Dir ist ja kalt! Das geht aber nicht!« Er nimmt mich in seine Arme, die auch nicht viel wärmer sind, aber das macht nichts, denn ich friere ja nicht wirklich, und küsst mich.
Wie gut er küsst! Ganz erstaunlich, wirklich bemerkenswert. Viel zu gut, um ihn in einer Nacht zu verheizen. Deshalb sage ich: »Vielen Dank, das war sehr schön. Aber ich muss jetzt leider gehen«, winde mich geschickt aus seiner Umarmung und verschwinde im Dunkeln. Es ist nicht leicht, im hellerleuchteten St. Pauli nachts eine dunkle Ecke zu finden, vor allem nicht am Anfang der Reeperbahn, aber hier muss gerade eine Leuchtreklame ausgefallen sein. Ich würde mich gerne umdrehen und sehen, wie verwirrt Alex guckt, aber das ist gegen die Regeln. Er wird sich schon melden. Es ist mir klar, dass ich ihm nicht meine Telefonnummer gegeben habe, aber ein wenig sportlichen Ehrgeiz darf man ja wohl erwarten. Erstens bin ich leicht zu googeln, und zweitens stehe ich auch online im Telefonbuch.

5. Kapitel

Die Modechefin nimmt mit einem Teil ihrer gazellenhaften Gefolgschaft die Restmenge an Platz ein, die der Fahrstuhl bietet. Die Damen sind so dünn, man könnte sie auch alle in ein Würstchenglas stellen. Sie müssten es nur vorher leer essen, aber das würden sie niemals tun, es sei denn, Karl Lagerfeld persönlich verlangt es von ihnen. Sie drücken den Knopf zu unserer Etage und tun einfach so, als sei ich gar nicht da.

»Meine Nerzdecke ist endlich fertig. Sie macht sich wunderbar auf meinem B&B-Bett«, schwärmt die Modechefin. Die anderen stoßen Laute der Ehrfurcht und des Entzückens aus. Ich habe es noch nicht ganz raus mit den ganzen Designerbezeichnungen, weiß nach wie vor nicht genau, wer nun wer ist und was macht. Es scheinen täglich Neue dazuzukommen. B&B kannte ich bislang (und auch das nur theoretisch) allenfalls als Teil von BBP – Bauch, Beine, Po. Aber das heißt ja inzwischen auch nicht mehr so, sondern eher PFN. Keine Ahnung, wofür diese Abkürzung steht, irgendwas Wissenschaftliches. Psychofiltrierte Nuklearwaffen vielleicht. Aber ich bin hier auch nicht gefragt. Mode ist nicht mein Ressort. Beauty auch nicht. Ich bin nur für den Entertainmentbereich zuständig, für Film und Musik. Noch bin ich eher ein kleines Licht in der Redaktion. Aber das wird sich

bald ändern. Mit harter Arbeit kann ich es nach ganz oben schaffen.
Ganz oben thront Clark. Er ist der Don, der Sonnenkönig, der allmächtige, unfehlbare Herrscher. Was er sagt, ist Gesetz. Was er genial findet, ist genial, auch wenn es sich um die Idee handelt, eine Seite mit buntbemalten Fingernägeln zu zeigen. Er ist der Chefredakteur, er weiß, was die Leserinnen wollen. Und was das ist, entscheidet er in der Redaktionskonferenz, die in zwanzig Sekunden beginnt.
Der Fahrstuhl kommt an, die Modegrazien stöckeln hinaus, an ihren Taschen baumeln kleine funkelnde Bärchen mit Prada-Logo. Interessant, wozu die Mode einen bringen kann. Ich würde mich nie freiwillig mit einem Stofftier in der Öffentlichkeit blicken lassen.

Die Räume der Redaktion sind wunderbar, und mein Büro ist eines der schönsten, oben an der Galerie, direkt neben Clarks heiligen Hallen. Auf der Treppe kommen mir Clark und der Verleger entgegen. Der Blick des Verlegers ist starr, die beiden verschwinden in Clarks Büro.
Ich schnappe meine Themenpläne und eile in den Konferenzraum. Dort sitzen schon die Grüne Mamba, Albino-Phython und die Natter, wie ich die Moderedakteurinnen nenne, und vergleichen ihre glitzernden Prada-Bärchen. Die Modechefin hält sich da raus. Ich stelle mir vor, dass sie zu Hause, auf ihrer Nerzdecke, einen gigantischen Glitzerbären sitzen hat, mit dem sie nachts kuschelt. Dass das Logo vorne auf seiner behaarten Brust hart ist, stört sie dabei nicht.
Ich setze mich auf einen der noch freien rotgepolsterten Stühle. Schneeweißchen, Rosenrot und Tausendschön-

chen, die Damen aus dem Beauty-Ressort, vergleichen ihre Fingernägel. *French Look* gegen *Nail Art*, bahnbrechende Vorteile des neuen, superharten Lacks, technische Details versus ästhetische Herausforderungen.
Ich überlege, ob ich auch mit jemandem etwas vergleichen könnte. Aber außer mir hat noch niemand die neuen CDs von Lana del Rey, Rumer, Madonna und Tim Bendzko gehört, geschweige denn die neuen Filme mit Meg Ryan (unfassbar: mit einem Cyber-Vampirfilm ist ihr ein Comeback gelungen) oder Tom Cruise gesehen.
Ich betrachte meine Fingernägel. Was ich trage, könnte man wohlwollend als *Reverse French Look* bezeichnen. Statt weiß sind meine vorderen Nagelränder schwarz unterlegt, wovon auch immer.
Der Textchef öffnet ein Fenster, wird aber kurz darauf von der Fotochefin und der Art Directorin mit einem überraschend synchron intonierten, scharfen »Es zieht!« dazu genötigt, es wieder zu schließen. Die drei Praktikantinnen lächeln scheu in der Gegend herum. Die Lust-&-Liebe-Redakteurin hat den Mauerblümchenplatz ganz hinten in der Ecke, wo man sie leicht übersieht. Statt wie ich CDs, bekommt sie Dildos zugeschickt – ich beneide sie nicht. Weil dem Sex-Ressort selten mehr als ein bis zwei Seiten eingeräumt werden – was gibt es auch schon monatlich Neues vom alten Rein-Raus-Spiel zu berichten? –, wird die Redakteurin auch von anderen Abteilungen eingespannt. Sie darf (oder muss) Servicetexte und Bildunterschriften für das Beauty-Ressort schreiben und sich dabei möglichst genau an die mitgelieferten Pressetexte halten.
Die Gespräche verplätschern, es wird leiser im Raum, die Stimmung wird nervöser. Wo bleibt Clark? Der ist sonst immer pünktlich. Ohne ihn anzufangen wäre albern, denn

nur er trifft die finalen Entscheidungen. Warum also das Pulver – die eigenen Themen – schon vorher verballern?
Die Tür geht auf. Herein kommen die beiden Edelfedern. Autorinnen, die alles schreiben dürfen, was sie wollen, es ist immer genial. Sie müssen keinen ihrer Texte dem Textchef vorlegen, haben keine Anwesenheitspflicht in der Redaktion und arbeiten immer an hochinteressanten Reportagen. Die eine geht gerade der Frage nach, ob reiche Frauen für Männer attraktiver sind: Sie gibt sich als Millionärin aus und inseriert Kontaktgesuche in seriösen überregionalen Tageszeitungen. Bei der anderen weiß man nicht, was sie den ganzen Tag über macht.
»Danke, dass ihr auf uns gewartet habt«, lächeln sie charmant in die Runde. Die beiden sind sich ganz sicher, dass die Welt sich allein um sie dreht. Und ihre Wahrnehmung täuscht sie nur selten.
Schritte auf dem Flur. Maria, Clarks Assistentin, öffnet die Tür. Clark und der Verleger treten ein. Der Verleger heißt Jörg und wird auch gerne so genannt: »der Jörg«. Ich habe ein Problem mit dem Namen. Ich finde, das klingt immer so, als würde man einen Frosch erwürgen.
Clark und der Jörg bauen sich vor uns auf. Der Jörg ist braungebrannt, schlank und drahtig. Mitte fünfzig, aber zeitlos attraktiv. Erstaunlich, was bloß fünf Monate entspannten Golfurlaubs im Jahr bewirken können.
Clark sieht aus, als hätte er eine schimmelige Zitrone verschluckt.
»Ich habe eine gute und eine schlechte Nachricht für euch«, sagt Clark mit unheilvollem Ton in der Stimme. »Die gute: Das letzte Heft hat sich sensationell verkauft. Die schlechte … Ach, die kann euch der Jörg selbst sagen, deshalb ist er ja mitgekommen.«

Der Jörg räuspert sich. »Unser größter Anzeigenkunde ist stinksauer, weil eines seiner Produkte im Heft unschön beschrieben wurde. Er droht mit Stornierung aller Anzeigen. Für alle Titel des Verlages. Ihr wisst, was das bedeutet? Wir reden hier von einem Anzeigenvolumen in zweistelliger Millionenhöhe.«
Alle sitzen wie erstarrt da. Das ist ja unfassbar!
Der Jörg räuspert sich noch mal, alle sehen ihn erwartungsvoll an … doch dann geht er einfach. Lässt uns allein mit unserer Schuld.
Was heißt hier »unserer Schuld«? Was ist überhaupt genau passiert? Welches Produkt wurde »unschön beschrieben«? Ich gehe in Gedanken meine letzten Texte durch und bin mir sicher, nur liebenswerte Nettigkeiten über die Auswürfe der Unterhaltungsindustrie formuliert zu haben. Logisch, sonst bekommt man keine Interviewtermine mehr. Nennenswerte Anzeigenkunden sind die Film- und Musikunternehmen allerdings nicht. Da kommen eher die Mode- und Kosmetik-Konzerne in Frage. Das Mode-Ressort guckt geschlossen demonstrativ unbeteiligt. Die Modestrecken sind weitgehend textfrei, die elegisch-dunklen Bilder werden höchstens von hingeworfenen poetischen Assoziationen begleitet. Dazu, ganz klein, steht dann da: Chiffonkleid von Gucci, Preis auf Anfrage. Mehr nicht. Nein, der Fehler muss im Beauty-Ressort passiert sein.
Alle Augen suchen die Beauty-Ressortleiterin. Die ist jedoch nicht da.
»Isabell ist gerade auf Produktion in Thailand«, sagt ihre Stellvertreterin.
Clark guckt jetzt, als würden aus der schimmeligen Zitrone in seinem Magen widerliche Würmer kriechen. Er öffnet seine Tasche (merkwürdig genug, dass er sie dabeihat), zieht

die aktuelle Ancilla hervor, schlägt das Heft auf, reißt brutal eine Seite heraus und donnert diese an ein Flipchart, das bei diesem Angriff fast zusammenbricht. Die Seite ist anhand des roten Balkens am oberen Rand auch von ganz hinten noch als eine aus dem Sex-Ressort zu erkennen. Aber wieso aus dem Sex-Ressort? Meines Wissens sind die Dildo-Hersteller mit ihrer Anzeigenplazierung in den monatlichen Hochglanzgazetten auch eher zurückhaltend.
»Der Gleitcreme-Test!«, donnert Clark los. »Wer ist auf die bescheuerte, wahnwitzige, hirnrissige Idee gekommen, die Luxusantifaltencreme unseres wichtigsten Anzeigenkunden im Gleitcreme-Test zu plazieren?«
Schweigen. In den Gesichtern der Beauty-Redakteurinnen ist eine Mischung aus Ekel und Betroffenheit zu erkennen. Die Edelfedern unterdrücken ein Kichern. Ganz hinten in der Ecke meldet sich die zuständige Mitarbeiterin.
»Ich dachte, dass sei witzig«, stößt sie mit erstickter Stimme hervor. Dann presst sie die Hand auf den Mund, Tränen laufen ihr über die Wangen. Und, nein, es sind keine Lachtränen.
»Ich finde das auch lustig«, höre ich mich sagen und spüre, wie meine Kolleginnen zusammenzucken.
»Natürlich ist es amüsant, eine von diesen Kaviar-Gold-Nasa-Hightech-Gen-Botox-tausend-Euro-pro-Winzdöschen-Cremes mit Gleitgel zu vergleichen. Habt ihr denn alle keinen Humor?«, bricht es aus der Lust-&-Liebe-Redakteurin hervor.
Die anderen starren uns fassungslos an.
»Um Humor geht es hier nicht«, zischt Clark. »Es geht hier ums Geld.«
»Und wir müssen da jetzt hin und Abbitte leisten – na danke!«, mosert die stellvertretende Beauty-Chefin.

»Da habt ihr doch sicher ein passendes Produkt, das sich als Schleimspur eignet«, lächle ich zurück.
Die Lust-&-Liebe-Redakteurin sieht mich hilflos an. »Ich glaube, ich bin hier nicht richtig«, sagt sie, als hätte sie sich in der Tür geirrt, steht auf und geht.
»Ich glaube nicht, dass sie wiederkommt«, stellt Clark fest. »Katrin, du übernimmst das Ressort. Zusätzlich. Aber Finger weg von den Cremes!«

Am nächsten Tag, ich studiere gerade die Gebrauchsanweisung für die sichere Anbringung einer Liebesschaukel (»nur geeignete Dübel verwenden«), poltert es vor meiner Bürotür. Ich renne auf den Flur und sehe am Fuß der Wendeltreppe die Redakteurin für Gesundheit & Fitness liegen, das Bein merkwürdig verdreht. Maria ist schon bei ihr, das Telefon am Ohr und ruft einen Notarztwagen. In meiner Hilflosigkeit bringe ich ihr ein Glas Wasser.
»Mist«, stöhnt sie mit zusammengebissenen Zähnen, »ich habe das große Yoga-Special noch nicht fertig.«
Ich tue so, als hätte ich das nicht gehört. »Das wird schon wieder«, versuche ich sie zu trösten. »Ist bestimmt nur leicht verstaucht.« Hingucken kann ich nicht, dann wäre es zu offensichtlich, dass ich die Wahrheit stark beschönige. Immerhin spritzt kein Blut und es liegen keine Knochensplitter herum, das ist aber auch schon das Beste, was man über die Situation sagen kann.
Die Herren Rettungskräfte machen auch ganz besorgte Gesichter.
Als die Kollegin auf einer Trage Richtung Krankenwagen transportiert wird, zieht Clark mich zur Miniwand. Dort hängen Mini-Ausdrucke aller Heftseiten, dort kann man sehen, wie weit wir mit der Produktion der aktuellen An-

cilla sind. Er zeigt auf ein Layout, eine 6-Seiten-Strecke. Auf den Fotos verbiegt sich eine Frau in verschiedene Richtungen, am Ende hat sie sich zu einer Art Brezel gewunden.

»Sieht gut aus, nicht wahr?« Beifall heischend tippt Clark auf die Papierminiaturen an der Wand. »Neuer Yoga-Trend. Hawa-Miri-Ganga-Irgendwas.« Er sieht mich an, als sollte das Silbenwirrwarr eine Schlüsselreaktion bei mir auslösen.

Ich starre, nichts Gutes ahnend, zurück und sage, um schon mal alles klarzustellen: »Ich habe keine Ahnung von Yoga. Und ich bin übrigens total ungelenkig.«

»Keine Sorge, du musst es gar nicht ausprobieren. Nur eben fertigtexten. Die paar Zeilen, das machst du doch mit links.«

Nett, was er mir so zutraut. Ein paar Zeilen, das klingt auch wirklich nicht so wild, absolut machbar.

Ich nicke.

»Prima«, freut sich Clark. »Die Fitness-&-Gesundheits-Serviceseiten sind auch ganz easy. Du nimmst einfach, was du im Postfach unserer Bruchpilotin findest. Vielleicht noch ein winziges Experteninterview dazu …«

»Aha.« Ich muss kurz schlucken. Aber, doch, ja, das ist zu schaffen.

»Ist ja nur für diese Ausgabe«, beruhigt mich Clark. »Danach ist sie wieder fit, oder wir suchen Ersatz. Und eigentlich passt es doch ganz gut zum Sex-Ressort. Da geht es doch auch um biegsame Körper …«

»Mehr will ich gar nicht hören«, stoppe ich Clark.

»Du hast ja recht, mach dich nur schnell an die Arbeit, dann bist du in zwei Stunden damit durch.«

Das, so stellt sich heraus, ist eine grobe Fehleinschätzung.

Und von wegen »nur für eine Ausgabe«: Die »leichte Verstauchung« ist ein komplizierter Splitterbruch des Sprunggelenks, und aus der kurzen Krankheitsvertretung wird eine mit offenem Ende.

Obwohl ich meist spät aus der Redaktion komme, ist auf den Straßen meines Viertels noch viel Leben. Und damit meine ich jetzt nicht die Nachtschwärmer, denn die kommen erst viel, viel später. Ich meine den Alltag: Auf dem Spielplatz am Ende der Straße krakeelen und toben bis weit nach Sonnenuntergang Kinder. Wie auf einer Ameisenstraße ziehen sie zur kleinen Eisdiele ins Souterrain um die Ecke. Dort gibt es »Kinderkugeln« für die Hälfte des normalen Preises, die aber fast genauso groß sind wie die der Erwachsenen. Und Streusel gratis. Dabei ist es gerade erst Frühling geworden.

In einem Friseursalon sitzen Damen mit silbergrauen Dauerwellen, benebelt von Haarspraydämpfen. Eine kommt immer mit dem Taxi aus Blankenese, habe ich im Vorbeigehen aufgeschnappt. Dort gibt es wohl nicht so gute Friseure.

Im Zeitschriftenkiosk schimpft der Verkäufer laut und deutlich und unermüdlich darüber, dass die Hamburger Tageszeitungen allesamt nur zum Ofenanzünden taugen würden.

In und vor den türkischen Imbissen wird diskutiert und Tee getrunken, unerschrockene Männer beißen in scharfe grüne Schoten, ohne das Gesicht zu verziehen.

Das fein dekorierte Schaufenster einer Goldschmiedin neben der plakativen Aufmachung eines kombinierten Fingernagel- und Sonnenstudios.

Ein Café, dessen Inneneinrichtung und Wandgestaltung aus dekonstruierten Schrankwänden besteht.

Vor dem Fenster eines Blumenladens bleibe ich stehen. Es ist, wie ich bei näherem Hinsehen feststelle, eher ein Pflanzen- als ein Blumenladen. Im Fenster hängen aus Zweigen gewundene Kränze, darunter wuchernde Gräser. Insgesamt sieht der ganze Raum zugewachsen aus, wie ein Dornröschenschloss, nur eben ohne Rosen. Etwas zieht mich hinein in diesen verwunschenen Wald aus Efeu, Weinranken, Bäumen, seltsamen Bodendeckern. Kies knirscht unter meinen Füßen, einen richtigen Fußboden scheint es nicht zu geben. Hinter einem umgefallenen Baumstamm unterhalten sich zwei Frauen angeregt über die Zubereitung von Brennnesseljauche. Ich sehe mich unauffällig um. Es gibt keinerlei Schnittblumen. Dort, wo bei anderen Floristen eimerweise Rosen, Tulpen, Nelken herumstehen, wuchern hier nur Schattierungen von Grün. Alles mit Wurzeln, soweit ich erkennen kann. Die Damen haben ihr Fachgespräch anscheinend beendet und sehen mich nun neugierig an.
Ich fühle mich unter Druck gesetzt.
»Ich hätte gerne das da«, sage ich und zeige auf ein filigranes Gewächs, das mir besonders gut gefällt.
»Das da«, wiederholt eine der Frauen, »das da ist …« – sie nennt einen komplizierten lateinischen Namen – »die braucht eine erfahrene Hand und sehr viel Pflege.« Sie spricht von der Pflanze wie von einem hochgezüchteten Rennpferd. »Ich gehe mal davon aus, dass du Anfängerin bist?«
»Ähm. Richtig«, gebe ich zu.
»Also, das ist so«, erklärt die andere Frau. »Wir haben hier eine große Verantwortung. Pflanzen sind Lebewesen. Wir geben unsere Schützlinge grundsätzlich nur in erfahrene, kompetente Hände ab. Tut uns leid.«

Einen kurzen Moment erwäge ich, einfach wieder zu gehen, aber dann erwacht mein Ehrgeiz.

»Vielleicht könnte ich es mit einer einfacheren Pflanze probieren? Einem Anfängermodell? Das da vielleicht?« Ich zeige auf etwas Struppiges, das aussieht wie vertrocknete Autobahnrandbepflanzung.

Die Frauen stoßen einen für ihr rustikales Äußeres ungewöhnlich spitzen Schrei aus.

»Das ist ein …« – schon wieder etwas, was ich mir nicht merken kann – »ein hochsensibles Gras, das nur unter speziellen Bedingungen in wenigen Naturschutzzonen wächst«, behauptet die eine.

»Wir führen keine Anfängermodelle«, ergänzt die andere.

Doch nun will ich. Ich will eine Pflanze, will den Laden nicht mit leeren Händen verlassen. Ich überlege, was ich zu meiner Rechtfertigung anbieten könnte. Was würde sich gut machen in diesem Bewerbungsgespräch?

»Ich bin sehr zuverlässig«, preise ich mich an. »Ich würde regelmäßig gießen. Und düngen. Natürlich mit selbstgemachtem, ökologisch korrektem Dünger. Brennnesseljauche.«

»Immerhin, sie kennt Brennnesseljauche«, raunen die beiden. Sie scheinen nicht bemerkt zu haben, dass ich sie eben belauscht habe.

»Vielleicht sollten wir ihr einen Topf Minze zugestehen.«

»Oh ja, Minze«, sage ich. Kenne ich vom Mojito. Das muss man mir angesehen haben.

»Bitte keine Blätter abreißen und in Alkohol werfen!«, mahnt mich die eine Verkäuferin streng.

»Ich habe eine Idee«, kreuzt die andere. »Sempervivum! Hauswurz«, nickt sie mir erklärend zu.

»Der ist aber seelisch sehr anspruchsvoll«, mahnt ihre Kollegin.

»Was müsste ich da machen?«, frage ich vorsichtig. Ihn vielleicht auf die Couch legen, denke ich mir. Eine Pflanze mit Psychoproblemen ist vielleicht doch nicht ganz das Richtige. Aber nun will ich keinen Rückzieher machen.
»Mit ihm sprechen«, erklären mir die Pflanzenfreundinnen.
»Mit ihm sprechen?«, frage ich leicht entgeistert zurück.
»Ihn loben. Ihm Komplimente machen. Sie können ihm auch Ihren Kummer, Ihre Sorgen anvertrauen, dürfen ihn aber nicht überfordern.«
»Vielleicht sollte ich zwei nehmen, die können dann miteinander reden«, schlage ich vor, so aus Spaß.
»Aber natürlich nimmst du zwei«, erklären mir beide Frauen wie aus einem Munde. »Einzelhaltung wäre nicht artgerecht.«
Aha.
Sie überreichen mir zwei kleine bemooste Tontöpfe mit rosettenförmigen, dickblättrigen Gewächsen darin.
»Na, meine Kleinen«, begrüße ich sie, nachdem ich bezahlt habe. »Ich zeige euch mal euer neues Zuhause.«
Die beiden Blumen-, pardon, Pflanzenverkäuferinnen nicken anerkennend. Sie können ja nicht ahnen, dass das die einzigen Worte sind, die die beiden Hauswurze für lange Zeit von mir zu hören bekommen.

Pünktlich drei Tage nach dem Knutsch-Intermezzo ruft Alex an. Vorbildlich. So soll es sein. Hätte er eher angerufen, wäre es aufdringlich gewesen, mit einem gewissen Beigeschmack von notgeil. Hätte er sich später gemeldet, hätte ich gewusst, dass er kein wirkliches Interesse hat und nur einen Lückenfüller braucht. Drei Tage sind der perfekte Abstand zwischen *Kiss & Call*. Ich wusste genau, dass er anrufen wird, habe aber trotzdem überrascht reagiert. Das geht so:

Er: »Hallo, ich bin's, Alex.«
Ich: »Alex? Welcher Alex? Ich kenne keinen Alex.«

Ein kleiner Trick von mir. Gerade die Männer mit weitverbreiteten Vornamen sind irritiert. Und diejenigen mit ungewöhnlichen Vornamen erst recht. Leises Aufseufzen am anderen Ende der Leitung.

Er: »Alex. Der DJ. Wir haben uns bei der Goldverleihung neulich unterhalten.«

Ach so. Der. Er wird doch nicht gedacht haben, dass ich die ganze Zeit an ihn gedacht habe. Habe ich nämlich nicht. Höchstens drei bis fünf bis zehn Mal.

Ich: »Unterhalten nennst du das?«
Er: »Ich habe mich zumindest gut unterhalten.«
Ich: »Woher hast du überhaupt meine Nummer?«
Er: »Von Gerlinde. Ich habe ihr gesagt, es geht um einen Interviewtermin.«
Ich: »Das war gelogen.«
Er: »Eine Notlüge. Ich habe eine Überraschung für dich.«
Ich: »Ich hasse Überraschungen. Sag mir sofort, was es ist!«
Er: »Das musst du schon selbst rausfinden. Wir fangen einfach wieder da an, wo wir aufgehört haben, und treffen uns am Samstag, den dreiundzwanzigsten Mai, um zwölf Uhr, vor dem Mojo-Club.«
Ich: »Wann bitte?«

Er: »Am Samstag, den dreiundzwanzigsten Mai, um zwölf. Vor dem Mojo.«
Ich: »Wir haben jetzt April.«
Er: »Ja, stimmt wohl.«
Ich: »Du meinst den dreiundzwanzigsten April?«
Er: »Nein. Das wäre dann ja kein Samstag.«

Ich fasse es nicht. Der Typ ruft völlig korrekt drei Tage nach dem ersten Kuss an, um ein Date zu verabreden, das einen Monat später stattfinden soll. Ich dachte immer, Männer können nicht so weit im Voraus denken. Der Kerl muss irre sein. Oder schwul. Oder Buchhalter.

Ich: »Du meinst wirklich Mai? Den sogenannten Wonnemonat?«
Er: »Ja, das ist doch sehr romantisch.«
Ich: »Du planst aber weit im Voraus. Oder ist vorher kein Termin mehr in deinem Kalender frei?«
Er: »Du bist auf der richtigen Spur. Ich werde vorher nach Sibirien geschickt.«
Ich: »Ach nee.«
Er: »Doch, das stimmt. Das Goethe-Institut schickt mich nach Sibirien, ich soll dort in Clubs Platten auflegen.«
Ich: »Ich dachte immer, das Goethe-Institut sei für die Verbreitung deutscher Kultur zuständig.«
Er: »Genau.«
Ich: »Hm.«
Er: »Willst du damit andeuten, ich sei nicht dazu geeignet, Kultur zu verbreiten?«
Ich: »Nein, natürlich nicht. Ich dachte nur, das Medium, dessen du dich bedienst, ist vielleicht etwas … hm …«
Er: »Dafür kann ich nichts. Ich würde ja auch Bücher

auflegen, aber das sieht komisch aus, wenn die sich drehen.«
Ich: »Da hast du auch wieder recht.«
Er: »Also abgemacht? Dreiundzwanzigster Mai, zwölf Uhr, vor dem Mojo.«
Ich: »Um Mitternacht?«
Er: »Nein, mittags. Okay? Und bring deinen Presseausweis mit. Tschüs dann!«
Ich: »Aber …«

Er legt so schnell auf, dass mein Widerspruch ungehört in der Telefonleitung steckenbleibt. Ich hasse es, überrumpelt zu werden. Und ich hasse Überraschungen wirklich. Ich weiß immer gerne wenigstens ungefähr, was kommt, damit ich mich seelisch darauf einstellen kann. Aber ich bin natürlich auch neugierig.
Mir fällt auf, dass Alex mir seine Nummer nicht gegeben hat, seine E-Mail-Adresse habe ich auch nicht. Also bleibt mir gar nichts anderes übrig, als hinzugehen, wenn ich ihn wiedersehen will. Ich könnte auch Gerlinde nach seiner Nummer fragen. Oder beim Goethe-Institut nachfragen. Aber die Blöße will ich mir nicht geben. Ihn zu versetzen wäre die andere Option. Das wäre aber schade. Der Mann würde sich als mein Begleiter, als mein »Gästeliste plus einer« sicher gut machen.

6. Kapitel

Meine Tage bekommen langsam eine klare Struktur: aufstehen, schnell rein in die Klamotten und bei Renate Brot und Pesto kaufen, dazu gratis eine Lebensweisheit mitnehmen (etwa: »Wenn etwas zu schön ist, um wahr zu sein, dann ist es auch nicht wahr!«). Dann in der Redaktion Themenlisten erarbeiten und Seiten vollschreiben. Die Mittagspause fällt meist aus, weil niemand aus der Redaktion mit mir essen geht – leider auch Maria nicht. Clark meint, weil sie »Mitglied der Chefredaktion« ist, soll sie sich nicht zu sehr mit anderen Redakteuren verbünden. Aber ich habe Brot und Pesto. Abends im Schnellverfahren etwas aufbrezeln und dann ab auf die Plattenfirmen- und Filmpremieren-Partys. Die Wohnung sehe ich nur zum Schlafen, und da habe ich die Augen ja geschlossen. Auch am Wochenende sitze ich am Rechner und tippe. Die Kisten sind – bis auf die mit den Anziehsachen – noch nicht ausgepackt. Ich habe sie provisorisch in den Ecken gestapelt, die mit den Tellern dient als Nachttisch. Was in den anderen drin ist, habe ich schon fast vergessen und noch nicht vermisst. Ans Umziehen denke ich kaum noch, dazu fehlt mir die Zeit. »Wohnen« steht eben ziemlich weit unten auf meiner Prioritätenliste. Es gibt Wichtigeres. Und schon wieder klingelt das Telefon, der nächste Termin drängt, ich muss los.

Als ich am Morgen das Haus verlasse, werde ich fast von einer Kiste mit Tomatensetzlingen erschlagen. Die Kiste steht zuoberst auf einem Stapel ihresgleichen. Der Stapel thront auf dem Gepäckträger eines mit Efeu umrankten und mit Blumen geschmückten Fahrrads und kommt genau in dem Moment ins Wanken, als ich die Stufen der Kellertreppe – ich habe noch schnell den Müll ins aus gutem Grund sogenannte Rattenverlies gebracht – hinaufsteige. Die Stufen führen eigentlich genau auf den Gehweg, in diesem Fall aber beinahe ins Verderben. Im letzten Moment reiße ich meine Tasche, eine *Muse* von YSL, nach oben und wehre den Angriff der Killertomaten ab.
»Was soll das?«, brülle ich wütend. Als ob mir jemand eine logische Begründung für diesen gemeingefährlichen Anschlag liefern könnte.
»Entschuldigung! Ist dir was passiert?«, fragt eine Frau, deren efeudurchflochtenes hennarotes Haar sie eindeutig als Halterin des Unfallrades ausweist.
»Ja. Nein. Ich weiß nicht«, antworte ich noch ein wenig mitgenommen.
»Die armen Tomatenbabys!«, ruft die Frau, die eindeutig nicht Herr der Lage ist. Oder, besser gesagt: Herrin der Lage. Bei solchen Ökotussis muss man mit dem Vokabular aufpassen, die sind ja oft noch ganz romantisch frauenbewegt. Der Kistenstapel auf dem Rad schwankt bedrohlich und schon wieder in meine Richtung. Die Frau scheint das nicht zu bemerken, denn sie versucht, sich zu bücken und die heruntergefallenen Pflänzchen aufzuheben.
Ich versuche, mich an ihr vorbeizumanövrieren, ohne mich an ihrer Ladung schmutzig zu machen.
»Moment!«, stoppt sie mich. »Könntest du mal eben kurz das Rad halten?«

Sie schiebt es noch ein Stück in meine Richtung, so dass ich gar nicht anders kann, als den Lenker zu nehmen. Dabei müsste ich ja eigentlich schnell in die Redaktion.
»Wo soll das Grünzeug denn hin?«, frage ich skeptisch.
Die Frau ignoriert meine Frage. Sie sammelt seelenruhig die heruntergefallenen Setzlinge ein und stellt die Kiste, jegliche statischen Überlegungen missachtend, wieder auf den Gepäckträger und die anderen Kisten. Damit nichts herunterfällt, hält sie den Stapel jetzt immerhin fest.
»Wir müssen da vorne um die Ecke. Schiebst du? Ich habe gerade keine Hand frei. Aber vorsichtig, das ist alles sehr wackelig hier«, sagt sie. Das ist mir auch schon aufgefallen. Vorsichtig setzen wir das überladene Gebilde in Bewegung.
»Hier rechts rein«, dirigiert mich die Frau. Wir biegen in eine Toreinfahrt neben unserem Haus ein. Dahinter, wo ich eigentlich andere Häuser erwartet hätte, tut sich eine ganz eigene, bezaubernde Welt auf. Ein idyllischer Garten, dessen Charme mich sofort gefangennimmt. Ich bin sonst eigentlich nicht für chlorophyllhaltige Organismen zu begeistern, bei mir vertrocknen sogar Kakteen, ich weiß auch nicht, ob mein Geldbaum und die beiden Hauswurze eine realistische Überlebenschance haben – aber dieser kleine Zaubergarten ist einfach unwiderstehlich schön. Bunte Beete, gerahmt von niedrigen grünen Hecken, die sich zu kunstvollen Ornamenten fügen. Wildwuchernde Kletterpflanzen erobern die Wände der benachbarten Häuser. In einer Ecke steht ein Gewächshaus, das aus alten Fenstern zusammengebaut wurde und daher aussieht wie ein durchsichtiges Lebkuchenhäuschen. Es würde mich nicht verwundern, wenn gleich ein paar sprechende Kaninchen oder singende Schmetterlinge vorbeiflanieren würden.
Die rothaarige Frau wirkt hier, in dieser Umgebung, gar

nicht mehr so wirr, durcheinander und hilflos. Sie lädt die Kisten vom Fahrrad und trägt sie in das transparente Hexenhäuschen. Im Vorbeigehen streichelt sie liebevoll ein paar Blumen und macht ihnen ein paar Komplimente. Wenn sie sich nicht bewegen würde, könnte man denken, sie sei mit diesem Garten verwachsen.

»Ist das schön hier«, sage ich und meine es wirklich.

»Danke«, strahlt die Frau, als hätte ich ihr ein Kompliment gemacht.

»Wem gehört dieses kleine Paradies?«, frage ich sie.

»Niemandem«, antwortet sie und schüttelt die Efeulocken ein wenig, als würde diese Frage sie entrüsten.

»Niemandem?«

»Das Paradies gehört niemandem. Gut, der Göttin vielleicht, wenn man gläubig ist.«

Hatte ich also recht mit dem Frauenbewegtsein, registriere ich ganz nebenbei. »Ja, aber das hier?«, hake ich dennoch nach und deute mit einer Handbewegung auf den Garten.

»Ich habe das alles gepflanzt. Aber das heißt noch lange nicht, dass mir das gehört. Pflanzen sind auch Lebewesen, weißt du? Sie haben eine Seele, einen eigenen Charakter und das Recht auf ein selbstbestimmtes Leben in Freiheit. Sie sind nicht unsere Sklaven.«

Schon gut, schon gut, denke ich. War eigentlich klar, dass das so eine ist, die vor dem Rasenmähen jedem Grashalm seine Grundrechte verliest und anschließend ein Gebet spricht und die Seelen der dahingemetzelten Hälmchen um Verzeihung bittet.

Ich versuche es anders. »Ich meinte: Wem gehört diese Baulücke?«

»Baulücke?« Jetzt ist sie ernsthaft empört. »Du meinst, nur weil hier gerade kein Haus steht, könnte man hier eines hinbauen? Nur bebaute Erde ist gute Erde? Beton drauf und fertig? Vielleicht übergangsweise ein Parkplatz mit schön praktisch versiegelter Oberfläche? Nein, nein, nein! Die Natur erobert sich ihren Platz zurück. Und ich helfe ihr dabei.« Die Beschützerin der Tomatensetzlinge ist jetzt richtig in Rage.

Ich beschließe, nicht auf Konfrontationskurs zu gehen, sondern sage: »Das finde ich toll.«

Auf einmal verfliegt ihre Empörung und Entrüstung.

»Ja?«, fragt sie hoffnungsvoll zurück.

»Ja«, nicke ich und gucke so ehrlich und ernsthaft interessiert, wie ich nur kann. Langsam müsste ich mal in die Redaktion, denke ich allerdings gleichzeitig.

»Dann könntest du mir ja gleich ein bisschen helfen. Die Tomatensetzlinge müssen schnell eingepflanzt werden, sonst bekommen sie noch ein Trauma.«

Ich bezweifle zwar, dass Tomatensetzlinge traumatisiert werden können, bin aber so überrumpelt und fasziniert von dieser seltsamen Blumenfee, dass ich ihr ins Gewächshaus folge. Es ist so niedrig, dass wir die Köpfe einziehen müssen. In gebückter Haltung stellt sie sich vor: »Ich bin übrigens Heidi. Ich wohne auch in dem Haus da vorne.«

»Auch?«, frage ich etwas verwirrt. Ich habe die Frau noch nie vorher gesehen.

»Ja, genau wie du. Du bist doch vor kurzem eingezogen, dein Bettgestell steht immer noch im Treppenhaus.«

Ja, stimmt. Wie peinlich.

»Es passt nicht durch«, rechtfertige ich mich vorsichtig. Unangenehmes Thema. »Ich heiße Katrin und arbeite bei der Ancilla.« Ich habe mir schnell angewöhnt, zu meinem Namen auch gleich meinen Arbeitgeber zu nennen. Das macht normalerweise ganz anständig Eindruck.

»Kenn ich nicht«, sagt Heidi.
Heidi und ich leben in unterschiedlichen Welten. Vielleicht kommen wir sogar von verschiedenen Planeten. Dass Männer vom Mars und Frauen von der Venus stammen, ist meiner Ansicht nach noch nicht die ganze Wahrheit. Frauen stammen nicht nur von der Venus, sondern auch von vielen anderen Planeten, von denen noch nie ein Mensch gehört hat. Der Planet der Blondinen zum Beispiel ist etwas völlig anderes als der Planet der alleinerziehenden Mütter. Oder der Planet der Karrierefrauen. Oder eben der Planet der Ökotussis, von dem Heidi zu stammen scheint. Dort liest man wohl keine Frauenzeitschriften.
»Ach, das ist nur so eine Zeitschrift«, sage ich, während Heidi mir zeigt, wie ich die Tomatenpflänzchen eintopfen soll. In ganz dunkle, krümelig-feuchte Erde, in die sie kringelige Metallstäbe gesteckt hat.
»Die armen Bäume«, seufzt Heidi.
Ich bohre meinen rechten Zeigefinger vorsichtig in den dunklen Boden und weiß nicht genau, was Heidi meint.
»Bäume?«, frage ich nach.
»Die armen Bäume, die für das Papier abgeholzt werden. Ich gehe mal davon aus, dass deine Zeitschrift nicht auf Recyclingpapier gedruckt wird.«
»Nein, ist eher Hochglanz.« Um sie von dem Thema abzulenken, frage ich: »Und was machst du so?«
»Ich arbeite in dem unabhängigen Frauenblumenladenkollektiv Frablulako.«
»Ach schön«, gebe ich mich begeisterter, als ich mich fühle. »Wo ist der denn? Ich muss morgen einen Strauß für eine Kollegin besorgen, die Geburtstag hat, und …«
»Ich verkaufe keine Schnittblumen«, klärt mich Heidi auf

und wirft mir dabei einen tadelnden Blick zu. »Aus Prinzip nicht!«
»Und die Blumen an deinem Fahrrad?«, frage ich mit ganz leichter Kritik. Immerhin fällt mir jetzt ein, welchen Laden sie meint.
»Die sind entweder von alleine irgendwo abgefallen und ich erweise ihnen damit eine letzte Ehre, oder sie sind nicht echt. Ein paar habe ich aus handbemalter Seide gemacht. Die sehen gut aus, täuschend echt, nicht wahr?«
»Ja, wirklich«, bestätige ich die Perfektion ihrer Handarbeitskünste. Die Frau hat einen Schuss, das ist mir klar. Ich weiß gar nicht, warum ich mich mit ihr unterhalte. Ich sollte längst im Büro sein.
Aber ich habe wochenlang mit niemandem außerhalb der Redaktion beziehungsweise der Unterhaltungsindustrie gesprochen. Meine Gespräche drehen sich normalerweise um neue CDs, neue Filme, neue Stars, neue Geschichten für Ancilla. Und Tomaten habe ich noch nie gepflanzt. Das fühlt sich interessant an. Irgendwie angenehm. Heidi ist trotz unserer offensichtlich völlig verschiedenen (und wahrscheinlich meist entgegengesetzten) Ansichten kein bisschen feindselig mehr. Von ihr gehen – ich komme mir fast blöd vor, solche Ausdrücke zu denken, aber trotzdem, es passt einfach – angenehme Schwingungen aus. *Good vibrations*. Und dieses *Guerilla-Gardening*-Ding ist ja vielleicht eine gute Geschichte. Klingt nach einem aufregenden Trend, da könnte man eventuell was draus machen. Man müsste nur noch ein paar Promis dafür begeistern. Moment: Hat nicht Kim Wilde gerade zur Gärtnerin umgeschult? Gut, Kim Wilde ist nicht mehr ganz hip, aber passend zum 80er-Revival ginge das vielleicht. Dann noch ein Model dazu, in ökologisch korrekter Designermode …

Hm, das ist alles Recherche hier. Außerdem macht es Spaß – so viel Spaß, dass ich dabei völlig die Zeit vergesse. Als das letzte Tomatenpflänzchen in der Erde steckt, krame ich mein Telefon raus, um zu sehen, wie spät es ist, und erschrecke: halb elf!

»Ich muss los«, verabschiede ich mich hektisch.

»Oh, entschuldige, dass ich dich so lange aufgehalten habe. Nimm doch mein Fahrrad, dann bist du schneller!«

»Danke«, antworte ich und betrachte das blumige Gefährt skeptisch. »Aber ...«

»Kein Aber«, sagt Heidi. »Nimm schon!«

Sonst fahre ich mit dem Bus. Oder mit dem Taxi, wenn das Wetter zu schlecht ist, um an der Bushaltestelle zu warten. Dabei komme ich mir zwar etwas dekadent vor, aber das tut auch mal ganz gut. Ich bin schließlich kostbar und muss auf mich aufpassen.

Heidi drückt mir den Lenker ihres Rades in die Hand, und mir fällt keine Ausrede ein. Dass ich nicht Rad fahren kann, würde sie mir nicht glauben, und dass mir das Ding zu hässlich ist, um damit gesehen zu werden, kann ich ja schlecht sagen. Das würde sie verletzen, und das will ich nicht.

Also fahre ich los. Dass ich herumeiere, liegt entweder daran, dass ich etwas aus der Übung bin oder dass die Räder nicht ganz rund sind. Das Efeu – auch nicht echt, wie ich jetzt feststelle – stört ein wenig beim Treten und schabt an meiner Hose und an meinen Schuhen. Aber das Fahren macht Spaß. Der Wind im Gesicht ist angenehm, und ich komme schnell voran. Ich bewege mich aus eigener Kraft, das ist ein gutes Gefühl. Das Rad möchte ich möglichst weit weg von der Redaktion abstellen, auf jeden Fall außer Sichtweite. Doch als ich es anschließen will, fällt mir ein, dass Heidi mir gar keinen Schlüssel mitgegeben hat. Grrrr! Ich überlege kurz, ob ich es einfach an eine Hauswand lehnen und hoffen soll, dass es heute Abend noch genauso dasteht, aber das halte ich doch für zu riskant. Man kann nicht ausschließen, dass es geschmacksverwirrte Fahrraddiebe in Hamburg gibt. Es bleibt mir wohl nichts anderes übrig, als das Rad mit in den Verlag zu nehmen. Vielleicht kann ich es dort irgendwo unauffällig in die Ecke schieben …

Ich versuche es zuerst bei der Dame in der Empfangshalle.

»Könnte ich das vielleicht …?«, sage ich mit leicht hilflosem Blick auf den dekorierten Drahtesel. Doch ich komme noch nicht mal dazu, den Satz zu Ende zu sprechen, da schüttelt sie schon energisch den Kopf und sieht mich streng an.

»Ausgeschlossen! Hier sind heute Dreharbeiten. Und wie sieht denn das aus!«

Wie das aussieht, weiß ich selbst: albern.

»Und in der Tiefgarage?«, versuche ich es noch mal.

»Bloß nicht! Der Verleger will heute noch reinkommen. Und der dreht durch, wenn ein Rad in seiner Garage steht. Er hasst Fahrräder. Deshalb dürfen eigentlich auch gar keine ins Haus.«

»Das habe ich aber für eine Fotoproduktion ausgeliehen«, flunkere ich.

»Dann nimm es doch einfach mit ins Büro. Aber pass auf, dass der Verleger dich nicht sieht!«

Das ist ja absurd, denke ich: Der Verlag macht auf jugendlich, dynamisch, sportlich. Es gibt sogar für alle Mitarbeiter eine Gratis-Mitgliedschaft im Fitness-Club. (Ich könnte da auch mal hingehen, wenn ich Zeit hätte.) Die Kühlschränke in den Kaffeeküchen der Redaktionen sind voll mit Wellness-Drinks, und immer mehr Kollegen werden zu Hobby-Marathonläufern. Aber Fahrräder werden verabscheut, als seien sie Infektionsherde für galoppierende Fettsucht.

Ich versuche, mich mit dem Rad in den gläsernen Fahrstuhl zu quetschen. Aber alles Absurditätsdenken hilft nicht, das Fahrrad geht weder gerade noch schräg noch quer hinein. Die automatische Tür versucht mehrmals, die Lichtschranke (und mich und das Rad) zu ignorieren und sich zu schließen. Ich stemme das hässliche Rad schließlich hochkant, obwohl es bestimmt so viel wiegt wie eine ausgewachsene, glückliche Ökosau. So klappt es. Mühsam wuchte ich das Fahrrad in der Redaktion dann wieder aus dem Fahrstuhl und trage es die Wendeltreppe hoch. Ich verstecke es gerade in meinem Büro, als Maria hereinkommt.

»Hast du schon gehört?«, fragt sie. »Die Reiseredakteurin ist weg.«

»Auf Reisen? Das ist doch normal, oder?«, frage ich zurück.

»Nee, durchgebrannt. Mit einem karibischen Bananenbootfahrer. Oder mit einem thailändischen Würfelquallenfarmer – die Quellen sind da nicht ganz eindeutig.« Maria lächelt versonnen. »Ach, so ein Aussteigerleben … Ohne Zwänge, nur mit Luft und Liebe, das wäre schon was. Wobei: Kein fließend Wasser, kein festes Einkommen – ich würde die Annehmlichkeiten der Zivilisation schon vermissen.«

Ich denke an die eingeschränkten Annehmlichkeiten meiner bescheidenen Behausung und an meinen Aussteigervormittag im Garten. Neugierig frage ich: »Wer macht jetzt ihren Job?«

»Wer wohl? Clark hätte da an dich gedacht«, sagt Maria so diplomatisch wie möglich.
»Heißt das, ich darf meinen Koffer packen? Wegfahren? Auf Kreuzfahrtreportage?« Ein kleiner Hoffnungsfunke glimmt auf. Ich könnte, denke ich ganz schnell und heimlich, Alex in Sibirien besuchen und über ihn schreiben.
»Ausgeschlossen!«, donnert Clark, der in der Bürotür auftaucht. »Du wirst hier gebraucht. Wozu gibt es denn das Internet? Da steht doch alles drin, was du wissen musst. Übrigens …«, er zeigt in die Ecke, wo das Fahrrad steht, »was ist das denn für eine Rostlaube? Neuer Retro-Trend? Lass das mal nicht den Jörg sehen, der hasst Fahrräder.«
»Wieso eigentlich?«
»Keine Ahnung. Das weiß niemand. Aber du könntest mir schon mal eine Liste mit Reise-Themenvorschlägen machen.«

Auf dem Heimweg kommt mir Heidis unfassbar lächerliches Fahrrad schon richtig vertraut vor. Ich verwende allerdings nur die unbedingt notwendigen Komponenten, das heißt, berühre die Dreigangschaltung nicht und lasse die Finger vom Vorderradbremshebel. Heidi scheint es ebenso zu handhaben, denn beide Teile sind mit einer grünlichen Schicht überzogen, die ein frühes Stadium von Moos sein könnte. Pflanzen also und somit für Heidi heilig. Dem Gepäckträger traue ich auch nicht, der hat ja schon die Tomaten nicht gehalten. Das kann man ihm nicht wirklich zum Vorwurf machen, die Ladung war einfach zu voluminös, aber er sieht aus, als wäre er selbst mit einer leeren Kiste, geschweige denn einer Designertasche völlig überfordert. Außerdem klebt noch Erde dran, in dicken, schwarzen Brocken. Abmachen werde ich die bes-

ser nicht, vielleicht verbergen sich kostbare Pflanzensamen darin.
Es ist ein wunderbar warmer Abend, die Luft fühlt sich an, als hätte sie gerade drei Wochen auf einer Beauty-Farm verbracht, und duftet dezent nach Flieder. Ich radele durch Harvestehude, eine erstklassige Millionärsgegend mit viel Geschmack, und stelle mir vor, wie es wäre, in so einer Stadtvilla zu wohnen. Es muss ja keine große sein. Aber mit einem verwunschenen Gärtchen, in dem Alex und ich frühstücken könnten oder Kaffee trinken.
Dass ich erstens keine Zeit für solchen Lebensart-Schnickschnack habe und außerdem gar keinen Kaffee trinke, blende ich aus. Tee würde zwischen die Rosenbüsche sowieso viel besser passen. Und Alex. Ich freue mich auf unser Date.
Es ist erst acht Uhr (bei den ganzen Ressorts, die ich jetzt betreue, ist das ein geradezu sensationell früher Feierabend), ich habe nichts vor und fahre weiter, kleine Schleifen und Umwege, um mich mit der Stadt, die ich nur oberflächlich kenne, vertrauter zu machen. Gemütlich radele ich dahin, fühle mich wie auf einer Sänfte und wundere mich, wie schnell ich vorankomme. Ärgerlich sind nur die vielen Ampeln. Bis man mal über die Grindelallee, diese vierspurige Rennbahn, drüber ist! Ich fahre sie gerade hoch, am Schlump vorbei und biege dann links in die Schanzenstraße ein. Ein Klaviergeschäft neben einem Laden, der gebrauchte Fernseher verkauft. Interessante Mischung. Der Radweg ist voll mit anderen Radfahrern und Fußgängern, doch klingeln will ich lieber auch nicht, dem Moos zuliebe. Außerdem habe ich so schon ein wenig das Gefühl, ich werde beobachtet. Abgecheckt. Diverse Blicke streifen mich. Nicht unangenehm, es ist eher ein Sehen

und Gesehenwerden. Und ich bin mit meinen normalen Designerdurchschnittsklamotten und dem überwucherten Fahrrad bei weitem nicht die Auffälligste hier. Eher unterer Durchschnitt.

Ich biege rechts in eine kleine, unebene Straße ein, holpere vorbei an Hippie-Bedarf, Schallplattenläden mit Schwerpunkt Soul und Reggae, skandinavischer Designermode, Wohnambiente-Schnickschnack und Gemüseläden. Geradeaus kreuzt das Schulterblatt, dort hing früher vor einer Kneipe das Schulterblatt eines Wals, daher hat die Straße ihren Namen. Zur rechten liegt die Rote Flora, einst ein Prachttheater, dann Spekulationsobjekt. Die Pracht ist weg, die Reste des Gebäudes sind besetzt. Davor haben sich ein paar Punks mit ihren Hunden häuslich niedergelassen, sie starren angeekelt auf die gutgestylten Galão-Trinker vor den portugiesischen Cafés gegenüber.

Hinter dem Neuen Pferdemarkt ist es nicht mehr ganz so hip. Ich weiche ein paar Betrunkenen aus und umkurve eine ältere Dame, die einen vollen Einkaufswagen vor sich herschiebt.

Auf dem Paulinenspielplatz kreischen Kinder. Warum sind die noch nicht im Bett? Ich war immer schon um acht im Bett.

Gelogen. Ehrlich gesagt, ich kann mich nicht daran erinnern. Nur, dass ich gerne ins Bett gegangen bin. Dann konnte ich die Augen zumachen und mich in eine andere Welt träumen. Nun steht mein Bettgestell immer noch im Treppenhaus.

Der Teil der Wohlwillstraße, in der ich wohne, ist mit Kopfstein gepflastert, sieht hübsch aus, fährt sich aber mit dem Rad unangenehm. Ich steige ab und schiebe den Rest, vorbei an der »Gemütlichen Ecke«, aus der der »Sommer-

hit« von Guido dröhnt. Wenn das so weitergeht, wird das noch ein echter Sommerhit. Und ernstzunehmende Konkurrenz für das Gesamtwerk von Roger Whittaker.
Das Rad von Heidi stelle ich ins Gewächshaus, ganz vorsichtig, damit den traumatisierten Tomaten nicht noch weitere Tassen aus dem Schrank fallen. Kurz überlege ich, ob ich die Erde noch ein bisschen andrücken soll, zart natürlich, als würde man ein schlafendes Kind zudecken, doch ich halte mich aus Rücksicht auf meine frisch geschrubbten Fingernägel zurück. Ich will ja nicht werden wie Heidi. Obwohl: Das mit dem Fahrrad, das war schon eine gute Idee. Vielleicht sollte ich mir auch eins …?

7. Kapitel

Es regnet nicht nur, es stürmt. Eine Böe hat mir, kaum dass ich drei Meter aus dem Haus war, den Schirm erst zerstört und dann entrissen. Man sollte sich bei solch wichtigen technischen Gerätschaften wie Schirmen nicht auf solche Dilettanten wie Burberry verlassen. Die können eben doch nur Karos. Überhaupt: Wieso holt der Kerl mich nicht ab? Ach ja, er weiß ja gar nicht, wo ich wohne. Immerhin, er hat angerufen.

Gleich kann ich überprüfen, ob Alex auch tageslichttauglich ist. Ich bin es wohl kaum mehr, der Regen hat mein Haar in frisch gekochte und abgeschreckte Spaghetti verwandelt. Egal. Es ist völlig normal, dass es im Mai regnet. Vielleicht ist es nicht normal, dass die Regentropfen die Größe von jungen Katzen haben, aber immerhin: Es ist nur Regen. Der kann mir gar nichts anhaben. Ich bin ja nicht aus Zucker.

Hilfe, jetzt klinge ich schon wie meine eigene Oma! Gut, dass das nur gedacht und nicht laut ausgesprochen war.

Alex steht unter dem Vordach des Mojo-Clubs, die Jeans vor Nässe tiefdunkelblau. Die Originalfarbe seiner Kapuzenjacke schätze ich auch zwei Nuancen heller. Auf dem Kopf trägt er einen Hut, aus dem ich schließe, dass wir wohl angeln gehen werden. Ich denke an den wunderbaren Film »Aus der Mitte entspringt ein Fluss«, in dem Brad

Pitt die Kunst des Fliegenfischens perfektioniert. Dieser Angelstil hat immerhin den Vorteil, dass man keine Würmer auf Haken spießen muss. Obwohl: Weitere Ausrüstung hat Alex keine dabei.
»Hallo. Schön, dass du da bist.« Er lächelt. Ich überlege, ob ich ihn umarmen soll, ganz freundschaftlich, lasse das dann aber, weil ich erstens keine falschen Signale (»Die Frau klammert!«) aussenden will, und weil mir zweitens rechtzeitig klar wird, dass ich tropfe wie frisch aus der Elbe gezogen.
»Du bist ganz nass«, stellt er auch gleich scharfsichtig fest.
»Du auch«, gebe ich zurück. »Wo gehen wir hin? Angeln?«
»So ähnlich. Du wirst schon sehen.«
»Ich hasse Überraschungen!«
»Das sagtest du bereits. Komm, wir gehen zur U-Bahn.«
Das fängt ja gut an. Im dritten Satz des ersten Dates wiederhole ich mich bereits. Als hätten wir uns alles schon gesagt und müssten jetzt noch mal von vorn anfangen. Ich erinnere mich an einen Ex-Freund, der auf jeder Party den gleichen Witz erzählte. Fünf Mal habe ich darüber gelacht, vier Mal davon aus reiner Höflichkeit. Dann habe ich mit ihm Schluss gemacht.
Leicht angespannt gehe ich neben Alex zur U-Bahn. Vor dem Fahrkartenautomaten bleibe ich etwas ratlos stehen, doch Alex drückt schnell eine Taste, wirft den angezeigten Kleingeldbetrag ein und drückt mir die Karte in die Hand. Dabei berühren wir uns heute zum ersten Mal. Seine Hand ist schmal, kühl und trocken.
Als wir auf die Bahn warten, schlurft ein Mann an uns vorbei, dessen Aura aus einer bestialisch stinkenden Wolke besteht. Die Reste seiner Kleidung, die mit seinem Körper verwachsen zu sein scheinen, haben eine einheitlich

schmutzigbraune Farbe angenommen, genau wie seine Haare. Die haben sich in der Struktur unregelmäßig dicken Seilen angenähert. Ein verfilzter, klebriger Bart wuchert ihm im Gesicht. Seine Hand umkrallt eine braune Bierflasche.

»Habt ihr mal ein bisschen Kleingeld«, nuschelt er in unsere Richtung.

Alex scheint den Mann gar nicht zu bemerken. Sein Blick ist auf meinen Jackenkragen gerichtet, keine Ahnung, was es da zu sehen gibt.

»Nein«, schüttele ich den Kopf und starre auf meine Füße. Das stimmt sogar, ich habe wirklich kein Kleingeld dabei, nur Scheine und meine EC-Karte.

»Trotzdem einen schönen Tag noch«, lallt der Mann und schlurft weiter. Einen Augenblick später fällt ihm seine leere Bierflasche aus der Hand und zerscheppert auf den harten Fliesen.

Das gefällt mir nicht. Ich mag das klirrende Geräusch von zerspringendem Glas nicht. Okay, niemand steht darauf, aber bei mir weckt es unschöne Erinnerungen, über die ich nicht sprechen möchte. Kindheitserinnerungen. Scherben, die am Boden liegen, lösen dieses Gefühl bei mir zum Glück nicht aus. Sonst könnte ich niemals auf St. Pauli wohnen, wo die Bürgersteige Tag und Nacht einem Grand Hotel für Fakire gleichen und die Fahrradläden nur noch pannensichere Reifen verkaufen. Aber das akute Ereignis berstenden Glases beunruhigt mich und weckt in mir das dringende Bedürfnis, die Scherben sofort wegzufegen, aufzuräumen, meine Welt wieder in Ordnung und mich unter Kontrolle zu bringen.

In diesem Moment fährt unsere Bahn ein, Alex nimmt meine Hand und zieht mich an einer Frau mit Kinderwagen vorbei auf eine freie Sitzbank. Weg von dem Gestank, weg von den Scherben. Ich beruhige mich wieder. Am Schlump umsteigen, bei Hagenbecks Tierpark aussteigen. In der Bahn haben wir nicht geredet, sondern den Mitfahrern gelauscht und uns dabei angelächelt. Zwei pummelige Teenagermädchen unterhielten sich über »echt krassen Lidschatten«, doch es war nicht klar, ob sie wirklich miteinander sprachen oder sich nur ihre SMS vorlasen, die sie mit echt krassen Fingernägeln in ihre Mobiltelefone hämmerten.

Auf der gegenüberliegenden Straßenseite unserer Haltestelle steht eine überlebensgroße Giraffe, an deren Hals ein Mann hochklettert.

»Gehen wir in den Zoo?«, frage ich und denke gleichzeitig: Zum Elefantenfüttern und Ziegenstreicheln fühle ich mich eigentlich schon zu alt. Wann war ich zuletzt im Zoo? Mit sechs? Mit acht?

Neben mir kreischen die Kinder einer ungefähr hundertfünfköpfigen Familie angesichts der Giraffenskulptur: »Ist die echt? Ist die eeeeeeeeecht?« Dann kotzt eines der Kinder sein Frühstück aus, offensichtlich Zwieback in Milch. Ich wende mich leicht angeekelt ab.

»Nicht ganz. Viel besser«, beantwortet Alex meine Frage unzureichend. »Hast du deinen Presseausweis dabei?«

»Äh, ja. Soll ich ein Interview mit einem Orang-Utan führen?«

»Wenn du darauf Wert legst, gerne. Aber erst mal kommst du damit umsonst hier rein.« Er geht zur Kasse, kauft sich eine Karte, ich zeige meinen Presseausweis vor, dann gehen wir rein. Ins Tropen-Aquarium.

Galant hält Alex mir die Türen der Schleuse auf. Dann stehen wir in einer Art Mini-Geisterdorf, bewohnt von

bunten Papageien und sehr niedlichen Affen mit geringelten Schwänzen.
»Das sind *Halbaffen*«, lese ich auf einem Schild.
»Welche Hälfte? Die untere oder die obere?«, fragt Alex, und ich muss lachen. »Ob die mir als Mantel gut stehen würden?«, albert er weiter herum. Ein kleines Mädchen dreht sich um und starrt ihn entsetzt an.
»Iih, wie gemein«, zische ich. »Und überhaupt, Männer im Pelz, das steht nicht jedem. Die optische Aussage könnte … mehrdeutig sein.«
»Vielleicht doch lieber Schuhe aus Schlangenleder?«, flüstert er. »Komm mit!«
Ich finde ihn hinreißend. Er nimmt schon wieder meine Hand und zieht mich vorbei an einem Tümpel voller Piranhas (»Das erinnert mich zu sehr an das *Music-Biz*«, kommentiert er die zahnig grinsenden Raubfische) ins »Giftschlangendorf«.
»Angenehme Nachbarschaft«, sage ich mit leicht ironischem Tonfall. Er guckt sich die Leute an, die neben uns vor den Terrarien stehen und auf Grüne Mambas und Gabunvipern starren. Mit Blick auf drei Frauen, die aussehen wie vertrocknete Blumensträuße, nickt er: »Da kann ich dir nur zustimmen.« Um seine Mundwinkel breitet sich ein spöttischer Zug aus, und ich muss schon wieder lachen.
Einer der vertrockneten Blumensträuße sagt mit angsterfüllter Stimme: »Wenn die nun zubeißt«, die Frau zeigt auf die Grüne Mamba, »dann aber gute Nacht!«
»Unter einer guten Nacht stelle ich mir ja etwas anderes vor«, flüstert Alex mir ins Ohr. Sein warmer Atem kitzelt mich angenehm. »Und außerdem ein bisschen zu klein für Schuhe. Vielleicht könnte man ein Uhrenarmband daraus

machen?« Die Grüne Mamba zischelt böse und verkriecht sich dann.
Ich fühle mich gleichzeitig entspannt und angespannt. Alex ist so witzig, so schön fies-ironisch, dass ich mich kringelig lachen könnte. Er trifft meinen Humor-Nerv genau. Die nassen Klamotten, die triefenden Haare – egal. Wir beide, Alex und ich, sind ein Traumpaar, wie ich mit Blick auf unser unscharfes Spiegelbild in der Glastür eines Schrankes, der von Gespenstschrecken und anderem Ungeziefer bewohnt wird, feststelle. Fast schade, dass uns hier niemand sieht, den ich kenne.
Wir gehen weiter durch enge Gänge, steigen in die »Unterwelt« hinab, bestaunen allerlei schillerndes Getier. Durch ein Bullauge guckt uns eine griesgrämige Muräne an. Sie sieht neidisch aus. Kein Wunder, so hässlich wie sie ist.
Gegenseitig lesen wir uns die Schilder vor:
»Die Blasenanemone nesselt nur schwach«, liest Alex.
»Wie geht denn nesseln?«, frage ich.
»Na: so!« Er zupft meine Bluse aus der Hose, ich schlage ihm sanft auf die Finger und weise ihn zurecht: »Das ist nesteln!«
»Ist doch das Gleiche«, mault er gespielt beleidigt. »Huch. Bist du etwa ein *Rotfeuerfisch? Praktisch jede Berührung führt zu einer Vergiftung.*«
»Mein Giftapparat besteht aus dreizehn Rückenstrahlen«, gebe ich an. Die »drei Analstacheln und zwei Beckenstacheln« verschweige ich mal, das klingt mir jetzt doch ein wenig zu anzüglich.
Alex scheint jedoch keine Hemmungen zu haben. »*Der Name der Ohrenqualle leitet sich von der Form der vier Geschlechtsorgane ab*«, liest er. Hinter Glas blubbern die klei-

nen Schleimbeutel vor sich hin. Sie scheinen von innen zu leuchten und erinnern mich an Kondome. Benutzte Kondome. Allerdings sehr elegante. Alex neigt den Kopf in meine Richtung und bietet mir *sein* Ohr an. »Na, was meinste? Sexy, oder?«

»Für Quallen vielleicht. Aber lies mal weiter: Die Ohrenqualle besitzt nur eine Körperöffnung (Gastralöffnung) auf der Unterseite, die gleichzeitig Mund und After darstellt.«

»Das macht es bei Magen-Darm-Grippe einfach«, kommentiert er. Wir stimmen in ein gemeinsames »Igitt!« ein. Die dunklen Gänge, die geheimnisvoll leuchtenden Unterwasserwelten mit ihren schillernden Bewohnern – es ist, als wären wir im coolsten Club der Welt. Nur ohne Musik, die mir in diesem Moment auch nicht fehlt. Hand in Hand gehen wir weiter, durch eine Höhle voller Fledermäuse. Flatternde Schatten huschen an uns vorbei. Hoffentlich bringen die lautlosen Signale, diese knisternden Funken, die zwischen Alex und mir hin und her fliegen, das Getier nicht vom Kurs ab.

Wir schweben (ich schwebe!) um eine dunkle Ecke, und der dunkle Gang öffnet sich in einen großen Raum. Es ist, als stünden wir mitten auf dem Meeresboden. Nur eine riesige raumgreifende gebogene Glasscheibe, groß wie eine Kinoleinwand, trennt uns von den Wassermassen. Ein paar träge Haie schwimmen vorbei. Blaugraues Licht schimmert in den Raum herein, wir setzen uns auf den Boden direkt vor die Scheibe. Sehe ich in dem blau schimmernden Licht auch so unwirklich aus wie Alex? Er wirkt so perfekt, sein scharfgeschnittenes Marionettengesicht mit den feinen Gesichtszügen wie aus Porzellan.

Den Anglerhut hat er in die Umhängetasche gestopft, seine nasse Kapuzenjacke ebenfalls. Sein dunkelblaues Hemd schmiegt sich engtailliert an seinen Körper, Schulterklappen lassen ihn dennoch ein wenig kantig wirken. Die unten umgeschlagene Jeans rutscht ein wenig hoch, gibt den Blick frei auf schwarze Strümpfe aus Merinowolle (mit Sicherheit Falke Airport) und Wallabees von Clarks. Aus Wildleder und völlig durchnässt, aber Alex lässt sich nichts anmerken. Er summt: *»I'd like to be under the sea – in an octopus's garden …«*, und sagt dann: »So etwas bekommen sonst nur Taucher zu sehen.«

»Warst du schon mal tauchen?«, frage ich ihn.

»Nein. Und ich habe das auch nicht vor. Ich mag's eigentlich lieber trocken«, antwortet er mit Blick auf seine Schuhe. »Du denn?«

Absurder Gedanke! »Nein, das kann ich mir wirklich nicht vorstellen«, antworte ich. »Ich fühle mich an Land ganz wohl.« Ich schüttele mich bei dem Gedanken, in die Tiefen des Ozeans hinabzusteigen und etwas, das Sauerstoff sein soll, aus einer Flasche zu atmen. Mein Motto mit dem kalten Wasser, in das man springen soll, ist wirklich nur symbolisch gemeint. Von Haien ist da auch keine Rede.

Meine Oma hat mal gemeint: »Kind, du brauchst ein Lebensmotto. Etwas, woran du dich immer festhalten kannst.«

»Ein Lebensmotto?«, hatte ich irritiert zurückgefragt.

»Einen Sinnspruch«, beharrte Oma. »Meiner ist: Der frühe Vogel fängt den Wurm. Bin ich immer gut mit gefahren.«

»Dann nehme ich das auch«, sagte ich.

»Nee«, winkte Oma ab. »Das ist meins. Such dir was Eigenes!«

»Aber was denn? Mir fällt nichts ein.« Ich war neun Jahre alt und hatte noch nicht so viele Lebensweisheiten sammeln können.
»Kein Problem«, entgegnete Oma, »ich habe da eine gute Quelle.« Sie nahm mich bei der Hand und führte mich in die Küche zu ihrem Kalender. »Hier finden wir alles, was wir brauchen. Sieh an deinem Geburtstag nach.«
Ich blätterte bis zur entsprechenden Seite. Dort stand in verschnörkelter Schrift der schlichte Satz: *Man muss auch mal ins kalte Wasser springen*. Der gefiel mir. Zur Probe sah ich auch auf dem Kalenderblatt dahinter nach. *Von den Reichen kann man sparen lernen*, las ich. Ich hätte es also schlechter treffen können. Und seitdem habe ich es, das Lebensmotto, das Oma, ihr Kalender und das Schicksal für mich ausgewählt hatten.
Ich vertiefe mich, wie Alex, in den Anblick der Fische.
»So ist es gerade richtig«, sage ich und zeige auf die Scheibe. »Immer schön viel Glas zwischen mir und dem Feind.« Dabei ist das Wasser im Aquarium sicher geheizt, denke ich. Ich sehe Alex herausfordernd an: »Dass du dich traust, so ganz ohne schützende Glasscheibe neben mir zu sitzen …«
Er lächelt mich an. »Die Scheibe ist doch nur da, damit die Haie keine Angst bekommen. Wusstest du, dass jährlich über zweihundert Millionen Haie getötet werden? Das sind sechs pro Sekunde.«
Der Zebrahai hinter der Scheibe scheint leicht zusammenzuzucken. Wir gruseln uns ein bisschen gemeinsam, dann zieht Alex eine kleine Plastikverpackung mit durchsichtigem Deckel aus seiner Tasche: Sushi. Nicht gerade taktvoll, aber thematisch passend. Die Fische glotzen neugierig. Wahrscheinlich würden sie uns auch gerne verspeisen,

wie wir gleich Teile ihrer Artgenossen, und sie überlegen sich im Geiste schon, zu welcher Spezialität sie uns verarbeiten werden. Tatar?
Alex gibt mir zwei Stäbchen. In einem kleinen Plastikschälchen verrührt er sorgfältig etwas Wasabi mit Sojasoße, wir tunken die Sushi-Röllchen hinein. Seine Mischung ist scharf, höllisch scharf. Die vorbeiziehenden Haie werfen uns aus ihren seitlich sitzenden Augen gierige Blicke zu. Nein, wir geben nichts ab!
Alex nimmt geschickt das letzte Stück *California Roll* zwischen die Stäbchen, lächelt mich ganz bezaubernd an und füttert mich damit. Während ich noch überlege, wie attraktiv wir beide wohl in dieser Kulisse auf einem Foto aussehen würden – als Filmszene könnte ich mir das auch gut vorstellen –, rammt mir ein stechender Schmerz von der Nasenwurzel ins Hirn, prallt hinter der Stirn ab und fliegt wie eine irre gewordene Billardkugel in meinem Kopf herum. Ich habe den Wasabi erwischt, den teuflisch scharfen grünen Meerrettich! Gleichzeitig entschließt sich eines der hundert Reiskörner, den zusammengepappten Verbund zu verlassen und statt meiner Speiseröhre lieber die Luftröhre zu passieren. Oder war es ein Stück Algenblatt? Oder etwas Fisch, quasi als Rache für die von uns begangene Taktlosigkeit?
Ich fange an zu husten. Erstickungsanfall und Hustenkrampf schütteln mich, Alex springt erschrocken auf und klopft mir auf den Rücken. Das hilft nichts, ich huste weiter. Er zieht mich hoch, umarmt mich von hinten. Okay, denke ich, das ist zumindest ein schöner Tod, in seinen Armen zu sterben, schade, ich hätte ihn gerne besser kennengelernt. Die Umarmung von Alex ist allerdings nicht gerade zart, er presst mir eine Faust in den Magen und

drückt dann ruckartig zu. Will er mir so etwas wie den Gnadenstoß versetzen, damit die blöde Husterei endlich aufhört? Dann hat er damit keinen Erfolg, ich muss noch stärker husten. Nach einer Zeit, in der andere Leute vermutlich ein Zehn-Gänge-Menü hätten verspeisen können, löst sich endlich der Pfropfen aus meiner Kehle und fliegt gegen die Scheibe des Aquariums. Die Fische wenden sich erschrocken ab. Ich mich auch. Wie peinlich! Und wie eklig das aussieht: klebriger Reis vor Tiefseepanorama.
»Geht's wieder?«, fragt Alex ganz fürsorglich. Ich nicke. Zu sprechen traue ich mich nicht, aus Angst, dass dann der Husten wieder losgeht.
Die Familie mit dem Kotzkind kommt hereingepoltert. Das Kind patscht mit seinen Fettfingern gegen die Panzerglasscheibe des Aquariums und reißt den Mund auf. Ich erwarte, dass gleich wieder ein Schwall Essen daraus hervorbricht, aber stattdessen kommt nur ein Laut ungläubigen Staunens. Dann tastet es sich weiter bis zu meinem Reisauswurf.
»Guck mal, Mami«, kreischt es aufgeregt, »hier ist eine Qualle ausgebrochen.«
»Nichts wie raus hier«, flüstert Alex, und wir lassen die besudelte Panoramascheibe hinter uns und steigen aus den Untiefen des Tropen-Aquariums hinauf in die Welt.
Es hat aufgehört zu regnen, die Sonne scheint, das sind kurze Momente, die man in Hamburg ausnutzen muss. Noch blendender als die Sonne sieht Alex aus, ich bin fasziniert von ihm. Gemeinsam gehen wir wieder zur U-Bahn, er erzählt mir von einer Platte, die er »compiled« hat, was so viel heißt wie zusammengestellt, davon, was wie zusammenpasst, von Groove und Emotionen (die in mir langsam hochkochen). Er redet von seinen Plänen, einem

eigenen Studio, davon, dass er irgendwann nicht mehr Platten auflegen, sondern nur noch produzieren will. Was für tolle Ideen er hat, und ich weiß gar nicht, ob ich richtig zuhöre. Ich muss daran denken, dass wir gleich aus der U-Bahn aussteigen werden, uns voneinander verabschieden, schlimmstenfalls sogar höflich mit Händedruck, und das war's dann. Wie kann ich das verhindern?
Fesseln und knebeln scheidet als ernstzunehmende Möglichkeit aus, man muss ja an die Zukunft denken.
Ihn ganz unverfänglich auf einen Kaffee zu mir bitten, mag ich auch nicht, denn das ist erstens zu plump und zweitens zu direkt und drittens viel zu früh (nachmittags!) und viertens eigentlich seine Aufgabe und fünftens trinke ich gar keinen Kaffee und sechstens habe ich deswegen auch gar keinen im Haus. Und siebtens: Ich will ihn ja nicht gleich mit meiner Bruchbude abschrecken. Nein, nein, nein, es muss eine andere Lösung geben!
Gedanklich gehe ich alle möglichen Aktivitäten durch, die zwei Menschen – zufällig Mann und Frau in diesem Fall – gemeinsam unternehmen können. Viel mehr als knutschen und die noch körperintensiveren Steigerungen dazu fällt mir nicht ein. Aber ich werde hier nicht den Anfang machen!
Nur: Wenn ich gar nichts mache, dann macht vielleicht keiner was, und dann werde ich auch nicht glücklich.
Huch, an was ich schon denke: Glück! Jeder ist seines Glückes Schmied, heißt es zwar so schön, und dieses Eisen hier neben mir, das ist heiß, so was von heiß! Aber Glück, das liegt nicht in meiner Macht. Ich glaube an Taktik, an Leistung und Erfolg. Ich will gar nicht glücklich sein, so dämlich delirierend beseelt herumlaufen und nichts mehr auf die Reihe kriegen. Ich will meinen kühlen Kopf behalten

und hin und wieder ein warmes Bett dazugewinnen (jetzt mal symbolisch gesprochen, denn mein Bettgestell steht immer noch im Treppenhaus). Einen hübschen Mann zum Vorzeigen an meiner Seite, das reicht schon. Ich muss mich nicht verlieben.
Aber ich will Alex.
»Dieses viele Wasser macht schon irgendwie durstig«, sagt Alex.
Wasser? Hier in der U-Bahn? Wovon redet er? Ach so, das ist eine Anspielung auf das Aquarium. Ich muss mich mal besser konzentrieren.
»Ja, du hast recht.« Der Satz funktioniert bei Männern immer. Sie haben zu gerne recht.
»Nicht wahr?«, strahlt er mich an. Kann es sein, dass er nicht nur über Wasser und Durst reden will, sondern mir vielleicht vorschlagen möchte, gemeinsam etwas trinken zu gehen?
»Ich fühle mich schon ganz dehydriert«, ermutige ich ihn, ungeachtet meiner immer noch sehr, sehr nassen Klamotten. Ich könnte einfach am Zipfel meiner Bluse saugen. Oder an seinem Kapuzenpulli. Interessanter Gedanke …
Ach, dass das alles immer so mühsam sein muss am Anfang. Und dass es so langsam geht! Aber schön ist es ja auch.
»Das kann ich nicht zulassen«, sagt er ganz ritterlich.
»Was?«, frage ich schon wieder irritiert, denn ich bin gedanklich noch dabei, mich an seinem Pulli gütlich zu tun. Wie er sich darunter wohl anfühlt?
»Ich kann dich doch nicht verdursten lassen – jetzt, wo ich dich gerade erst vor dem Erstickungstod gerettet habe.«
»Nein, das kannst du nicht«, antworte ich und denke: Ja, Schätzchen, nun tu mal was. Mach mal einen konkreten

Vorschlag, leg dich fest. Keine Angst, ich komme schon mit. Sagen kann ich das natürlich so nicht, deshalb versuche ich, es mit meinem Blick zu vermitteln.
»Wieso guckst du so komisch?«, fragt er. Na toll.
»Mache ich doch gar nicht. Wie willst du mich denn vor dem Verdursten retten?«, lenke ich wieder zum eigentlichen Thema über. Mir ist das zwar ein bisschen viel Heldentum und Gerette, das sieht ja fast so aus, als wäre ich alleine nicht überlebensfähig, aber um ans Ziel zu kommen, ist es ratsam, diese Spielchen mitzuspielen.
»Ich kenne da ein Café.«
Na, das ist ja mal was. Er kennt ein Café. Ein einziges, aber das reicht ja. Worauf warten wir noch? Hin!
»Gut«, sage ich.
»Wie: gut?«, fragt er.
»Lass uns da hingehen«, konkretisiere ich meine Antwort.
»Ich weiß aber nicht, ob die schon aufhaben«, sagt Alex.
Was soll das nun wieder? Will er einen Rückzieher machen. Ich ermutige ihn: »Wir können es ja mal versuchen.« Und damit meine ich jetzt nicht nur eine gemeinsame Rhabarberschorle. Die bestelle ich mir nämlich in der »Amphore«, so heißt das Café, in das es Alex und ich dann schließlich gemeinsam geschafft haben. Er findet meine Getränkeauswahl höchst seltsam und erzählt, dass er Rhabarber schon immer gehasst hat. Wir erläutern ausführlich das Für und Wider des pelzigen Nachgeschmacks auf der Zunge und das schöne Gefühl, wenn der dann wieder nachlässt. Ich mag Rhabarberschorle. Und ich mag Alex.
Wir lästern ausführlich über die modischen Fehlgriffe der Passanten, das misslungene Design von Containerschiffen (von der »Amphore« hat man einen wunderbaren Blick

auf die Elbe und den Hafen) und über Hunderassen, die gerade *en vogue* sind (wir sichten drei Englische Bulldoggen, das könnte ein neuer Trend sein). Eigentlich lästern wir sehr schlagfertig über alles, und ich fühle mich dabei ganz wunderbar. Schöner und klüger und begehrenswerter als der Rest der Welt. Das muss an Alex liegen. Die Sonne scheint und hat sich wohl entschlossen zu bleiben. Wir tun es ihr gleich. Und bestellen Weißwurst mit süßem Senf und Brezeln, ganz unhanseatisch.

Bestimmt drei Mal hat das Publikum (unser Publikum?) im Café schon gewechselt. Gerade stehen zwei junge Frauen am Nachbartisch auf. Trotz sehr unterschiedlicher körperlicher Voraussetzungen sind sie gestylt wie Zwillingsschwestern. Die an Umstandskleidung erinnernde Bluse ist wohl ein Zugeständnis an Bauch und Oberweite der Fülligeren. Bei der Röhrenhose dürfte sich die Dünne durchgesetzt haben. Sie schauen verstohlen zu uns rüber und tuscheln. Alex lächelt sie huldvoll an. Die Dünne macht trotz vieler Pickel ein entschlossenes Gesicht und sagt mit sich leicht überschlagender Stimme zu Alex: »Du warst neulich im Mojo gaaaaanz, gaaaanz toll. Echt voll geil.«

Alex nickt und antwortet geschmeichelt: »Ich bin nur dazu da, euch Freude zu machen. Meine neue Compilation kommt übrigens demnächst raus.«

»Echt? Wahnsinn!«, kommentiert die Dünne Alex' PR-Maßnahme, als hätte er ein sofort wirkendes Wundermittel gegen Akne erfunden und ihr die erste Probepackung geschenkt.

Ich registriere: Alex ist berühmt. Zumindest in einer gewissen Szene. Er wird wiedererkannt. Vielleicht hat er sogar Autogrammkarten? Nein, das wäre zu viel. Aber ansonsten: Respekt.

Ehrfurchtsvoll ziehen sich die beiden Fans zurück. Alex und ich gehen zu alkoholischen Getränken über. Sekt auf Eis. Wir sitzen uns gegenüber, ich finde, der Tisch ist im Weg. Wenn wir uns jetzt küssen wollten, müssten wir uns beide über den Tisch beugen, auf dem der Kellner nun auch noch eine Kerze anzündet, damit wir bei einem solchen Versuch nicht nur albern aussehen, sondern uns auch noch Brandverletzungen zuziehen. Um die Chance einer Annäherung zu erhöhen, gehe ich möglichst oft aufs Klo. Ganz unauffällig, bei dem Flüssigkeitskonsum bliebe mir eh keine andere Wahl. Dabei gehe ich ganz dicht an Alex vorbei und streife ihn etwas mit der Hand. Mehr geht nicht. Ich kann mich ja schlecht zu ihm runterbeugen. Oder mich bei ihm auf den Schoß fallen lassen. Ich komme mir schon fast vor wie im Museum: ansehen ja, anfassen verboten. Der Mann ist einfach zu schön.

Ich gehe zum fünften Mal pinkeln.

Als ich zurückkomme, steht er gerade auf. Ob es nun der Sekt auf Eis oder die aufgebaute Spannung war, die uns taumeln ließ, ist im Nachhinein schwer zu sagen. Wir torkeln sanft ineinander, halten uns aneinander fest, lehnen uns an uns an. Unsere Körper sind benommen voneinander, sie tun, was wir schon lange tun wollten. Ich kann da auch für Alex sprechen, denn er sagt: »Das wollte ich schon lange tun.«

Ich würde ja gerne »Ich auch!« antworten, doch das geht nicht, denn er küsst mich. Er schmeckt nach süßem Senf, mild und doch scharf.

Seine Zunge ist weich und fordernd, sie lockt mich bis in seine Wohnung, ganz selbstverständlich gehe ich mit. Auf dem harten Futon fallen wir übereinander her, verknäulen uns ineinander wie zwei junge Katzen. Seine sanften Marionettenfinger streicheln meine Haut, bis ich schnurre. Er ist ein wunderbares Spielzeug, amüsant, vergnüglich, leidenschaftlich. Ich weiß nicht, wer von uns über die Fernbedienung gerollt ist, aber keiner von uns macht sich die Mühe, den Fernseher wieder auszuschalten. So lieben wir uns im Rhythmus der Tagesthemen und zu »Belle de Jour«, und als der Abspann läuft, sind wir noch lange nicht fertig.

Teil 2:

Einleben

8. Kapitel

Die Sonne weckt mich. Ich sehe mich im Zimmer um. Außer dem großen Futonbett gibt es ein überdimensioniertes Regal, voll mit Schallplatten, ein Sofa, ebenfalls voll mit Schallplatten, und einen schmalen Metallspind (auch voll mit Schallplatten?). In einer winzigen Kommode vermute ich seine Socken, unter dem Zettelhaufen einen Schreibtisch (ohne Stuhl) und unter dem Fernseher und den großflächig auf dem Boden verteilten Klamotten einen Teppich. Die Möbel sind alle schwarz, die Wände weiß, ohne Bilder. Die Bettwäsche ist zum Glück auch weiß. Bettwäsche in den Farben seines Lieblingsfußballvereins oder eine ähnliche Geschmacksverirrung hätten Punktabzug bedeutet.

Das Zimmer ist okay. Nichts für eine Homestory in »Schöner wohnen«, doch in Ordnung. Die Fenster könnten mal wieder geputzt werden, aber immerhin sind sie groß.

Das Lämpchen des Anrufbeantworters, der auf einem wackeligen Zettelhaufen auf dem Schreibtisch steht, blinkt hektisch. Der Wecker daneben zeigt mir, dass es schon elf Uhr ist. So lange habe ich Ewigkeiten nicht mehr geschlafen. Bestimmt nicht mehr, seit ich als Teenager die absurden »Familienfrühstücke« mit meinen Eltern zu umgehen versuchte. Meine Eltern. Schlechtes Thema. Besser nicht daran denken. Ein Anruf meiner Mutter ist eigentlich überfällig. Schlimmstenfalls stehen sie unangemeldet vor der Tür, sie können sehr »spontan« sein.

Alex räkelt sich. Der Mann ist wirklich eine Lichtgestalt. Ich meine, wem gelingt es schon, gut auszusehen, wenn ihm ein Speichelfaden übers Kinn gelaufen und angetrocknet ist? Alex sieht auch in diesem leicht derangierten Zustand noch umwerfend aus. So fragil und verletzlich. Und dabei wie gemeißelt. Ein traumhafter Anblick. Er dreht sich zur anderen Seite. Ich überlege kurz, ob ich einmal um das Bett herumgehe, um ihn von der anderen Seite weiter zu betrachten, entschließe mich dann aber, mich anzuziehen und möglichst unauffällig zu verschwinden. Immerhin wartet zu Hause noch jede Menge Arbeit auf mich: Ich wollte noch ein paar CD-Rezensionen schreiben und ein Interview abtippen. In der Redaktion komme ich vor lauter telefonieren und organisieren und konferieren so gut wie gar nicht zum Schreiben, das mache ich lieber in Ruhe daheim.

Ich schlüpfe in meine Marlenehose, meine Bluse und meine Schuhe – alles wieder trocken und leicht zerknittert – und suche nach einem leeren Zettel und einem Stift. Als Journalistin sollte man so etwas eigentlich immer dabeihaben. Ich finde einen alten Briefumschlag und einen stumpfen Bleistift und schreibe: »Das war sehr schön! Mehr davon?« und dazu meine Mobiltelefonnummer. Ich lege den Zettel auf das Kopfkissen. Dann betrachte ich Alex noch mal versonnen und überlege, ob ich nicht doch warten sollte, bis er wach wird. Ich küsse ihn vorsichtig und fühle mich wie der Prinz, der sich über Dornröschen beugt. Alex zuckt zusammen und grunzt ein wenig, wird aber nicht wach. Wahrscheinlich ist das von seinem Biorhythmus her gar nicht vorgesehen. So ein DJ ist ein Nachtmensch, vermute ich. Deshalb gehe ich leise durch den Flur und schließe die Wohnungstür vorsichtig hinter mir. Draußen muss ich mich erst mal orientieren. In der nächtlichen Sektlaune habe ich nicht so genau darauf geachtet, wo wir hingegangen sind. Doch jetzt erkenne ich den »Kaffeestrich« des Schanzenviertels. Das hier ist die Sehen-und-gesehenwerden-Szene der ehemaligen Internet-Startup-Options-Millionäre, der trendigen neuen Väter mit ultrascharfen Kinderwagen. »Würde Alex auch gut stehen«, ist ein Gedanke, der eine Millionstelsekunde durch mein Hirn flackert, aber sofort wieder pulverisiert wird. Auf den Biertisch-Bänken drängen sich, ein Glas Galão in der Hand, die individuell und doch ganz ähnlich gestylten Pseudo-Lebenskünstler, die gerade ihr fünfundzwanzigstes Praktikum machen. Hier tut Hamburg wie Berlin und wirkt dabei authentischer, ehrlicher, überzeugender. Ich mag das. Gutaussehende Menschen cruisen auf Klapprädern an mir vorbei. Ich denke an mein Intermezzo mit Heidis Efeu-Schleuder und muss lächeln. Vielleicht sollte ich mir wirklich ein Fahrrad zulegen. Ein hippes Klapprad in Offwhite mit beigem Ledersattel. Keine Ahnung, ob die das in der Redaktion verstehen würden, aber ich finde, das könnte chic aussehen. Vielleicht könnte ich mit Alex eine Radtour machen? Doch den Gedanken verwerfe ich sofort wieder. Erstens ist Alex nicht der Typ für Radtouren, er hat so gar nichts Naturburschiges an sich, zweitens ist ein Klapprad, realistisch gesehen, ein Lifestyle-Accessoire und nicht für Radtouren geeignet. Ich würde ja auch nicht mit einer Baguette-Tasche von Fendi zu einer Bergwanderung aufbrechen.

Auf meinem Weg zu Fuß nach Hause nutze ich jede Gelegenheit, an Alex zu denken. Das ist leicht: Der Weg ist

gepflastert mit Plakaten, die auf die Release-Party seiner neuen Compilation im Mojo hinweisen.
Die Scherben, die überall auf dem Bürgersteig liegen, machen mir heute nichts aus. Ich sehe sie gar nicht. Dabei gucke ich sehr wohl nach unten. Anders geht es gar nicht. In St. Pauli muss man den Gehweg abscannen, um nicht in Hundekacke, Ausgekotztes, gebrauchte Kondome, alte Socken, fallen gelassene Tetrapaks mit Dauergemüse, Lollis, ermattete Ratten, Partygänger der letzten Nacht oder Ähnliches zu treten. Man sollte einerseits gründlich hingucken, um nichts zu übersehen, denn gerade die kleinen Flecken sind oft die tückischsten. Aber zu genau sollte der Blick auch wieder nicht sein, denn sonst wird einem schlecht. Es ist eher eine mechanische Rasterfahndung, die geübt sein will. Ich bin inzwischen schon ziemlich gut darin.
Ich lenke meine Schritte leichtfüßig um alle unerwünschten Tretminen, lächle die Menschen, die mir entgegenkommen, an, sehe auf dem einen Kilometer bestimmt fünfzig bis hundert Liebespaare (und mindestens ebenso viele Plakate mit Alex' Namen drauf), ignoriere sämtliche Anzeichen einer sich anschleichenden Erkältung und blinzele aufgekratzt in die Sonne.
Als ich vor meiner Haustür ankomme, steht davor eine ältere Frau mit einem Hackenporsche. So nannte meine Oma die Einkaufstaschen auf Rollen. Sie selbst wollte nie einen haben, war immer zu stolz dazu.
»Das sieht doch nicht aus«, sagte sie und schleppte lieber ihren schweren Korb. Genau wie ihr Köfferchen, wenn sie verreiste. Sie ahnte nicht, dass es kurz darauf fast gar kein Gepäck ohne Rollen drunter mehr zu kaufen gab. Jedenfalls nicht für den Durchschnittsgeldbeutel. Die Schrank-

koffer, die Marc Jacobs für Louis Vuitton entwarf, hätte sie sich niemals gegönnt (abgesehen davon, dass sie die sowieso nicht hätte tragen können, dafür braucht man Personal). Diese Dame scheint da pragmatischer zu sein. Sie ist vielleicht Mitte achtzig, wirkt sehr zart und wie mit einem Grauschleier überzogen.

»Könnten Sie mir bitte helfen?«, fragt die Frau mit dünner Stimme.

»Natürlich«, antworte ich und lächle sie an. Ich könnte gerade die ganze Welt umarmen. Aber damit wäre ihr wohl kaum geholfen.

»Ich wollte nie so ein Ding haben«, sagt sie und zeigt auf ihren Hackenporsche, ein schickes Modell, nicht mit schottenkariertem Polyesterbezug, sondern aus Korbgeflecht, mit großen Rädern. Ein eher mediterraner Look. »Ich finde, das macht alt. Dabei bin ich gerade mal vierundsechzig!«

Hm, denke ich, da hat sie wohl recht, sage aber: »Und Sie sehen aus wie das blühende Leben!« Ich bin in Stimmung für Komplimente. Schwungvoll packe ich den Hackenporsche und will ihn die Treppe hochwuchten, da knurrt mich das, was ich für den Einkauf gehalten hatte, an. Unter einer alten Babydecke lugt ein grimmiger Langhaardackel hervor.

»Ruhig, Lady«, beschwichtigt die nicht so alte Dame, und ich weiß nicht, ob sie mich meint oder das Monster im Korb. »Lady, jetzt guck mal, das ist doch unsere neue Nachbarin, die von oben, die habe ich dir doch schon gezeigt. Die wohnt jetzt auch hier. Ich würde sie dir ja gerne vorstellen, aber ich weiß ihren Namen leider nicht, der klebt immer noch nicht am Klingelschild. Und am Briefkasten auch nicht.«

Den letzten Teil ihres Wortbeitrags nehme ich als Aufforderung, meinen Namen zu nennen.
»Ich heiße Katrin Weilrich«, stelle ich mich vor und reiche ihr die Hand.
»Das ist Lady von der Lukashöhe, dreifache Deutsche Meisterin.«
»Angenehm. Und wie war gleich Ihr Name?«
»Hansen. Erster Stock links.« Sie tut das mit einer leichten Verwunderung kund, als wäre es selbstverständlich, ihren Namen zu kennen. Ich bleibe im Komplimente-Modus: »Schöner Hund.«
»Sie ist mein Ein und Alles«, sagt Frau Hansen, tätschelt Lady den Kopf und seufzt: »Leider ist sie schon sehr, sehr alt. Bereits vierzehn Jahre. Sieben Hundejahre sind ein Menschenjahr, müssen Sie wissen. Sie kann kaum noch laufen, deshalb muss ich sie in diesem Korb fahren. Für Lady würde ich alles tun. So ein treues Tier! Wenn sie mal nicht mehr ist, dann lasse ich sie ausstopfen. Ich hoffe, dadurch wird sie nicht schwerer.«
Lady guckt genauso überrascht wie ich. Doch nicht mit ihr habe ich Mitleid, sondern mit der armen Frau Hansen, die anscheinend ganz allein mit ihrem Hund in dieser doch recht undamenhaften Gegend wohnt. Ich biete ihr meinen Arm an und ziehe Lady in dem Korbwagen mit der anderen Hand hinter mir her. So gehen wir ganz langsam die Treppe hoch. Ich befürchte dabei, dass Frau Hansen jeden Moment zu Staub zerfällt. Die Haut ihrer Hände fühlt sich an wie zu oft benutztes Backpapier. Vor ihrer Wohnungstür kramt sie umständlich ihren Schlüssel aus einer kleinen Handtasche, einer Kopie der Kelly Bag.
»Kann ich noch etwas für Sie tun?«, frage ich. Ich würde

gerne ihre Wohnung sehen. Bestimmt ganz plüschig mit vielen kleinen Erinnerungen.
»Nein danke, meine Liebe. Das war wirklich ganz reizend von Ihnen.«
Sie öffnet die Tür, der Flur sieht viel nüchterner aus, als ich ihn mir vorgestellt habe. Beige Textiltapete, Laminat. Ein stämmiger, unrasierter Mann in Bademantel und Pantoffeln kommt aus einem Zimmer geschlurft und muffelt: »Hab Kohldampf! Wo bleibst du denn?« Es ist schwer zu sagen, ob der Kerl ihr Ehemann oder ihr Sohn ist. Frau Hansen holt etwas Kleines, Rundes, Knisterndes aus ihrer Tasche, drückt es mir rasch in die Handfläche und schließt meine Finger darum. Dann schließt sie die Tür. Ich stehe im Treppenhaus und öffne meine Hand. Darin liegt ein Bonbon.
»Lass dich bloß nicht von der einwickeln«, schnarrt hinter mir eine Stimme. Dem Ton nach erwarte ich eine gewaltige, extravagante Fregatte, doch als ich mich umdrehe, steht da eine völlig unscheinbar wirkende Frau, ebenfalls im Rentenalter.
»Erschrick nicht, ich bin noch nicht stadtfein!«, bedeutet sie mir und zieht ihren pastellgeblümten Frotteemorgenmantel etwas enger um ihre Hüften, die weder schmal noch breit sind. Ihre Haare sind weder lang noch kurz, weder blond noch braun (und schon gar nicht rot), ihr Gesicht ist völlig ungeschminkt, ein paar Äderchen auf den Wangen sind geplatzt, die Augen hocken blass in ihren Höhlen. Das einzig Extravagante an dieser Frau – abgesehen von der Stimme – sind ihre Pantoffeln. Es sind feenhafte Gebilde mit kleinem Absatz und zartem, roséfarbenem Federflaum darauf.
Ich tue, wie mir geheißen, und erschrecke nicht. Hätte ich einen Grund dazu?

»Die tut immer so, als sei sie was Besseres. Redet nicht mit jedem. Nur mit ihrem beknackten Dackel. Der Hund trägt eine Windel, ist dir das schon aufgefallen? Wie ein Baby! Und der Mann: ein Tyrann! Vor dem musst du dich richtig in Acht nehmen! Sei gewarnt, Mädchen! Du bist ja gerade erst eingezogen, willst hier ja sicher noch ein bisschen wohnen bleiben. Deine Freundin hat mir von dir erzählt. Das Bettgestell muss aber noch raus aus dem Treppenhaus. Mich stört es ja nicht, aber irgendjemand wird schon Ärger machen.« Sie deutet auf die Tür der Hansens. »Ich würde ja weg hier, wenn ich könnte«, seufzt sie. »Bin übrigens Erna. Pass gut auf dich auf, Mädchen.«

Einen Moment denke ich, sie will mich in den Arm nehmen, doch dann trippelt sie in ihren Feenpantöffelchen an mir vorüber, die Treppe hinunter zum Briefkasten. Am lauten Knarzen höre ich, dass sie den Briefkasten öffnet, dann seufzt sie.

Ich habe keine Lust, mir meine gute Laune verderben zu lassen, und sprinte rasch nach oben in meine Wohnung. Ich bin voller Tatendrang. Ganz kurz überlege ich sogar, in die Redaktion zu fahren, entscheide mich dann aber dafür, meine Energie hier auszuleben, und nehme mir den ersten von vielen unausgepackten Kistenstapeln vor. Aha, Bücher. Dafür bräuchte ich ein Regal. Die Bretter liegen hinten in der Ecke, zum Glück ein Stecksystem. Ich bastele es zusammen, rücke es probeweise erst an die eine Wand, dann an die andere. Da steht es gut. Ich stapele Kartons um, suche nach noch mehr Büchern, räume ein, trage Stapel durch die Gegend.

Rums, das war die Wand. Ich bin mit voller Wucht dagegengelaufen. Die war doch vorhin noch nicht da? Logisch, da standen ja auch die Kisten. Aber irgendwie passt das

nicht, ich habe das Gefühl, die Wohnung sollte dort weitergehen. Merkwürdig.
In einem anderen Karton finde ich Sofakissen und frisches – okay, inzwischen gut abgelagertes – Bettzeug. Und da sind ja auch die kleinen Teak-Flamingos, die mir Eva mal geschenkt hat. Ich stelle sie aufs Fensterbrett, damit sie rausgucken können. Moment: Erst muss ich noch die Fenster putzen. Nach Omas Methode, mit Zeitungspapier nachpolieren. Das geht richtig in die Arme.
Erschöpft lasse ich mich danach aufs Sofa fallen, sehe gemeinsam mit den Flamingos aus dem Fenster und spüre ein neues, fast heimeliges Gefühl in mir aufsteigen: Das ist jetzt wirklich meine Wohnung.
Nicht das repräsentable Apartment, das ich mir gewünscht habe, aber, wenn man nicht so genau hinsieht, annehmbar. Okay: Wenn man beide Augen fest zukneift. Aber irgendwie charmant. Ich bin zwar nicht so der Altbau-Typ, aber ich hätte es wirklich schlechter treffen können. Fast fühle ich mich ein wenig zu Hause. Ich kann mir sogar fast vorstellen, Alex hierher mitzunehmen.
Im Schlafzimmer möchte ich weiterräumen. Es gelingt mir noch, das Bett frisch zu beziehen und aufzuschütteln, dann bin ich wieder reif für eine kurze Pause. Ich setze mich auf meine Matratze, mein kleines Nest, und überlege, wo ich hier was hinräumen könnte.

Was ist denn nur los? Es ist schon neun Uhr vormittags, ich liege immer noch auf meiner Matratze, und mein Kopf fühlt sich an, als hätte ein engagierter Metzger die Hirnmasse durch Grützwurst ersetzt. Ich muss einen halben Tag und die ganze Nacht geschlafen haben. In meiner Nase wohnen glibberige Schnecken, wahrscheinlich sind die scharf auf die Grützwurst. Arme und Beine haben dazu keine Meinung, die tun so, als wären sie aus Beton, und stellen sich tot. Ich fühle mich so schwer, dass ich befürchte, unter meiner Last könnten sich die Holzdielen nach unten durchbiegen. Dann würde Jan, dem verhinderten Umzugshelfer, der unter mir wohnt, der Putz auf den Kopf bröseln. Gleichzeitig ist mein Körper auch noch so heiß wie eine frische Pizza und droht, das Bett in Brand zu stecken. Aber eigentlich ist mir das gerade egal, und ich schlafe wieder ein.

Es ist elf Uhr. Die Schnecken aus meiner Nase lassen von der Grützwurst im Hirn ab und kriechen geräuschvoll ins Taschentuch. Meine Körpertemperatur ist von »ofenfrische Pizza« auf »tiefgefroren« gefallen, dafür sind Arme und Beine leichter. Aber sie zittern. Ich brauche dringend eine Dusche und einen Tee. Wasser außen und innen, das wird helfen. Ein Anruf von Alex wäre auch schön. Langsam, ganz langsam stehe ich auf. Ich will ja meine Moleküle, die heute ein wenig unsortiert und planlos erscheinen, nicht überfordern.

Unter der Dusche überlege ich mir, was ich mit dem Tag anfange. Ich wollte noch in die Redaktion, ein Special über Angst und Panik vorbereiten. Nicht gerade meine Herzblutthemen. Das Wasser rinnt über meinen Körper, ich schäume mir die Haare ein. Das macht das Hirn frei, hoffe ich. Doch wenig später glüht mein Kopf, und das kommt nicht vom Haaretrockenrubbeln. Aber ich will nicht wieder ins Bett. Stattdessen drehe ich alle Hähne fest zu, damit die Wohnung unter mir trocken bleibt, ziehe eine Schlabberhose, einen Kapuzenpulli und Wollsocken an und koche mir einen Tee. Das Wasser mache ich auf

dem Herd heiß, denn der Wasserkocher, das habe ich festgestellt, überfordert die einsame Küchensteckdose.
Mit dem Tee schleppe ich mich an meinen Schreibtisch und lasse mich auf einen Arne-Jacobsen-Stuhl fallen. Um mich herum ist alles sehr weiß. Schön weiß. Der Stuhl, meine Schreibtischplatte, das Sofa, der Wollteppich davor, die Wände, die Decke. Immerhin sieht es nicht mehr so aus, als wolle ich bei der nächstbesten Gelegenheit wieder ausziehen. Dieser Gedanke verschwindet langsam, er geht in meinem Kopf unter wie in einem Moor. Es breitet sich der Wunsch nach »Schöner Wohnen« in mir aus. Ich beginne, mich nach einem Zuhause zu sehnen, und ahne, dass ich vielleicht schon mittendrin wäre. Wenn nur dieses ganze Weiß nicht wäre.
Es blendet meine Augen, obwohl die noch ganz glasig sind, es weckt Assoziationen von Krankenhaus und Leichentuch. Bei einer Messe für Energie und Lebensfreude – ich war für meinen früheren Arbeitgeber, die Lokalzeitung, dort – habe ich gelernt, dass man Farben, die einem in der eigenen Aura fehlen, intuitiv durch Farben in der Umgebung ersetzt. Ich verwerfe diesen Gedanken schnell wieder, er passt besser zu Heidi als zu mir. Mir fehlt nichts in der Aura, ich bezweifle sogar, dass ich eine habe. Deshalb habe ich mich damals ja auch vor der Aurafotografie gedrückt. Mir fehlt nur ein wenig Farbe in der Wohnung. Die Bücher im Regal, das sieht schön bunt aus. Nur der Rest …
Ich setze mich wieder auf meinen weißen Stuhl an meinen weißen Schreibtisch und öffne meinen weißen Laptop. Das ist ja wie in einer historischen Waschmittelwerbung: Wäscht so weiß – weißer geht's nicht.
»Schöne Farben« gebe ich in die Google-Zeile ein. Das heißt: Ich will »schöne Farben« eingeben, tippe aber,

inspiriert von der Waschmittelwerbung, »historische Farben«.
Auf der Homepage von »Peter Interior« finde ich die schönsten Farbtöne mit noch schöneren Namen. Soll ich mich für »Blauer Charme« oder »Ballsaal« entscheiden? »High Society«, ein *very sophisticated* Graugrün, zieht mich auch magisch an. Das Rot »Drachensaat« wäre etwas fürs Schlafzimmer und hat vielleicht das Potenzial, den Mangel an Heizkörpern auf farbtherapeutischer Ebene auszugleichen. Allein das Gelb »Buttercreme« wirkt ein wenig zu üppig. Im Flur würde sich etwas von der schokoladigen »Hoffnung« gut machen.
Ich muss diese Farben haben. Sofort! Es kann sein, dass es das Fieber ist, das diesen unbedingten Wunsch in mir hochschießen lässt. Aber Fieber ist nichts weiter als eine gesunde Abwehrreaktion des Körpers. Und der allein muss damit fertig werden. Ich habe damit nichts zu tun. Ich will diese Farben!

»Sind Sie krank?«, fragt mich der Verkäufer vorsichtig, als ich den EC-Beleg mit der sehr hohen Zahl darauf unterschreibe. Möglicherweise ist es Herr Peter Interior selbst.
»Weil ich hier unglaubliche Summen für ein paar Blechdosen mit etwas Buntem drin bezahle? Könnte sein«, gebe ich patzig zurück. Ich habe Fieber, ich habe bezahlt, ich muss nicht taktvoll sein.
»Das sind sehr pigmentstarke Farben, erstklassige Qualität. Und ›bunt‹ würde ich sie nicht nennen«, erklärt Herr Interior mit leicht gekränktem Tonfall. Dann lenkt er ein: »Entschuldigung, ich frage nur, weil Sie so glühen und Ihre Nase läuft.«

Er hat recht, aber das geht ihn nichts an, finde ich. Ich putze mir die Nase.

»Sie sollten sich jetzt nicht so anstrengen«, versucht er mich zu beschwichtigen. »Haben Sie jemanden, der Ihnen beim Transport hilft?«

Ich schüttele den Kopf. Er ruft mir ein Taxi.

Herr Interior nimmt die fünf von mir erworbenen Farbeimer – Hoffnung, High Society, Drachensaat, Ballsaal und Oh Monique – und trägt sie nacheinander Richtung Wagen, der Fahrer hilft beim Einladen.

»Danke«, sage ich schwach. Der Farbverkäufer drückt mir noch ein paar Pinsel und eine plüschige Rolle in die Hand. »Ein persönliches Geschenk von mir. Aber schonen Sie sich erst mal!«

Was ich gekauft habe, will der Taxifahrer wissen. Die Frage muss sich erst durch die Dämmpappe arbeiten, die meinen Kopf mittlerweile versiegelt. Warum wollen alle mit mir reden? Ich will doch nur Farbe an der Wand, keine Konversation.

»Hoffnung«, sage ich schlapp.

»Aha«, antwortet er. »Ein guter Kauf.« Dann ist er endlich still.

Zu Hause in der Wohnung trinke ich noch einen Tee. Es geht mir langsam etwas besser. Wahrscheinlich haben diese kleinen Räume heilsame Wirkung. Ich fühle mich wie in eine Decke gekuschelt. In eine von einer liebevollen Omi selbstgehäkelte Patchworkdecke aus vielen, vielen Stoffresten. Eigentlich gar nicht mein Stil. Es muss der Fieberwahn sein. Oder ich habe doch Lücken in meiner Aura.

Fast zärtlich betrachte ich die zwei winzigen Zimmer, den

zierlichen Flur, die kuschelige Küche, das klitzekleine Bad.
»So, meine Süßen«, sage ich. »Es geht los!«
Mit alten Zeitungen decke ich den Boden, die Kacheln und die Keramik des Badezimmers ab. Der Raum ist kaum größer als eine handelsübliche Badewanne und bis auf Hüfthöhe gefliest. Perfekt für den Anfang. Perfekt für einen Farbton namens Ballsaal. Das gedämpfte Türkis weckt Assoziationen von Debütantinnen in knisternden Kleidern, galanten Herren und funkelnden Kronleuchtern. Bald werde ich in meinem Bad Wiener Walzer tanzen können – zumindest in Gedanken!
Es ist leider wahnsinnig anstrengend, die Rolle zu halten. Mein Arm wird immer schlapper. Vielleicht habe ich nicht die richtige Technik? Keine Ahnung, wie man richtig Wände streicht, aber erstens muss man auch mal ins kalte Wasser springen, und zweitens kann dabei so viel ja nun auch nicht schiefgehen.
Mir wird schwindelig. Mein rubinrotes Gesicht bildet einen reizvollen Kontrast zum Ballsaal-Türkis. Ich hätte den Spiegel gründlicher abkleben sollen. Nicht hingucken. Zusammenreißen und fertigstreichen.
Das gelingt mir. Dann sinke ich auf die warmen honigfarbenen Holzdielen im Flur und erhole mich. Pinsel und Rolle weichen in einem alten Putzeimer ein, bereit für neue Farben. Wie eine Raupe fühle ich mich, die von dem Bedürfnis gepackt wird, sich zu verpuppen. Diese Wohnung wird mein Kokon. Doch ob ich auch zu einem Schmetterling werde?
Das will ich gar nicht. Ich will es nur schön haben. Das hier soll der allerschönste, liebenswerteste Ort der Welt sein – mein Zuhause. Das Fieber scheint mich sentimental

zu machen, aber ich glaube, ich verliebe mich gerade in diese Wohnung. Zärtlich streiche ich über die Aufkleber im Flur.

In den Fugen zwischen den Dielen glitzert es, Partyflitter, Eva hat hier mal eine 70er-Jahre-Silvesterparty gefeiert. Ich war auch eingeladen, aber ich finde, Silvester wird überschätzt, deshalb war ich nicht da. Eine Dose mit Glitzersternchen ist Eva im Flur aus der Hand gefallen, als ihr damaliger Schwarm versuchte, ihr eine der Fonduegabeln, die ihre Hochsteckfrisur hielten, herauszuziehen. Da liege ich nun, freue mich über das Funkeln kleiner Sterne in meinen Fußbodenfugen und über das Ballsaal-Türkis, das durch die geöffnete Badtür leuchtet. Ich will hierbleiben. Nicht auf dem Fußboden. Aber in St. Pauli. In dieser Wohnung, die gerade zu meiner wird. Ich stehe wieder auf und fühle mich schon ein wenig besser. Denken kann ich noch nicht richtig, aber streichen.

Eine Wand im Schlafzimmer erhält Drachensaat-Rot, eine Wand im Wohn-/Arbeitszimmer Oh-Monique-Lila, der Flur bekommt einen hüfthohen Anstrich – doch lieber in High-Society-Graugrün. Hoffnung hebe ich mir für die Küche auf. Ich arbeite schnell und effektiv und wundere mich ein wenig, wie rasch ich vorankomme. Allerdings wundere ich mich genauso, wie schnell es dunkel wird im Mai.

Die Fenster habe ich geöffnet, der Farbduft ist von Stimmen des Partyvölkchens auf der Straße durchzogen, meine Sinne taumeln durcheinander. »Abschied ist ein scharfes Schwert« dröhnt es aus der »Gemütlichen Ecke«, mal wieder einer der berüchtigten Roger-Whittaker-Abende. Es ist Nacht geworden, ohne dass ich es mit meinem fiebrigen Kopf bemerkt hätte. Ich beginne, Bilder aufzuhängen. Ein sehr unscharfes von einem dunklen Wald und zwei große, gerahmte Fotos von dänischen Bushaltestellen. Dänische Bushaltestellen sehen aus wie von einem Design-Gott entworfen. Sie sind aus Beton, in einem Guss, und erinnern an geheimnisvolle Muscheln. Ihre Schönheit wird weltweit unterschätzt.

Immer wieder gehe ich durch meine frisch gestrichenen Räume. Es geht mir besser, viel besser. Das Inhalieren der Farbdämpfe könnte heilsam gewirkt haben. Oder etwa die neuen Farben selbst?

9. *Kapitel*

In der Redaktion besteht der halbe Vormittag aus Postöffnen. Man ahnt gar nicht, was die Leute alles an Zeitschriftenredaktionen verschicken. Kistenweise Pressemitteilungen und Einladungen und hin und wieder noch ein durchgeknallter Leserbrief. Das ist eine goldene Regel: Die Leserinnen, die mir Briefe schreiben, haben alle ein Rad ab. Die, die anrufen, sind noch schlimmer.

»Verschaffen Sie mir ein Treffen mit dem Sävior!«, forderte neulich eine. »Ich bringe mich um, wenn ich den Sävior nicht treffen kann.«

Sie schnieft, ich schniefe. Bei mir ist es die Erkältung, die sich hartnäckig hält. Bei ihr – ich weiß nicht.

»Und Sie glauben wirklich, dass suizidale Tendenzen Sie für ihn attraktiv machen?«, gab ich zu bedenken. Ich habe dann aufgelegt. Ist doch nicht mein Problem. Soll sie sich eben anstrengen und was tun und sich auch einen Job in einer hervorragenden Redaktion suchen, wenn ihr das mit dem Popstar so wichtig ist.

Daran, dass ich auch privat Post bekommen könnte, habe ich noch nie gedacht. Okay, als Kind gab es immer eine Karte von meiner Oma, mit einem Geldschein drin, obwohl man die ja nicht mit der Post verschickt, wie Oma stets betonte. Der Schein war mit etwas Tesa festgeklebt, damit er nicht aus der blickdichten Karte herauslugen

konnte. Oma wollte wirklich niemanden zum Diebstahl verführen, deshalb war der Umschlag auch immer völlig schmucklos. Doch wenn man ihn öffnete, fielen ungefähr drei Pfund Glitter heraus, winzige Teilchen, die sich hartnäckig im Teppich festsetzten. Aber Oma lebt nicht mehr, die schreibt mir nicht mehr. Erna dagegen fummelt putzmunter am Briefkasten, als ich nach Hause komme. Das Knarzen hallt durchs Treppenhaus und bringt mich auf den Gedanken, auch mal selbst nach der Post zu schauen. Ich mache mich auf die Suche nach dem Schlüssel.
Ich finde im Verteilerkasten ein beeindruckendes Schlüsselbund mit einem runden Anhänger, auf dem »Hinterzimmer« steht. Gibt es hier etwa doch noch ein Zimmer? Eines, das man nur erreicht, wenn man vorher ganz viele geheime Türen geöffnet und eine Fahrt in einem magischen Fahrstuhl überstanden hat? Zuzutrauen wäre es diesem Haus. Ich würde auf ein geheimes Badezimmer hoffen, aber da ich ein von Grund auf realistischer Mensch bin, nehme ich die ungefähr ein Kilo schwere Schlüsselsammlung, gehe damit zum Briefkasten und probiere aus, ob einer passt.
Bei Schlüssel-Versuch Nummer vier kommt Heidi vorbei. Sie trägt eine Topfpflanze im Arm, der sie liebevoll über die Blätter streichelt.
»Danke noch mal für dein Fahrrad!«, rufe ich ihr zu.
»Du kannst es gerne jederzeit wieder haben. Ich glaube, es hat sich mit dir wohl gefühlt«, antwortet Heidi.
Oh nein, denke ich, jetzt hat auch noch das Fahrrad eine Seele und spricht womöglich mit Heidi. Oder sie mit ihm. Na ja, solange es nur Gutes über mich erzählt …
»Ich glaube, ich kaufe mir selbst eins – wenn deines dann nicht beleidigt ist.«

»Oh nein, es liebt Gesellschaft!«
So, jetzt ist aber gut, denke ich. Ein Fahrrad ist doch kein Pony. Und wenn ich mir eines zulege, weiß ich nicht, ob ich es neben so einem verlotterten Gefährt wie dem von Heidi abstellen würde.
»Der geht nicht mit einem Schlüssel auf«, behauptet Heidi.
Ich bin in Gedanken immer noch bei den Fahrrädern und sage: »Du brauchst mal ein richtiges Schloss für dein Rad. Sonst klaut das noch jemand.«
»Ich glaube nicht an Schlösser. Ich glaube an die Gerechtigkeit des Universums. Mein Rad bleibt so lange bei mir, wie es für mich vorgesehen ist. Und wenn es weg ist, wird etwas anderes in mein Leben kommen.«
Ach Mensch, da hätte ich das Ding ja gar nicht ins Büro schleppen müssen. Komische Einstellung. Mein neues Rad wird mit Panzerketten gesichert werden. Gibt es bei Tiffany eigentlich Fahrradschlösser? Das muss ich mal herausfinden. Aber jetzt will ich diesen Briefkasten öffnen und stecke den nächsten Schlüssel ins Schloss.
»Das wird nichts«, erklärt Heidi. Klar, sie glaubt ja nicht an Schlösser. Ich aber schon. Und ich glaube daran, dass ich das Ding öffnen kann. Ich werde doch nicht vor einem verrosteten alten Briefkasten kapitulieren. Also fuhrwerke ich weiter in dem Schloss herum. Der Schlüssel bricht ab, ebenso wie mein Daumennagel.
»Verdammte Scheiße«, fluche ich ganz undamenhaft. Dieses Haus lässt einen wirklich jegliches gute Benehmen vergessen.
»Ich nehme immer einen Kochlöffel«, sagt Heidi ganz ruhig.
Wofür einen Kochlöffel? Statt zu fluchen? Leitet der Kochlöffel die negativen Energien ab, und man wird wieder

ganz ruhig und ausgeglichen? Wenn das so ist, brauche ich jetzt dringend einen.

»Probier es doch mal damit.« Jan kommt die Treppe herunter und hält mir einen Pinsel hin. Ja, auch im Treppenhaus könnten mal die Wände gestrichen werden, aber doch nicht jetzt und nicht von mir. Sind die denn alle total durchgeknallt? Ich zupfe an meinem eingerissenen Daumennagel herum, mir ist jetzt wirklich nicht mehr nach handwerklicher Betätigung.

»Was soll ich damit?«, frage ich reserviert.

»Den Briefkasten öffnen«, antwortet Jan. »Ich zeig's dir mal.«

Er schiebt mich zur Seite, steckt den Pinselstiel in meinen Briefkastenschlitz und hebelt etwas herum. Es knarzt, der Briefkasten geht auf. Am oberen Rand sind ein paar himmelblaue Farbspuren vom Pinsel oder von Jans Händen. Eine bunte Wolke aus Werbeprospekten flattert zu Boden. Heidi setzt schon wieder ihr »Die armen Bäume«-Gesicht auf. Schnell raffe ich alles zusammen. Das hier ist meine Privatangelegenheit. Briefgeheimnis. Es mag ein wenig ernüchternd sein, dass meine Privatangelegenheit aus Supermarktreklame und Getränkebringdienstfaltblättchen besteht, aber Konsum ist nun mal ein entscheidender Teil meines Lebens (auch wenn ich die riesigen Bockwürste, die gerade bei real im Angebot sind, hiermit deutlich davon ausschließen möchte). Und was soll daran falsch sein? Den Brief im schlichten weißen Umschlag übersehe ich zuerst.

Jan reicht ihn mir mit den Worten: »Aha, du hast also auch so einen bekommen.«

»Wenn du damit diese unterirdisch unseriösen Prospekte für ›Erfüllen Sie sich Ihren Traum‹-Kredit meinst, hast du recht. Die bekomme ich ständig. Die werden mir sogar in die Redaktion geschickt.« Ich komme gar nicht darauf, dass es sich um etwas anderes handeln könnte als eines dieser Kredithai-Angebote, und will den Brief ungeöffnet zerreißen. Das ist nicht leicht mit einem Stapel Prospekten unter dem Arm.

»Halt!«, ruft Jan. Heidi krault nervös ihre Topfpflanze. Ich stoppe mitten in der Bewegung, die Prospekte geraten ins Rutschen.

»Auch wenn das wahrscheinlich genau die richtige Reaktion auf diesen Brief ist, solltest du ihn dir lieber vorher durchlesen.«

»Was geht dich eigentlich meine Post an?«, reagiere ich gereizt.

»Nichts«, antwortet Jan. »Aber diesen Brief haben wir alle bekommen. Ich weiß also, was drinsteht.«

»Darf ich ihn trotzdem selbst lesen?«

»Aber natürlich«, sagt Jan und verbeugt sich affig. »Ganz wie die Dame wünschen.«

Von oben neigt sich Frau Hansen über das Geländer. Sie legt den Zeigefinger vor die geschlossenen Lippen und zischt leise: »Psssst!«

»Okay, okay«, flüstert Jan. »Wir sind schon weg.«

Heidi winkt mit der freien Hand zum Abschied, dann verlassen beide das Haus.

Ich nehme Brief und Werbung und gehe nach oben. Dort bohre ich meinen rechten Zeigefinger in den Umschlag – mein silberner Brieföffner liegt in der Redaktion auf meinem Schreibtisch – und reiße ihn auf. Dabei bin ich so ungeschickt, dass mir das Papier in die Haut schneidet. Ich sehe mir die Wunde an, presse den Ritz mit Daumen und Zeigefinger so zusammen, dass ein Blutstropfen heraus-

quillt und auf den Brief fällt. Ich bin nicht nur erkältet, ich habe jetzt auch eine offene Wunde.
Ich überfliege den Text: »Sehr geehrte Frau … müssen Ihnen leider mitteilen … dringend sanierungsbedürftig … nicht mehr wirtschaftlich … Abriss … Vorschläge für Ersatzwohnung demnächst … Auszug bis zum Soundsovielten …«
Na, das ist ja noch lange hin.
Aber: Was soll das denn? Die Bruchbude wird abgerissen? Jetzt, wo ich gerade die Wände gestrichen habe? Das ist ja nicht zu fassen!
Doch Moment. Vielleicht ist das auch eine Chance. Wenn sich eine Tür im Leben schließt, öffnet sich eine andere, heißt es doch immer. Wenn ein Haus abgerissen wird, wird ein neues gebaut, schließe ich daraus. Mein Leben wird sich ändern, und das ist gut so. Schließlich will ich nicht in diesem verrotteten Haus alt werden. Obwohl: Ich habe gerade begonnen, es zu mögen. Diese Wohnung zu mögen. Ich bin hin- und hergerissen.
Schluss mit Sentimentalitäten! Ich tue etwas, das sehr ungewöhnlich ist für mich: Ich gebe mich Tagträumen hin. Normalerweise wäre »Tagträume« ein Begriff, den ich im Wörterbuch nachschlagen müsste, so fremd ist er mir. Aber heute ist alles anders. Nach der Nacht mit Alex träume ich davon, mit ihm gemeinsam eine schicke Wohnung zu beziehen. Vielleicht ein Loft mit rohen Backsteinwänden, ein einziges gigantisch großes Zimmer für uns beide? Oder ein Penthouse auf einem alten Luftschutzbunker mit Dachterrasse und Blick über die ganze Stadt? Wo würden sich seine Goldenen Schallplatten (die er zweifelsohne bekäme) am besten machen? Ich würde ganz neue Talente in mir entdecken – wahrscheinlich bin ich eine begnadete

Innenausstatterin und dafür geboren, ausgefallene Fußbodenbeläge und die perfekt damit harmonierenden Vorhänge zu finden. Ich werde Kerzen anzünden und Gesellschaften geben, ganz nebenbei natürlich, ohne meine berufliche Karriere zu vernachlässigen. Shows wie »Das perfekte Promi Dinner« werden bei mir anrufen, ich werde auf Knien angefleht werden, bitte, bitte daran teilzunehmen. Doch ich werde absagen, denn das ist mir zu ordinär, ich will ja nicht, dass irgendwelche B-, C- oder gar D-Promis, von denen selbst ich noch nie etwas gehört oder gesehen habe, in meinen stilvollen Gemächern vor lauter Neid in Ohnmacht fallen. Oder in meiner Unterwäsche kramen, obwohl ich die Ohnmacht-Version für realistischer halte.
Mein Leben wird toll. Noch toller, als es jetzt schon ist.
Das Telefon klingelt. Ich glaube zumindest, dass die fiese Euro-Trash-Melodie, die aus meiner Handtasche dröhnt, meinem Handy entspringt. Das ist nämlich anscheinend mit einem Fluch belegt. Der neutrale, diskrete Klingelton, den ich eingestellt habe, scheint nicht zum Naturell des Gerätes zu passen, es macht stattdessen mit immer neuem Gewummere aus den Untiefen der Dancefloor-Charts auf sich aufmerksam. Wahrscheinlich eine Werkseinstellung der sadistischen Mobiltelefon-Industrie.
Ja, es ist wirklich das Telefon, das da so lärmt. Bestimmt Alex! Endlich! Ich tänzele über die krummen, knarrenden Dielen und melde mich dabei mit einem möglichst abgeklärten: »Hallo?«
»Katrin, bist du das? Melde dich doch mit deinem Namen, wie sich das gehört! Es ist unhöflich, sich am Telefon nicht mit seinem Namen zu melden. Man weiß ja gar nicht, wer dran ist.«
»Du hast dich auch nicht mit deinem Namen gemeldet.«

»Ich bin deine Mutter! Schlimm genug, dass ich immer diejenige sein muss, die anruft. Du meldest dich ja nie.«
»Ich hatte zu tun. Ich habe einen anstrengenden Job.«
»Job! Wie das schon klingt. Früher hatte man einen Beruf. Aber das ist wohl heute nicht mehr *in*, nicht wahr? Und deine alte Mutter wird auch gleich mit vergessen. Mir hätte sonst was passieren können, und du hättest nie davon erfahren.«
Ich weiß, ich müsste sagen: Du bist nicht alt. Stattdessen sage ich: »Papa hätte mich schon angerufen.«
»Ach der. Der ist auf Geschäftsreise. Keine Ahnung, wo. Der weiß nichts von mir, von meinem Leben. Er hat mich noch nie verstanden. Immer davongelaufen ist er. Und jetzt bist du genauso.«
Aus ihrer Stimme höre ich den Wodka. Mit ein bisschen echtem Knoblauch ist eine Wodkafahne gut zu tarnen, man riecht ihn nicht, aber man hört ihn. Ich höre ihn bei meiner Mutter. Es beunruhigt mich nicht mehr. Es ist eben so. Trotzdem kann ich nicht anders. Ich muss den Satz sagen, den das Drehbuch in unserem lange geübten Stück »Mutter & Tochter« vorschreibt: »Ach Mama. Ich hab dich doch lieb.«
»Und warum lasst ihr mich dann alle allein? Warum kümmert sich keiner um mich?«
»Komm mich doch mal besuchen, Mama.«
Was habe ich da gerade gesagt? Ich muss wahnsinnig sein! Aber wahrscheinlich vergisst sie das sofort wieder. Meine Mutter hat kein besonders gutes Gedächtnis. Meinen Geburtstag hat sie schon oft vergessen.
»Ach Schatz, das ist eine gute Idee. Das mache ich! Papa wird mich fahren, und dann machen wir uns wunderschöne Tage. Du nimmst dir doch Urlaub, nicht wahr?«

»Ja, natürlich, Mama. Lass uns das mal in Ruhe besprechen. Ich muss jetzt los. Dir noch einen schönen Sonntag!«
»Dir auch, Schatz!«

Telefongespräche mit meiner Mutter machen mich immer hungrig, ich weiß auch nicht, wieso. Eigentlich absurd, denn sie ist keine besonders gute Köchin, eher eine Freundin der Mikrowelle, deshalb gelüstet es mich nicht nach »Mamas Kohlrouladen«, die gab es nämlich nie.
Stattdessen favorisiere ich etwas, das meinetwegen zu einem Sonntagsritual werden könnte (wobei ich mich da gar nicht so fest an Wochentage binden möchte, auch Dienstage können Sonntage sein): Ich gönne mir »gefühlte Paprika«.

Während ich in Gedanken das türkische Eck-Restaurant mal wieder zu einem neuen Hotspot hochstyle, setzt sich jemand zu mir an den Tisch. Einfach so. Es ist Jan, mein Nachbar.
»Wie findest du den Brief?«, fragt er. Als hätte ich in meinem Leben nur einen einzigen Brief bekommen. Frechheit.
»Ich werde mir wohl eine neue Wohnung suchen müssen. Mein Bett hat ja sowieso nicht hineingepasst.«
»Ist das alles? Du willst einfach so klein beigeben? Wir müssen uns wehren! Das ist doch alles nur ein weiterer Schritt Richtung Gentrifizierung. Das müssen wir aufhalten!«
»Ich verstehe gar nicht, was du meinst«, sage ich, bevor er sich weiter aufregt. Warum spricht er nicht mit Heidi, dann könnten sie ein bisschen über die böse Welt wettern

und danach gemeinsam Urschrei-Therapie machen oder was bei den Ökos und Esos gerade so *in* ist.

»Gentrifizierung. Ein sozialer Umstrukturierungsprozess eines Stadtteils – eine sogenannte ›Veredelung‹. Die Häuser werden luxussaniert oder gleich durch teure Neubauten ersetzt, die Mieten steigen, bald können sich alle, die hier mal wohnten, das nicht mehr leisten. Die Yuppies verdrängen die Alteingesessenen.«

»Und ich bin der Anfang, oder was? Ich bin in deinen Augen ein Yuppie.«

»Ja, bist du. Aber du bist nicht der Anfang.« Er räuspert sich verlegen. »Ich war der Anfang. Denn zuerst kommen die Künstler. Künstler machen ein Viertel erst interessant.«

»Dann bist du also schuld, dass unser Haus abgerissen werden soll?« Jetzt sage ich schon »unser Haus«. Als wären wir ein Ehepaar oder so was und nicht nur fremde Menschen, deren Schlüsselbund zufällig eine kleine Übereinstimmung aufweist.

»Ja, irgendwie schon«, druckst Jan herum und sieht dabei ganz zerknirscht aus.

»Das ist doch totaler Quatsch«, versuche ich ihn zu trösten.

»Ist es nicht. Und deshalb muss ich etwas tun. Wir müssen Widerstand leisten.«

»Das ist auch totaler Quatsch. Wir werden uns einfach andere Wohnungen suchen.«

»Du willst einfach so klein beigeben?«, wiederholt Jan empört.

»Ich glaube, da kann man nichts machen«, entgegne ich trocken. Der Typ könnte auch mal lernen, sich mit den Realitäten abzufinden. Immer gegen Wände rennen, das

bringt doch nichts. Vor allem, wenn diese demnächst abgerissen werden.
Um meine weitere Ignoranz zu demonstrieren, sehe ich aus dem großen Fenster. Davor steht ein Mann mit buschigem schwarzem Schnauzbart und dazu passendem Haarkranz und schneidet sich konzentriert die Fingernägel. Das knackende Geräusch übertönt den Straßenlärm und dringt durch die geöffnete Tür des Restaurants. Der Mann spreizt die wurstigen Finger seiner linken Hand und betrachtet zufrieden das Ergebnis seiner Maniküre. Sein Mittelfinger ist nur halb so lang wie die anderen Finger.
Ich zeige auf ihn und bedeute Jan: »Nach Veredelung des Viertels sieht mir das aber nicht aus.«
»Das ist Walter, der Schuster. Das da war sein Laden.« Jan zeigt auf eine kleine Coffee-to-go-Bar schräg gegenüber. »Er konnte sich die Miete nicht mehr leisten. Und das da«, Jan zeigt auf eine Galerie, die fusselige Fellbilder ausstellt, »das war der Eisenwarenladen. Der Käseladen von Renate hält sich hoffentlich noch.«
»Du meinst, Yuppies kaufen auch Käse?« Ich lächle, nur leicht ironisch. »Ach, man muss auch mal ins kalte Wasser springen«, sage ich. »Du findest schon was anderes.«
»Springen ist was anderes, als geschmissen werden«, grollt Jan und fügt hinzu: »Außerdem geht es hier nicht nur um mich.«
Nett, dass er auch an andere denkt. An mich zum Beispiel. Schließlich geht es hier auch um mich. Ich habe nämlich überhaupt gar keine Zeit umzuziehen.

10. Kapitel

Meine Woche beginnt mit einem weiteren Ritual: Ich gehe zu Renate.

Heute kommt auch meine Nachbarin Erna in den Laden, sie trägt immer noch die Pantöffelchen mit dem kleinen Absatz und dem Puschel obendrauf, dazu allerdings nun einen gemusterten Kimono aus fließender Seide und eine Sonnenbrille, hinter der sie mühelos zwei Käseräder Gouda schmuggeln könnte. Doch so etwas Profanes gibt es hier gar nicht.

Erna weiß genau, was sie will. Sie nimmt Büffelmozzarella, ein paar Kapern und zweihundert Gramm von dem selbstgemachten grünen Pesto. Dazu ein Ciabatta, das die Käsefrau mit der Schinkenstimme aus einem großen Korb nimmt.

»Danke, Renate«, sagt Erna zur Käsefrau. Und setzt hinzu: »Hast du schon gehört? Unser Haus. Wir sollen da raus. Es soll abgerissen werden.«

»Ist das die Möglichkeit!«, donnert Renate los. »Das alte Ding? Das ist doch bestimmt historisch wertvoll.«

»Ach was«, schnarrt Erna. »Wo denkst du hin. Das machen die einfach platt.«

»So einfach geht das nicht, sollst mal sehen«, hält Renate dagegen.

»Schön wär's«, seufzt Erna.

»Ihr müsst nur auf die Barrikaden gehen. Nicht immer alles mit euch machen lassen! Denkmalschutz einfordern und so«, schwingt Renate weiter ihre Motivationsrede. Ich höre nicht richtig hin, denn ich bin in das Studium der verschiedenen Nudelsortenpackungen vertieft, die kunstvoll aufgetürmt die Rückwand des kleinen Raumes füllen. Das ist schon fast zu viel für meinen verschnupften Kopf.
»Denkmalschutz?«, schnarrt Erna. »Die stellen höchstens unsere faltigen Visagen unter Denkmalschutz.«
Ich muss dringend in die Redaktion, aber erst mal decke ich mich mit Ciabatta und Pesto ein und befolge Renates Rat: »Vergiss die Vitamine nicht! Die halten die Haut straff. Sonst siehst du auch bald aus wie wir und musst abgerissen werden.« Bei Thorsten im Gemüseladen hole ich mir meine Ration Tomaten.
Hm, die sind wirklich gut! Ich stecke mir noch eine von den Datteltomaten in den Mund. Und dann noch eine. Sie zerplatzen süß zwischen meinen Zähnen.
Leider kommen die Vitamine aus den Tomaten anscheinend nicht gegen meine Erkältungssymptome an. Angeblich ist die neue Papiertaschentuchgeneration ja durchschnupfsicher, doch das scheint bei mir nicht zu funktionieren.
Clark wartet! Während ich mit laufender Nase und rotierenden Gehirnzellen, die sich anfühlen wie Kressesamen auf feuchter Watte, unter Hochdruck Themenlisten und Konzeptideen für all meine neuen Ressorts gleichzeitig zusammenstelle, klingelt mein Mobiltelefon. Wummswumms-wumms-träräää. Ein besonders fieser Sound, den habe ich noch nie gehört. Das Telefon auf meinem Schreibtisch habe ich auf Anrufbeantworter umgestellt, der muss jetzt mit dem endlosen Strom der Anpreisungen neuester,

bester, tollster Produkte durch enthusiastische Pressefrauen fertig werden.
Aber ich schaffe es nie, alle meine Kommunikationskanäle zu kappen. Und dieser Anruf könnte ja wichtig sein, deshalb gehe ich ran.
»Ich bin krank«, schnoddert es mir entgegen.
»Wer ist krank?«
»Ich bin's. Alex. Du erinnerst dich doch hoffentlich noch an mich?«
Und wie! Was habe ich auf diesen Anruf gewartet! Nur jetzt, jetzt passt er mir gar nicht. Nebenbei sortiere ich einen großen Stapel zu vielen kleineren um, geordnet nach meinen neuen Ressorts. Klang-Yoga zu Fitness, Eibischwurzeltee zu Gesundheit.
»Ja, so vage«, lüge ich Alex nach einer kleinen Pause an. Das kann er gar nicht gut ab. Er stöhnt leicht genervt.
»Ich bin der mit den Fischen«, setzt er nach. Überflüssig.
»Ach der«, antworte ich.
Ein Würfelspiel namens »Ubalugatu« – keine Ahnung, wohin. Fitness? Eher nicht.
Alex hustet demonstrativ.
»Das hört sich aber schlimm an«, sage ich fürsorglich. Das Würfelspiel kommt auf den neu eingerichteten Stapel »Verschiedenes«.
»Ist es auch«, jammert Alex und hustet gleich noch einmal. »Aber trotzdem fand ich den Tag mit dir sehr schön.«
Was heißt hier trotzdem? Als ob ich Schuld an seiner Erkältung hätte! Außerdem bin ich auch krank. Ich lasse es mir eben nicht so anmerken. Doch sein hilfloses Gehuste, das klingt, als wollte man einen sehr alten und vielleicht nicht mehr fahrtauglichen Porsche anlassen, weckt in einer versteckten Ecke meiner Emotionsfähigkeit, in der ich

höchstens Wollmäuse vermutet hätte, so etwas wie Mitleid. Niedliches Mitleid. Ich möchte ihm Tee kochen.

»Soll ich dir Tee kochen?«, frage ich daher, ohne weiter nachzudenken.

»Wii Fit« mit *Balance Board?* Fitness. Sehr gut.

»Das wäre wunderbar!«, röchelt Alex. Mir fällt auf, dass er nicht fragt, wie es mir geht. Aber schon okkupieren selbstgebastelte Libellen aus Glasperlen mit ausgleichender Wirkung für die Psyche meine Aufmerksamkeit. Das ist wohl ein Witz! Ab in den Papierkorb.

»Dann komm doch einfach zu mir«, redet Alex weiter, als er wieder zu Atem gekommen ist. »Ich mag keinen Fencheltee und keine Kamille. Pfefferminz bitte, aber nur mit Heideblütenhonig. Bis gleich!«

»Das dauert bei mir etwas, ich bin noch in der Redaktion«, sage ich schnell, doch Alex hat schon aufgelegt. Ein sehr plötzliches Date. Immerhin nicht erst in ein paar Wochen.

Eine Reportage über Zoophile, angeboten von einem freien Autor, dazu ein Bild von einer Frau und einem Schäferhund auf einem Bett. Die Dame hat definitiv nicht genug an, um gleich mit dem Hund Gassi zu gehen. Hm, Stapel »Lust & Liebe«.

Wie war das noch? Fencheltee und Waldhonig? Oder doch nicht? Egal, jetzt wird erst mal weitergearbeitet. Der Anrufbeantworter blinkt hektisch, doch ich ignoriere ihn. Genau wie meine Erkältung, die meinen Kopf mit in Schleim getauchten Wattebällchen füllt.

Am späten Nachmittag, also genau um 17.34 Uhr, drucke ich endlich die Themenlisten für alle meine neuen Ressorts aus und gehe damit zu Clark. Maria meldet mich bei ihm an.

»Wieso bist du nicht zu erreichen?«, poltert Clark los. Seine wirren Locken zittern vor Zorn, das, was mal Frisur war, löst sich in Chaos auf.
»Ich war in meinem Büro«, sage ich kühl. »Ich habe Themenlisten für die Ressorts Fitness, Gesundheit, Reise und Lust & Liebe zusammengestellt.«
»Und ich habe versucht, dich zu erreichen, weil es hier um ein Maria-Donna-Interview geht. Die Pressefrau ist nicht zu dir durchgekommen.«
Oha, denke ich. Maria Donna. Millionen verkaufte Alben, Stadionauftritte. Skandal um den Ehemann (Profisportler), fünf bis sieben adoptierte Kinder. Auf YouTube kursiert ein Video, das sämtliche Klickraten sprengt. Sie war mal eine große Diva, ist dann komplett von der Bildfläche verschwunden und jüngst wieder aufgetaucht, wie Phönix aus der Asche. Sie hat sich komplett neu erfunden. Das ist was für die Titelseite! Und ich war nicht zu erreichen. Verdammt! Warum hat mich die Pressefrau nicht auf dem Handy angerufen? Wahrscheinlich habe ich da gerade mit Alex telefoniert.
»Zum Glück kenne ich Gerlinde persönlich von früher.« Dabei zuckt Clark ganz komisch mit den Mundwinkeln. War das eine Andeutung, die ich verstehen sollte? Und wieso Gerlinde? Was hat die damit zu tun? Die aufdringlichste und schrillstimmigste aller Promotion-Ladys darf doch sonst nur Sommerhit-Produzenten und andere Eintagsfliegen betreuen. Ihren komischen Gold-Guido hat sie mir noch ewig nach der Goldverleihungsparty anzudrehen versucht. Aber ich sag mal lieber nichts. So muss es sich anfühlen, in Treibsand zu versinken. Wenn ich jetzt anfange zu zappeln, bin ich ganz schnell weg. Meinen Körper habe ich unter Kontrolle, der ist ganz starr vor Schreck,

aber meine Augen müssen meine komplette Unwissenheit verraten haben. Peinlich.
»Gerlinde betreut Maria Donna schon IMMER«, sagt Clark. Er klingt dabei, als hätte ich bezweifelt, dass die Erde eine Kugel ist, und man müsste mit mir ganz, ganz von vorne anfangen. Vielleicht hätte ich sie auf der Kokosnussparty nicht so stehenlassen sollen. Ich sehe leicht betreten auf den Boden, in den imaginären Treibsand. Bis zu den Knien bin ich schon weg. Doch Clark erlöst mich.
»Ich habe alles geregelt. Wir bekommen ein Interview. Titel plus sechs Seiten im Heft, Fotos von der Plattenfirma, umsonst natürlich.« Er grinst. Ich muss ihm jetzt verbal auf die Schulter klopfen.
»Du bist einfach toll«, hauche ich so ehrfurchtsvoll wie möglich. Dabei ersticke ich innerlich fast an Selbstvorwürfen. ICH hätte dieses Interview für uns klarmachen sollen. Das ist *mein* Job.
»Und wer wird das Interview führen?«, überlege ich jetzt mal laut und gucke Clark kompetent an.
»Darüber denke ich noch nach. Du besorgst jetzt sofort Material aus dem Archiv und stellst einen biografischen Überblick zusammen. Ich hätte gerne alle CD-Cover chronologisch sortiert und zu jedem Album ein paar knackige Zeilen. Dazu dann noch die Lebensgeschichte von Maria Donna, die wichtigsten Stationen, originell kommentiert. Und ihre besten Zitate.«
Ich schaue Clark entgeistert an. Jetzt soll ich das alles machen? Sofort?
»Hopp, hopp«, sagt Clark.
»Und was ist mit den Listen, mit den anderen Ressorts?« Ich wedele ein wenig mit den Zetteln, die wie vertrocknete

Blätter an den steifen, krummen Ästen, die meine Finger sind, hängen.
»Nach siebzehn Uhr entscheide ich gar nichts mehr«, poltert Clark weiter. »Und nach vierzehn Uhr gibt es nur noch Absagen. Wenn du mit deinen Tussi-Themen bei mir durchkommen willst, musst du früh aufstehen.« Er wedelt mit der Hand, als wollte er ein paar aufdringliche Fruchtfliegen verscheuchen.
Ich gehe. Ich renne. In meinem Büro angekommen, rufe ich zuerst im Archiv an und bestelle alles über Maria Donna. Sofort. Dauert aber bis morgen Mittag, bis die Mappe kommt.
Dann höre ich meinen Anrufbeantworter ab. Und wirklich: Zwischen Anpreisungen neuester Duftkerzen, Baumhaushotels und Alternativen zum Tampon ist da wirklich ein Anruf von Gerlinde.
»Hallo Katrin, ich hoffe, du hattest neulich noch einen schönen Abend«, schrillt sie. Ich weiß nicht genau, was sie mit »neulich« meint, Gerlinde ist auf so ziemlich jedem Konzert und jeder Goldverleihung. Sie käme sogar angerannt, wenn eine gefeuerte Tagesschau-Sprecherin Pissoirs anpreisen würde.
»Wie ist das nun mit einem Interview mit unserem hinreißenden Produzenten Guido? Ein so interessanter Mann, eure Leserinnen werden ihn liiiiiiieeeeeben! Er hat schon wieder einen Hit am Start! Und ich habe da noch ein Thema, das vielleicht für euch interessant sein könnte. Ruf mich doch bitte mal zurück.«
Noch ein Thema – daraus soll ich mir jetzt zusammenreimen, dass es um Maria Donna geht? Das ist nicht fair. Aber Fairness kann ich wohl kaum erwarten. Ich rufe Gerlinde zurück und plaudere mit ihr gefühlte drei Monate über den

»tollen Abend« und den »tollen Guido« und komme dann, behutsam und diplomatisch, darauf, was sie denn mit »noch ein Thema« gemeint haben könnte.
»Ach ja«, sagt sie lapidar, »aber das habe ich schon mit Clark besprochen.«
»Aber ich bin hier die Entertainment-Chefin«, stelle ich mit strenger Autorität klar. Die kann mich doch nicht so einfach umgehen.
»Aber Clark ist der Chefredakteur«, entgegnet sie mir kühl. Sie kann mich umgehen. Einfach so. Sie kennt die Regeln. Und ich lerne sie gerade auf die harte Tour.
»Liebste Gerlinde, bei Clark war ich gerade, wir haben das Thema gemeinsam besprochen«, flöte ich so freundlich wie möglich.
»Welches Thema?«, fragt sie scheinheilig zurück. Will sie mich für dumm verkaufen?
»Maria Donna. Wir brauchen alle CDs inklusive Cover. Chronologisch geordnet«, plappere ich Clarks Anweisungen nach und oute mich damit als ganz unten in der Hierarchie.
»Gerne, Schätzchen, das habe ich Clark auch schon versprochen. Wer macht denn das Interview?«
»Das steht noch nicht fest.« Ich halte mich bedeckt. Soll sie doch glauben, dass ich vielleicht diejenige bin.
»Du weißt aber, dass Maria Donna nur mit Journalisten spricht, die sie kennt und mit denen sie gute Erfahrungen gemacht hat«, klärt mich Gerlinde auf. »Ach na ja, vielleicht weißt du das nicht, du bist ja noch neu hier.«
»Ich weiß es«, schnippe ich zurück. »Aber vielen Dank. Wir werden das natürlich berücksichtigen.«
»Selbstverständlich«, säuselt Gerlinde. »Ich mache dir dein Päckchen fertig.«

»Ich danke dir! Du schickst es dann mit Kurier, ja? Wunderbar, ich freue mich drauf!«

»Tschüssi!«

Gegen Ende des Gesprächs ist unser beider Stimmlage in unerträglich hohe Bereiche gerutscht. Hätte ein Glas auf meinem Tisch gestanden, es wäre zersprungen. Und Fledermäuse wären vom Kurs abgekommen und an den Wänden zerschellt.

Bei Fledermäusen denke ich ans Tropen-Aquarium, und dabei fällt mir Alex wieder ein. Dem hatte ich ja Tee versprochen. Ich werfe einen Blick auf die Uhr des Telefons: 19.52 Uhr. Um zwanzig Uhr macht der Supermarkt gegenüber zu. Ich greife nach meiner Tasche, meiner Jacke und renne los, vorbei an den anderen Bürotüren, die Treppen runter, den Empfangsdamen ein hastiges »Wiedersehen« zurufend, und über eine rote Ampel. Meine eigene Erkältung habe ich völlig vergessen. Leider auch, welchen Tee Alex hasst und welchen er mag.

Der Marktleiter (er ist am Schild als solcher zu identifizieren) geleitet eine Frau mit einem Pekinesen auf dem Arm nach draußen. Ob der später auch mal ausgestopft wird, denke ich, während ich schnell an den beiden vorbeihusche. Mit dem Klappern seines Schlüsselbundes maßregelt mich der Marktleiter und wirft mir strenge Blicke hinterher. Zum Glück finde ich das Teeregal auf Anhieb, greife mir alle Packungen, die in Frage kommen und die ich halten kann – das sind Kamille, Fenchel, Pfefferminze, eine Harmonie-Mischung und etwas, das »Heiße Liebe« heißt, nur zur Sicherheit – rase zur Kasse. Zackig ziehe ich mein Portemonnaie aus der Tasche und will bezahlen, doch das ist leer. Gähnend leer. Es sieht völlig unbenutzt aus. Das ist es auch, weil ich es mir neulich erst zugelegt habe. Eigentlich dachte ich, ich hätte alles aus dem anderen umsortiert, aber das habe ich anscheinend doch nicht. Verdammt! Und was mache ich nun?

Ich stammele ein wenig vor der Kassiererin herum, murmele etwas von »Geld vergessen« oder »geklaut – seltsam – unangenehm« und frage dann: »Könnten Sie das vielleicht anschreiben, und ich komme morgen wieder und gebe Ihnen das Geld?«

Die Kassiererin hat keine gute Laune, vielleicht will sie auch einfach nur Feierabend haben, oder die Vorschriften sind so streng. Auf jeden Fall zeigt sie kein Herz, sondern nur eine steinerne Miene, ihr Mund ist ein kleiner Briefschlitz, aus dem wie gedruckt die Worte kommen: »Die Ware bleibt hier!«

»Das geht nicht! Es ist ein Notfall!«, antworte ich in meiner Verzweiflung und taste mit den Händen alle meine Taschen ab. Hosentaschen hinten: alter HVV-Fahrschein.

Hosentaschen vorne: Taschentuch, benutzt. Krümel.

Jackentasche rechts: Einladung zu einer Listening-Session für das neue Album von Robbie Williams. Mit Fingerfood & Cocktails. Zwei Geldstücke, uff.

Ich ziehe sie vorsichtig aus der Tasche und betrachte sie auf meiner Handinnenfläche: fünfzig Cent und zwanzig Cent. Das reicht nicht. Ob ich die Beutel auch einzeln – nein, das wage ich lieber nicht zu fragen.

Jackentasche links: Der Reißverschluss klemmt. Ich fummle, nestle, zerre. Endlich geht es ein Stück voran, die kleinen, gemeinen Beißzähnchen öffnen sich ein wenig. Da: Ich hole Beute aus dem Dunkel. Ein Euro. Also insgesamt 1,80 Euro. Genug für eine der Packungen.

»Wir machen hier gleich Feierabend«, sagt die Kassiererin leicht genervt und linst mich durch schlaffe Wimpern hindurch an, deren Tusche schon vor Stunden Feierabend und es sich in den Falten ihrer Tränensäcke gemütlich gemacht hat. Warum sind nur alle Menschen so hässlich, wenn ich schlechte Laune habe?

Ich habe völlig vergessen, welchen Tee Alex wollte. Also rate ich.

»Ich nehme nur den Pfefferminztee, bitte.«

»Das macht 1,89«, schnarrt die Kassiererin, nachdem sie die Packung leicht angewidert über den Scanner gezogen hat.

»Wie viel kostet denn der Kamillentee?«, frage ich vorsichtig.

»1,79 Euro. Storno für Pfefferminz«, stöhnt die Kassiererin. Ich finde, sie hat ihren Job verfehlt. Im Dienstleistungsgewerbe muss man einfach freundlich bleiben. Das kann man bei den phantasievollen Beutelteepreisen wohl erwarten. Doch die verhärmte Frau fummelt nur missmutig mit dem Kassenschlüssel herum.

Mit nur noch einem Cent Barvermögen in der Tasche und der Packung Kamillentee in der Hand renne ich zurück in die Redaktion und angele aus der Schublade meine Notreserve von zehn Euro. Das muss bis morgen reichen.

Wenigstens kann ich mich noch daran erinnern, wo Alex wohnt. Ich gehe den Weg zu Fuß, ich will nicht riskieren, im Bus beim Schwarzfahren erwischt zu werden. Nach einer halben Stunde komme ich an und klingele.

Durch die Gegensprechanlage hustet es. Ich sage meinen Namen, die Tür geht auf.

»Na, da bist du ja endlich«, schnieft Alex. Er hat sich mit einem schicken Schal vermummt, ein Seide-Baumwoll-Gemisch, vermute ich, als er mich in den Arm nimmt.

»Ich habe mich beeilt, aber es ging nicht schneller. Du

Ärmster! Leg dich doch gleich wieder hin, ich koche dir einen Tee.«
»Du weißt, wie man Männer ins Bett bekommt«, grinst Alex. Er sieht wirklich hinreißend aus. Die leichte Blässe steht ihm, er wirkt ein wenig schmaler und noch zerbrechlicher. Ich habe das starke Bedürfnis, ihn mit Wick VapoRub einzureiben.
»Zeigst du mir die Küche?«
Alex öffnet die erste Tür rechts. Die weiße Küchenzeile sieht aus, als wäre sie noch nie benutzt worden. Einen Tisch oder Stuhl gibt es nicht.
»Puristisch«, sage ich.
»Überflüssig«, erwidert Alex. »Ich bin nicht so für Küchen.«
»Immerhin hast du einen Wasserkocher. Ich habe Kamillentee mitgebracht, ich hoffe, das war richtig.«
Alex schüttelt sich.
»Nicht richtig?«, frage ich vorsichtig.
Er verzieht den Mund und sieht aus, als würde er gleich in Tränen ausbrechen. Normalerweise würde ich das ja bei einem Mann höchst lächerlich finden. Aber bei ihm rührt mich das irgendwie. Ich schäme mich, dass ich ihm am Telefon nicht richtig zugehört habe. Ich hätte mich konzentrieren sollen. Stift und Papier lagen ja da, warum habe ich mir nicht aufgeschrieben, was er gesagt hat?
Alex schnieft.
»Pfefferminz«, sagt er mit heiserer Stimme. »Mir kann nur Pfefferminztee helfen.«
Geht mir denn heute alles schief? Bin ich den lächerlichen Ansprüchen, die das Leben an mich stellt, nicht mehr gewachsen? Das darf ja wohl nicht wahr sein! Ich muss mich nur zusammenreißen, dann wird es schon gehen. Jetzt

schnell nachdenken: Wo bekomme ich noch Pfefferminztee? An der Tankstelle? Fraglich. In einer Kneipe? Hm. Nicht unbedingt. Könnte aber sein. In einer Apotheke? Ganz sicher! Apotheken haben Nachtdienst, das heißt, eine hat garantiert auf.
»Wo ist die nächste Apotheke?«, frage ich.
»Gegenüber«, flüstert Alex.
»Okay, bis gleich«, sage ich, während ich schon die Treppe runterstürme. »Geh nicht weg!«
Mein Hustenanfall am Ende der Treppe verlangsamt meine Rettungsaktion. Aber das ist jetzt egal, das bisschen Husten ist schon nicht so schlimm.
Als ich bei der Apotheke ankomme, keuche ich immer noch ein wenig. Aber ich habe Glück: Genau diese Apotheke hat Nachtdienst.
»Ich hätte gerne eine Packung Pfefferminztee«, huste ich dem Mann im weißen Kittel durch ein kleines, ovales Fensterchen entgegen.
»Gerne«, sagt der. »Viel trinken ist genau das Richtige für Sie. Wenn es aber nicht besser wird, gehen Sie lieber mal zum Arzt. Ihr Husten hört sich ganz schön heftig an.«
»Ist nicht für mich«, japse ich, der Apotheker guckt irritiert. Dann schenkt er mir noch eine Handvoll Hustenbonbons und eine Packung Taschentücher.
Ich stopfe alles in meine Tasche und mache einen Bogen um eine Frau, die zwei vollbeladene Einkaufswagen schiebt. Das heißt, sie schiebt nicht beide gleichzeitig, das wäre gar nicht möglich. Ihre Technik ist ausgefeilt: Erst bugsiert sie den einen ein paar Meter vorwärts, dann geht sie zurück und nimmt den anderen, den sie wiederum ein paar Meter weiter als den ersten schiebt. Ganz konzentriert und routiniert ist sie bei der Sache. Ihre Schuhe sind abgelaufen, sie

hebt die Füße kaum vom Boden. Die Haare hat sie sich sorgfältig zu einer Bienenkorbfrisur à la Amy Winehouse toupiert, aber wohl längere Zeit nicht gewaschen. Auch ihr Make-up wirkt, als würde es nie abgeschminkt, sondern bei jeder Gelegenheit um eine weitere Schicht ergänzt. Einen Wohnungsschlüssel würde man zwischen den vielen Sachen, die diese Frau mit sich herumschiebt, wohl nicht finden. Ich wundere mich kurz, wie man sich seinem Schicksal so ergeben kann.

Dann renne ich, so schnell es mein Husten zulässt, zurück zu Alex und koche ihm Tee, über den er sich dann auch wirklich freut. Die Heilkräfte der Pfefferminze entfalten ihre Wirkung ohne jede Verzögerung, Alex ist spontan so weit genesen, dass er mir seinen Luxuskörper zur Verfügung stellt. Mit Wonne massiere ich ihn, genieße die Berührungen, lasse mich nicht von den »Tagesthemen« irritieren, nicht vom Telefonklingeln – auch wenn mein Handy sich Mühe gibt und Ibiza-Partyhits zum Besten gibt – oder vom Klacken des Anrufbeantworters. Und auch nicht von den strengen Frauen, die nachts im Werbefernsehen »Ruf! Mich! An!« fordern. Wir müssen wohl wieder über die Fernbedienung drübergerollt sein.

Ich fühle mich wie eine Göttin. Eine irdische zwar, aber immerhin wie jemand, der angebetet wird. Alles ist richtig.

11. Kapitel

Mein Job ist mir so fern, dass ich beinahe verschlafe. Um halb acht wache ich auf. Alex rührt sich nicht. Er schnorchelt leise. Er kommt mir so vertraut vor. Und er ist ein echtes Vorzeigeschnittchen. Fast schade, dass ich noch nicht mit ihm angeben kann. Vielleicht gibt es ja demnächst eine Filmpremiere, zu der er mich begleiten könnte. Wir sehen bestimmt gut aus auf dem roten Teppich. Ich dusche rasch, wundere mich etwas über eine graue Plastikflasche ohne Etikett – könnte das Shampoo sein? – und ziehe mich schnell an.

»Ich muss los. Ich rufe dich an«, flüstere ich Alex ins Ohr, der aber nur grunzt. Ich sage es ihm deshalb, damit ich nicht wieder so lange auf einen Anruf warten muss.

Hoffentlich wird er schnell wieder gesund. Dass ich auch erkältet bin, ignoriere ich einfach. Wenn ich die Krankheit nicht beachte, ist sie auch nicht da. Das funktioniert, wirklich!

Ich gehe schnell zu Hause vorbei, ziehe mich um, stecke den richtigen – den gefüllten – Geldbeutel ein und mache mich auf zum Käse-&-Wein-Laden, um mich mit meiner Tagesration Pesto einzudecken.

»Na, mien Deern«, begrüßt mich Renate. »Alles im Lot?«

»Ach, ich weiß nicht«, sage ich und wundere mich ein wenig über mich selbst. Eben kam mir das Leben noch ganz wunderbar vor. Hat mein Unterbewusstsein – wenn ich denn daran glauben würde, eines zu haben – etwa miese Schwingungen wahrgenommen? »Ich habe wohl nur schlecht geschlafen.«

»Und wahrscheinlich zu viel gearbeitet«, vermutet Renate. »Immer nur arbeiten«, murmelt sie und füllt dabei mein Pesto in einen durchsichtigen Plastikbecher, »immer nur arbeiten, das ist doch auf Dauer nichts. Kind, du musst auch mal ein bisschen zu Hause sein und dein Leben genießen. Ist doch schön hier auf St. Pauli! Und einen schnuckeligen Freund hast du ja bestimmt auch. Der braucht doch Zeit!«

»Der braucht vor allen Dingen erst mal Schlaf«, sage ich.

»Kann ich mir denken«, grinst Renate. Was die sich wohl denkt?

»Sie arbeiten doch auch immer«, kontere ich. Renate duzt mich und nennt mich »Kind«, ich spreche sie zwar mit Vornamen an, sieze sie aber. Wer so ein göttliches Pesto macht, ist für mich eine Respektsperson. Und weise ist sie noch dazu. Ihre Weisheiten befolgt sie jedoch nicht unbedingt selbst: Renate steht immer hier im Laden, jeden Tag, auch am Sonnabend.

»Ja ich. Ich weiß auch, was gut für mich ist. Aber ich glaube, du weißt das noch nicht. Aber das wirst du schon noch rausfinden.«

Ich weiß, was gut für mich ist, denke ich, traue mich aber nicht, Renate zu widersprechen. Wenn sie dann eingeschnappt ist und mir das Pesto nicht gibt, wovon soll ich mich dann ernähren? Ich habe es zwischendurch einmal mit Pesto aus dem Glas versucht. Das verhält sich zu Renates Pesto ungefähr so wie Milchpulver mit abgelaufenem Haltbarkeitsdatum zu frischer Bio-Vollmilch. Ich

möchte niemals wieder auf Renates Pesto verzichten müssen.
»Ist denn alles okay mit deinem Süßen?«, fragt Renate. Ich muss sehen, dass ich hier rauskomme, das wird mir schon wieder viel zu persönlich. Sie reicht mir das Pesto und ein Ciabatta. »Du machst das schon. Alles wird gut.« Sie lächelt mich an. Wissend. Gütig. Liebevoll. Einen Moment lang sieht die resolute Käseverkäuferin trotz borstiger Locken und knittriger Haut aus wie ein Engel. Mitten im Sommer wird mir fast weihnachtlich zumute.
»Wenn Sie das sagen«, antworte ich und bin leicht verlegen, ohne zu wissen, warum.
Ich selbst traue mir ja alles zu. Aber dass andere mir etwas zutrauen, das kann ich nur ahnen. Das sagt ja so selten jemand. Und normalerweise ist mir das auch egal. Aber von Renate, das bedeutet schon was. Sie ist eine Institution.

Ich habe Glück: Clark ist blendender Laune und segnet alle meine Themen für alle meine Ressorts ab. Ich darf sogar zwei winzig kleine Reportagen machen: über Pornokaraoke und über Kuschelpartys. Und die üblichen Seiten. Außerdem schreibe ich noch für meine neue Kunstseite ein Porträt über den Maler David Reiter, den neuen Shooting-Star der Szene. Der hat demnächst eine Einzelausstellung in der Kunsthalle. Ich bin so vertieft, dass ich gar nicht merke, wie die Zeit vergeht. Es ist schon nach zweiundzwanzig Uhr, als ich mein Büro verlasse.

So ein gläserner Fahrstuhl wirkt auf den ersten Blick großzügig, doch wenn man damit zwischen den Stockwerken hängenbleibt, merkt man schnell, dass das nur ein optischer Effekt ist, der sich bei längerer Verweildauer verliert.

Zumal, wenn man nicht allein ist. Mit mir ist der Verleger, der Jörg, im Glaskasten gefangen. Die Fahrstuhl-Notrufzentrale hat baldige Rettung angekündigt, wollte das aber nicht konkretisieren. Meinen die Minuten – oder Stunden? Ich nutze die Gelegenheit, um dem Jörg ein paar neue Ideen für Ancilla zu unterbreiten. Cross-Promo-Ansätze, wie man das Heft umstrukturieren und dem Online-Auftritt Schwung geben könnte. Nicht, dass ich etwas vorbereitet hätte, ich versuche nur, die an sich unangenehme Situation etwas aufzulockern, da bieten sich berufliche Themen als Gesprächsstoff an. Ich war vorher noch schnell auf der Toilette, deswegen bin ich jetzt halbwegs entspannt. Zum Glück habe ich auch kein Fahrrad dabei. Ich weiß allerdings nicht, welcher Teufel mich reitet, als ich ihn frage: »Warum magst du eigentlich keine Fahrräder?«
Der Verleger schweigt und guckt durch das Glas in die hell erleuchtete, menschenleere Empfangshalle unter uns.
»Entschuldige, das geht mich wirklich nichts an. Vergessen Sie die Frage«, sage ich schnell, aber dafür ist es natürlich zu spät. Ich habe den Verleger sogar gesiezt, ein schwerer Fauxpas. Wahrscheinlich wollte ich unbewusst mehr Distanz herstellen. Vom Fahrstuhl-Notdienst ist niemand in Sicht.
»Das hat mich lange niemand mehr gefragt. Nein, das hat mich noch nie jemand gefragt. Alle denken, das ist so eine Schrulle von mir, nicht wahr? Und weil ich der Verleger bin, kann ich mir solche Schrullen erlauben.«
»Kannst du«, bestätige ich und hoffe, dass das von mir so unüberlegt angeschnittene Thema damit durch ist. Eine Schrulle. Natürlich.
»Es ist aber ein bisschen anders.«
»Hm«, mache ich und versuche, in diesen Laut so viel wie

möglich »Du musst mir das nicht erzählen« hineinzulegen. Aber so eine Krisensituation scheint eine Verbindung herzustellen, ich spüre, dass der Verleger sein Herz ausschütten möchte.
»Es ist albern. Aber auch wieder nicht«, setzt er an und seufzt. »Als ich gerade achtzehn war, ist das Mädchen, in das ich damals verliebt war, verunglückt. Mit ihrem Fahrrad. Sie hat sich das Bein gebrochen, und als ich sie im Krankenhaus besucht habe, hat sie mit mir Schluss gemacht. Ich bilde mir ein, mein Leben wäre anders verlaufen, wenn das nicht passiert wäre. Damals habe ich mir geschworen, Fahrräder zu hassen. Und das habe ich beibehalten.«
»Äh, das ist ja wirklich, äh, schade«, stammele ich und versuche dabei, so mitfühlend wie möglich zu klingen. »Aber mit dem Auto ist noch nie etwas passiert?« Warum frage ich das jetzt? Journalistischer Ehrgeiz? Bei meinem obersten Chef?
»Doch«, antwortet der oberste Chef. »Mein bester Freund ist mit einem BMW gegen einen Baum gefahren. Er war sofort tot.«
»Wie furchtbar!« Ich hoffe, dass er mir weitere Horrorgeschichten erspart.
Ein Mann in einem Blaumann kommt in die Halle. Er stellt einen kleinen Koffer neben der Fahrstuhltür im Erdgeschoss ab und macht sich anscheinend an der Elektrik zu schaffen. Die gläserne Kabine, in der sich der Jörg und ich befinden, sinkt langsam nach unten.
»Seitdem fahre ich nur noch Mercedes«, sagt der Jörg. Dann öffnet sich die Tür, und der Jörg entschwindet in die Tiefgarage.

12. Kapitel

Als ich am nächsten Abend aus der Redaktion heimkomme, hängt im Treppenhaus der Bruchbude – so nenne ich mein Zuhause manchmal, um mich innerlich schon etwas davon zu distanzieren, falls es doch abgerissen werden sollte – ein Zettel. Genau genommen sind es ganz viele Zettel, und auf allen steht das Gleiche:

Wir wollen bleiben!
Dieses Haus soll abgerissen werden – und was wird aus uns? Wir – das sind alle Hausbewohner – treffen uns am 29.5. um 20.00 Uhr in der »Gemütlichen Ecke«.
Bitte kommt!

Keine Unterschrift. An meinem Bettgestell im Treppenhaus klebt auch einer dieser Zettel, genau wie an meinem Briefkasten und an meiner Wohnungstür. Als ich die öffne, sehe ich, dass auch noch einer im Flur liegt, den muss wer unter der Tür durchgeschoben haben. Irgendwem scheint es wichtig zu sein, dass ich komme.
Aber wie kann dieser Jemand so sicher sein, dass ich bleiben will? Vielleicht würde ich ja gerne umziehen? Außerdem habe ich gar keine Zeit. Habe bestimmt einen Jobtermin. Überhaupt: In der »Gemütlichen Ecke«! Obwohl: Interessieren würde es mich schon, wie das da so aussieht.

Und alleine würde ich freiwillig nie in eine solche Kneipe gehen. Aber vielleicht ist es eine ganz gute Location für … hm, mir fällt nicht ein, für was, aber gute Locations sollte man schon kennen, finde ich. Aber ich will auf keinen Fall in so eine Öko-Eso-Politdiskussion hineingezogen werden oder Transparente mit kämpferischen Parolen bemalen und mir dabei womöglich noch meine Sachen ruinieren. Es ist albern, überhaupt so lange darüber nachzudenken. Ich gehe nicht hin.

Es klopft. Das könnte mein Fuß sein, denn wenn ich mich ärgere, neige ich dazu, mit dem Fuß auf dem Boden herumzutrommeln (das fällt weniger auf, als wenn ich das mit den Händen tun würde). Ich halte meine Füße einen Moment bewusst still. Es klopft immer noch. Ich öffne die Wohnungstür mit einem Tritt auf die gelbe Markierung. Mein Nachbar Jan steht davor.

»Hast du die Einladung bekommen?«, fragt er.

»Welche Einladung?«

Er hält mir einen der Zettel vor die Nase. Wie viele gibt es davon denn noch? Vermehren die sich selbständig?

»Ach *den* Zettel«, sage ich wie beiläufig. Leugnen wäre zwecklos, mit einem Fuß stehe ich nämlich auf dem Exemplar, das noch bei mir im Flur rumliegt.

»Ich wollte dich abholen«, sagt Jan, als wären wir verabredet. Habe ich da was vergessen?

»Wozu?«, frage ich.

Er hält noch mal diesen blöden Zettel hoch: »Na dazu!«

Ach, das ist *heute*. Ich habe gar nicht so genau auf das Datum geguckt. In meinem Job bin ich voll und ganz mit Abgabefristen, Interviewterminen, Presseempfängen, Redaktionssitzungen und sonst was für wichtigen Terminen ausgelastet, da kann ich nicht auch noch solche Klei-

nigkeiten bewusst in meinem Hirn speichern. Selektive Wahrnehmung. Ein guter Trick, funktioniert normalerweise ausgezeichnet.
Aber das geht meinen Nachbarn nichts an. Deshalb liefere ich meine Standardausrede: »Keine Zeit. Muss arbeiten.«
So, jetzt Tür zu und gut.
»Was arbeitest du denn?«
»Ich bin Redakteurin bei Ancilla. Ich muss ein Interview mit Maria Donna vorbereiten.« Das ist so ziemlich das schwerste Geschoss, das ich aufbieten kann. Mit »News für die Lust-&-Liebe-Seiten« wollte ich ihm jetzt nicht kommen, zu schlüpfrig und nicht glamourös genug. Maria Donna dagegen …
»Wann triffst du sie denn?«, fragt Jan.
Blöde Frage. Kann ja schlecht »Weiß ich nicht« antworten. »Sehr bald«, orakele ich und verbreite damit hoffentlich ein wenig Show-Nebel.
Mein Handy klingelt. Sehr gut. Da sieht Jan gleich mal, wie beschäftigt ich bin. Ich gehe ran.
»Hallo Clark!«, schmettere ich dynamisch in meinem Allzeit-bereit-Modus.
»Ich habe eine sensationelle Idee«, legt er los. »Matthias Dört wird das Interview mit Maria Donna machen.«
Matthias Dört, Moderator einer täglichen Talkshow und zufällig guter Buddy von Clark. Ich sage nichts, aber das ist bei Clark auch gar nicht nötig.
»Promis unter sich, sozusagen«, redet er weiter. »Du musst das Ganze dann nur entsprechend vorbereiten.«
Wut, Eifersucht und Neid ballen sich in meinem Hals zu einem festen Klumpen zusammen, den ich gerade noch hinunterschlucken kann, bevor er die Gestalt einer Kröte annimmt und mir aus dem Mund springt.

»Der Interviewtermin ist übrigens schon bald, das hat Gerlinde mir zugesichert. Halte dich bereit!«
»Okay«, murmele ich, dabei fühle ich mich ohnmächtig und wehrlos. Die böse Neidkröte tobt in meinem Magen. Ich fühle mich dermaßen hilflos – und ich hasse das! Ich bin ihm ausgeliefert, er kann mit mir machen, was er will. Die Kröte in mir will raus, findet den Weg aber nicht. Meine Muskeln spannen sich an, mein Kiefer verkrampft. Ich werde zur albernen Statistin degradiert. Dabei hatte ich mir wirklich eingebildet, ich würde das Drehbuch meiner Karriere selbst schreiben. Aber nein: Man hat mir den Stift aus der Hand genommen, wird mich zum untätigen Zusehen zwingen. Ich könnte schreien vor Wut!
»Das Interview?«, fragt Jan und guckt wirklich interessiert. Soll ich zugeben, dass ich das Interview gar nicht führen werde? Bloß nicht! Rein äußerlich kann ich mich gut beherrschen.
»Verschoben«, lüge ich routiniert, ohne die Konsequenzen dieser Aussage zu bedenken.
»Na, das hat auch was Gutes: Dann kannst du ja jetzt mit runterkommen. Cooler Farbton übrigens«, sagt Jan und betrachtet anerkennend die Wände meines Flurs.
»High Society«, antworte ich.
»Kommt ihr endlich?«, ruft Heidi von unten. So langsam schwant mir, dass das hier ein Überfallkommando ist und ich im Zweifelsfall von den beiden mitgeschleppt werde. »Ich habe euch gehört. Sie ist da, und sie hat Zeit!«
Mit jeder weiteren Ausrede würde ich jetzt blöd dastehen. Deshalb gehe ich mit. Aber nicht nur deshalb. Etwas anderes regt sich in mir: Der Wunsch, mein Leben selbst in die Hand zu nehmen. Etwas zu tun, das mir und anderen hilft.

Die »Gemütliche Ecke« ist ein Etablissement, zu dem einem spontan – und soweit die unzulängliche Beleuchtung eine Beurteilung zulässt – die Bezeichnungen »Spelunke« und »Kaschemme« einfallen. Spelunke passt, finde ich, gefühlsmäßig besser, da ist mehr Hafenanklang drin.
Draußen ist es noch hell, doch die Fenster sind nahezu blickdicht mit eingestaubten Pflanzen zugestellt. Die Scheiben dahinter wirken wie aus Milchglas, aber das kann auch daran liegen, dass man sie wegen eben des pelzigen Urwaldes davor schlecht erreicht und deshalb auch zum Putzen nicht drankommt.
Es gibt einen Tresen, einen großen, langen Tresen, der rechts neben der Tür beginnt, bis zur Stirnseite reicht und über die Hälfte des Raumes einnimmt. Dahinter steht ein Mann, der auch schon mal bessere Zeiten gesehen hat. Oder auch nicht. Vielleicht hatte er nie Haare, vielleicht fehlte ihm schon immer ein Vorderzahn und der Rest war nie anders als braungraugelb. Und ganz sicher hatte er noch nie etwas anderes an als eine enge, fast durchgescheuerte Jeans, die seine mageren Hüftknochen umschließt, und ein T-Shirt mit einem großen Biene-Maja-Aufdruck. Nein, ganz bestimmt: Er sah schon immer so aus. Ein Urgestein, würde man wohl sagen, dabei hat dieses Männchen gar nichts Steinernes an sich – er sieht eher aus wie ein vergessener Ficus benjamini.
»Das ist Günne«, stellt Jan vor und zeigt dabei auf den verdorrten Wirt.
»Guten Tag«, sage ich, man will ja höflich sein.
»Tach!«, schmettert Günne. »Bier?«
Ich vermute, er möchte wissen, ob ich ein Bier haben möchte. Die Gläser, die sich hinter ihm im Regal auftür-

men, sehen so ähnlich aus wie die Fensterscheiben. Undurchsichtig.
»Nein danke«, erwidere ich möglichst unverkrampft. »Ich möchte gar nichts.«
»Das bezieht sich jetzt hoffentlich nur auf die Getränke«, schnarrt es von gegenüber. Dort steht ein Tisch, liebevoll mit geblümter Plastikdecke und einem gusseisernen »Stammtisch«-Aufsteller verziert. Auf der einen Seite sitzen Erna und Heidi, auf der anderen die Hansens. Heidi streichelt mit einer Hand die verstaubten Pflanzen, Erna und Frau Hansen starren sich gegenseitig an. Herr Hansen starrt in sein Bier. Er nimmt einen Schluck.
»Trink nicht so schnell«, herrscht seine Frau ihn an. Lady, die unter dem Tisch geparkt wurde, kläfft zustimmend. Herr Hansen lässt seine Hand mit dem Glas kraftlos sinken.
Jan und ich setzen uns.
»Günne, kommst du bitte auch zu uns«, fordert Jan sanft.
»Ich? Ich bin doch nur der Wirt.«
»Dann bring Getränke mit und setz dich. Wir wollen anfangen.«
Günne stellt vorsorglich ein paar Flaschen Bier auf den Tisch, legt einen Öffner daneben und setzt sich auf eine Stuhlkante, bereit, jeden Moment wieder aufzuspringen.
Wir sitzen schweigend da. Was nun?
»Also, ich finde, jeder erzählt mal, wie lange er schon im Haus wohnt und warum er bleiben möchte«, schlägt Jan vor.
»Warum *sie* bleiben möchte«, korrigiert Heidi ihn.
»Natürlich, *sie*«, lenkt Jan ein. Ich stöhne innerlich. Das kann ja ein langer Abend werden. Ein langer, zäher Abend. Zäh wie alte Tintenfischringe.

»Wer am längsten hier wohnt, darf anfangen.«
»Das sind dann ja wohl wir«, sagt Frau Hansen. »Wir wohnen hier schon immer. Ich bin hier aufgewachsen, in unserer Wohnung. Und mein Mann in der von …«, sie wedelt mit der Hand in Richtung Erna, »… ihr hier. Wir haben noch nie woanders gewohnt. Meine Mutter ist in diesem Haus gestorben und die von meinem Mann auch.«
Ich finde ja, das ist kein besonders guter Grund zu bleiben. Herr Hansen hustet so heftig, als würde er es seiner Mutter gleichtun wollen und ebenfalls in diesem Hause von uns gehen. Dann wäre die Sache immerhin für ihn erledigt.
»Ich wohne seit 1963 hier und habe noch nicht vor zu sterben – im Gegensatz zu denen«, knarzt Erna. »Ich will hier einfach wohnen bleiben.«
»Die würde ja auch kein anderer Vermieter nehmen«, höhnt Frau Hansen. »Bei ihrem Gewerbe.«
Sieht so aus, als wäre ich mitten in eine alte Nachbarschaftsfehde geraten. Jan klopft Herrn Hansen, der immer noch hustet, auf den Rücken.
»Ich will den Garten nicht verlieren«, sagt Heidi. Ihr stehen die Tränen in den Augen. Sie ist kurz davor, eins der Fensterbank-Gewächse zu umarmen. »Ende der Achtziger habe ich angefangen, hier alles zu bepflanzen. Ich bin bereit, mit meinem Leben darum zu kämpfen!«
»Und ich, na ja, das ist meine Existenz.« Günne zeigt auf das zerkratzte Mobiliar, den heruntergekommenen Tresen. Auf einem von der Schwerkraft gebeutelten Wandregal stehen Pokale, die sich bedrohlich gen schmierigen Fliesenboden neigen. »Und der Arbeitsweg ist kurz. Das ist bei meinen Arbeitszeiten nicht ganz unwesentlich. Ich weiß gar nicht genau, seit wann ich hier bin.«
Schon immer, denke ich.

»1991«, sagt Frau Hansen. »In dem Jahr, als Princess gestorben ist. Meine Langhaardackeldame«, fügt sie erklärend dazu. Lady jault morbide.
Außer uns ist kein anderer Gast da. Das ist ja eine tolle Existenz, denke ich, bestimmt eine Goldgrube.
Als könnte Günne meine Gedanken lesen, ergänzt er: »Die Roger-Whittaker-Abende laufen ganz gut.«
»Das kann man hören«, sagt Heidi.
»Ich bin gegen die Gentrifizierung St. Paulis! Das Viertel braucht alte Häuser, günstige Wohnungen, eine gewachsene Infra- und eine gemischte Bevölkerungsstruktur«, doziert Jan.
»Und was hat das mit dir zu tun?«, fragt Heidi.
»Äh, ich wohne seit sieben Jahren hier. Ich weiß, das ist nicht so lange wie bei den meisten anderen, aber ich fühle mich hier zu Hause. Ich kann die Miete bezahlen, mein Atelier ist hier um die Ecke … und ich will nicht dafür verantwortlich sein, dass hier alles totsaniert wird!«
»Wieso solltest du dafür verantwortlich sein?«, fragt Heidi verwundert.
»Weil die Gentrifizierung immer mit den Künstlern anfängt. Und ich bin Künstler.« Jan ist kurz davor, in den Aschenbecher zu greifen und sich etwas Asche auf den Kopf zu streuen, nur so als Geste. Wie Künstler eben sind. Keiner in dieser Runde – außer mir, ich kenne dieses Geständnis seinerseits ja schon – versteht, was Jan sagen will. So sehen auch alle aus.
Herr Hansen wirft ein bekräftigendes »Hä?« in die Runde und nimmt einen großen Schluck Bier.
»Wenn Künstler irgendwohin ziehen, dann wird das Viertel dadurch aufgewertet. Dann kommen als Nächstes die Immobilienspekulanten. So wie bei uns!«

»Und wenn du ausziehst, gehen die wieder? Bürschchen, du bist zwar immer ein netter Nachbar gewesen, aber jetzt nimmst du dich ein bisschen zu wichtig«, behauptet Erna.
»Nein, Jan hat da schon ganz recht«, meint Heidi. »Er ist Teil des Systems.«
»Aber er muss doch irgendwo wohnen«, bemerkt Günne.
»Und wenn ich jetzt ausziehe, ändert das gar nichts mehr. Dafür ist es zu spät. Aber wenn dieses Haus abgerissen wird, dann blutet St. Pauli. Dann ist das eine klaffende Wunde im Viertel. Und das neue Haus passt hier wahrscheinlich so gut her wie eine Silikonbrust auf den Rücken einer abgehalfterten Tänzerin. Wenn dieses Haus abgerissen wird, dann müssen wir alle weit weg von hier. Was anderes werden wir hier nicht finden. Zu teuer, zu voll, zu schwierig. Das ist unser Zuhause, das müssen wir retten!« Jan ist am Ende seines Vortrags und ringt nach Luft.
»Ja, dann mach mal«, brummelt Herr Hansen.
»Und wie soll das gehen?«, fragt Heidi skeptisch.
»Ja, wie?«, fragt auch Erna.
Darauf weiß auch Jan keine Antwort.
Günne und Herr Hansen gucken in ihre Biere, als würde die Antwort dort herumschwimmen wie eine Kaulquappe im Froschteich. Oder wie die Bakterien, die man zwar nicht sieht, die in Günnes Biergläsern aber bestimmt eine dauerhaftere Heimat gefunden haben als wir in dem baufälligen Haus.
Bevor das hier alles den Bach runtergeht, gebe ich mir einen Ruck. Noch immer ist die böse Kröte in meinem Magen, die wütet, weil man mir das Interview weggenommen hat. Und genauso, denke ich, müssen sich meine Nachbarn fühlen: ohnmächtig und wütend, weil man ihnen etwas wegnehmen will. Etwas, das unendlich viel wichtiger

ist als ein Plauderstündchen mit einem Popstar: ihr Zuhause. Ich kenne diese Leute zwar kaum, aber ich möchte ihnen helfen. Das eklige Wutmonster in meinem Bauch verwandelt seine Gestalt: Es wird zum Kämpfer. Das hier wird mein Projekt! Das kann mir kein Clark dieser Welt wegnehmen!

»Ich bin Katrin. Ich bin neu hier. Ihr kennt sicher noch Eva. Sie hat mir ihre Wohnung überlassen. Ich schlage vor, wir sehen uns erst mal genau an, was die Eigentümer wollen und was sie in der Hand haben.«

Alle schauen mich an, als sei ich ihre Rettung. Sie sehen so aus, als hätten sie hier Wurzeln geschlagen. Günne wachsen diese Wurzeln sogar schon aus den Ohren. Oder sind das dicke, sich windende Haare? Es wirkt auf jeden Fall absurd. Verwitterte Plüschohren.

Ich hole den Brief der Hausverwaltung aus der Tasche. Er ist schon etwas zerknittert, ich habe ihn einfach nicht wieder ausgepackt. Als würde sich das Problem durch Herumtragen lösen lassen.

»Die schreiben hier, dass es zu teuer ist, das Haus zu sanieren«, sage ich. Wie um meine Worte zu bekräftigen, rieselt ein Stück Putz von der Kneipenwand. Ich versuche das zu ignorieren. Man könnte ja auch einfach hier rausrennen und das Ganze vergessen. Bevor einem die Bude über dem Kopf zusammenstürzt. Mir bedeutet das hier nichts. Aber denen. Meinen Nachbarn. Diese Menschen gehören hierher, denke ich, sie leben hier, ich wohne nur ein bisschen. Da fühlt man nicht so viel. Die Hansens, Erna, Günne, Heidi und Jan haben etwas, das sie mit diesem Haus verbindet. Mit dieser Gegend, diesem Viertel. St. Pauli ist ihre Heimat.

Ich reiße mich zusammen. Es gibt ein Problem, also wird es

auch eine Lösung geben. Und damit meine Nachbarn nicht ins kalte Wasser springen müssen, tue ich es eben. Ich kann nämlich schwimmen. Hoffe ich in diesem Fall zumindest. Also sage ich: »Wir sollten uns erst mal erkundigen, ob die Kündigung überhaupt rechtmäßig ist. Ob der Vermieter das einfach so machen kann.«

Keiner rührt sich. Alle wirken wie versteinert. Na, das kann ja was werden. Was ist zum Beispiel mit Jan los? Er hat das Ganze hier doch angeleiert. Und jetzt kommt er nicht aus dem Quark. Kindskopf. Ich hätte aber auch nichts anderes von ihm erwartet.

»Okay, dann kümmere ich mich um eine Rechtsberatung«, verspreche ich, mitgerissen von meiner eigenen Begeisterung. »Und einen Gutachter brauchen wir auch. Einen, der feststellt, ob das Haus nicht doch besser in Schuss ist, als der Vermieter behauptet.« Innerlich könnte ich mich ohrfeigen. Das wird mich alles von der Arbeit abhalten. Als hätte ich jetzt noch ein Ressort dazubekommen. Genau! So werde ich das Projekt betrachten: als Teil meiner Arbeit. Streng sachlich.

Die anderen atmen erleichtert auf. Ich bekomme einen Hustenanfall.

»Ich mach dir erst mal einen Tee«, sagt Jan. Wie selbstverständlich geht er hinter den Tresen und hantiert dort ein wenig herum. Günne scheint das nicht zu stören, er zwirbelt sein Ohrenhaar.

Inzwischen zücke ich mein Smartphone und suche ein bisschen im Netz herum. Da: Öffentliche Rechtsberatung. Das könnte was für uns sein.

»Hier, ich habe was gefunden. Rechtsberatung, kostet nur zehn Euro, für Menschen mit geringem Einkommen. Acht bis dreizehn Uhr, man soll früh kommen. Ich schlage vor:

Wir treffen uns morgen um sieben, und dann gehen wir gemeinsam dorthin.«

Der Vorschlag wird widerspruchslos angenommen, danach macht sich spürbar Erleichterung breit.

»Wisst ihr noch, wie das hier früher war?«, fängt Frau Hansen an. »Hier haben sogar mal die Beatles gespielt. Das waren ja auch so verrückte junge Leute.«

»Hier in dieser Kneipe?«, frage ich überrascht nach.

»Ja, natürlich«, sagt Frau Hansen. »Und Paul McCartney hat einen Hamburger gegessen, konnte den aber nicht bezahlen. Die hatten ja nüscht, damals. Weißt du, ich habe nämlich früher mal diese Kneipe geführt. Mein Mann und ich.«

Herr Hansen guckt stumpf in sein Glas.

»Ach, erzählen Sie doch mal!«, fordere ich Frau Hansen auf. Die rückt mit Anekdoten raus: Wie Freddy Quinn ihr Rosen geschenkt und ihren Kaffee gelobt hat. Kaffee kochen kann sie nämlich. Und immer ordentlich sei es gewesen. Wenn man ihr so zuhört, bekommt man den Eindruck, die »Gemütliche Ecke« sei so eine Art Kombination aus schickem Caféhaus und Promitreff gewesen. Ganz was Feines. Mit dem jetzigen Zustand des Etablissements scheint Frau Hansen ein wenig zu hadern, ihre Hand wischt in einem fort unsichtbare Krümel vom Tisch.

Sie verliert sich in der guten, alten Zeit, es klingt, als sei früher alles besser gewesen, zumindest hier.

Mir fällt auf, dass Erna immer ganz sachte den Kopf schüttelt. Nein, sagt ihr Gesicht, das war alles ganz anders. Das stimmt so nicht. Wie es aber wirklich war, verrät sie erst, als Jan mir einen Pfefferminztee hinstellt. Und ein Honigglas, das sofort eine unlösbare Verbindung mit der Tischdecke eingeht.

»Das war schon immer eine Spelunke hier«, unkt Erna. »Von wegen Freddy und so. Der war doch niemals hier! Und Paul McCartney schon gar nicht! Hamburger gab es auch nie, ebenso wenig wie eine Küche. Und wenn es eine gäbe, dann würdest du bestimmt nicht kochen, dafür bist du dir doch viel zu fein! Du denkst doch immer, du wärst was Besseres!« Ganz sanft trägt sie das alles vor, soweit das mit ihrer schnarrenden Stimme möglich ist. Dann lächelt sie, nimmt ihre Handtasche und geht. Einfach so. Sie trägt ihre zierlichen Pantöffelchen mit den Federbüscheln.

»Na, jetzt hast du es mal wieder geschafft«, resümiert Herr Hansen zu seinem Bier gewandt.

Frau Hansen guckt ungerührt geradeaus. Ihr Gesicht ist das einer lieben Omi, die nichts als Güte zwischen ihren Falten verbirgt. Aber ihre linke Hand, fest zur Faust geballt, verrät, dass sie noch eine andere Seite haben könnte. Aber vielleicht ist das nur Zufall oder ein Krampf. Die andere Hand streichelt Lady.

Ich rühre in meinem Tee und nehme einen Schluck.

Heidi sieht aus, als würde sie gerne eine Meditationshaltung einnehmen. Sie ruckelt unruhig auf dem Kneipenstuhl herum.

»Wenn Baumaschinen meinen Garten plattmachen würden! Nicht auszudenken! Ich halte das nicht aus, immer diese Aggressionen. Das macht mich selbst ganz aggressiv.« Sie schlägt mit der Hand auf die Tischplatte, die Oberfläche von Herrn Hansens Bier kräuselt sich leicht. Danach streichelt Heidi sofort die Tischplatte, als wollte sie sich bei ihr entschuldigen.

»Günne, die Sansevierien musst du aber auch mal abstauben. Die können ja gar nicht mehr richtig atmen«, meint Heidi.

Ich denke, Günne müsste hier noch ganz andere Dinge mal ordentlich abstauben und vielleicht auch großzügig desinfizieren.
»Meinst du wirklich?«, fragt Günne. Er guckt, als hätte Heidi ihm vorgeschlagen, sautierte Froschschenkel auf Zwergzucchinijulienne zu servieren. Dieses wie jenes scheint ihm fremd, kein Bestandteil seines Lebens.
»Mit einem sauberen Lappen und frischem Wasser«, erklärt Heidi die Details.
»Lady muss ins Bett«, ordnet Frau Hansen an. Herr Hansen trinkt sein Bier aus und fummelt in seiner Hosentasche herum, als würde er Geld suchen.
»Nö, lass mal.« Günne hebt abwehrend die Hand. »Ich lade euch ein.«
»Danke«, murmeln wir alle wie aus einem Munde.
Ich huste schon wieder.
»Du solltest dich vielleicht auch mal hinlegen«, schlägt Jan vor.
»Bist du meine Mutter?«, erwidere ich, obwohl das natürlich absurd ist, denn erstens ist er ja deutlich nicht meine Mutter und zweitens hat er recht. Ich hätte einfach nur lieber, dass sich jemand anderes um mich sorgt: Alex.
»Ich mein ja nur«, sagt er ein wenig kleinlaut. Er sieht enttäuscht aus. Der Abend ist anscheinend nicht so gelaufen, wie er sich das vorgestellt hat. Aber was hatte er denn erwartet? Und warum hat er mich mitgeschleppt?
»Du hast mich doch hierhergeschleift«, werfe ich Jan vor.
»Und jetzt bringe ich dich wieder nach Hause«, bietet er ganz freundlich an. Er hat wohl vergessen, in welchem Haus wir sind.
»Ich bin hier zu Hause.« Das kommt ganz instinktiv.

»Schön, dass du das auch so siehst«, greift Jan meine unbedachte Äußerung sofort auf.
»So war das nicht gemeint«, rudere ich zurück. »Ich wollte sagen: Ich wohne hier.«
»Meinetwegen.« Jan schmunzelt. »Dann bringe ich dich eben zu deiner Wohnung.«
»Das ist doch lächerlich«, entgegne ich. »Die paar Stufen kann ich ja wohl selbst …«
»Liegt zufällig auf meinem Weg«, unterbricht mich Jan.
Es ist einfach hochgradig albern, worüber wir hier reden. Es geht nicht um Emanzipation oder Fürsorge oder sonst was, ich will nur die Treppe hoch, auf meine Matratze fallen und schlafen.
Als wir zusammen die Treppen hochgehen, will ich Jan, der sehr dicht – zu dicht – neben mir geht, ausweichen und stoße mich an meinem Bettgestell. Es tut weh, aber das gebe ich nicht zu.
Vor meiner Tür bleibt Jan stehen. »Finde ich toll, dass du den Gutachter besorgen willst. Hätte ich gar nicht von dir erwartet. Und dass du das mit der Rechtsberatung einfach so klargemacht hast, das war spitze.«
»Du kennst mich eben nicht«, sage ich. »Gute Nacht!«
»Gute Nacht«, erwidert Jan und murmelt im Gehen etwas, das klingt wie: »Was nicht ist, kann ja noch werden.«

Teil 3:

Aushalten

13. Kapitel

Ein müder Haufen sind wir – aber zu meiner Verwunderung sind wirklich alle da. Etwas schlapp schlendern wir durch Planten un Blomen Richtung Innenstadt. Meine Nase läuft schneller als wir. Ich wäre ja für ein Taxi gewesen, aber wir hätten nicht alle hineingepasst. Und meine Nachbarn können sich vermutlich gar keins leisten, nicht mal, wenn sie sich den Fahrpreis teilten.

Erna tippelt in ihren Pantöffelchen, ihr weiter Kimono weht elegant um ihre schmale Erscheinung. Frau Hansen, etwas schwerfälliger, zieht den Hackenporsche mit Lady hinter sich her, aus dem beharrliches Knurren dringt. Ob das der Hund ist oder nur dessen Magen? Jan trägt eine Sonnenbrille gegen das grelle Morgenlicht und sieht so mager aus wie die Hälmchen des Federgrases, die sich im Wind biegen. Heidi, natürlich im Blümchenkleid mit Grünzeug der Saison im Haar, kommentiert die Blumenbeete (»Viel zu streng! Die Pflanzen können sich gar nicht natürlich entfalten!«). Günnes Kopf wackelt, als würde er gleich abfallen, dabei schüttelt er ihn nur verwundert über die Tatsache, dass er wirklich so früh aufgestanden ist. Ich bin mir nicht sicher, ob er sich umgezogen hat, immer noch grinst Biene Maja von seinem T-Shirt. Immerhin ist sie in den Parkanlagen in ihrem natürlichen Habitat. Nur Herr Hansen wollte nicht mit.

»Geh du! Das muss reichen«, hat er seiner Frau noch zugeknurrt.
Wir fühlen uns gut, weil wir was tun wollen. Das versichern wir uns gegenseitig. Wir lassen uns beraten, und dann wird man sehen. Ein vorsichtiger Optimismus, zart wie die frischen Blütenknospen in den Beeten, breitet sich aus.
Bei der Rechtsberatung müssen wir nicht lange warten. Wir haben Frau Hansen ausgeguckt, sie soll sich beraten lassen, denn sie hat ihren Rentenbescheid dabei, und der ist wirklich mehr als bescheiden. Muss ich später auch mal mit so wenig Geld zurechtkommen? Wie soll das überhaupt gehen? Ich überschlage kurz meine Ausgaben – nein, das würde nicht funktionieren.
Dann werden wir schon hereingerufen. Hinter einem Schreibtisch sitzt ein freundlicher alter Herr mit Sorgenfalten auf der Stirn. Ein pensionierter Richter oder Staatsanwalt. Ob er das ehrenamtlich macht oder um seine karge Rente aufzubessern, frage ich mich. Frau Hansen stellt Lady in ihrem Gefährt ab und setzt sich auf den Stuhl gegenüber dem Schreibtisch. Wir anderen stellen uns im Halbkreis hinter ihr auf. Frau Hansen kramt umständlich in ihrer riesengroßen Tasche. Ich hoffe, sie hat darin wirklich ihren Rentenbescheid und nicht noch einen zweiten, womöglich bereits ausgestopften Dackel. Das Kündigungsschreiben lege ich schon mal auf den Tisch. Frau Hansen findet endlich die Dokumente, auch den Mietvertrag hat sie mitgebracht. Der alte Herr nimmt alles an sich und liest es mit gewissenhafter Miene durch. Dabei werden seine Sorgenfalten immer tiefer. Wir sagen nichts. Lady knurrt leise. Ich putze mir die Nase und versuche, so zuversichtlich wie möglich zu wirken. Mit mentalen Kräften will ich den Faltenmann beeinflussen, ihm Hoffnung zufliegen las-

sen, die er dann bitte aus seinem richterlichen Mund an uns weitergeben möge. Ein Kreislauf der Hoffnung, gut für uns alle.
Der Rechtsberater blickt uns ernst an.
»Nun ja«, sagt er und räuspert sich dann. Es ist halb neun Uhr morgens, seine Stimme noch nicht in Schwung, vermutlich hat er heute Morgen noch wenig gesprochen. Die Frau, mit der er seit über fünfzig Jahren verheiratet ist (wenige davon wirklich glücklich, die meisten aber zufrieden), hat ihm ein Ei und einen Kaffee gekocht, die Zeitung in seinen Händen hat jeglichen Blickkontakt und die Chance auf ein Gespräch vereitelt. Er könnte nicht sagen, was seine Frau zum Frühstück hatte, er weiß nicht mal sicher, ob sie überhaupt frühstückt. So stelle ich mir das vor.
»Ja, wie ich das sehe, können Sie da nicht viel machen, Frau …«, er liest den Namen auf dem Mietvertrag, »… Hansen.« Lady knurrt ein wenig lauter.
Wir alle sagen nichts.
»Wenn Sie gegen diese …«, er blättert wieder in den Unterlagen von Frau Hansen, »… Kündigung vorgehen, dann könnte das mit erheblichen Kosten verbunden sein. Anwaltskosten. Gerichtskosten. Schadensersatzforderungen. Sie können es ja versuchen, aber ich will Ihnen da keine großen Hoffnungen machen.«
»Kosten?«, fragt Frau Hansen schüchtern.
»Erhebliche Kosten«, bestätigt der Rechtsberater. Die Sorgenfalten auf seiner Stirn ähneln inzwischen dem Grand Canyon. Er könnte eine oder gleich mehrere Lesebrillen darin ablegen und würde diese vermutlich niemals wiederfinden. »Ganz erhebliche Kosten«, wiederholt er sich.
Das war's dann wohl, denke ich. Hier müssen wir es nicht weiter versuchen.

»Vielen Dank und auf Wiedersehen«, sage ich und gehe, gefolgt von meinen Nachbarn, aus dem Büro, den Gang hinunter, durchs Treppenhaus und auf die Straße. Wir machen uns auf den Weg nach Hause, in ein Haus, das die Bezeichnung Zuhause wohl nicht mehr lange verdient. Wo sollen wir dann hin, fragen wir uns, allerdings mit ganz unterschiedlichen Gefühlen.
»Das kann einfach nicht sein«, sagt Erna. »Das *kann* nicht sein.«
»Doch, das hast du ja gehört«, sagt Frau Hansen.
»Natürlich habe ich das gehört«, giftet Erna zurück.
»Von dem war auch nichts anderes zu erwarten«, unkt Heidi. »Habt ihr gesehen, wie der Ficus benjamini in diesem Büro aussah? Der hatte ja kaum noch Blätter! Das kommt von der negativen Energie, die von diesem Mann ausgeht.«
»Ich kenne solche Typen«, knurrt Erna. »Bei denen klemmt das Geld ganz fest.«
»So ein Spießer«, fügt Günne hinzu. Meine lieben Nachbarn schießen sich richtig ein mit ihrer Wut. Leider entlädt sie sich auf den Falschen.
»Hört mal zu: Der gute Mann, dieser pensionierte Richter, der uns da eben beraten hat, kann überhaupt nichts dafür. Er hat uns nicht gekündigt. Er will das Haus nicht abreißen. Er hat nur gesagt, wie er die Lage rechtlich sieht. Das ist natürlich unangenehm für uns, aber wirklich nicht seine Schuld«, nehme ich unseren Berater in Schutz.
»Katrin hat recht«, stimmt Jan mir zu.
Meine Nachbarn sind furchtbar resigniert und schlurfen ganz, ganz langsam durch eine der Unterführungen des Parks. Über uns dröhnt der Verkehr. Sie lassen die Köpfe

hängen, allerdings kann das bunte Mosaik am Boden ihre Laune auch nicht bessern.
Soll es das gewesen sein? Aufgeben wegen eines Briefes, nach nur einer Beratung durch einen Scheintoten, der seine Büropflanze nicht gießt, in seinen Sorgenfalten womöglich finstere Geheimnisse verbirgt und noch nicht mal weiß, was seine Frau frühstückt? Das ist wirklich eine schlappe Truppe. Die sind eingeschüchtert und haben Angst.
Kein Wunder, denke ich, wenn man mit knapp fünfhundert Euro im Monat über die Runden kommen muss, dann kann einen ein Ausdruck wie »erhebliche Kosten« schon erschrecken.
Jans Telefon klingelt. Er zieht ein Handy von der Größe eines Croque Monsieur aus seiner Umhängetasche, hört erst ein wenig zu und erzählt dann von unserer Situation. Dann wird er ganz still.
Ein Jogger trabt an uns vorbei und nickt uns – mir? – zu. Er kommt mir bekannt vor. Nach kurzem Nachdenken komme ich drauf: Es ist der Typ, der mal bei Renate sein Ciabatta mit mir geteilt hat. Wie hieß der noch? Oliver? Einen vernünftigen Job scheint der ja nicht zu haben, wenn er hier zu dieser Zeit so entspannt rumlaufen kann. Immerhin: Er sieht besser aus als wir alle zusammen. Frisch und kernig. Munter, geradezu strotzend vor Lebensfreude. Heidi sieht ihm wohlwollend hinterher.
»Exzellente Lauftechnik«, meint sie. »Strafft den Hintern.«
»Hm. Meinst du wirklich?«, fragt Jan zögerlich ins Telefon und sieht dabei skeptisch aus. »Aber was sollen wir denn machen?«
»Das dürft ihr euch nicht gefallen lassen!«, quäkt es wahnsinnig laut und deutlich aus dem Telefon.

»Wollen wir ja auch gar nicht«, versucht Jan zu beschwichtigen.

»Ihr müsst euch wehren!«, quäkt es wieder.

»Wie denn?«, fragt Jan.

Die Stimme am Telefon wird leiser, ich kann nicht mehr hören, was Jans Freund sagt. Jan nickt nur noch und sagt »hm« und »ja okay«. Dann ist das Gespräch vorbei, und wir starren Jan erwartungsvoll an.

»Wir sollen uns wehren, sagt Matze, also, das ist mein Freund aus dem Wohnprojekt.«

Was ist überhaupt ein Wohnprojekt, frage ich mich, bin aber lieber still, denn vielleicht hat Jan wichtige Informationen, und ich will ihn nicht verwirren.

»Wir haben doch schon alles versucht«, sagt Frau Hansen.

Interessant, was für sie »alles« ist. Ein einziger Anlauf, schon gibt sie auf.

»Sollen wir etwa das Haus besetzen? Brennende Barrikaden errichten? Ich fürchte, dazu bin ich vielleicht ein wenig zu alt«, macht Erna schon mal deutlich.

Oh nein, denke ich, Hausbesetzerin möchte ich nicht werden. Das klingt so politisch, nach verfilzten Haaren, ungewaschenen Socken und bekifften Diskussionen, die sich im Kreis drehen. Vielleicht auch nach unangenehmen Wasserwerfereinsätzen der Polizei. Nicht meine Welt, nein danke.

»Wir könnten eine Demo machen, Sitzstreik und so. Oder Hungerstreik«, schlägt Günne vor.

»Du hast doch sowieso nichts auf den Rippen, so ein Hungerstreik ist doch bei dir dann ganz fix vorbei«, wirft Erna ein. Günne zieht seine abgewetzte Jeans ein wenig höher. Die Biene Maja auf seinem T-Shirt grinst debil.

»*Mieter helfen Mietern*«, stößt Jan hervor. »Matze hat gesagt, wir sollen uns da Hilfe holen.«
»Das ist doch so ein Verein. Da muss man Mitglied sein«, gibt Heidi zu bedenken. »Mit...glied«, sie spricht es mit einer Pause zwischen den beiden Silben aus, so dass es sich anhört wie zwei Wörter. Dann schüttelt sie sich gespielt angewidert. »Wie das schon klingt!«
»Wir gehen jetzt mal nach Hause und informieren uns, was das ist«, schlage ich vor.

»Bleibt mal unten stehen«, sagt Jan zu uns, als wir vor unserer Haustür stehen. Bevor wir noch fragen können, warum, rennt er schon rein und nach oben. Ein paar Sekunden später öffnet er eines seiner Fenster.
Er wird doch nicht springen? Jetzt, wo es Hoffnung gibt? Und selbst wenn nicht: Sollte er seine Sachen nicht bei Freunden in den Keller stellen? Will er sein Hab und Gut zu diesem Zweck aus dem Fenster werfen? Er wohnt zwar nur im zweiten Stock, trotzdem wäre das keine besonders brillante Idee. Ich überlege, wo das, was auch immer da gleich aus dem Fenster fliegt, aufprallen könnte, berechne laienhaft die Flugbahn und gehe vorsichtshalber einen Schritt zur Seite.
Etwas Großes, Dunkles weht aus dem Fenster. Ein Sprungtuch? Ein Fallschirm? Reicht das denn von der Höhe?
Das Stück Stoff senkt sich, hängt nun aus dem Fenster herab.
Eine Flagge. Schwarz, in der Mitte ein großer weißer Totenkopf mit gekreuzten Knochen. Darunter steht fett »ST. PAULI«.
Jan schließt das Fenster, kommt wieder heruntergerast und betrachtet die neue Fassadendekoration.

»Eine Fußballfahne?«, frage ich, denn die Flagge, die Jan da aus seinem Fenster gehängt hat, ist die Vereinsfahne des FC St. Pauli, der zurzeit in der Zweiten Bundesliga krebst, aber von seinen Fans geliebt wird. Die rennen dem FC St. Pauli auch noch das Millerntorstadion ein und jubeln begeistert, wenn der Verein nur in der Regionalliga Nord spielt, wie vor nicht allzu langer Zeit.

»Das ist mehr als eine Fußballfahne«, behauptet Jan, der auch so gar nicht wie ein Fußballfan aussieht. »Das ist eine Haltung. Wir sind St. Pauli, und wir werden kämpfen. Du wirst schon sehen: Diese Fahne hilft uns. Am besten wäre es natürlich, wir würden alle solche Fahnen aus unseren Fenstern hängen. Das wäre irgendwie … ausgewogener. Sieht auch schöner aus.«

»Ich muss dann mal los in die Redaktion«, kommt von mir spontan. Meine Nachbarn, die eben noch die St.-Pauli-Fahne betrachtet und leise kommentiert haben, sehen mich leicht vorwurfsvoll an. Was ist denn daran so schlimm, zur Arbeit zu gehen? War da noch was? Mir fällt es wieder ein.

»Und ich kümmere mich um *Mieter helfen Mietern*. Okay?«

»Gut«, sagt Erna. »Wenn *du* das machst, dann wird das was.«

Einer muss es ja machen, denke ich. Jan hat nun bereits das »Deko-Ressort« übernommen.

So viel Häuslichkeit macht Appetit. Appetit auf Renates Pesto und die eine oder andere weise Wahrheit von ihr.

»Je länger der Tee zieht, desto kälter wird er«, behauptet sie gerade, als ich den Laden betrete. Ihr Kunde, ein wackeliger Rentner mit quergekämmter Frisur und ungewöhnlich modischen Turnschuhen, nickt zustimmend:

»Vor allem der Ostfriesentee. Der ist sofort kalt. Aber stark!«
»Stark ist wichtig«, schnarrt Renate. »Mein Pesto ist heute auch besonders stark. Gut durchgezogen!«
Ich muss gar nichts sagen, sie füllt mir meine Ration ab, dazu das Ciabatta. »Vitamine nicht vergessen!«, mahnt sie sanft. »Und schön genießen. Überhaupt sollte man sein Leben ständig genießen, schließlich ist man länger tot als lebendig. Und ob wir das dann so genießen können …?«
»Ohne Pesto? Das bezweifle ich«, sage ich. »Übrigens: Ich will demnächst mal zu *Mieter helfen Mietern*.«
»Hervorragender Verein. Haben schon vielen geholfen! Hab nur Gutes darüber gehört. Ist aber auch nicht leicht für die. Na ja, man muss die Menschen nehmen, wie sie sind, andere gibt's eben nicht. Das gilt für Vermieter wie Mieter.«

Unser Berater bei *Mieter helfen Mietern* ist das genaue Gegenteil des antiquierten Richters bei der Rechtsberatung. Er heißt Matthias Müller, hat keinerlei Sorgenfalten und ist auch sonst knitterfrei, denn er ist höchstens Mitte dreißig. Er trägt Jeans, Polohemd und Turnschuhe, rare Adidas. Er ist Anwalt, hat sich unsere Unterlagen schon von mir durchfaxen lassen, zusammen mit meiner ausgefüllten Beitrittserklärung. Jetzt bin ich also Mitglied in dem Verein von Müller & Co. Das Büro ist klein, aber der Ficus benjamini hat noch alle seine Blätter, wie ich wohlwollend zur Kenntnis nehme. Der Termin liegt in meiner Mittagspause, ich habe mich aus der Redaktion geschlichen (sonst bleibe ich mit Ciabatta, Pesto und Tomate dort und arbeite durch) und bin schnell mit dem Taxi hergekommen. Jan ist auch dabei, schließlich ist der Tipp von sei-

nem Freund. Wenn das hier gutläuft, werden die anderen Hausbewohner auch alle Mitglied, selbst Heidi würde das tun. Wir haben versprochen, ausreichend Beitrittsformulare mitzubringen.
Aber wahrscheinlich sagt Matthias Müller uns auch nichts anderes als der sorgengefaltete Rechtsberater. Immerhin: Wir haben es versucht.
»Es gibt zwei mögliche Kündigungsgründe«, doziert Herr Müller mit einer durchaus angenehmen Stimme. Er erinnert mich ein wenig an die Märchenkassetten, die ich als Kind gerne gehört habe. Die Stimme des Prinzen – wiedergefunden im schraddeligen Büro eines Mietervereins. Der Bezug der Stuhlpolster ist ganz schön geschmacklos. Aber ich wollte doch Herrn Müller zuhören.
»Zum einen: Eigenbedarf. Das liegt hier nicht vor. Die zweite Möglichkeit: Unwirtschaftlichkeit. Wenn es sich für den Vermieter nicht mehr lohnt, das Gebäude zu vermieten, wenn seine Kosten diesbezüglich zu hoch sind, wenn er keine Mieter findet – na ja, das muss auf jeden Fall gut begründet werden und ist auch nicht so leicht durchsetzbar. Ich würde sagen: Damit kommt der in diesem Fall nicht durch. Ich muss mir das natürlich alles noch mal genauer ansehen und brauche auch noch weitere Informationen.«
Nicht durch? Hat er gesagt, »damit kommt der nicht durch«? Hat er das wirklich gesagt?
»Äh, wie meinen Sie das jetzt?«, fragt Jan. Hat er nicht zugehört? Mal wieder geträumt?
»Damit kommt Ihr Vermieter vermutlich nicht durch, so wie ich das sehe. Das muss natürlich noch geprüft werden …« Herr Müller drückt sich vorsichtig aus, aber die Botschaft ist angekommen.

»Wir müssen nicht ausziehen?«, fragt Jan vorsichtig.
»So sieht das aus. Sie müssen Widerspruch gegen die Kündigung einlegen«, antwortet Herr Müller. »Ich kann Ihnen natürlich nichts versprechen.«
Trotz des letzten Satzes hätte ich ihn küssen können. Ich bin ja sonst nicht so freigiebig mit spontanen Gefühlsausbrüchen und Zuwendungsbekundungen, aber der Mann mit der tollen Stimme hat das Richtige gesagt und sieht wirklich ganz lecker aus. Ich halte mich allerdings trotzdem zurück und sage nur: »Vielen Dank!«

Aus unserer Straße dröhnt uns Musik entgegen. Wilde Rhythmen, Trommelwirbel, alles in ohrenbetäubender Lautstärke. Das Getrommel kommt aus einem offenen Fenster im Erdgeschoss des Nachbarhauses. Drei Boxen stehen auf der Fensterbank, davor, auf dem Gehweg, arrangiert ein dicklicher kleiner Mann mit krebsrotem Kopf Gartenmöbel aus Plastik. Trotz seines wallenden afrikanischen Gewandes, das seinen Körper locker umspielt, glitzern Schweißtropfen auf seiner Stirn. Das mag auch an dem Grill liegen, der in der Mitte des Gartenmöbelensembles lodert. Auf dem Grill befindet sich etwas, das aussieht wie ein aufgebocktes Hühnchen.
»Halligalli-Heiner macht Huhn auf Bierdose. Dann ist es ja bald wieder so weit«, schreit Jan. Er brüllt es so laut, dass ich ihn trotz der Musik hören kann. Ob der Mann ihn auch hören kann, ist ihm anscheinend egal.
Der Mann ist offensichtlich zufrieden mit dem Arrangement der Möbel und führt nun eine Art Regentanz auf. Dann drischt er mit einem Besenstiel auf das Huhn ein.
»Was ist so weit?«
»Der wird abgeholt.«

»Von wem?« Warum sollte er abgeholt werden, wo doch sein Essen gleich fertig zu sein scheint und auch sonst alles für Besuch bereit ist?
»Von einem Krankenwagen. Er hat vermutlich seine Medikamente abgesetzt und kommt in die Klinik. Wenn er dann wieder zurück ist, ist für drei bis vier Monate Ruhe. Aber wenn er die Musik aufdreht und Huhn auf Bierdose macht, dann geht es bald nicht mehr.«
»Wieso nicht? Das sieht doch völlig harmlos aus«, gebe ich vor, denn in Wirklichkeit ist es beängstigend, wie der Mann auf das Huhn einprügelt. Ein Glück, dass es längst schon tot ist und davon nichts mehr mitbekommt.
»Warte mal ab, bis er dir ein Stück davon anbietet und du es nicht essen willst. Dann wird der vielleicht sauer«, sagt Jan.
Ich wechsle schon mal die Straßenseite.
»War nur ein Scherz«, entschuldigt sich Jan. »Diese Sommer-Irren, die sind einfach expressiver, kommen mehr aus sich heraus, ist dir das auch schon aufgefallen? Die Winter-Irren sind stiller, introvertierter. Die setzen sich immer nur still hin, klammern sich an ihrem Zeug fest und starren einen an. Die Sommer-Irren halten flammende Reden oder machen auch mal Action. Ich finde das gut«, grinst Jan.
»Aber ob er diesmal zurückkommt?«, gibt Erna zu bedenken. In Pantöffelchen und Kimono hat sie sich zu uns gesellt. »Das Haus soll doch saniert werden. Danach kann er sich die Wohnung bestimmt nicht mehr leisten.« Wahrscheinlich hat sie recht.

14. Kapitel

Die sind doch alle bekloppt. Alles Spießer mit nichts als Stroh im Kopf«, grummelt ein Mann neben mir an der Ampel und zeigt auf die Gruppe Motorradfahrer, die laut dröhnend vorbeidonnert. Vorboten der nahenden Harley-Days. Diese Großveranstaltungen sind die Pest. Es ist laut, noch mehr Männer pinkeln überall hin, und es ist laut, sagte ich das schon?! Viel lauter als sonst.

»Das sind doch bestimmt alles Zahnärzte«, vermutet der Mann. Ich frage mich kurz, ob das als Schimpfwort gemeint ist, dann grinst er mich an, und ich weiß Bescheid: In seinem Mund sind nur noch zwei braune Stümpfe. Auch der Rest seiner Erscheinung ist ungefähr das Gegenteil von gepflegt. Die Klamotten würden wahrscheinlich auch nach dem Ausziehen ihre Form behalten vor lauter Schmutz. Aber er hat recht, völlig recht.

»Stimmt«, sage ich. »Alles spießige Zahnärzte.«

Er nickt erfreut. »Wir verstehen uns. Du machst das richtig. Fahrrad fahren, das ist auch viel besser für die Umwelt. Denen ist ja so etwas wie die Ozonschicht völlig egal. Das muss auch mal gesagt werden. Ich komm von St. Pauli, ich sag immer, was ich denke. Ich lass mir doch nicht den Mund verbieten!« Zur Bekräftigung tritt er gegen einen Mülleimer. Dann fällt ihm wohl ein, dass darin etwas Interessantes verborgen sein könnte, und er steckt seinen Arm hinein.

»Einen schönen Tag noch«, wünsche ich und radele in die Redaktion.

Auf Clarks Schreibtisch liegt ein Motorradhelm. Ist er jetzt etwa unter die Zahnarzt-Spießer gegangen? Oder hat er seinen zweiten Frühling? Mir fällt keine Frage ein, die er nicht als Beleidigung empfinden könnte, deshalb halte ich lieber meinen Mund, und das fällt auch nicht weiter auf, weil Clark sich ja am liebsten selbst reden hört.
Aber jetzt wirft er nur einen raschen Blick auf meine neuesten Themenvorschläge und sagt bloß: »Ja, das mach mal, wie du denkst, meinen Segen hast du«, und leitet dann zu etwas ganz anderem über:
»Hier guck mal, hast du so etwas Geniales schon mal gesehen?« Er reicht mir, an seinen hochgelegten Cowboystiefeln vorbei, einen Hochglanzprospekt, auf dem groß »CARLOFT« steht.
»Carl oft?«, frage ich leicht verwirrt.
»Car – Loft«, korrigiert Clark.
»Ich kenne nur Carport«, sage ich.
»Das ist auch etwas völlig Neues. Brillante Erfindung: Du fährst mit dem Auto in einen Fahrstuhl und dann direkt vor dein Wohnzimmerfenster. Egal, in welcher Etage du wohnst.«
»Ein Fahrstuhl für Autos? Und den willst du dir an dein Haus anbauen lassen? Und dann immer durchs Wohnzimmerfenster klettern?«
»Nein, meine Liebe, ganz falsch. Ich will mir eins dieser CarLofts kaufen. Das ist ein total cooles Ding und eine sichere Wertanlage.«
Ich blättere ein wenig im Prospekt herum. Die neue Art zu leben wird hier beworben. Und es scheint so zu sein, wie

Clark sagt: Ein Car-Lift bringt das Auto in die gewünschte Etage, dort parkt es dann in der Car-Loggia. Man muss nie wieder Angst um seinen geliebten, geschätzten und gepflegten New- oder Oldtimer haben und muss nicht in dunklen Seitenstraßen parken, in denen man bestimmt sofort überfallen werden würde. Und man kann sich seinen Liebling auf vier Rädern immerfort durchs Fenster ansehen.

Wo soll denn der Quatsch gebaut werden? Ich blättere ein bisschen weiter, sehe mir die großzügigen Grundrisse an und finde dann endlich den Lageplan mit dem vorgesehenen Baugrundstück. Das ist ja St. Pauli!

Ich sehe genauer hin und lasse vor Schreck fast den Prospekt fallen: Das CarLoft soll genau dort gebaut werden, wo unser Haus steht!

Ich sammle mich wieder und sage dann: »Clark, du weißt doch sicher, was die drei wichtigsten Kriterien bei einer Immobilie sind?«

Clark nickt. »Ich bin ja nicht blöd. Aber kennst du sie?«

Ich nicke auch. »Erstens: die Lage. Zweitens: die Lage. Drittens: die Lage«. Im Chor beten wir das Makler-Mantra runter.

»Genau!«, jubelt Clark. »Geniale Lage! St. Pauli ist total hip und authentisch. Das lebt! Da ist was los! Nicht so tot wie Pöseldorf oder Eppendorf oder diese anderen Gähn-Viertel.« Er lässt den Blick voller Verachtung durch die bodentiefe Fensterfront über Pöseldorf schweifen, als wolle er es ausradieren. Dann schüttelt er den Kopf, voller Mitleid für die ahnungslosen, dummen Menschen, die es sich dort in ihren großzügigen, teuer renovierten Altbauwohnungen mit nachträglich eingebauten Dampfduschwellnessbadoasen und in ihren Penthouses mit orchideen-

bekränzten Dachgärten und goldmosaikgefliesten Tiefgaragen nett gemacht haben. Und die gar nicht auf die Idee kommen, dass andere Viertel womöglich *im Kommen* sind und ihre Nachbarschaft längst nicht mehr angesagt ist. Ach, diese armen Trottel, diese Ewiggestrigen! Wie gut, dass ich nicht so bin, sagt Clarks Blick. Gleichzeitig sieht er so froh aus, dass ihm diese Erleuchtung zuteilwurde und er zu den wahren Trendsettern gehört, die mit dem wirklich guten Riecher.
»St. Pauli ist das neue Ding! Das ist total echt, echter geht's nicht. Warst du mal da?«
Ich nicke stumm, dann verlasse ich sein Büro.
Was soll ich dazu denn noch sagen?

Vor der Wendeltreppe in der Redaktion stehen ein paar Kolleginnen und unterhalten sich.
»Wie war es bei Clark?«, fragt Maria in einem fürsorglichen Ton, der mich etwas irritiert. Sehe ich so entsetzt aus?
»Wie immer. Er hat geredet, ich habe zugehört, jetzt mache ich die Seiten so, wie ich mir das vorstelle. Wieso fragst du?«
»Weil das Gerücht umgeht, dass ab sofort Low Performer entlassen werden sollen. Nicht, dass diese Bezeichnung auf dich zutreffen würde, du bist ja total fleißig, aber so etwas macht einen dann doch nervös.«
Die anderen Kolleginnen nicken, eine der Grafikerinnen sieht aus, als würde sie gleich in Tränen ausbrechen.
»Ach was«, sage ich. »Wir machen doch ein tolles Heft, das gut läuft. Fühlt sich hier irgendjemand als Low Perfomer?« Wie selbstverständlich ich dieses Wort benutze, fällt mir dabei auf, und es fährt mir kalt den Rücken runter. Ich

könnte auch gleich Versager sagen. Dabei reden wir hier von Menschen. Dicke Tränen kullern der Grafikerin über die Wangen, die ihre Verzweiflung nun nicht mehr länger kontrollieren kann. Wie unprofessionell, denke ich – und schäme mich sofort für diesen Gedanken. Ich stelle mir vor, dass sie diesen Job wirklich braucht, um ihren zehn minderjährigen Geschwistern den Besuch des Waldorfkindergartens oder ihrem alten, blinden Vollblutwallach das Gnadenbrot zu finanzieren.

Low Performer: Diese Bezeichnung ist demütigend. Und noch viel schlimmer ist die Angst, die von nun an umgehen wird. Wir werden arbeiten wie verrückt – okay, das tue ich sowieso schon – und argwöhnisch darauf achten, ob die Kolleginnen auch so viel leisten. Wenn ja, dann zittern wir um unseren Arbeitsplatz, wenn nicht, dann hoffen wir, dass sie auf der Abschussliste stehen und nicht wir. Dieses Hoffen vergiftet die Atmosphäre. Und Clark ergötzt sich weiter an Hochglanzprospekten für Wohnungen im ach so echten St. Pauli und freut sich auf sein CarLoft.

Im Internet trage ich ein paar spärliche Informationen über die Firma zusammen, die die CarLofts bauen will. Ich bestelle per E-Mail einen Prospekt, telefoniere mit dem Unternehmen (allerdings nur mit einer Vorzimmerdame, die mir einen weiteren Prospekt schicken will), mit dem Bezirksamt, einem sogenannten Sanierungsbeirat, diversen Menschen in verschiedensten Stadtentwicklungsfunktionen und mit Denkmalschutzbeauftragten. Ich trage alle Informationen zusammen, die ich bekommen kann.

Dabei erfahre ich: Zwei Häuser weiter in unserer Straße ist bereits ein Abriss genehmigt. Die Nachbarn direkt neben uns müssen deswegen zeitweilig ihre Wohnungen räumen, aus Sicherheitsgründen. Das ist alles ganz schön nah.

Abends berufe ich die Hausbewohner zu einer Krisensitzung in die »Gemütliche Ecke«.
Zur Einstimmung und allgemeinen Erheiterung erzähle ich von der albernen Wohnung, die sich mein Chef kaufen will.
»Und der Fahrstuhl fährt dann direkt vor das Wohnzimmerfenster?« Erna kann sich kaum halten vor Lachen. Hoffentlich kippt sie nicht vom Stuhl, denn der Boden klebt, als hätte man großflächig Marmelade darauf verteilt und leicht antrocknen lassen.
»Kann man das Auto da oben dann auch waschen?«, fragt Heidi.
»Wer sich ein Auto leisten kann, kann sich auch jemanden leisten, der es für ihn wäscht«, behauptet Erna.
»Man müsste die Wandfarbe passend zur Wagenfarbe aussuchen und den Bezug des Sofas auf den der Autositze abstimmen«, überlegt Jan.
»Wollt ihr gar nicht wissen, wo so etwas gebaut wird?«, frage ich.
Die anderen schütteln, noch kichernd und gackernd, die Köpfe.
»Um deinen Chef zu besuchen oder wozu?«, presst Jan raus. Ja, denke ich, das wäre doch nett, wenn wir alle schön bei Clark in seinem neuen CarLoft am Tisch Kuchen essen würden.
»Nein. Um zu wissen, was aus uns wird.«
»Was hat denn so ein CarLoft mit uns zu tun?«, fragt Frau Hansen.
»Nichts«, behauptet Günne. »Von uns hat ja noch nicht mal jemand ein Auto.«
Jetzt hört Jan auf zu lachen. In seinem Gesicht zeichnet sich eine böse Ahnung ab. »Du meinst … die wollen … hier?«

»Genau«, antworte ich und warte, bis alle still sind. Die Abendsonne scheint durch die Fenster und taucht die Kneipe in goldenes Licht. Sieht richtig schön aus.
Gegenüber basteln ein paar Leute vor dem neuen Fahrradladen an ihren spartanischen Rädern herum. Da ist kein »überflüssiges« Teil dran: keine Gangschaltung, kein Licht, keine Bremsen. Die CarLoft-Bewohner werden dazu einen reizvollen Kontrast bilden.
Meine Hausgemeinschaft sieht mich gespannt an. Erna malmt nervös mit ihrem kleinen Mund, Heidi wickelt sich eine Strähne ihrer roten Haare um die Finger, lässt sie wieder los, wickelt sie wieder auf. Günne probiert, ob seine Finger am Tisch festkleben. Er drückt sie auf die Platte und zieht sie vorsichtig wieder ab. Die Hansens starren die Finger interessiert an. Jan zieht am Bändchen des Teebeutels, der daraufhin im Becher auf und ab wippt.
»Das CarLoft soll genau hier gebaut werden. Unser Haus wird abgerissen, und dann kommt da dieses fragwürdige Ding hin. Und dann ziehen hier Leute ein, die die Echtheit von St. Pauli erleben wollen, ohne sich dabei den kostbaren Lack zerkratzen zu lassen.« Ich nehme einen Schluck Tee.
Die anderen gucken bedröppelt.
»Darf man das denn einfach so abreißen? Vielleicht steht das Haus unter Denkmalschutz? Das wäre unsere Rettung.« Jan ist froh, so einen Ausweg gefunden zu haben.
»Ach was«, knurrt Erna. »Da würde man ja eher mich unter Denkmalschutz stellen als diese Bruchbude.«
»Ich habe noch mehr herausgefunden: Nein, das Haus steht nicht unter Denkmalschutz. Aber: Es ist als erhaltenswert eingetragen, was immer das genau bedeuten mag. Man darf es wohl abreißen, aber das ist nicht so leicht. Die

Abrissgenehmigung ist noch nicht erteilt und der Kaufvertrag mit dem CarLoft-Investor auch noch nicht wirksam. Außerdem hat unser Vermieter dem Investor anscheinend ein leeres Objekt versprochen, eins ohne Mieter. Solange wir bleiben, hat er also ein Problem.«

»Und was machen wir jetzt?«, fragt Heidi und sieht hilflos zu Günne rüber, als wüsste ausgerechnet der eine Antwort.

»Na, ist doch ganz einfach: Wir bleiben.« Erna streichelt Lady. »Ich lass mich nicht vergraulen, ich nicht. Wenn ich gehe, dann nur freiwillig. Oder man muss mich mit den Füßen zuerst hier raustragen!«

»Nun sag doch nicht so etwas«, ruft Heidi ganz erschrocken.

»Aber sie hat ja recht«, meint Jan. »Wir bleiben. Ganz einfach. Wir besetzen dieses Haus.«

»Hausbesetzer?«, murmelt Günne. »Ei jei, jei, jei.« Er schüttelt den gesenkten Kopf.

Ich schüttele meinen auch. Das Image des typischen Hausbesetzers passt nun wirklich nicht zu meinem Selbstbild.

Aber warum eigentlich nicht? Das ist mal was anderes.

Beruflich stellen sich bei mir erste Ermüdungserscheinungen ein. Auf Dauer ist der Job anstrengend und nicht halb so glamourös, wie ich ihn mir vorgestellt habe. Ich meine: Die fünfundvierzigste Goldverleihung gleicht ein klein wenig der vierundvierzigsten. Und sogar der siebenunddreißigsten Goldverleihung. Gut, bei der einen gibt es Schirmchen und Sand im Schuh, bei der anderen Drinks aus Einwegspritzen und bei der nächsten Samba-Tänzerinnen (nicht zum Mitnehmen). Ein *Showcase* in Köln ist im Prinzip das Gleiche wie ein *Showcase* in Berlin. Fingerfood, egal, wie viel es sein mag, ist trotzdem kein richtiges Essen. Und es sind auch immer die gleichen Leute dabei:

grenzenlos freundliche Promoterinnen und muffige Musikjournalisten, die mit Glück und gutem Willen vielleicht ein paar Wechselsocken und ein zweites T-Shirt für eine mehrtägige Reise eingepackt haben. Für die ist ein zweites Outfit wahrscheinlich ein ähnlich dekadenter Luxus wie ein zweites Buch im Regal. Zur Not gibt es ja Band-T-Shirts gratis. Band-Unterhosen leider nicht.
Ich habe zum Glück ja Alex. Der trägt nur Designer-Unterhosen ab neunundachtzig Euro aufwärts. An sein kostbarstes Körperteil lässt er eben nicht irgendetwas. Und nicht irgendwen. Nur mich, seine Auserwählte. Er ist so scharf! Die Nächte mit ihm sind einfach unglaublich.
Fast so unglaublich wie unsere nun regelmäßigen Haustreffen.
»Dreißigtausend Euro bieten die mir hier!« Erna knallt wütend einen Brief auf den Tisch. Ich bezweifle, dass sie ihn heil wieder von der klebrigen Oberfläche loskriegt.
»Dreißigtausend Euro, wenn ich ausziehe.«
Wir alle haben solche Briefe bekommen, wenn auch mit unterschiedlichen Angeboten.
»Und?«, fragt Heidi mit bangem Blick.
»Das Geld könnte ich schon gut gebrauchen«, beruhigt Erna sie. »Aber ich lasse mich nicht kaufen. Die Zeiten sind vorbei.«
»Genau!«, pflichtet Günne ihr bei. Die Hansens sagen nichts. Jan meldet sich zu Wort: »Außerdem: Wie lange würde das Geld reichen, um eine neu angemietete Wohnung davon zu bezahlen? Die Quadratmeterpreise bei Neuvermietungen sind in St. Pauli inzwischen höher als in Eppendorf. Über zehn Euro pro Quadratmeter könnt ihr da locker einplanen. Das ist fast das Doppelte von dem, was wir hier zahlen. Überlegt euch das gut, ob ihr das Geld

nehmt – und dann ohne Wohnung dasteht.« Er gerät bei dem Thema immer wieder ins Dozieren.
Wir sind uns einig, die Abfindungen nicht anzunehmen. Wir haben es nicht nötig, auf dieses unmoralische Angebot einzugehen. Tapfer, denke ich, vor allem für die Älteren mit der mickrigen Rente. Aber die können sich ja erst recht keine teurere Wohnung leisten.

Von Renates Pesto bin ich inzwischen genauso abhängig wie von ihrem Ciabatta und ihren klugen Sprüchen. Das Brot ist mittlerweile auch auf meinen Namen reserviert, ich muss es nicht mehr teilen. Und ihre Kommentare reichen von dreist – »Du hast dein Brot gestern gar nicht abgeholt. Bist du etwa fremdgegangen?« – bis fürsorglich: »Immer nur Pesto, Kindchen, das ist doch nüscht. Da muss auch mal ein anständiges Stück Fleisch bei!« Und das muss ich mir von einer Käseverkäuferin anhören! Es gibt Momente, in denen wünsche ich mir, meine Mutter wäre wie Renate. Oder Renate wäre meine Mutter. Das bleibt aber ein Geheimnis.

Das Interview mit Maria Donna hätte schon lange, lange stattfinden sollen. Aber es wurde verschoben. Immer wieder verschoben. Die Gründe dafür waren natürlich immer sehr einleuchtend: noch ein wenig Arbeit im Studio, hier noch eine neue Idee, da noch ein weiterer Hit, der aufgenommen werden musste, dann eine kreative Pause, ein bisschen was Organisatorisches, die US-Presse, die zunächst bedient werden muss, ein überraschender Auftritt in einer Fernsehshow am anderen Ende der Welt und vielleicht ein klitzekleiner Nervenzusammenbruch, der aber natürlich unausgesprochen blieb. Der Terminkalender eines Superstars ist eben nicht der einer Hausfrau. Ich glaube nicht, dass das in diesem Jahrtausend noch mal was mit dem Interview wird. Dabei wäre es mir sehr, sehr wichtig. Denn ich bin bereit.

Einen Stapel Material habe ich da, alles, was bisher über Maria Donna in der internationalen Presse geschrieben wurde. Eigentlich muss ich das Interview gar nicht vorbereiten, denkt meine finstere Seite, denn Matthias Dört, dieser anscheinend sehr beliebte B-Promi und Buddy von Clark, soll es ja führen. Ich werde wahrscheinlich noch nicht mal dabei sein. Muss es aber bestimmt abtippen. Wie eine Sekretärin. Das wäre das Schlimmste.

Und dann sortiere ich Themen, höre CDs, schreibe kleine und kleinste Texte und fülle Seite um Seite mit Buchstabensalat um die bunten Bilder herum.

15. Kapitel

»Hab alles schon mit Matthias und Gerlinde abgesprochen«, begrüßt mich Clark eines Morgens in der Redaktion und grinst dabei breit wie ein Tiger, der einen ganzen Streichelzoo gefressen hat. Ich bin das letzte Meerschweinchen, das er überrascht.

Ich stehe vor den Postfächern. Mein Fach ist zu klein für das, was der Briefträger und die Paketboten im Laufe eines Wochentages normalerweise für mich anschleppen. Die großen Vormittagsladungen füllen die Redaktionsassistentinnen in eine gelbe Plastikkiste von der Größe einer Geschirrspülmaschine. Das wird stets am Vormittag gemacht, aber egal, zu welcher Zeit ich meine Postablage überprüfe, es liegt immer etwas darin. Auch jetzt. Ich ziehe ein paar einzelne Briefe und einen dicken Umschlag heraus und drehe mich langsam um.

»Du machst einfach ein schönes Dossier für Matthias fertig, mit vielen knackigen Fragen und allem, was er wissen muss. Und, weißt du was: Ich habe mir überlegt, du darfst mit nach L. A. Toll, oder? Vorausgesetzt, du hast deine anderen Seiten fertig.«

Ich muss mich zurückhalten, um nicht vor Freude wie ein Meerschweinchen zu quieken und damit zu riskieren, doch noch gefressen zu werden.

Nach L. A. – das ist wirklich toll! So habe ich mir diesen

Job vorgestellt: Reisen, Interviews mit Stars machen, na ja, oder eben Interviews machen lassen. Immerhin, ich bin dicht dran, und Matthias Dört sieht zumindest auf Fotos optisch recht ansprechend aus. Der Interviewtermin wird hoffentlich exklusiv sein, ohne die übliche Musikjournalisten-Gang mit dem stark reduzierten Handgepäck.
»Maria wird euch die Flüge und das Hotel buchen. Das Interview ist übermorgen, morgen fliegt ihr.«
Morgen? Aber wie … Ich hätte das Interview längst vorbereitet haben sollen. Hätte, hätte. Aber es hilft jetzt nichts. Bis morgen, ich schaffe das. Das ist gar kein Problem für mich.

Wenn ich morgen fliege, dann wäre es wunderbar, heute Abend noch Alex zu treffen. Ich weiß ja gar nicht, wann ich wiederkomme. Und ich weiß auch nicht, wie lange ich auf seinen Luxuskörper verzichten möchte.
Wenn ich ehrlich zu mir wäre, müsste ich zugeben: Es ist nicht nur sein Körper, der mich fasziniert. Ich müsste mir sogar eingestehen, dass ich mich ein wenig in ihn verliebt habe. Aber ich bin ja nicht ehrlich.
Stattdessen schreibe ich schnell ein paar Tipps zum Thema Lust & Liebe, gebe einen umfangreichen Sex-Toys-Test bei einer durchgeknallten freien Autorin in Auftrag und werfe dann einen ersten Blick in das Maria-Donna-Material aus dem Archiv. Ein dicker Packen kopierter Zeitschriftenartikel, Reportagen, Interviews. Wenn ich das durchgelesen habe, werde ich alles über Maria Donna wissen. Vielleicht sogar mehr, als sie über sich selbst weiß.
Ich schaffe es, die Reiseseiten so weit fertig zu machen, dass sie in die Schlusskorrektur können. Die Lust-&-Lie-

be-Seiten gehen in die Grafik, die Texte sind fertig. Die Magazinseiten mit den CD- und Filmtipps auch. Ich schaffe alles, ich bin schnell, und ich muss zwischendurch nichts essen, das spart ebenfalls Zeit. Ich schaffe alles!
Fünf Seiten mit Fragen an Maria Donna habe ich schon, die neue CD läuft im Hintergrund. Die Fragen ploppen nur so hoch. Sie schreiben sich wie von selbst auf.
Was ist das unauffälligste Kleidungsstück, das Sie besitzen?
Was haben Sie letzte Nacht geträumt?
Gibt es einen Satz, den Sie bereuen, gesagt zu haben?
Woran erkennt man die wahre Liebe?
Kann man das fragen? Was redet man mit einem Popstar? Kein Problem, das fällt mir schon ein. Fast vergesse ich, dass ich das Interview gar nicht selbst führen darf.

Als ich gerade zum Packen nach Hause will, erreicht mich ein Anruf von Jan.
»Kannst du mal schnell zu Erna kommen? Wir haben Besuch.«
In Ernas Wohnzimmer sitzt ein Mann mit Ohren wie Prinz Charles. Auch sein Gesichtsausdruck und seine Haltung haben etwas Aristokratisches. Geziert spreizt er den kleinen Finger ab, als er Ernas kleine Teetasse zum Mund führt. »Köstlich! Ich liebe Pfefferminztee! Der ist so erfrischend, vor allem im Sommer«, sagt er, und Erna lächelt. Sie lehnt sich zu mir herüber und flüstert mir verschwörerisch zu: »Ein ordentlicher Schuss Wodka im Tee ist auch sehr erfrischend.«
Auf dem Teetisch liegt ein Stapel identisch aussehender Briefe. Einer davon ist geöffnet: Es ist die fristlose Kündigung unseres Vermieters. Er will uns hier raushaben und wirft uns Stromdiebstahl, nicht genehmigte Dachboden-

nutzung, nicht genehmigte Gartennutzung, Brandgefahr und Versperrung der Fluchtwege vor.
Es gibt keinen Anlass zur Hoffnung, dass in den anderen Briefen etwas anderes stehen könnte.
Und nun?
Zumindest ich quittiere dem Gerichtsvollzieher den Empfang meines Briefes. Er kann ja nichts dafür. Er ist froh, endlich mal Pfefferminztee statt Kaffee zu bekommen, aber deshalb klebt er ja nicht einfach seinen Kuckuck unter Ernas Teeservice. Auch Erna scheint sich langsam beruhigt zu haben, zumindest, was die Anwesenheit des Herrn angeht. Sie kann gut mit Männern, trotz des Schnarrens liegt in ihrer Stimme auch etwas Schmeichelndes, und auf ihren Pantöffelchen tänzelt sie grazil durch den Raum. Sie trägt einen Kimono in Pink.
»Gibt es was zu feiern?«, fragen Heidi und Günne. Erna hat anscheinend die Wohnungstür offen gelassen und in der Zwischenzeit allen Bescheid gesagt.
»Im Gegenteil«, knurrt die Gastgeberin.
»Der Vermieter hat uns fristlos gekündigt«, fasst Jan die Problemlage zusammen.
»Ach du liebes Heiligenkraut!«, ruft Heidi. Ich wusste gar nicht, dass sie religiös veranlagt ist.
»Da kann man wohl nichts machen«, seufzt Günne.
»Du willst jetzt einfach aufgeben? Du bist ja wohl nicht recht bei Verstand!«, herrscht ihn Jan an. Jetzt brennen aber eher *dem* die Sicherungen durch, denke ich, doch dann schnappt sich Jan seinen Brief, reißt ihn auf und liest die Punkte vor, die der Vermieter uns in der fristlosen Kündigung vorwirft. Hinter jeden knallt er ein lautes »Stimmt nicht!«.
»Stromdiebstahl – stimmt nicht! Nicht genehmigte Dach-

bodennutzung – stimmt nicht! Nicht genehmigte Gartennutzung – stimmt nicht! Brandgefahr – stimmt nicht! Versperrung der Fluchtwege – stimmt nicht!« Es klingt fast wie ein Protestsong mit Chartpotenzial.

»Na ja«, räume ich kleinlaut ein. »Vielleicht meint er damit mein Bettgestell im Treppenhaus?«

»Das räumen wir weg!«, ordnet Jan an.

»Auf dem Dachboden hast du noch ein paar Möbel stehen«, erinnert Günne ihn.

»Na und?«, meint Jan. »Die benutze ich aber nicht.«

»Also, der Garten ...«, seufzt Heidi.

»Da wächst was. Das ist doch nur natürlich«, behauptet Jan. »Klaut einer von euch Strom? Na also!« Trotzdem ist er nervös.

»Würden Sie mir bitte den Empfang des Briefes quittieren?« Der Gerichtsvollzieher besinnt sich seiner offiziellen Rolle, sammelt von uns allen die Unterschriften ein und geht dann wieder.

»Sie sollten sich das wirklich nicht gefallen lassen«, verabschiedet er sich.

»Recht hat er!«, sage ich. »Und einen Gutachter habe ich auch bestellt. War gar nicht so einfach, einen Termin zu bekommen, aber ich habe es geschafft. Nur: Der Termin ist übermorgen, da bin ich nicht da. Ich muss gleich für ein Interview in die USA. Wer von euch übernimmt also den Gutachter?«

»Wie, du musst weg?« Erna guckt irritiert.

Jan sieht plötzlich aus, als hätte man ihm die Luft rausgelassen.

»Kannst du den Gutachter-Termin nicht verschieben? Oder dein Interview?«

»Nein, tut mir leid. Das müsst ihr mal ohne mich schaffen.

Und jetzt muss ich packen. Jan, ich schick dir eine Mail mit dem Termin.«

»Und lass schön die Finger von Matthias Dört«, flüstert mir Alex ins Ohr und küsst dann zärtlich meinen Hals. Nach einer sehr kurzen gemeinsamen Nacht (er musste noch ein paar Stunden im Mojo Platten auflegen, zum Glück gab es dann einen Gast-DJ aus den USA) hat er mich zum Flughafen gebracht. Das heißt: Er hat das Taxi gerufen und ist einfach mitgekommen. Jetzt stehen wir in der Abflughalle, Terminal 1, bei den Schaltern. Ich fühle mich geliebt und umsorgt. Er trägt sogar meine Tasche, die ich gepackt habe, bevor ich nachts zu ihm fuhr.
Alex sieht so unverschämt gut aus und ist so anschmiegsam, nur ist er leider ein wenig zu groß, um ihn ins Handgepäck zu stecken, was ich jetzt zu gern täte. Dabei habe ich mich so daran gewöhnt, mindestens ein paar Nächte in der Woche mit ihm zu verbringen. Es ist fast schon eine Beziehung.
»Das ist alles nur Arbeit«, flüstere ich zurück.
»Harte Arbeit«, spottet Alex. »Und dafür lässt du mich allein.«
»Ja, furchtbar, nicht wahr? Aber ich bin in drei Tagen wieder zurück. Versprochen. Und ich werde mich nach dir verzehren!«
»Ich bin ja nicht so fürs Essen«, kalauert Alex. »Aber wenn es helfen würde, tät ich den Dört glatt verspeisen und an seiner Stelle mit dir fliegen.«
Ich kichere, weil ich mir vorstelle, wie Alex, Knochen im Haar und mit einem Lendenschurz notdürftig bekleidet, mit einem langen Holzlöffel in einem riesigen Kochtopf rührt. Daneben liegt, fein säuberlich zusammengelegt, der

Anzug von Matthias Dört. Mehr sieht man nicht. Ich habe meine Phantasie gut im Griff, es soll ja nicht eklig werden. Dabei schmiege ich mich an Alex und sehe im Hintergrund Matthias Dört die Rolltreppe herauffahren. Er trägt den gleichen Anzug, den ich mir eben neben dem Kochtopf vorgestellt habe.
Warum nur habe ich das Gefühl, als hätte ich was vergessen? Ich gehe im Kopf die Liste durch: alle Seiten, die abzugeben waren. Die Fotos, die in die Grafik mussten. Anrufbeantworter angeschaltet, Abwesenheitsassistent aktiviert. Material eingepackt, CD eingepackt, ebenso das Aufnahmegerät (meinen alten Mini-Disc-Recorder, Herr Dört wird ja wohl sein eigenes dabeihaben). Tickets, Reisepass, Kreditkarte. Telefon. Alles da, alles gut.
Ich lasse Alex los und gehe rasch auf den sich suchend umblickenden Talkshow-Moderator zu.
»Guten Tag, Herr Dört, ich bin Katrin Weilrich, Redakteurin bei Ancilla.« Ich strecke ihm die rechte Hand entgegen. Er stellt seine Tasche zu Boden, nimmt seine Sonnenbrille ab, streicht sich durchs Haar. Meine Hand hält durch, stramm gestreckt, voller Spannung. Es wäre viel zu peinlich, sie wieder wegzunehmen.
Endlich erlöst er mich aus dieser Situation und erweist mir die Gnade eines Händedrucks. Fest und angenehm. Warum nicht gleich so?
Ich überlege schnell, ob ich ihm Alex vorstellen soll, und drehe mich kurz suchend nach ihm um. Da bestimmt mein neuer »Kollege« bereits: »Katrin, ich muss noch mal fix in den Duty Free. Kommst du?«
Er ist der Star, er hat hier das Sagen. Ich hätte gerne noch ein wenig mit Alex geturtelt, aber das kommt jetzt nicht in Frage.

»Ich verabschiede mich nur kurz«, sage ich, doch Herr Dört ist schon Richtung Schalter gegangen. Seine Tasche hat er stehengelassen.
Ich gehe zu Alex und küsse ihn.
»Ich muss los«, flüstere ich.
»Ich könnte den Kerl erwürgen«, erwidert Alex.
»Und dann aufessen, ich weiß.« Ich lache auf. Ist ja absurd. Aber süß, wie eifersüchtig Alex ist. Ich werte das als Zeichen seiner Liebe.
Herr Dört macht keine Anstalten, seine Tasche zu holen, deshalb trage ich sie ihm zum Schalter hinterher.
Dort gibt er dem Bodenpersonal gerade ein paar Autogramme. Er fliegt natürlich Business-Class, ich Economy. Schade, ich hätte gerne während des Fluges mit ihm geplaudert. Ist aber nicht so wichtig. Ein wenig Schlaf wird mir auch guttun. In den Nächten mit Alex komme ich dazu so gut wie gar nicht. Völlig unklar, warum ein anderes Wort für »Sex« ausgerechnet »Beischlaf« heißt. Komplett unzutreffend.
Ich kann jedoch im Flugzeug nicht schlafen, weil sich die Dame neben mir ständig die Nase putzt. Es klingt ein wenig wie ein Düsenflugzeug, so im direkten Vergleich, nur lauter. »Möchten Sie auch ein Taschentuch?«, fragt sie mich. Ich lehne dankend ab und bereite das Interview weiter vor. Es gibt einige Brüche in der Karriere Maria Donnas, dunkle Punkte im ansonsten recht gut ausgeleuchteten Privatleben, da werde ich vorsichtig nachhaken. Pardon: Herr Dört wird nachhaken.

In der folgenden Nacht werde ich wieder keinen Schlaf finden. Das liegt nicht an der Taschentuchdame, nicht an Alex und auch nicht am Jetlag. Es liegt an Herrn Dört.

Schon im Taxi vom Flughafen zum Hotel jammerte er, dass es keine Stretchlimousine war, die uns abholte. Eigentlich hätte man ihm einen persönlichen Chauffeur zugesagt. Sein Zimmer – eine Suite im Four Seasons in Beverly Hills – versöhnte ihn ein wenig. Mein Zimmer machte mich sprachlos: Ich wusste gar nicht, dass es auch in Nobelhotels so kleine Räume gibt. Abgesehen von den Besenkammern vielleicht.
Nachdem ich das Taxi bezahlt, Herrn Dört auf sein Zimmer geleitet und dem Personal Trinkgeld gegeben habe, will ich gerne mit meinem Interviewpartner – pardon: dem Interviewer – die von mir vorbereiteten Fragen durchgehen und besprechen. Doch Herr Dört rauscht ab, gen Beverly Center, um ein wenig zu shoppen. Ich bereite den Termin weiter vor, esse zu Abend, sitze am Pool. Allein. Und ich genieße es. Keiner, der etwas von mir will, überschaubare Verpflichtungen, wunderbar warme Luft. Und mein Bett hat wirklich Sternehotel-Qualitäten. Vielleicht kommt es mir auch nur so vor, als ich in die unendlich weichen, duftenden Kissen sinke, schließlich habe ich lange nicht mehr in einem richtigen Bett geschlafen. Ich muss kurz an mein Bettgestell denken, das in einem abbruchreifen Haus in Hamburg St. Pauli den Treppenaufgang versperrt. Dann schlafe ich ein.
Für ungefähr drei Minuten.
Bis das Telefon klingelt.
Es ist Clark, mein Chefredakteur. Sollte der nicht auch längst im Bett sein?
»Ich wollte nur hören, ob ihr gut angekommen seid. Alles klar da drüben?«
»Ja«, antwortete ich verwirrt. »Danke der Nachfrage.«

»Ich wollte dir noch viel Glück für das Interview wünschen. Ich glaube, du bist genau die Richtige dafür.«
»Ich? Ich dachte …« Ich dachte, Matthias Dört sollte das Interview führen?
»Du hast Matthias bestimmt gut im Griff. Pass auf ihn auf, er ist manchmal etwas, na ja, eigen. Aber du machst das schon. Schöne Grüße auch von Gerlinde, sie kann ja leider nicht dabei sein, aber sie sagt, dass ihre US-Kollegin über alles informiert ist. Matthias darf nur keine Fragen zum Scheitern der Beziehung mit diesem, wie heißt er noch, na ja, du weißt schon, stellen.«
»Das werde ich geschickt umschiffen.«
»Ich glaube an dich. Du hast richtig Biss! Das wird ein tolles Interview!«
Oha. Er hat mich gelobt. Vorschusslorbeeren von Clark! Nicht, dass ich darauf angewiesen wäre, ich bin mein Leben lang sehr gut ohne Lob und Komplimente klargekommen. Aber es tut doch – gut. Ja, es tut gut.
Was meinte er damit, als er sagte, Matthias sei »eigen«?
Bevor ich diesem Gedanken weiter nachhängen kann, klingelt das Telefon schon wieder. Geht meine Hotelzimmernummer als *Breaking News* durch das Internet?
»Kaaaaatrin! Du musst mich reeeeeeetten«, brüllt eine Stimme ins Telefon.
»Wer ist da?«, entgegne ich trocken.
»Dein Maaaattiiiiii-Schatziiiii!«
»Ich kenne niemanden, der so heißt.«
»Dööööörtchen!«
»Herr Dört, wo sind Sie?«
»No ideaaaaaaa!«
»Von wo aus rufen Sie an?«
»Teeeeeellllliiiiifoooon!«

Ich wundere mich selbst, dass es mir gelingt, ihn dazu zu bewegen, das Telefon an jemand Ortskundigen – womöglich den Wirt des Etablissements, in dem er sich gerade aufhält – weiterzureichen, der mir die Adresse verrät.
Mir schwant, was Clark mit »etwas eigen« meinte.
Mit einem Taxi fahre ich los, um den lallenden Talkshow-Moderator einzusammeln.
»Was willst du denn hier?«, blafft er mich an, als ich in die Bar komme. Wenn ich naiv wäre, würde ich den Laden für ein ehemaliges Feuerwehrhaus halten. Die Stange ist noch da. Sie wird gerade von den gymnastikballförmigen Brüsten einer Frau poliert, die die Überreste einer zu heiß gewaschenen Krankenschwestern-Berufsbekleidung trägt. Matthias Dört wirft jedoch keinen Blick auf diese faszinierende, da recht akrobatische Vorstellung. Er wendet sich von allem ab und klemmt seine Nase in ein tiefes Tal zwischen zwei Rocky-Mountains-großen Erhebungen, wird aber von der dazugehörigen Dame barsch zurückgestoßen. Notgedrungen dreht er sich zu mir und lässt sein Glas fallen.
Ich erstarre. Mein erster Gedanke: Rausrennen und den Typen einfach hier stehen lassen. Nur weg.
»Kommen Sie«, presse ich gerade noch hervor, dann folge ich meinem Instinkt und gehe.
Erstaunt folgt mir Matthias Dört zum Taxi, das ich in weiser Voraussicht habe warten lassen.
»Magst du keine scharfen Frauen?«, fragt er mich noch, bevor er einschläft. Ich könnte ihn auch erwürgen, verzichte aber in Anbetracht der Konsequenzen. Auch meine zweite Rachephantasie, ihn einfach im Taxi sitzen zu lassen und ans Ende der Welt zu schicken oder zumindest nach South Central, setze ich nicht in die Tat um. Wahrscheinlich hätte auch der Taxifahrer nicht mitgemacht.

»Möchtest du ein Autogramm?«, fragt mich Matthias Dört, als ich es mit Hilfe eines Hotelangestellten geschafft habe, ihn in seine Suite zu verfrachten. Ich ignoriere das großzügige Angebot und gehe schlafen.
Mir kommt es vor, als hätte ich kaum die Augen zugemacht, doch auf meiner Uhr sind immerhin drei Stunden vergangen, als das Telefon schon wieder klingelt. Es ist vier Uhr morgens. Das Hotelpersonal ist angewiesen, im Falle eines Falles Herrn Dört am Verlassen des Hauses zu hindern.
»Du musst mal kurz rüberkommen!« Der Dört schon wieder. Immerhin scheint er in seiner Suite zu sein. Erstaunlich nüchtern klingt er auch.
»Was gibt es denn?« Muss ich ihn darauf aufmerksam machen, dass der nächste Tag noch Lichtjahre entfernt ist?
»Eine wichtige Entscheidung. Es geht um das Interview.«
Okay, wenn das so ist. Das Interview ist wirklich wichtig, deswegen sind wir hier. Vielleicht sind ihm ja geniale Fragen eingefallen, vielleicht will er die Interview-Strategie mit mir absprechen, vielleicht hat er, der Mann mit den vielen Beziehungen, ja Informationen, die ich nicht habe.
»Bin gleich da.«
Kleid übergeworfen, Unterlagen geschnappt, rübergerannt.
Herr Dört trägt Unterhose und Cowboystiefel aus Schlangenleder. In jeder Hand hält er einen Kleiderbügel mit einem Anzug. »Sind die nicht der Wahnsinn? Habe ich mir vorhin gekauft.« Ohne zu schwanken stolziert er in den Stiefeln vor mir auf und ab.
Ich bin zu erstaunt, um etwas sagen zu können. Seinen Körper hätte ich mir straffer vorgestellt. Die Hüftpartie wirkt ein wenig teigig. Kein Vergleich zu Alex.

Ich enthalte mich eines Kommentars.
»Soll ich den oder den Anzug dazu anziehen? Gucci oder Prada?«
»Bei so einer wichtigen Entscheidung fragen Sie mich um Rat? Ich fühle mich sehr geehrt!« Er bemerkt meinen spöttischen Ton nicht. Er meint es ernst. Ich kann keinen besonderen Unterschied zwischen den Anzügen entdecken. Vielleicht ist der eine etwas grauer als der andere.
»Nehmen Sie Prada. Miuccia hätte sicher ihre helle Freude an diesem ironischen Stilbruch.« Was weiß ich über die Prada-Chefin? Nichts. Kann man aber ja mal so behaupten.
»Meinst du?«
»Ganz sicher.«
Herr Dört wirft sich das Sakko über und schließt es vor der glatten Brust. Dann steigt er aus den Stiefeln und zieht die Hose an. Ich darf so lange den Kleiderbügel halten.
Zurück in den Stiefeln, betrachtet er sein Werk im Spiegel. Das Gesamtkunstwerk Matthias Dört, weltweit bekannter Fernsehstar.
»Weißt du: Der erste Eindruck zählt. Der entscheidet alles. Ich hätte meine persönliche Stylistin mitnehmen sollen.« Ob ihm wohl klar ist, dass wir nachher gar kein Fernsehinterview machen? Es werden keine Kameras dabei sein. Aber vielleicht kann er ja Maria Donna mit seiner Anzug-Stiefel-Kombi beeindrucken. Oder die Pressefrauen.
»Wollen wir mal die Fragen besprechen?«, versuche ich auf *mein* Anliegen zu kommen.
»Welche Fragen?«, gibt er zurück. Na, das kann ja was werden.
»Die Interviewfragen.«
»Ach so. Du hast alles vorbereitet?«
»Natürlich.« Ich will ihm meine Zettel reichen, damit er

zumindest einen Blick darauf wirft. Es mag nicht der richtige Moment sein, aber ich bin mir nicht sicher, ob der noch rechtzeitig kommt.

Herr Dört macht keinerlei Anstalten, die Zettel anzunehmen. Ich senke meinen Arm, ich möchte nicht, dass aus meiner Geste eine Yoga-Übung wird.

»Schreib mir die Fragen auf Moderationskarten«, fordert er und geht weiter auf und ab, bis er feststellt: »Die Stiefel sind zu groß! Ich habe keinen Halt.«

Ich werde auch gleich ungehalten, denke ich.

»Umtauschen?«, schlage ich schlapp vor.

»Bist du wahnsinnig? Das ist ein Einzelstück!«

Immerhin hat es für zwei gereicht, denke ich und starte einen neuen Versuch: »Wie wäre es mit anderen Socken?«

»Genial! Du besorgst mir dicke Socken. Schöne, dicke Socken. Bis gleich!« Von der Redakteurin zur Sockeneinkäuferin, so schnell kann das gehen.

Ist alles für den Job, sage ich mir, das ist Abwechslung.

Zurück in meinem Zimmer kann ich nicht mehr einschlafen. Es lohnt sich auch gar nicht mehr. Ich gehe noch mal die Interviewvorbereitungen durch und mache mich, als ich annehme, dass die Läden inzwischen geöffnet haben, auf den Weg ins Beverly Center – eine schicke Mall gleich um die Ecke. Wollsocken finde ich bei Burberry, da ich Herrn Dörts Schuhgröße nicht kenne, nehme ich gleich drei Paar. Es gibt sogar einen Schreibwarenladen, dort finde ich Karteikarten. Die nehme ich auch gleich mit.

Beim Frühstück im Hotel übertrage ich die Fragen lesbar auf die Karteikarten. Meine Zettelkritzeleien hätte Dört wahrscheinlich sowieso nicht entziffern können. Mir ist dieses Interview wichtig, ich will, dass es funktioniert. Clark glaubt an mich. Ich werde ihn nicht enttäuschen.

Ups, ich habe schon wieder vergessen, dass ja der Dört das Interview führen wird. Vielleicht verschläft er ja.
Schade, da kommt er schon.
»Hast du die Socken?«, ruft er aufgeregt schon von weitem, lässt sich dann auf den Stuhl mir gegenüber fallen, schnappt sich eine Gabel und stochert vertraulich in meinem Rührei. Mit einer raschen Bewegung ziehe ich Socken und Fragen aus der Tasche und hoffe, dass er genug Hirn hat, um beides auseinanderzuhalten.
Beim Kellner bestellt er »fresh pressed orange juice«.
»Das Interview findet um elf Uhr statt. Um halb elf treffen wir Mrs. Carol Hammet in der Lounge. Sie ist die Presseagentin. Okay?«
Er nickt abwesend und betrachtet die Socken.
»Kann ich mich auf Sie verlassen?«, frage ich.
»Klärchen wie Kloßbrühchen«, sagt er, und ich habe meine Zweifel, ob das eine vertrauenerweckende Antwort ist.
Ich gehe ins Zimmer und höre noch mal die CD. Berührende Texte, sie singt von einem Abgrund, an dem sie steht. Von einer Liebe, die unter die Haut geht und sie vergiftet. Ganz schön düster, wenn man sich nicht von den Melodien und den eingängigen Grooves ablenken lässt. Teuer produziert.
Matthias Dört kommt zehn Minuten zu spät in die Lobby. Immerhin hat er die Karten mit den Fragen dabei.
»Haben Sie Ihr Aufnahmegerät?«, frage ich ihn unauffällig. Die ohnehin schon angespannte Pressedame muss ja nicht alles mitbekommen.
»Aufnahmegerät?« Dört guckt mich an, als hätte ich nach einem Teilchenbeschleuniger gefragt.
»Um das Interview aufzunehmen.«
»Schätzchen, das macht man mit einer Kamera«, versucht

er sich aus der Affäre zu ziehen. Auf seiner Nase kräuselt sich eine dicke Schicht Puder.
»Nein, das machen wir damit«, entgegne ich und ziehe meinen alten Mini-Disc-Recorder aus der Tasche. Als hätte ich es geahnt!
»Was soll das denn sein?«, fragt er spöttisch.
»Ein Teilchenbeschleuniger.« Ich wende mich von ihm ab, weil die Pressefrau uns ein Zeichen gibt. Sie wedelt mit einem Stapel Zettel, die wir unterschreiben müssen, bevor wir das Interview führen dürfen. Darauf steht, was wir alles *nicht* fragen dürfen. Keine Fragen zum Privatleben, zu Maria Donnas Vater, nichts zum Ex, nichts zu ihrem Körpergewicht, Schönheitsoperationen dürfen noch nicht mal erwähnt werden, Geld ebenso wenig. In Gedanken schmeiße ich neunzig Prozent meiner vorbereiteten Fragen in den Müll. Ich werde irgendwie anders an sie rankommen müssen.
Herr Dört unterschreibt strahlend, als wären das seine Autogrammkarten.
Zufrieden führt uns die Pressedame in Richtung Pool. Auf dem Weg dorthin schwärmt sie von Maria Donna und betont, was für eine sensible Persönlichkeit sie sei. Dört hat einen etwas eigenartigen Gang in seinen neuen Stiefeln.
»Sie haben fünfundzwanzig Minuten«, zischt Frau Hammet uns zu.
Von einem Liegestuhl erhebt sich eine zierliche Gestalt in einem noch zierlicheren Häkelbikini. So ein Teil hat man, vorausgesetzt man ist eine geübte Häklerin, bestimmt in weniger als einer Viertelstunde fertig. Die paar Maschen.
»Kommt, wir machen es uns gemütlich«, sagt Maria Donna. Ihre Stimme ist ein schmeichelnder Singsang, doch ihre Hände können fest zupacken. Sie rückt die Liegestühle zurecht, ich helfe ihr dabei. Dann nimmt sie eine Fla-

sche Weißwein aus einem Kühler, entkorkt sie und schenkt uns ein. Die Frau ist eine gute Gastgeberin. Sie wirkt gar nicht wie eine Diva oder wie jemand in der Krise. Kein bisschen.

Das kleine Mikrofon meines Aufnahmegerätes pfriemelt sie sich durch die großen Maschen ihres Bikinioberteils. Dem Blick von Herrn Dört entnehme ich, dass er gerne mit dem technischen Detail getauscht hätte.

Ich sage ihr, wie wundervoll ich ihre neuen Songs finde – ein guter Einstieg, um auf ihre Texte zu sprechen zu kommen.

Maria Donna bedankt sich und fragt, ob wir eine gute Reise hatten.

Matthias Dört beginnt, ausführlich vom Flug in der Business-Class zu erzählen, und kommt dann darauf zu sprechen, dass er eine erfolgreiche TV-Persönlichkeit in Germany sei.

Maria Donna guckt missbilligend. Einer ihrer Ex-Männer ist auch Talkshow-Moderator. Die Scheidung war höchst unerfreulich.

Ich unterbreche Herrn Dörts Ausschweifungen und komme auf den Text der Single zu sprechen. Den kenne ich inzwischen fast auswendig. Es geht um eine Frau, die auf ihren Geliebten wartet, dann aber erkennt, dass sie genug gewartet hat und sich um sich selbst kümmern muss, dass sie ihre Liebe nicht jemandem schenken sollte, der sie nicht verdient, sondern sich selbst. Es könnte zumindest darum gehen, frei interpretiert.

Maria Donna seufzt.

»Sie haben sehr gut hingehört«, sagt sie. »Die meisten denken, dass es sich einfach um ein Liebeslied handelt. Doch das ist es nicht. Es ist das ultimative Liebeslied.«

»Wie lernt man, sich selbst zu lieben?«
Ein sehr langer Prozess sei das gewesen, sagt sie. Sie beginnt bei ihrer Kindheit, erzählt von der schwierigen Beziehung zu ihrem Vater.
Matthias Dört unterbricht: »Sagen Sie, Maria Donna, Sie sind doch eine modebewusste Frau. Wer ist Ihr Lieblingsdesigner?«
Ich kann es nicht fassen. Da sitzt dieser Depp in qualmenden Socken – es ist heiß draußen in Los Angeles – und fragt den letzten Blödsinn.
Marc Jacobs ist der Lieblingsdesigner von Maria Donna, das war selbst in den deutschen Frauenzeitschriften schon mehrfach zu lesen. Da Maria Donna höflich ist, sagt sie das gerne noch einmal.
Dört ist zufrieden und zieht seine – meine – Moderationskarten aus der Tasche seines Jacketts, um darauf nach weiteren Fragen zu stöbern. Er findet auf Anhieb keine, die ihm zusagt.
Mir gelingt es, Maria Donna wieder auf das Thema zu bringen, bei dem wir unterbrochen wurden. Sie erzählt davon, wie viel Zeit sie schon mit Warten verschwendet habe, wie sie sich selbst schon so gehasst habe, dass sie sich – wenn auch nur einen kurzen Moment lang – umbringen wollte.
»Ich saß in der Badewanne. Kurz zuvor hatte ich erfahren, dass mein Plattenvertrag gekündigt wird und mein Mann mich mit meiner Hair-&-Make-up-Stylistin betrügt. Ich dachte: Wie mache ich es am besten? Einen Föhn in die Wanne werfen? Ich war so fertig, ich hatte ganz vergessen, dass ich gar keinen Föhn besaß. Der gehörte der neuen Geliebten meines Mannes.«
»Apropos Badewanne!«, fällt Matthias Dört ein, dem die

Tragik (und die darin enthaltene Komik) anscheinend entgangen ist: »Wie entspannen Sie am besten?«
»In der Badewanne«, antwortet Maria Donna, ganz Profi. Sie sieht mich mit einem wissenden Blick an, der bedeutet: Müssen wir uns von diesem Deppen reinquatschen lassen?
Doch da kommt schon die Pressefrau, macht die international bekannte Handbewegung für »Kopf ab« als Zeichen, dass das Interview nun zu Ende sei. Sie nimmt noch ein »Beweisfoto« für uns auf, das Herrn Dört und mich mit Maria Donna zeigt. Das war Clarks ausdrücklicher Wunsch. Dörts Gesicht glänzt vor Schweiß. Ich will nicht wissen, was in seinen Stiefeln los ist.

Dafür will ich wissen, was bei mir zu Hause los ist.
Jan ist am Telefon nicht gerade gesprächig.
»Ja, der Gutachter war da«, sagt er, als sei ihm das alles zu viel.
»Und?«, frage ich. »Ist das Haus zu retten?«
»Das konnte er so noch nicht sagen.«
»Wieso nicht?«, hake ich nach.
»Na ja, er hat ein bisschen am Putz herumgekratzt und in den Wänden gestochert, ein paar Proben genommen und die Dachbalken abgeklopft. Und dann hat er gesagt, dass er noch Pläne braucht und so. Aber die kann er sich wohl besorgen, von irgend so einer Stelle.« Jan nuschelt rum.
»Was ist denn mit dir los?«, frage ich. Das kommt mir alles komisch vor.
»Ach weißt du, ich kann mit so offiziellen Hanseln nicht so richtig. Du bist da viel besser. Du fehlst hier.«
»Ich komme ja morgen zurück«, verspreche ich und kom-

me mir ein wenig vor, wie eine Glucke, die ihre Küken im Stich gelassen hat. Und oben kreist der Habicht.

Leider kreist mein Flugzeug nicht. Es hebt noch nicht mal ab. Ein isländischer Vulkan mit einem unaussprechlichen Namen hat eine kolossale Aschewolke ausgestoßen und damit den gesamten europäischen Flugverkehr lahmgelegt. Also bleiben wir noch drei Tage in L. A., in denen ich Dört so gut wie möglich aus dem Weg gehe.

»Er hat *was?*«, kichert Maria, Clarks Assistentin. Zurück in Hamburg bin ich direkt in die Redaktion gefahren. Clark erwartet prompten persönlichen Bericht. Die Interviewabschrift hat er zwar schon per Mail bekommen – ich hatte ja Zeit genug –, aber er ist da *old school* und möchte gerne direkt mit seinen Leuten reden. Da er gerade noch telefoniert, plaudere ich ein wenig mit Maria und berichte ihr von den sonderbaren Erlebnissen mit Matthias Dört.
»Sie erzählte gerade von Selbstmordgedanken, und er fragte: Wie entspannen Sie sich?«
»Das bleibt aber unter uns«, dröhnt Clark aus seinem Zimmer. Er hat anscheinend alles mitbekommen. »Komm rein und erzähl mir, wie's gelaufen ist!«
Auf Clarks Schreibtisch liegen seine Cowboystiefel, darin stecken seine Füße. Der Rest von Clark lehnt sich im ledernen Chefsessel zurück. Aus dieser Perspektive – große Schuhe, kleiner Mann – sieht er aus wie ein Western-Schlumpf. Ein Western-Schlumpf mit sehr, sehr guter Laune.
»Es gibt was zu feiern«, jubelt er los, dann reißt er die aktuelle Ancilla-Ausgabe hoch, schwingt gleichzeitig die Füße

gen Boden, springt auf und vollführt eine Art Stammestanz. Werde ich jetzt gleich an den Marterpfahl genagelt?
»Wir haben die Dreihunderttausend geknackt!«, triumphiert Clark.
Ich verstehe nicht. Geknackt? Der Jetlag benebelt mich noch ein wenig.
»Los, freu dich! Das haben wir zusammen geschafft. Über dreihunderttausend verkaufte Hefte!«, setzt Clark nach.
Endlich rattert es auch bei mir. Dreihunderttausend verkaufte Hefte, mehr noch, das ist wirklich eine Sensation.
»Das müssen wir feiern! Ich habe ein Schiff gemietet! Wir werden zwischen den großen Pötten im Hafen schippern und die Champagnerkorken knallen lassen. Ist keine Segeljacht, du kannst also ruhig High Heels anziehen«, klärt er mich gleich über die Kleiderordnung auf. »Das wird eine voll krasse Sause, da machen wir richtig einen los!«
Niedlich, wie er jugendlich wirken will. Dabei ist das keine Berechnung. Er ist wirklich so: voll krass.
»Wie war denn nun das Interview?«, wechselt er rasch das Thema.
Ich überlege, ob ich ihm von den exzentrischen Anwandlungen des Herrn Dört berichten soll, besinne mich aber bei einem Blick auf seine Cowboystiefel eines Besseren. Die beiden sind ja wohl Buddys. Nachher werde ich hier degradiert und darf dann nur noch Clark die Socken bringen. Besser vorsichtig.
»Gut«, sage ich deshalb nur.
»Du kannst es schon mal bearbeiten, ein bisschen Schliff reinbringen. Und dann war da doch noch diese Reportage, die du schreiben wolltest? Irgendetwas mit Porno?«
»Pornokaraoke!« Dass er sich daran noch erinnert. Obwohl: Er ist vielleicht einer dieser Männer, bei denen der

Begriff »Porno« ständig parat liegt und bei den meisten Gesprächen mühevoll rausgefiltert werden muss.

»Genau«, sagt Clark. »Ich glaube, du bist so weit, jetzt auch mal mehr und größere Texte zu schreiben.«

Ich bin baff. Der redet mit mir wie mit einer Schülerin. Natürlich bin ich schon lange so weit, große Texte zu schreiben. Ich will schreiben! Und alles andere will ich auch – zumindest, was die Karriere angeht. Clark wird sich noch umgucken: Ich werde ihn ablösen, werde die nächste Chefredakteurin.

Das sollte er mir aber nicht sofort anmerken.

»Danke, gerne«, antworte ich also wie eine brave Schülerin. Clark deutet auf das Stadtmagazin »Szene«, das aufgeschlagen auf seinem Schreibtisch liegt.

»Morgen ist wieder so ein Pornokaraoke-Abend«, sagt er und zeigt auf die Terminseiten der Szene. »Du solltest da hingehen.«

Ach schon morgen, denke ich. Ja, das wird zu schaffen sein. Ich hatte mich zwar auf einen heißen Abend mit Alex gefreut, aber dann kommt der eben einfach mit. Da können wir uns schon mal warm stöhnen. Moment – sollte man Berufliches und Privates nicht trennen? Absurde Idee, ich bin doch keine gespaltene Persönlichkeit.

16. Kapitel

Zu Hause klopfe ich erst mal bei Jan und lasse mich auf den neuesten Stand bringen. Ja, der Gutachter war da. Nein, es gibt noch kein Ergebnis. Vom Vermieter hat man auch nichts mehr gehört. Keiner hat das Abfindungsangebot angenommen. Wir müssen uns dringend wieder treffen.

»Ich bin so froh, dass du wieder da bist«, sagt Jan. Sehr schmeichelhaft.

Dann mache ich mich an die Bearbeitung des Interviews. Es ist hinreißend – zumindest, wenn der Dört gerade seine Klappe hält. Ich könnte ihn würgen, denn er fällt Maria Donna ständig ins Wort. Ich streiche einfach alles, was er sagt. Meine Fragen, ihre Antworten, ein angenehm intimes Gespräch unter Frauen. Warum sollte ich unsere Leserinnen mit dem oberflächlichen Geschwätz dieses eitlen Gockels langweilen? Da könnte man ja gleich eine seiner von mir mühsam besorgten Socken ins Heft kleben. Nein, das Interview ist perfekt, so wie *ich* es geführt habe. Das wird Clark schon merken, wenn er es liest, und mir zustimmen.

Nach zwei Stunden habe ich alles druckfertig eingekürzt, es ist jetzt früher Abend. Bald kommt Alex, ich habe ihn noch vom Flughafen aus angerufen; er wollte mich eigentlich sofort sehen, aber ich habe ihn auf zwanzig Uhr

vertröstet. Und nun kann *ich* es kaum erwarten, ihn zu sehen.
Wir sind ein Traumpaar. Ich mag ihn so gern, dass es mir fast ein bisschen Angst macht. Zum Glück habe ich mich gut unter Kontrolle. Und Alex ist sehr eigen, ein Künstler eben. Er mag es zum Beispiel nicht, wenn ich dabei bin, während er Platten auflegt. Er sei eben so verrückt nach mir, dass ihn meine Anwesenheit immer ganz kribbelig mache, sagt er, und dann könne er sich nicht mehr konzentrieren. Süß, nicht wahr?
Bestimmt hat er recht; als ich neulich dabei war, haben zwei Übergänge, die er gemixt hat, nicht wirklich harmoniert. Ich hätte es ja gar nicht gemerkt, aber er hat mich darauf hingewiesen. Und ich will doch seiner Karriere nicht schaden. Die vielen Zettel mit Telefonnummern, die ihm das aufwendig zurechtgemachte weibliche Publikum über die Plattenteller reicht, scheinen ihn nicht zu stören. Das gehört wohl zum Beruf dazu. Ich bin nicht eifersüchtig.
Alex allerdings schon. Auf meine Nachbarn. Auf das Haus und die Treffen. Sogar auf Clark, der mich manchmal abends anruft, um mir ein paar Arbeitsaufträge durchzugeben oder mir zu erzählen, was ihm wieder für neue, geniale Heftideen eingefallen sind. Auf Clark, diesen Wasserbüffel! Das ist ja wohl ein Witz.
Zwei bis drei Mal in der Woche verbringen wir eine Nacht miteinander. Am Wochenende auch mal einen ganzen Tag, wenn ich nicht arbeiten muss. Allerdings verschläft Alex davon die Hälfte. Er braucht viel Schlaf. Wenn er länger als dreizehn Stunden am Stück wach ist, verschlechtert sich seine Laune rapide, er wird quengelig wie ein Kind. Ich weiß das inzwischen, ich kann damit umge-

hen. Meistens schläft er morgens lange – wenn ich aufstehe, ist er eigentlich nie wach. Es ist herrlich, ihm ein wenig beim Schlafen zuzusehen. Diese feine, glatte Haut, die eleganten Nasenflügel, der sinnliche Mund, die langen, dunklen Wimpern. Ich habe ihn sogar schon heimlich so fotografiert, das Bild trage ich nicht nur im Smartphone, sondern auch hinten in meinem Kalender mit mir rum. Auf Papier.

Ich liebe es, wenn er schläft. Und ich liebe es, wenn er aufwacht. Er reckt sich dann wie ein Kater und schnurrt auch so. Seine Haare sind weich wie Kükenflaum. Er ist zu schön, um wahr zu sein. Bald wird er ganz groß rauskommen, er arbeitet gerade an eigenen Stücken. Seine Remixe sind schon sehr gefragt, aber was demnächst kommt, das wird ein echter Knaller. Glaube ich zumindest, hören durfte ich bislang nur klitzekleine Fragmente. Sehr, sehr cool. Ich mag das, auch wenn ich sonst mehr auf Pop und Gitarren stehe.

Ich schiebe eine CD in meinen Rechner, der mit der Stereoanlage verbunden ist. Hier habe ich nur wenige CDs, die meisten sind im Büro. Von den Plattenfirmen werde ich wie verrückt bemustert, alles, was auf den Markt kommt, landet Wochen vorher auf meinem Schreibtisch. Vieles davon kann ich nicht wirklich auseinanderhalten. Ist aber egal, ich muss ja nur herausfinden, was der Ancilla-Leserin gefallen könnte. Platz für mehr als vier Rezensionen ist sowieso nicht im Heft. Die Musikseite habe ich auch schon fertig, deshalb kann ich jetzt etwas ganz Privates hören, eine meiner heimlichen Leidenschaften, die immer wieder aufflammt: The Smiths. Grandiose englische Indie-Band aus den 80ern, markanter Gitarrensound, schräg-depressive Texte und dann diese leidende Stimme

von Morrissey, dem Sänger. Ach, es passt so gar nicht zu mir, ist außerdem total out – und ich liebe es!
Vor meiner Oh-Monique-farbenen Wand tanze ich auf und ab. Leicht fühle ich mich, wie neugeboren.
Das Telefon klingelt.
»Nie rufst du mich an!«
Es ist meine Mutter, und sie hat recht. Ich rufe sie nie an. Sie soll für sich selbst sorgen, finde ich, ich will mich nicht immer kümmern müssen. Das habe ich lange genug getan. Sie ist einsam, das weiß ich, aber ist das meine Schuld?
»Ich komme gerade aus L. A.«, sage ich.
»Und gibt es da keine Telefone?«, fragt meine Mutter schnippisch. Wenn ich sie schon aus Hamburg nie anrufe, warum sollte ich es dann aus L. A. tun?
»Ich hatte ein Interview mit Maria Donna. Und Matthias Dört, dieser Talkshow-Moderator, war auch dabei.«
»Das ist ein gutaussehender Mann. Den würde ich mir als Schwiegersohn wünschen.« Sie lässt sich noch länger über Matthias Dört und dessen Vorteile aus, als sei sie diejenige gewesen, die mit dem Talk-Moderator in L. A. war, und als würde sie ihn nicht als Schwiegersohn, sondern als Liebhaber haben wollen.
»Nimm du ihn doch«, schlage ich vor, und meine Mutter kichert albern, als hätte ich ihr gerade vorgeschlagen, sich mit Herrn Dört in den Federn zu balgen.
»Ich alte Schachtel?«, kokettiert sie und wartet darauf, dass ich ihr ein Kompliment mache. Sie will Anerkennung, immer will sie Anerkennung. Gut aussehen tut sie wirklich. Ihre Haut ist frisch und straff, sie hat gute Gene und nie geraucht, immerhin das nicht. Ihre Figur ist schlank, stets Größe 38, und dazu zierliche Fesseln. Rein optisch gibt es an ihr nichts auszusetzen, da ist sie wirklich

erstklassig. Sie ist Mitte fünfzig und geht doch locker für Mitte vierzig durch. Trotzdem kann ich verstehen, warum mein Vater sich immer wieder mit Geliebten tröstet. Die sind wahrscheinlich nicht immer neben der Spur, wenn es darauf ankommt.

»Er würde dich sicher mögen, so attraktiv wie du bist«, schmeichle ich ihr ein bisschen. Sie hat ja keine Ahnung, was für ein Depp der Dört ist. Ach, ich weiß nicht, warum ich so gemein zu ihr bin.

»Wir werden umziehen, dein Vater und ich«, sagt meine Mutter.

»Schon wieder? Ihr habt das Haus doch erst vor drei Jahren gekauft«, frage ich, dabei weiß ich ganz genau: drei Jahre ist das Maximum. Länger halten sie es nicht an einem Ort aus. Nicht, weil sie so freie Geister wären, nein. Wenn man den Nachbarn nicht länger die heile Welt hinter der Hecke vorspielen kann, oder wenn jemand meiner Mutter nahe genug kommt, um nicht nur zu erkennen, was für ein Problem sie hat, sondern sie auch mal darauf anzusprechen, dann ist es so weit: Dann muss umgezogen werden.

»Man hat uns ein gutes Angebot gemacht.«

»Ah. Ja.« Mein Vater hat ein gutes Händchen dafür, die Häuser für mehr Geld zu verkaufen, als er selbst dafür zahlen musste. Keine Ahnung, wie er das schafft.

»Habt ihr schon was Neues?«, frage ich meine Mutter.

»Noch nichts Konkretes. Vielleicht sollten wir nach Hamburg ziehen, dann wäre ich bei dir in der Nähe.«

Oh nein, bloß das nicht! Meinen Eltern ist es doch eigentlich egal, wo sie wohnen. Mein Vater ist beruflich so viel unterwegs, dass es keinen Unterschied macht, von wo er zu seinen Geschäftsreisen startet. Hauptsache, ein Flughafen

ist in der Nähe. Er hat sowieso immer noch eine Zweitwohnung. Was mich allerdings wundert ist, dass meine Eltern immer gemeinsam umziehen. Ich glaube, das ist das Einzige, was sie überhaupt noch gemeinsam machen. Vielleicht tun sie es deshalb so oft.
Ich überlege kurz, ob ich ihr von meiner wackeligen Wohnsituation erzählen soll. Ach, lieber nicht.
Es klingelt, deshalb gehe ich auch nicht weiter auf den Vorschlag meiner Mutter ein, sondern sage nur: »Ich muss auflegen, ich bekomme Besuch.«
»Wenn dir alles andere wichtiger ist als ich, deine Mutter …«, kommt noch ein Vorwurf durch die Muschel gekrochen.
»Aber nein«, wiegele ich ab, »du bist mir natürlich wichtig!« Ich weiß nicht, ob das so stimmt, was ich da sage. Und andersherum? Bin ich ihr wichtig? Hat sie mich gefragt, wie es mir geht? Interessiert es sie, was ich mache? Hat sie sich überhaupt je für mich interessiert? Sie hatte immer genug mit sich selbst zu tun.
»Wir können dann ja mal in Ruhe telefonieren. Ich ruf dich an!«, verspreche ich, denn ich will Alex nicht warten lassen. Und ich will auch nicht, dass er mich bei einem Telefonat mit meiner Mutter belauscht. Das ist erstens Privatsache und zweitens unsexy.

Mit einem schwungvollen Tritt auf die Fußbodenmarkierung öffne ich die Wohnungstür, höre Stimmen und wie Alex die Treppe heraufsteigt.
»Na, du bist aber ein Hübscher«, schnurrt Erna im Treppenhaus. Sie muss Alex meinen, doch der sagt nichts. Er kann so schüchtern sein.
»Katrin, Besuch für dich«, ruft Jan. »Ein Patient. Wahr-

scheinlich Mittelohrentzündung.« Wie meint er das nun wieder?
Es poltert, einer muss gegen mein Bettgestell gestoßen sein. Wahrscheinlich Alex.
Er humpelt ein wenig, als er die Wohnung betritt, sein Gesicht sieht finster aus, als hätte man einen dunklen Vorhang vorgezogen. Ich muss ihn dringend aufheitern.
»Hey, Süßer, schön, dass du da bist. Ich hab dich wahnsinnig vermisst«, flüstere ich. Damit er mich trotzdem hört, nehme ich ihn ganz vorsichtig in den Arm. Er schmiegt sich an mich, es ist also alles gut. Das Finstere in seinem Gesicht kommt vielleicht auch von der Mütze, die er trägt, Strick mit Schirmchen. Sie steht ihm ganz hervorragend, abgesehen von dem dunklen Schatten, den sie auf sein Gesicht wirft. Und wenn man bedenkt, dass die Außentemperatur »nur« ungefähr achtzehn Grad Celsius beträgt, ist das Tragen einer Kopfbedeckung wohl … na ja, nicht wirklich angebracht. Aber sie sieht gut aus, diese Mütze. Besser als die Cowboystiefel von Matthias Dört. Ich mache mir eine kleine Gedankennotiz: aktueller Sommertrend – möglichst warm anziehen. Mit einem Schal könnte ich bei diesem Trend vielleicht einen eigenen Akzent setzen.
»Coole Mütze. Oder sollte ich besser sagen: heiße Mütze?«
»Danke«, nimmt Alex das Kompliment routiniert entgegen. Es ist wahrscheinlich nicht das erste, das er heute bekommen hat. »Mode kann auf so etwas Profanes wie das Wetter oder die Jahreszeiten eben keine Rücksicht nehmen.«
Ich dachte zwar immer, dass Mode durchaus saisonorientiert sei, aber vom theoretischen Überbau her hat Alex sicher recht.

»Und ich auch nicht«, ergänzt er. Ich bewundere ihn für seine absolute Unabhängigkeit. »Der Penner im Treppenhaus kann sich seine Sprüche sparen.«
»Du meinst Jan?«
»Das ist doch so ein gescheiterter Künstler, so eine traurige Existenz. Kennst du den etwa?«
»Ist bloß mein Nachbar«, sage ich, um Alex zu beruhigen. »Traurig« stimmt nicht so ganz, ich kenne Jan eher als gut gelaunt.
Wir stehen immer noch im Flur. Wir könnten uns gleich auf meine Matratze fallen lassen, aber es ist erst acht, und draußen scheint noch die Sonne. Zwar bin ich wahnsinnig müde, der Jetlag wahrscheinlich, aber ich will meine Zeit mit Alex genießen. Wir haben ja den ganzen Abend, die ganze Nacht vor uns. Warum denn dann gleich in die Horizontale? Ich nehme seine schmale Hand und ziehe ihn vorsichtig ins Wohnzimmer.
Alex sieht sich kritisch um. Er ist zum ersten Mal hier.
»Ziemliche Bruchbude«, sagt er leicht abfällig. »Und ganz schön klein.« Ich zucke innerlich zusammen. Mir kommt die Wohnung zwar vor, als würde etwas fehlen (und damit meine ich nicht nur eine Dusche im Bad, die Heizung und eine belastbare Steckdose in der Küche), aber ich habe mich inzwischen an sie gewöhnt. Daher ist es nicht leicht, den skeptischen Blick von Alex zu ertragen. »Echt *shabby* hier«, schiebt er nach, und das könnte fast wieder ein Kompliment sein. »Coole Wandfarbe!«
Ja. Geht doch. Ich atme erleichtert auf. Ist gar nicht so schlimm bei mir.
»Habe ich selbst gestrichen.«
Aber Alex möchte nicht weiter über Wohnthemen reden, sondern über sich.

»Mein Bein tut weh«, jammert er. »Ich habe mich eben gestoßen.«
»Du Ärmster«, bemitleide ich ihn. »Ist es sehr schlimm? Tut es sehr weh? Soll ich was zum Kühlen holen? Ein nasses Handtuch?«
»Nee, lass mal. Geht schon.« Vorsichtig lässt er sich aufs Sofa sinken. Es sieht sehr gut aus, wie er sich dort hindrapiert. Äußerst dekorativ und ein reizvoller Kontrast zu meiner neuen Wandfarbe. Die Mütze behält er auf dem Kopf, er macht keine Anstalten, sie abzusetzen. Er ist ein Gesamtkunstwerk.
Ich betrachte ihn, als wollte ich seinen Wert schätzen.
»Willst du mich loswerden?«, fragt Alex. Sein Tonfall ist leicht genervt. Ich bin irritiert.
»Nein, wieso?«
»Dann hör doch mal auf die Musik, die hier läuft. Das hast du doch extra aufgelegt!«
»The Smiths? Na und?«
»Mal abgesehen davon, dass das grauenhaftes, weinerliches Geschrabbel ist: Der Waschlappen singt die ganze Zeit ›Hängt den DJ, hängt den DJ‹. Findest du das taktvoll?«
Äh, stimmt. Es läuft der Song »Panic«. Und der Text ist eine direkte Aufforderung, die Disco niederzubrennen und den DJ aufzuhängen. Weil der keine Songs spielt, die mit dem wahren Leben zu tun haben.
Eigentlich ganz witzig. Aber in diesem Zusammenhang wirklich geschmacklos. Wie konnte ich nur?
Schnell mache ich die CD aus. Aber was soll ich nun einlegen? Ich entscheide mich für eine CD mit elektronischer Musik, die ich aus der Redaktion mitgebracht habe. Da sind keine beleidigenden Songtexte zu befürchten, da gibt

es nämlich gar keine wirklichen Songs und überhaupt keine Texte.
Alex rümpft seine hübsche Nase, aber ich ignoriere das.
»Mir ist eben was passiert: Ich bin fast überfahren worden.« Ich erzähle ihm, wie mich ein SUV auf einem Zebrastreifen fast erledigt hätte. »Ich hätte sterben können!«, dramatisiere ich. Stimmt ja aber auch. Ich würde zu gerne wissen, ob er mich dann vermisst hätte.
»Die Sterbewahrscheinlichkeit liegt auch in Deutschland noch immer bei einhundert Prozent«, sagt Alex trocken.
Sterbewahrscheinlichkeit? Einhundert Prozent? Das betrifft dann wohl alle. Ich werde also auf jeden Fall sterben. Ich brauche ein bisschen, bis ich den Inhalt der Aussage verstehe, dann muss ich grinsen. Es ist nicht der richtige Moment, um über Vergänglichkeit zu reden.
Stattdessen lenke ich das Thema auf seine Mütze. Doch auch da treffe ich anscheinend nicht den richtigen Ton, nicht die angemessene Wertschätzung.
»Man sollte nicht glauben, dass du bei einem Modemagazin arbeitest. Die ist von …«
Er nennt einen Namen, den ich nicht kenne. Ist mir auch egal. Ich ärgere mich über den Satz, den er davor gesagt hat.
»Ich arbeite nicht in der Moderedaktion, falls dir das schon mal aufgefallen ist. Ich betreue die anderen Ressorts.«
»Schon klar. Ich wollte nur sagen: So eine Mütze kostet hundertneunundsechzig Euro. Die Wolle stammt von Huacaya-Alpakas.«
Geld ist Alex wichtig. Er ist Schwabe und hat einen mittleren fünfstelligen Betrag auf seinem Girokonto. Dabei gibt es da doch gar keine Zinsen. Er ist eben ein untypischer Schwabe, aber er hat diese leicht unentspannte Be-

ziehung zu Geld. Und nun streiten wir uns über ein teures Produkt aus den wertvollen Haaren von Neuweltkamelen. Absurd. Wir sind aber auch Kamele …
Ich strecke die Hand aus und streichle Alex über seine Mütze.
»Schön weich.«
Meine Hand wandert tiefer, über seinen Nacken, den Rücken hinab, schiebt sich unter sein T-Shirt.
»Ich glaube, du magst meine Mütze gar nicht.« Alex klingt ein wenig eingeschnappt. Dabei wollte ich ihn wirklich nicht beleidigen.
»Doch, natürlich mag ich deine Mütze. Ich mag auch noch was ganz anderes …« Meine Hand dringt in eindeutigere Bereiche vor.
Es fühlt sich so an, als würde Alex mich auch mögen. Wir verknäulen uns auf dem Sofa. Von dem schönen Spätsommerabend da draußen bekommen wir nichts mehr mit. Ich hätte es auch schön gefunden, an den Elbstrand zu fahren, ein wenig im Sand zu sitzen, vielleicht sogar etwas spazieren zu gehen. Ein Eis schlecken. Wie man sich einen perfekten Sommer als Kind vorstellt. Diese Erinnerungen, egal, ob man sie nun gelebt oder nur im Film gesehen hat, sind haltbar konserviert, wie Marmelade, man kann sie immer wieder hervorholen. Ob man dann damit was anfangen kann, sie in die Tat umsetzt, das ist was anderes. Ich bin eher nicht so der Marmeladentyp.
Ein Haar von mir hat sich auf Alex' Hals verirrt. Ich streiche es weg, bevor ich ihn dort küsse.
»Was war das?«, fragt er.
»Bloß ein Haar«, sage ich.
»War das etwa von mir? Lass mich mal sehen!« In seiner Stimme schwingt ein Anklang von Panik mit. Er hängt so

wahnsinnig an seinen Haaren – die allerdings nicht so sehr an ihm. Sein Kükenflaum wird gepflegt und gehätschelt, mit Spezialshampoos und Kuren, von denen er immer das Etikett abpult, damit sie im Bad keinen Verdacht erregen – oder gar untermauern. Ich habe aber mal nachgesehen: Die grauen Shampoo-Flaschen sind die für »schütteres Haar«. Oder »schüchternes Haar«, wie Alex das gerne beschönigt.

»Soll ich mal gucken, wo es fehlt?«, necke ich Alex, aber der findet das gar nicht witzig und hält seine Mütze fest.

»Nein, ich glaube, das ist von mir«, beruhige ich ihn. »Ich haare in letzter Zeit ein bisschen.«

»Wahrscheinlich hast du zu viele männliche Hormone. So *tough*, wie du bist …«

Ich muss grinsen, aber ich spüre, dass in der Aussage auch etwas Kritik steckt. Bin ich wirklich so hart? Zu hart? Ich schmiege mich zärtlich an Alex.

»Bin doch ganz sanft«, schnurre ich, und das fällt mir bei ihm ganz leicht. Wenn ich mit Alex zusammen bin, bin ich anders als sonst. Entspannter. Offener. Verletzlicher.

»Hast du morgen Zeit, mit mir auszugehen?«, frage ich.

Alex geht nicht einfach so aus. Er geht in Clubs, wenn er dort Platten auflegt. Er geht auf Partys, wenn die für seine Karriere wichtig sein könnten. Ins Kino geht er nur, wenn der neue »James Bond« kommt. Konzerte – eher nicht. Theater, Lesungen – komplette Fehlanzeige. Keine Ahnung, warum ich auf die Idee komme, ihn zu bitten, mit mir zum Pornokaraoke zu gehen. Aber nein: Ich bitte ihn ja nicht direkt darum, weil ich ahne, dass er dann ablehnen würde. Für die Reportage, die ich schreiben will, ist es aber bestimmt besser, auch einen männlichen Blick darauf zu haben. Außerdem sind seine Kom-

mentare immer so köstlich, darauf möchte ich auch nicht verzichten.
»Wohin denn?« Alex guckt skeptisch.
»Hat was mit meinem Job zu tun«, verschleiere ich mein Vorhaben. »Könnte wichtig sein.«
Er spitzt seine kleinen Porzellanohren. Job, Karriere – das bedeutet ihm was.
»Einflussreiche Leute treffen?«, fragt er ein wenig spöttisch nach, aber ich weiß: Damit kann ich ihn kriegen.
»Du hast es erfasst«, schwindele ich ihn an. Wer weiß, vielleicht ist ja wirklich jemand Bedeutendes da. Und wenn nicht: Es wird ihm schon Spaß machen.
Doch jetzt amüsieren wir beide uns erst mal. Mit Alex vergeht die Zeit wie im Flug. Wir wälzen uns auf dem Sofa und arbeiten uns auf meine Matratze vor.
Als wir ermattet nebeneinanderliegen, raffe ich mich noch einmal auf, gehe zum Waschbecken und putze mir die Zähne. Alex hat endlich die Mütze abgenommen – das letzte Kleidungsstück, das er abgelegt hat – und ist eingeschlafen. Entspannt sieht er aus, sanft vom Mondlicht beschienen. Doch das täuscht. Ich erschrecke ein wenig, als er plötzlich und wie mit einem Ruck die Augen öffnet.
»Was ist das für ein Geräusch?«
»Was für ein Geräusch?« Ich lausche etwas, kann aber nichts Ungewöhnliches hören.
»Na, dieses Stühlerücken.«
»Das muss aus dem Lüftungsschacht im Bad kommen. Das ist manchmal so.«
»Das ist ja grauenhaft!«
»Hört bestimmt gleich wieder auf.« Und wirklich: Es hört in diesem Moment wieder auf. Zum Glück. Alex lässt sich zurück auf mein Kissen sinken. Ich kuschele mich dane-

ben, es ist ein wenig unbequem, aber ich werde erst mal warten, bis er eingeschlafen ist. Das dauert erfahrungsgemäß nicht länger als eineinhalb Minuten. Ich hoffe nur, dass das geheimnisvolle Stühlerücken so lange verstummt bleibt.
Meine Hoffnung wird erfüllt. Kein Stuhl wird gerückt. Dafür wird jetzt laut gehämmert. Das Hämmern kommt nicht aus der Lüftung, sondern aus der Wohnung direkt unter uns. Von Jan vermutlich. Er arbeitet an einer Ausstellung. Aber kann er das nicht in seinem Atelier machen?
»Ist das dieser Penner, dem ich vorhin auf der Treppe begegnet bin?«, vermutet Alex treffsicher.
Ich will seine Aversionen nicht verstärken und versuche ihn zu beschwichtigen: »Das könnte auch aus dem Nachbarhaus kommen.«
»Quatsch. Das ist genau hier drunter.«
»Vielleicht renoviert da jemand«, mutmaße ich.
»Diese Bruchbude? Mitten in der Nacht? Das ist doch hirnverbrannt! Ich kann so nicht schlafen. Und ich bin fix und fertig.« Alex setzt diesen leidenden Blick auf, der mir bis ins Herz brennt. Schlafentzug ist eine Foltermethode, das weiß ich. Das darf man niemandem antun. Und schon gar nicht Alex.
»Was soll ich machen?«, frage ich ihn.
»Sag dem Idioten, er soll damit aufhören.«
»Okay.« Ich habe überhaupt keine Lust, mich jetzt anzuziehen und zu Jan runterzugehen. Ich tue es trotzdem. Für Alex.
Es ist Mitternacht, als ich bei Jan klopfe. Inzwischen bin auch ich so müde, dass ich mich kaum noch auf den Beinen halten kann.
»Habe ich dich gestört? Entschuldigung!« Jan macht einen

ehrlich zerknirschten Eindruck. Ich muss ja total fertig aussehen.

»Du siehst ziemlich fertig aus«, bestätigt er sogleich meine Vermutung. »Ich bereite eine Ausstellung vor. Die Wände in meinem Atelier habe ich schon gestrichen, die müssen trocknen. Deshalb mache ich gerade hier weiter. Bei der Wandfarbe habe ich mich übrigens von deinem Flur inspirieren lassen. High Society. Viel besser als das übliche Weiß, die Bilder kommen ganz anders zur Geltung.« Jan legt den Hammer aus der Hand. »Aber jetzt höre ich auf, damit du schlafen kannst. Gute Nacht!«

Ich bin so müde, dass ich gar nicht richtig mitbekomme, was er da redet. Fast wäre ich in seine Wohnung getaumelt und hätte mich auf sein Bett geworfen, nur, um die Treppe nicht wieder hochsteigen zu müssen. Doch oben ist Alex und wartet, und dessen Anziehungskraft ist doch um einiges stärker als meine leichte körperliche Schwäche.

Zurück in meiner Wohnung lasse ich mich halb entkleidet neben meinen Liebsten fallen, der wieder eingeschlafen scheint. Aus der Ferne höre ich noch »Abschied ist ein scharfes Schwert«. Günne erhöht offenbar die Frequenz der Roger-Whittaker-Abende. Das ist anscheinend seine einzige, verzweifelte Maßnahme, der »Gemütlichen Ecke« zu mehr Publikum zu verhelfen. Dann schließe ich entspannt die Augen.

»Das ist ja Folter!«, nölt Alex.

»Was?«, frage ich verschlafen. Meine Kraft ist wirklich aufgebraucht.

»Diese, diese – Musik will ich es gar nicht nennen. Dieses Gejaule! Ich brauche meinen Schlaf!«

»Ich auch«, murmele ich leise. Und dann schlafe ich wirklich ein. Tief und fest. Bis der Wecker am nächsten Morgen klingelt.

Alex ist wach. Alex ist vor mir aufgewacht. Seltsam. Das passiert doch sonst nie. Immerhin, er ist noch da. Und er sieht sehr müde aus.
»Ich habe die ganze Nacht kein Auge zugetan.« Er sieht mich an, als sei das meine Schuld.
»Tut mir leid«, entschuldige ich mich. Ich weiß zwar nicht wofür, doch vielleicht hebt das ja seine Laune. »Was war denn?«
»Erst diese fiese Abschied-ist-ein-scharfes-Schwert-Folter. Wenn ich ein scharfes Schwert gehabt hätte, hätte da unten bestimmt jemand Abschied nehmen müssen.« Passt gar nicht zu Alex, diese Aggression. Deshalb nimmt er sie sofort zurück: »Obwohl: Mit Menschen, die solche Musik hören, gebe ich mich eigentlich gar nicht ab. Das wäre Energieverschwendung. Aber dann haben sich draußen ein paar Typen gestritten und Flaschen zerdeppert.«
Ich zucke ein wenig zusammen. Frische Scherben sind nichts für mich. Gut, dass ich geschlafen habe.
»Und dann haben die Vögel gezwitschert. Ach was, gezwitschert. Die haben gekreischt, die haben markerschütternde, durchdringende spitze Schreie von sich gegeben. Einer hat dazu noch heiser gekrächzt.«
»Eine Nachtigall im Stimmbruch?«, tippe ich verschmitzt, doch Alex lächelt nicht.
»Eher ein Geier mit sadistischen Neigungen«, behauptet er ernst.
Ich muss kichern. Damit er mitzieht, versuche ich ihn zu kitzeln, aber er lacht immer noch nicht. Vom Kitzeln gehe ich zum Streicheln über. Unglaublich, wie weich seine

Haut ist. Ich will nie wieder Kaschmir spüren, wenn ich stattdessen das hier haben kann.
»Und dann war da noch so ein seltsames Röhren. Kombiniert mit Husten.«
»Ach, der alte Hirsch, der manchmal in Heidis Garten einkehrt.«
»Ein Hirsch?« Alex guckt mich entgeistert an.
»Nein, nicht wirklich. Wahrscheinlich Erna. Die hustet manchmal seltsam.« Ich streichle Alex weiter, um ihn von den mannigfaltigen Störungen der vergangenen Nacht abzulenken. Vielleicht kann ich ihm helfen, die Qualen zu vergessen und sich ein bisschen zu entspannen? Mit geschickten Handgriffen gelingt mir das. Er macht einen viel friedlicheren Eindruck.
»Dieses Sirren, so zwischen drei und vier, das war auch störend«, fällt ihm noch ein.
»Hab ich gar nicht bemerkt«, sage ich. »Willst du vielleicht hierbleiben und dich erst mal richtig ausschlafen?«
Ich öffne das Fenster. Ja, es stimmt, da draußen zwitschern Vögel. Auf dem Balkon des Nachbarhauses hängt ein Käfig mit einem Kakadu drin. Der sagt aber nichts, sondern sieht nur dekorativ aus. Vielleicht hat er Ladys Schicksal vorweggenommen und ist bereits ausgestopft. Aber dann würde man ihn wohl kaum im Käfig auf den Balkon hängen, oder? Vielleicht zum Lüften. Oder aus Gewohnheit.
Alex sieht mich entsetzt an.
»Hierbleiben?«, fragt er.
»Ja, warum nicht?«
»Ich muss jetzt erst mal nach Hause. Mich ausschlafen. Damit ich überhaupt wieder einen klaren Gedanken fassen kann. Damit ich wieder zu mir komme.«
»Och, mir reicht es eigentlich, wenn du zu mir kommst«,

lächle ich ihn an. Aber er ist nicht in der Stimmung für Späße, sein Puppengesicht sieht trotz Entspannung etwas finster aus.

»Ich gehe nach Hause.«

»Da hole ich dich nachher ab. Nicht vergessen, wir gehen zusammen aus.«

»Was ist das denn, wo wir hingehen?«, fragt Alex.

»Erzähl ich dir dann. Es ist wichtig für mich.« Das ist nicht gelogen. Alex begnügt sich damit, er scheint zu müde zu sein, um nachzufragen. Gut so. Man muss auch mal ins kalte Wasser springen, denke ich, auch wenn eine Pornokaraoke-Veranstaltung wohl eher – so stelle ich mir das jedenfalls vor – einem heißen Whirlpool gleicht.

Ich ziehe mich rasch an. Heute mal lässig. Jeans einer ausgefallenen Trendmarke, T-Shirt von Marc Jacobs und sehr, sehr seltene Old-School-Sneakers. Darin Socken, jedoch ohne dabei an Matthias Dört zu denken.

Ein Tritt auf die Türöffnungsmarkierung, schnell Alex zur Seite ziehen, damit er die Tür nicht ins Gesicht bekommt, und dann los. Wir schlängeln uns am Bettgestell vorbei, ich nicke Erna zu, die im Türrahmen steht und einen Löffel poliert.

Auf der Straße will ich Alex küssen, doch er dreht den Kopf weg. Ich weiß, dass er Zärtlichkeiten in der Öffentlichkeit nicht mag. Aber das ist mir egal.

»Ich habe zu wenig geschlafen«, mault er.

Der Arme, er sieht echt fertig aus. Aber die Mütze steht ihm.

»Du siehst trotzdem toll aus«, sage ich.

»Findest du?« Er lächelt mich an und lässt sich dann doch küssen.

Wenn man sich die schwarzen Schatten unter deinen Augen wegdenkt, füge ich insgeheim hinzu. Das würde ich aber nie laut aussprechen. Dieses Verletzliche reizt mich. Er sieht hilflos aus. Sonst ist das ja nicht so mein Fall, aber bei Alex ist das anders. Er ist dann auch so leicht um den Finger zu wickeln.

»Kommst du noch mit zu Renate?«, frage ich ihn.

»Zu wem?«

»Renate. Käse-&-Wein-Laden. Ich will noch Pesto kaufen.« Ich habe ihm bestimmt schon hundert Mal von Renate erzählt. Aber Alex kümmert sich ja nicht um so etwas wie essen. Seine Haut spannt sich geschmeidig über Muskeln und Knochen, die Rippen kann man einzeln zählen, sein Körperfettanteil bewegt sich, großzügig geschätzt, um null Prozent. Man sieht ihn selten essen. Er knabbert, was ihm in die Hände fällt, zwischendurch weg. Mal eine Möhre, mal ein Marzipanbrot. Schwer zu sagen, ob er Unterschiede in Geschmack oder Konsistenz wahrnimmt. Es bedeutet ihm einfach nichts. Statt des Pestos von Renate könnte ich ihm wahrscheinlich auch Konfetti unter die Nudeln mischen, die er dann in wenigen Sekunden verschlingen würde. Sehnsüchtig denke ich an unser erstes Date im Tropen-Aquarium zurück. Zu dem er Sushi mitgebracht hatte. Seitdem haben wir nicht mehr oft gemeinsam gegessen.

Aber vielleicht liegt das ja auch an mir? Zum Kochen kann ich mich so gut wie nie aufraffen. Wenn ich es doch mal tue, knallt meistens die Sicherung raus. Immer Pesto, das kann wohl nur ich vertragen. Und essen gehen, einen Abend in einem schönen Restaurant verbringen, das passt nicht zu uns. Das sind wir nicht – so bürgerlich, konservativ, spießig.

Einmal haben wir es probiert, das Paar am Nachbartisch

hat sich lauthals gestritten, wir haben unter dem Tisch gefummelt und konnten es gar nicht abwarten, nach Hause zu kommen. Wie das Essen war? Habe ich vergessen.

Mit einem langen Kuss verabschiede ich mich von Alex, der schlapp davontrottet.

17. Kapitel

Ich stehe vor der Ladentür und wundere mich. Renates Spezialitätengeschäft ist geschlossen. Merkwürdig.
Mein Telefon klingelt. Mal wieder nicht ganz leicht zu erkennen, der Klang ähnelt eher einem Zugunglück mit eingebautem Schiffstuten. Bestimmt der neueste Hit in Stranddiscos. Wer zum Teufel hat sich diese Mobiltelefoneinstellungen ausgedacht? Die Grüne Mamba, eine von den Modeschlangen aus der Redaktion, zischt mir ins Ohr: »Also, der Vorspanntext für die Bohème-Strecke, der hat so gar nicht den *Spirit.*« Ich wundere mich über ein paar Cocktailkirschen, die jemand vor dem Gulli aufgetürmt und mit bunten Piekern dekoriert hat. »Das sollte eher in so einem urban-mondänen *look and feel* gehalten sein, *d'accord?* Ein Hauch coole Sexyness. Ich bin nicht sicher, ob du das so rüberbringen kannst, wie ich das fühle.«
»Doch! Kann ich!«, entgegne ich trotzig. Als ob diese Natter überhaupt irgendetwas fühlen würde.
Auf dem Weg zum Bus denke ich, dass ich gerne ein Fahrrad hätte. Dann würde ich jetzt auf einem bequemen Sattel sitzen und ganz gemütlich in die Redaktion rollen. Ich überlege kurz, ob ich Heidi fragen soll, aber die lädt schon wieder jede Menge Kisten auf ihr Rad, scheint es also selbst zu brauchen. Auf einem Rad hätte ich allerdings auch die folgende, sehr interessante Begegnung verpasst.

Der Mann, der an der Ampel neben mir steht, ist mir zuerst gar nicht aufgefallen. Dabei ist er der Einzige, der hier steht. Völlig konzentriert achte ich auf den Verkehr, schließlich will ich ja nicht noch mal fast überfahren werden. Es ist wärmer als gestern, ich schwitze ein wenig.

»Entschuldigen Sie bitte.« Die Stimme ist so leise, dass ich sie fast nicht höre. Immerhin stehen wir an einer vierspurigen Straße. Ich drehe den Kopf zur Seite. Hat jemand was zu mir gesagt?

»Entschuldigen Sie bitte«, wiederholt der Mann und starrt auf meine Schuhe: *die* Sneakers, ein Adidas-Modell aus den 70ern, original, keine Wiederauflage. Einmal, auf einer der obligatorischen Goldverleihungen, kroch ein Fotograf um meine Füße herum. Ich dachte, er sucht etwas, vielleicht seinen Kameradeckel, aber nein, er sah nur kurz zu mir hoch und sagte: »Wow, diese Schuhe! Kann ich Ihre Telefonnummer haben?«

Ich antwortete, meine Schuhe hätten keine Telefonnummer und ließ ihn abblitzen.

Keine Ahnung, warum ich das bei diesem Typen nicht gemacht habe. Wahrscheinlich, weil er weder die Telefonnummer meiner Schuhe noch meine wollte. Dieses mickrige, fast durchsichtige Männchen mit der leisen Stimme wollte etwas anderes.

»Könnte ich Ihre Socken haben?«, fragt er, und ich verstehe ihn, weil in diesem Moment gerade kein Schwertransport vorbeidonnert. Ich meine: Ich verstehe ihn akustisch, aber inhaltlich kommt mir das doch sehr ungewöhnlich vor, deshalb frage ich zurück:

»Sie wollen WAS?«

Instinktiv sehe ich mir seine Füße an. Er trägt Halbschuhe,

Leder, gute Qualität, darin – Socken. Er hat doch welche, denke ich. Und dann: Der hat sie doch nicht mehr alle.
»Wissen Sie«, flüstert er. »Ich habe es gerade nicht leicht.«
Er atmet tief durch, ich auch. Sehr sinnvoll, direkt hier an der Stresemannstraße. Was kommt denn nun, denke ich. Bitte verschonen Sie mich mit einem schlimmen Schicksal, unheilbaren Krankheiten, eingegangenen Zimmerpflanzen, vergilbten Zehennägeln, verstorbenen Verwandten, baufälligen Häusern oder ähnlichem Gruselkram. Die Fußgängerampel schaltet zum zweiten Mal auf Grün. Aber ich bleibe tapfer dort, wo ich bin.
»Ich stehe auf Socken«, wispert das Männchen.
Na klar, denke ich, er steht auf Socken.
»Und zurzeit, ich meine, im Sommer, bei dem Wetter – es ist einfach keine Saison. Sehen Sie sich doch mal um. Keine Frau trägt jetzt Socken.«
Ich schaue mir die vorbeigehenden Frauenfüße an. Sandalen, Flip-Flops, Pumps. Dieser »Ich ziehe mich zu warm an und bin deshalb cool«-Trend hat sich anscheinend noch nicht bis zum Damenfuß vorgearbeitet. Okay, Schals tragen die vorübergehenden Frauen. Tücher und lange Schals. Aber keine geschlossenen Schuhe. Und keine Socken.
»Nur Sie. Sie sind meine Rettung!«
Er sieht mich so flehentlich an, dass ich fast vergesse, dass er mich nicht angesprochen hat, weil meine Socken ihm so gut gefallen haben, sondern aus Mangel an anderen Gelegenheiten.
»Sie sind also Sockenfetischist?«, frage ich trocken zurück.
Ich bin fast ein bisschen enttäuscht. Fetischisten stellt man sich doch irgendwie – zumindest interessanter vor.
Dieses Männchen hier ist leider komplett beige. Angefangen von den Haaren über den Hautton bis zur Kleidung.

Ein beiger Sockenfetischist, der in der Tasche seiner beigen Hose nestelt und zum Glück nichts Beiges hervorzieht, sondern einen Geldschein.
»Ich würde Ihnen Ihre Socken abkaufen. Für zwanzig Euro.«
Er will meine Socken kaufen. Verrückt. Witzig. Die Modenattern wären garantiert schreiend weggerannt, stelle ich mir vor. Das entspräche überhaupt nicht ihrem *look and feel*, was immer das auch bedeuten mag. Ich bin – vielleicht auch aus Trotz – ein wenig anders.
Ich habe mich ja inzwischen daran gewöhnt, dass Knallchargen wie Matthias Dört sich Socken von mir besorgen lassen, aber dass einer es sich mit meinen getragenen Socken besorgen will. Total absurder Gedanke. Mir fällt ein: Das sind die guten von Falke. Kosten neu zwölf Euro das Paar. Das wären acht Euro Gewinn. Ich bin ja keine Krämerseele, aber das scheint mir doch zu wenig für so ein gefragtes Produkt. Wo ja auch gerade nicht Saison ist. Erdbeeren sind im Winter auch teurer.
»Fünfzig Euro«, sage ich trocken. Mal sehen, ob er sofort darauf eingeht oder ob er handeln will.
Er schluckt, sein kleiner Adamsapfel hüpft. »Wie lange haben Sie die denn schon an?«
Ich überlege kurz. Was ist jetzt die beste Antwort? Hm, er will ja getragene Socken. Deshalb lüge ich: »Seit drei Tagen.« Er sieht aus wie ein Alkoholiker auf Entzug angesichts eines Glases Champagner.
»Okay«, sagt er und kramt noch einen Zwanziger und einen Zehner hervor.
Das ging ja leicht. Vielleicht hätte ich noch mehr verlangen sollen.
Ich sehe mich um. Wie machen wir jetzt die Übergabe?

Keine Bank in Sicht, deshalb setze ich mich auf einen der allgegenwärtigen Poller, öffne meine Schnürsenkel, schlüpfe aus meinen Keglern, ziehe die Socken aus und gebe sie ihm einzeln. Er hat inzwischen einen kleinen Plastikbeutel aus der anderen Hosentasche gezogen, ein Beutelchen, in dem man unter anderen Umständen Lebensmittel einfrieren würde. Dazu eine Klemme. Er legt die Socken vorsichtig in die Tüte und verschließt diese sorgfältig. Geradezu erleichtert sieht er aus.
Ich ziehe schnell die Schuhe wieder an. Meine nackten Füße soll er nicht sehen. Obwohl: Vielleicht sind die für einen Sockenfetischisten gar nicht so interessant?
»Viel Freude damit«, wünsche ich ihm.
»Danke schön. Sie haben mir den Tag gerettet!«
Das ist ja mal was. Es ist erst kurz nach zehn, und schon habe ich jemandem den Tag gerettet. Wie ein Pfadfinder komme ich mir vor, täglich eine gute Tat. Dabei bin ich gar nicht so karitativ veranlagt. Aber Socken verkaufen, das geht schon mal.

Der Socken-Deal scheint mein Highlight des Tages zu bleiben. Ich frage Maria, Clarks Assistentin, ob Clark schon gesagt hat, wie er das gekürzte Interview findet. Sie hat noch nichts von ihm gehört, verspricht aber, mir Clarks Reaktion sofort zu melden. Clark bekomme ich gar nicht zu Gesicht. Allerdings habe ich auch überhaupt keine Zeit, vor seiner Tür herumzuhängen und zu warten, ich bin spät dran – Clark fängt immer schon um sechs an, das liegt mir genauso wenig wie karitatives Engagement – und muss noch schnell ein paar Seiten für meine hunderttausend Ressorts fertig machen.
Es ist schon ein Jammer: Ich werde zu ganz wunderbaren

Pressereisen eingeladen, eine Woche Tunesien, Wandern auf den Kanarischen Inseln, Schlemmen auf Sylt, sogar eine Karibikkreuzfahrt. Und ich kann keine einzige dieser Einladungen annehmen. Logisch, könnte man denken, das wäre ja überhaupt nicht journalistisch, sich erst einladen zu lassen, auf Kosten des Tourismusverbandes oder eines Reiseveranstalters Folkloreshows, Thalasso-Anwendungen und exzellente Weine zu genießen, und dann zum Dank einen sechsseitigen Artikel voll des Lobes zu verfassen. Nein, das hat mit verantwortungsvollem Journalismus wirklich nichts zu tun. Aber das ist egal, denn Ancilla hat mit Journalismus eh so viel zu tun wie ein selbstgehäkelter Bikini mit der neuen Missoni-Kollektion.
Ancilla ist eine Hochglanzzeitschrift, mit der sich die Leserinnen amüsieren und über die neuesten Trends informieren wollen. Der Verlag will Geld verdienen, deshalb sind das Wichtigste die Anzeigenkunden. Und Reiseveranstalter schalten keine Anzeigen. Deshalb gestattet Clark es mir nicht, meine wertvolle Arbeitskraft auf irgendwelchen Lustreisen zu verschwenden. Bei den Damen aus den Mode- und Beauty-Ressorts sieht das natürlich anders aus. Die *müssen* alle Einladungen wahrnehmen. Ob zum Fingernagelvergolden nach Dubai, zur Präsentation eines neuen Designerlabels nach Miami (South Beach, das Art-Déco-Viertel) oder auch, um die Premiere eines neuen Duftes in einem Riad-Hotel in der Medina von Marrakesch zu erleben – sie dürfen nicht absagen. Die Anzeigenkunden müssen gepflegt und gehätschelt werden, deshalb nehmen die Kolleginnen all diese Strapazen auf sich und lassen diese ganzen Sonderbehandlungen klaglos über sich ergehen. Man ist käuflich – das ist kein Geheimnis, sondern ein Geschäft.

Also schleudere ich schwungvoll einen Stapel Einladungen in den Papierkorb, sortiere dann den Rest der Post, höre mich nebenbei durch ein paar neue CDs, schicke die Volontärinnen zu diversen Pressevorführungen neuer Kinofilme (ich würde mir auch gerne mal wieder einen Film ansehen, habe aber keine Zeit), bespreche ein paar Seitenlayouts mit den Grafikerinnen, bestelle in der Fotoredaktion Bilder und schreibe den ein oder anderen Sextipp. Eine gute Aufwärmübung für heute Abend.

Aus der Redaktion fahre ich direkt zu Alex nach Hause und versinke dort in seinen Armen. Er zieht mich in sein Zimmer, vorbei an der unbenutzten Küche und den zwei leeren Zimmern, auf den Futon, küsst mich und fragt, ob wir nicht doch lieber dort bleiben wollen, ihm sei etwas flau, er könne ein wenig Zuwendung gebrauchen, ihm sei so gar nicht nach ausgehen, und außerdem das Wetter … Dann spielt er mir ein neues Stück vor, das er gerade gemixt hat, ein wildes Fiepen und Wummern, in etwa so anregend wie die Schallwellen-Versuche, die wir in der Oberstufe durchgeführt haben. Ich lobe ihn überschwenglich, spreche von einem baldigen Durchbruch, großer Karriere und glaube das in dem Moment auch wirklich, obwohl es, wie gesagt, so gar nicht meine Musik ist. Mein enthusiastischer Zuspruch ermuntert ihn tatsächlich, er ist bereit, mit mir auszugehen.
Ja! Wir sind als Paar unterwegs! Es macht mir Spaß, mich mit ihm sehen zu lassen. Und der Abend wird bestimmt toll. Ich bin hochmotiviert.
Zu Fuß machen wir uns auf den Weg zum Kiez. Interessant, was alles so auf den Gehwegen liegt: ein zersplittertes Glas Apfelmus, eine Nylonstrumpfhose, Reste eines Compu-

ters, festgetretene Gummibärchen. Ich glaube, wenn man nur will, findet man auf den Straßen von St. Pauli alles, was man braucht. Nur eben nicht dann, wenn man es gerne hätte. Und nicht im erwünschten Erhaltungszustand. Ich gehe über ein paar verwelkte Blütenblätter, nehme die Hand von Alex und bin glücklich.
Ich habe Erfolg, einen Traumjob (zumindest den, den ich mir mal erträumte) und den attraktivsten Freund, den ich mir denken kann. Ob es der permanente Schlafentzug ist, der mich so euphorisch macht?
Wir gehen an meinem Haus vorbei, an der »Gemütlichen Ecke«, ich spüre so etwas wie Heimatgefühl. Vorbei am Blumenladen, in dem ich meine beiden Hauswurze gekauft habe (ich habe ein etwas schlechtes Gewissen, weil ich nicht mit ihnen spreche, aber sie scheinen auch ohne aufmunternde Worte ganz gut klarzukommen), vorbei an drei bis vier türkischen Imbissen.
Da fällt mir auf der Straßenseite gegenüber etwas auf. Ein Laden ist mit Sperrholz vernagelt. Die Fassade ist komplett abgedichtet, als hätte sich das Haus verpuppt und dahinter, im Schutze des Sperrholzkokons, entstünde etwas Neues. Ganz oben, über Kopfhöhe, prangt an der ansonsten schlicht weiß gestrichenen Sichtschutzwand ein Schriftzug: VERSACE. Moment, denke ich. Eine Versace-Boutique in St. Pauli? Bei mir um die Ecke? Das passt ungefähr so gut wie ein Cocktailschirmchen auf einer Astra-Flasche. Hummer auf Bratkartoffeln. Bauarbeiterstiefel zum Chiffonkleidchen. Stopp, den Vergleich ziehe ich zurück. Schwere Stiefel plus leichtes Kleidchen, der Look war im Zuge der Riot-Grrrl-Bewegung Anfang der 90er weit verbreitet. Könnte eigentlich bald wiederkommen.
Auf der Reeperbahn kommt uns eine Gruppe deutlich an-

getrunkener junger Männer in Schlafanzügen entgegen. Es ist schon zweiundzwanzig Uhr, und sie sehen wirklich aus, als müssten sie dringend ins Bett. Stattdessen torkelt einer auf mich zu, fällt auf die Knie und brüllt: »Gib mir einen Kuss! Es ist meine letzte Chance! Gib mir dringend einen Kuss oder fünf Euro!«

Der Kleine sieht wirklich erbärmlich aus. Dünnes Haar, dünnes Gesicht, dünnes Ziegenbärtchen. Mitte zwanzig vielleicht, und trotz der Biermengen, die er wahrscheinlich intus hat, macht er einen dehydrierten Eindruck. Eindeutig der Bräutigam.

»Du machst das ganz falsch«, mischt sich einer seiner Freunde ein, der wiederum aussieht wie für eine Boygroup gecastet. »Es heißt: Für fünf Euro gebe ich dir einen Kuss.«

»Blödsinn«, sage ich. »Versucht es doch mal mit: Ich gebe dir fünf Euro, wenn du mir keinen Kuss gibst.«

»Das würdest du tun?«, staunt der Bräutigam.

Sein hübscher Kumpel stöhnt auf. »Nee, *wir* wollen doch das Geld verdienen! Zum Saufen! Für Tabledance! Dollhouse! Wir brauchen Scheine! Wir haben nichts zu verschenken!«

»Frag mal bei den Damen in der Herbertstraße«, schlage ich vor. »Die kennen sich mit solchen Geschäften vermutlich besser aus.«

Einer von den Koberern kommt auf uns zu: »Ankobern« ist der hanseatische Kiez-Ausdruck für »anwerben«. Koberer nennt man entsprechend die Türsteher der Sexclubs, die mit ihren Sprüchen möglichst viel Publikum in die Tabledance-Schuppen locken sollen. Die Konkurrenz ist groß, die Abschlepper müssen sich ganz schön was einfallen lassen.

Der Koberer sieht die Junggesellenpartygesellschaft an, als hätte er schon auf sie gewartet.
»Na, ist einer von euch Christian?«, fragt er in die Runde.
»Äh, ja, ich, wieso?«, stammelt der Boygroup-Schönling, sichtbar eingeschüchtert von der physischen Autorität des kahlgeschorenen Koberers mit der Statur einer Kühlgefrierkombination.
»Na, du hast dich doch bei uns als Bühnenficker beworben. Kommt mal mit rein.«
»Nee, echt jetzt?«, fragt der Bräutigam und sieht seinen Freund mit einer Mischung aus Fassungslosigkeit und Bewunderung an.
»Äh«, sagt dieser nur noch, aber die Gruppe schiebt sich schon gen Eingang des Tabledance-Clubs.
Hoffentlich sind sie betrunken genug, um sich nicht mehr an die PIN-Nummern ihrer EC-Karten zu erinnern. Sonst stehen sie morgen knieftief im Dispo. Wenn sie noch stehen können …
Ich gehe weiter. Alex fragt: »Was war das denn?«
»Keine Ahnung. Kleine, besoffene Jungs.«
»Und warum hast du mit denen geredet?« Er klingt leicht vorwurfsvoll, ich habe das Gefühl, mich verteidigen zu müssen.
»Habe ich doch gar nicht. Die haben mit mir geredet. Ich habe sie abblitzen lassen.«
»Mit wem du dich immer so abgibst«, murmelt Alex. »Unfassbar.«
Ich überhöre das »immer« und nehme die ganze Bemerkung nicht so wichtig. Der Abend ist einfach zu schön, und Alex' Laune wird bestimmt auch gleich wieder besser. Und richtig, hundert Meter weiter sagt er: »Cleverer Schachzug vom Koberer. Zwischen 1970 und 1990 war

Christian immer in der Spitzengruppe der beliebtesten Vornamen.« Was der alles weiß.
»Du meinst, das war gar nicht abgesprochen?«
»Nein, das macht der öfter. Ich hab das jedenfalls schon zweimal beobachtet.«
»Genial«, antworte ich.
»Sind wir bald da?«, fragt Alex.
»Hm, ich glaube schon.« Nach ein paar Schritten stehen wir vor der »Ritze«. Dieser Club hat keinen Koberer nötig, die Gestaltung des Eingangs spricht für sich: zwei (aufgemalte) weit gespreizte Frauenbeine in halterlosen Strümpfen und roten High Heels. Hinein geht man durch die schwarze Tür an der Stelle, wo vor einigen Generationen noch Schamhaar getragen wurde. Ist man dort hindurch, gelangt man in einen Kneipenraum, der der »Gemütlichen Ecke« sehr ähnelt – abgesehen von den uralten Fernsehern, auf denen tonlos ebenso alte Hardcore-Pornos mit offensichtlich ungewaschenen Darstellern laufen. Und den vielen Fotos und Autogrammen von B- bis XYZ-Promis. Und ohne die Topfpflanzen.
Ich sehe mich interessiert um, Alex schaut mich kritisch an. Das ist ganz eindeutig nicht die hippe Sehen-und-gesehen-werden-Veranstaltung, die ich ihm, nun ja, nicht gerade versprochen, aber immerhin doch angedeutet habe.
»Sind wir hier richtig?«, flüstert er mir zu.
»Zum Pornokaraoke?«, fragt eine Frau mit fettigen Haaren und lüstern-lasziver Stimme. Ihr mächtiger Busen ragt hinter dem Tresen vor. Ich frage mich, ob sie damit wohl manchmal aus Versehen Gläser umkippt.
Ich nicke vorsichtig.
»Da runter. In'n Keller.« Ihre Brüste weisen uns den Weg. Alex guckt mich böse an, ich ziehe ihn vorwärts. Man

muss auch mal ins kalte Wasser springen – oder, in diesem Fall, in den feuchtwarmen Dunst, der uns entgegenschlägt, als ich eine gepolsterte Tür öffne. An einem kleinen Tischchen zahle ich bei einem ganz normal aussehenden Mann je acht Euro Eintritt für Alex und mich, dann betreten wir den niedrigen, mit alten Plakaten zugekleisterten Raum. In der Mitte sehe ich einen Boxring, darin steht eine Heimkino-Leinwand, davor ein schmächtiger Mann. Ein schmaler Anzug, eine noch schmalere Krawatte und ein Clark-Gable-Bärtchen geben ihm etwas Dandyhaftes. Als größtmöglicher optischer Kontrast steht eine dralle Blondine neben ihm. Beide haben Mikrofone in der Hand und erklären etwas.
Alex wirkt wie versteinert.
Der Raum ist voll, die Stimmung anscheinend ganz gut. Ich kann das gar nicht so genau beurteilen, weil Alex, der steif wie ein Stock neben mir steht, mich so irritiert.
Das gegensätzliche Moderatorenpärchen ruft die ersten Teilnehmer auf die Bühne: einen Jürgen und eine Henriette.
Film ab.
Auf der Leinwand sitzt ein Mann im Büro hinter einem Schreibtisch, eine Frau kommt herein.

Jürgen: »Ja, äh, guten Tag Fräulein – äh – Henriette. Ich hatte Sie zum Diktat bestellt, setzen Sie sich doch. Wenn Sie jetzt mal bitte …«

Die Frau auf der Leinwand macht keine Anstalten, sich zu setzen, stattdessen zieht sie ihre Bluse aus.

Henriette: »Uh, ist das heiß hier. Ich bin schon ganz feucht. Kann mal jemand aufwischen?«

Das Publikum kichert. Der Mann auf der Leinwand hat sich das mit dem Diktat offensichtlich noch mal überlegt. Er steht auf, wirft die Frau auf den Schreibtisch und reißt ihr die restlichen Klamotten vom Leib.

Jürgen: »Äh, Sie gehen aber ran, Fräulein Henriette. Machen Sie es sich ruhig bequem …«
Henriette: »Spitz deinen Bleistift, du geiler Bock, und gib's mir endlich.«

Der Mann auf der Leinwand rammt seinen mächtigen Schwengel schwungvoll in die entkleidete Frau. Rein, raus – in Großaufnahme. Dazu würde jetzt gut ein Motorengeräusch passen, denke ich. Hoffentlich bekommt er keinen Kolbenfresser.

Jürgen: »Äh – äh – öhhhhh – hmpf.«
Henriette: »Ja, ja, gib's mir, ja, jaaaaaaaaaaa, schneller, tiefer, jaaaaaa. Uhhhhhhh …«

»Vielen Dank, Henriette und Jürgen«, erlöst die Moderatorin das erste Paar. Henriette bekommt mehr Applaus als ihr Partner.
Alex scheint sich mit der Situation inzwischen arrangiert zu haben. Er schmiegt sich von hinten an mich und steckt mir seine Nase hinters Ohr.
»Das war ein toller Auftakt, aber nicht vergessen: Es gibt Preise für die glaubwürdigste Darstellung *und* für die kreativste Interpretation«, verkündet der Moderator. »Wer ist als Nächstes dran?« Er blickt sich suchend um. Ein adrett gekleidetes Paar macht sich bemerkbar. »Ah, da sind sie ja: Klaus und Melanie. Film ab!«

Auf der Leinwand nimmt ein Autofahrer eine Anhalterin mit.

Klaus: »Na, Kleine, mit mir fährst du direkt ins Paradies.«
Melanie: »Gib Gas, Alter.«

Der Wagen hält auf einer einsamen Lichtung. Der Mann steigt aus, öffnet den Kofferraum.

Klaus: »Ich muss nur mal kurz den Ölstand kontrollieren.«
Melanie: »Mach hin, Alter, sonst streu ich dir Sand ins Getriebe.«

Das Paar auf der Leinwand geht spontan zum Geschlechtsverkehr über.

Melanie: »Uhh, ahh, der ist ja groß wie ein Wagenheber!«
Klaus: »Hat aber mehr PS! Guck mal, wie schnell ich kann! Uff, uff, ufff – brrrrrmmmmmmmmmm! Erster!«

»Vielen Dank, Klaus und Melanie! Wir machen eine kurze Pause, in der ihr euch für die nächste Runde bewerben könnt. Zwei Filmchen haben wir noch, dann kommt das Grande Finale«, verspricht die dralle Blondine. Das Publikum jubelt, klatscht und pfeift.

Es läuft der Soundtrack eines Russ-Meyer-Films.
»Komm, wir hauen schnell ab«, flüstert Alex mir zu, nimmt sein Gesicht aber immer noch nicht aus meinen Haaren. Ich mag es ja, wenn er so kuschelig ist, aber ich muss jetzt schnell mal ein bisschen recherchieren.

»Gleich«, hauche ich zurück. »Ich bin gleich wieder bei dir.«
Der Mann an der Kasse stellt mir John, den Veranstalter, vor. Der ist begeistert über die Anwesenheit der Hochglanzpresse und erzählt mir, wie er auf die Idee kam, über die Filmauswahl, über die Moderatoren, die gleichzeitig auch die Jury sind (der Clark Gable ist ein bekannter, preisgekrönter Zauberer, die dralle Blondine Burlesque-Tänzerin, die Dita Von Teese von St. Pauli sozusagen). Ich mache mir Notizen und linse dabei zwischendurch immer mal unauffällig zu Alex rüber, der die alten Boxkampf-Plakate an den Wänden intensiv studiert. Er geht ganz dicht ran an die Wand, wahrscheinlich, weil es so dunkel ist.
John folgt meinem anscheinend doch nicht so unauffälligen Blick.
»Ah, noch mehr Prominenz im Haus. Das ist doch dieser superhippe DJ! Hast du den mitgebracht?«
»Mein Freund«, sage ich stolz.
Alex presst seine Nase gegen die eines Boxers auf den Plakaten.
»Ich gehe mal lieber wieder zu ihm.« Ich lasse mir von John noch seine Visitenkarte geben und vereinbare, dass ich von ihm Fotos bekomme und entweder nachher direkt oder später telefonisch mit den Moderatoren spreche.

Mit einem gewaltigen Lustseufzer kündigt die dralle Blondine den Beginn der neuen Pornokaraoke-Runde an. Die nächsten Kandidaten, Marianne und Carl, geben vollen Stimm- und Körpereinsatz. Sie hat ihren Rock so hochgerafft, dass sie mit den Händen auf ihre Oberschenkel klatschen und so typische Kopulations-Körperkontaktgeräusche sehr lebensnah nachahmen kann. Er röhrt wie ein brunftiger Hirsch.

»Mir wird gleich schlecht«, stöhnt Alex.

»Ich find's ganz witzig«, tuschele ich ihm zu. Er sieht mich vernichtend an. Der soll sich nicht so anstellen, finde ich. Marianne und Carl bekommen einen prächtigen Applaus, Reiner und Christiane danach haben es schwer, sind aber auch wirklich nicht so überzeugend.

»Und jetzt kommen wir zu unseren Überraschungskandidaten«, kündigt Clark Gable an, während seine Moderationskollegin von der Bühne turnt und ins Publikum eintaucht. Spannend, denke ich. Alex nimmt meine Hand und versucht, mich in Richtung Ausgang zu ziehen, doch ich bleibe stehen. Warum denn gehen, wenn es am schönsten ist? Ich will jetzt wirklich sehen, wer die Überraschungskandidaten sind.

Die dralle Blondine steht vor mir, das Licht ist plötzlich so hell.

»Willkommen, Katrin und Alex! Ihr seid unsere Überraschungskandidaten! Katrin ist Redakteurin bei dem von uns allen geschätzten Edelmagazin Ancilla, Alex ist der angesagteste DJ hier auf der Meile und wird uns bestimmt bald mit einer eigenen Platte erfreuen. Und sie sind schwer verliebt! Ein echtes Traumpaar! Euch fällt es sicher leicht, die Erfahrung aus eurem Schlafzimmer hier auf die Leinwand zu übertragen ...«

Ups! Das hatte ich so nicht geplant. Ich hasse Überraschungen, zumindest wenn sie mich betreffen. Alex sieht so wütend aus, als würde er gleich explodieren. Wie eine aufgeblähte Joghurtpackung weit nach Ablauf des Verfallsdatums.

Wir könnten einfach gehen. Nein. Dann kann ich meine

kleine Reportage gleich vergessen. Und wie stünde ich dann vor Clark da? Ich will doch Reporterin sein und schreiben – da kann ich nicht einfach kneifen. Und für meine Geschichte könnte mir auch fast nichts Besseres passieren. Alex wird es schon aushalten. Er scheint einzusehen, dass Weglaufen jetzt noch mehr Aufsehen erregen würde, und kommt mit auf die Bühne.

Wir nehmen die Mikrofone, der Film auf der Leinwand startet.

Eine Frau allein in ihrem Schlafzimmer. Sie holt eine umfangreiche Dildo-Sammlung aus der Nachttischschublade.

Ich: »Ach, immer diese Hausarbeit. Die müssen auch mal wieder ordentlich gewienert werden.«

Die Frau springt auf und eilt zur Haustür. Sie öffnet einem Mann in einem Handwerker-Overall.

Ich: »Ah, der Klempner. Auf Sie habe ich schon gewartet! Es müsste dringend mal ein Rohr verlegt werden.«

Alex guckt mich entsetzt an. Na ja, was soll ich machen, so schnell ist mir eben nur das Naheliegendste eingefallen.

Alex: »Ich bin hier der Fachmann. Sie sagen mir nicht, was ich zu tun habe!«

Oha. Er scheint voll in seiner Rolle aufzugehen. In seiner Stimme liegt Verachtung. Nicht bloß ganz allgemeine Frauenverachtung, wie sie ja in Pornos nichts Ungewöhnliches ist, sondern eine Geringschätzung, die mich persönlich betrifft. So ruhig wie möglich antworte ich.

Ich: »Ganz wie Sie wollen. Ich werde Ihnen auch sicher kein Bier bringen.«

Die Dame des Hauses führt den Handwerker schnurstracks ins Schlafzimmer, wo er sich, ohne zu zögern, über sie hermacht.

Alex: »Wie sind Sie überhaupt angezogen? Das ist ja abscheulich. Sieht so billig aus. Weg damit!«

Das kommt eisig. Ich schieße zurück. Angriff!

Ich: »Ihr Overall ist auch nicht gerade der letzte Schrei. Dieses Blau, *very last season!* Und das Werkzeug, das Sie da mitgebracht haben, ist das überhaupt professionell? Mir kommt es so vor, als wüssten Sie nicht genau, womit Sie da rumstochern.«
Alex: »Ich habe das Rohrverlegen studiert! Diplom mit Auszeichnung! So, fertig. Die Rechnung schicke ich Ihnen dann zu.«
Ich: »Das war Pfusch! Sie werden von meinem Anwalt hören!«

Alex und ich funkeln uns feindselig an. Von postkoitaler Harmonie sind wir weit entfernt.
Das Publikum klatscht, die Moderatoren, die auch gleichzeitig die Jury sind, verleihen uns nach kurzer Beratung den Preis für »die kreativste Interpretation«, die dralle Blondine drückt Alex einen goldfarbenen Plastikdildo auf einem kleinen Sockel in die Hand. Er sieht die geschmacklose Trophäe an, als wäre sie aus Hundescheiße geknetet. Mich dagegen würdigt er keines Blickes.

»Oh, was zum Hinstellen«, kommentiere ich die Auszeichnung leicht verwirrt. Waren wir gut? Ich bin immer noch leicht schockiert von der Kälte in Alex' Stimme. Aber das war ja nur eine Rolle. Er hat das brillant gemacht, muss ich sagen. Wir sind ein tolles Team – auch in ungewöhnlichen Situationen.

Ich bedanke mich beim Publikum und bei den Moderatoren. Dann gehen Alex und ich gemeinsam von der Bühne, die Treppe hinauf, durch die Kneipe oben und zwischen den aufgemalten Schenkeln einer Frau hinaus in die blinkende Nacht von St. Pauli.

Die Masse der Junggesellenabschiede und Touristengruppen auf dem breiten Gehweg der Reeperbahn ist fast undurchdringlich.

»Das wird ein toller Text. Super Recherche«, sage ich zu Alex.

»Du willst darüber schreiben? Du hast sie wohl nicht mehr alle. Lass mich da raus! In diesem Zusammenhang will ich meinen Namen nicht lesen. Schlimm genug, dass dieser John rumtratschen wird. Widerlich.« Alex schüttelt sich leicht, dabei dreht er den Kopf von mir weg. Dann geht er, ohne noch etwas zu sagen, ohne mich überhaupt nur anzusehen, auf ein Taxi zu, steigt ein und ist weg.

Mir ist, als hätte jemand das Blut in meinen Adern durch Eiswasser ausgetauscht. Wie ferngesteuert gehe ich nach Hause und setze mich an den Laptop. Auf Autopilot geschaltet schreibe ich den Text. Das funktioniert. Ich funktioniere. Sogar ein paar knackige Gags kann ich einbauen. Dabei fühle ich mich wie ein im Kühlschrank vergessener Quark nach drei Wochen – mit seltsamem Leben erfüllt, das da eigentlich nicht hingehört. Von fremden Mächten bestimmt.

Das Tippen beruhigt mich. Und Alex wird sich auch wieder beruhigen. Wie war das mit den Männern? Man muss sie an der langen Leine lassen, hin und wieder müssen sie sich in ihre Höhle zurückziehen können. Eine von Renates Lebensweisheiten, die sie mir zwischen all ihrem Pesto immer wieder serviert.

Der Text ist fertig, ich bin es auch. Aber ich kann nicht schlafen. Roger Whittaker nervt von unten. Ich beschließe, mir ein Taxi zu rufen und zu Alex zu fahren. Was spricht dagegen, ihn in seiner Höhle zu besuchen?

Stumm öffnet er mir die Tür. Dann küssen wir uns und fallen gemeinsam ins Bett. Schmiegen uns eng aneinander und ineinander. Na, ist doch alles bestens. So, wie es sein soll. Man muss ja nicht immer reden.

18. Kapitel

»Autsch!« Schon wieder gestochen. Diese Brombeerranken sind aber auch tückisch. Vor allem, wenn man nicht sieht, wo man hingreift. Es ist kurz nach elf, abends wohlgemerkt, ein warmer Augustabend und laut Heidi der perfekte Tag und die perfekte Stunde, um Beeren zu ernten. Das hat sie nicht aus Lust und Laune oder gar nach Erntesaisonkalender entschieden, sondern sich durch intensives Studium des Mondkalenders erarbeitet. Sie hätte es auch intuitiv gespürt, verrät sie mir. Wenn man im Einklang mit sich ist, dann verläuft der weibliche Zyklus im Einklang mit dem Mond, und dann fühlt man, wann Beerenernte sein soll. Aber so musste sie gar nicht auf das Gefühl – vermutlich ein leichtes Ziehen in der Leistengegend – warten, sondern konnte mich schon vorher als Erntehelferin bestellen. Denn irgendwer muss ja die Kerze halten.

Obwohl es in St. Pauli nie wirklich dunkel wird, ist es momentan doch zu dunkel, um die Brombeeren von ihren Blättern und den Stacheln zu unterscheiden. Damit die Pflanze keinen Schock bekommt und ihr zarter Biorhythmus nicht ins Stolpern gerät, darf sie nächtens nicht mit Taschenlampen oder ähnlichem Zivilisationsmüll belästigt werden. Sonst hätte sie womöglich am nächsten Morgen einen Jetlag, und das mag sich nun wirklich niemand vor-

stellen. Eine ausgewachsene Brombeerhecke mit Jetlag und entsprechend schlechter Laune.
Deshalb steht Heidi neben mir und hält eine Kerze, die einzig akzeptable nächtliche Erntebeleuchtung (aus der Sicht der Brombeerhecke, nach Heidis Interpretation). Eine echte Bienenwachskerze, obwohl es wirklich gemein ist, den armen Bienen das Wachs wegzunehmen und sie zu Sklaven unseres Systems zu machen und so weiter.
Ich versuche mich auf das Pflücken zu konzentrieren, Heidi übernimmt, abgesehen von der Lichtregie, den entscheidenden Teil: Sie entschuldigt sich bei der Brombeerhecke und bedankt sich überschwenglich für jede Frucht. Ich hoffe sehr, dass sie sich bei mir auch so enthusiastisch bedanken wird. Gelockt hat sie mich mit dem Versprechen auf selbstgemachte Marmelade. Nach einem Geheimrezept ihrer Großmutter, die angeblich hellseherische Fähigkeiten hatte.
»Das habe ich von ihr geerbt«, flüstert mir Heidi zu, so leise, dass die Brombeerhecke nichts von ihrem Geheimnis erfährt. »Aber ich verwende diese Fähigkeit nicht im Alltag, um sie nicht zu beleidigen.«
»Aha«, sage ich nur. »Wie rücksichtsvoll deiner Großmutter gegenüber.«
»Wieso meiner Großmutter? Ich meinte aus Rücksicht auf *meine* hellseherischen Fähigkeiten«, stellt Heidi richtig.
Ich wusste gar nicht, dass man seine eigenen Talente überhaupt beleidigen kann. Und wenn, dann doch eher dadurch, dass man sie einfach ignoriert.
»So, das reicht jetzt. Ich spüre, dass du nicht mehr mit dem Herzen bei der Sache bist. Wir sollten aufhören«, sagt Heidi.
Erleichtert ziehe ich einen Dorn aus meinem Daumen.

Anscheinend verwachse ich nicht nur allmählich mit dem Haus und meinen Nachbarn, sondern auch mit dem Garten. Ein schmerzhafter Prozess.
»Jetzt brauchen wir nur noch Grand Marnier. Den holen wir bei Günne«, verkündet Heidi.
Sie will ihre hellsichtige Marmelade mit Schnaps aus der Spelunke anrühren? Wie passt das denn zusammen? Obwohl: Nachbarschaftshilfe scheint hier ganz selbstverständlich zu sein, und was gibt es Natürlicheres, als einen Wirt um Alkohol zu bitten?
Wir gehen gemeinsam in die »Gemütliche Ecke«, Heidi sieht mit dem Brombeerkörbchen aus buntem Plastikgeflecht aus, als wäre sie direkt auf dem Weg zu ihrer Großmutter und ich der ermattete böse Wolf neben ihr. »Abschied ist ein scharfes Schwert« – Roger Whittakers warme Stimme empfängt uns, und ich denke wieder einmal, dass Günne wirklich dringend die Musikauswahl überarbeiten sollte. Das will ich ihm gerade sagen, doch ich unterdrücke diese Anregung, als ich das neue T-Shirt sehe, das er heute offensichtlich zum ersten Mal trägt. Ich hatte schon vermutet, das Biene-Maja-Shirt sei angewachsen, aber nein, von Günnes Brust strahlt der Welt heute jemand anderes entgegen: Willi. Biene Majas Freund. Der Mann ist bereit für Veränderungen, das spüre ich, allerdings nur zu ganz, ganz kleinen. Vielleicht sollte er erst mal eine andere Roger-Whittaker-CD kaufen.
Heidi küsst Günne zart auf die Wange. Günne errötet. Ich wäre fast mit errötet, so sehr überrascht mich das. Hoffentlich geht das gut mit den beiden! Aber Günne hat durchaus etwas Pflanzenartiges, deshalb sehe ich Hoffnung für Heidi und ihn. Gleichzeitig sehe ich zwei Männer zur Tür hereinkommen und mache einen Satz hinter den Tresen,

wo ich mich faltradklein zusammenklappe. Heidi und Günne sind so ineinander vertieft, die bemerken das gar nicht. Sie haben auch die zwei Männer in Cowboystiefeln nicht bemerkt, die den Schankraum betreten haben.
Den Schritten nach zu urteilen, steuern sie einen der Tische im hinteren Bereich an.
»Zweimal ›Sex on the Beach‹«, ruft der eine und kichert dann affig. Die schnöselige, selbstverliebte Stimme von Matthias Dört würde ich auch durch drei Tresen und den geballten Sound der Fischer-Chöre hindurch erkennen.
Günne guckt erst irritiert zu seinen neuen Gästen, dann zu mir hinab. Ich lege den Zeigefinger an die Lippen, damit er still ist.
»Hier gibt es keine Cocktails«, muffelt er seine Kundschaft an. »Füße vom Tisch!« Das galt bestimmt Clark.
Eine Service-Offensive scheint ebenfalls nicht in Günnes neuem Gastronomiekonzept vorgesehen zu sein.
»Hier trinkt man Bier oder Bier«, herrscht Günne die beiden ganz ungewohnt autoritär an. Heidi, so viel kann ich von hier unten erkennen, himmelt ihn bewundernd an. Ich weiß nicht, ob die Beziehung gut für die beiden ist. Sie scheinen sich rasch zu verändern.
Clark und der Dört sind allerdings immer noch dieselben. Wahrscheinlich trägt Matthias Dört sogar noch die Socken, die ich ihm in Los Angeles besorgt habe. Ich fummele an der Tresenverkleidung – eine Art Vertäfelung mit Holzbrettern – herum und drücke ein Astloch heraus. Nun habe ich freie Sicht auf den Tisch.
»Bring uns einfach beides«, dröhnt Clark.
»Boa, ist das geil hier. So wahnsinnig authentisch«, schwärmt Matthias Dört in die plötzliche Stille, die Roger Whittaker hinterlässt, als die CD zu Ende ist. Günne zuckt

zusammen, das kann aber auch daran liegen, dass er sich beim Flaschenöffnen geklemmt hat.

»Wohl wahr, ein heißer Schuppen«, stimmt Clark ihm zu. »Totale Wildnis. *Wild, wild west!*«

Was soll an der »Gemütlichen Ecke« Wildnis sein? Die von Heidi sorgsam abgestaubten Schwiegermutterzungen? Der klebrige Fußboden? Ich hab es: die Eingeborenen. An dem anderen Tisch sitzen die beiden Damen, die immer zu den Roger-Whittaker-Abenden kommen. Mutter und Tochter oder Schwestern, das ist nicht so genau zu erkennen. Aber immer hübsch zurechtgemacht, wenn man auf geblümte Rüschen mit leichter Pailettenuntermalung steht. Sie scheinen wirklich wegen der Musik zu kommen. Und jetzt, wo die aus ist, gehen sie. Noch bevor Günne die CD von vorne starten kann. Stattdessen kommen zwei weitere Männer herein, Typ erfolgreicher Investmentbanker der achtziger Jahre mit hohem Gel- und Geldverbrauch.

»Ich sag dir doch: Off-Schanze ist besser«, behauptet der eine und knallt seinen Autoschlüssel so schwungvoll auf den Tresen, dass dieser auf der anderen Seite herunterfällt, mir genau vor die Füße. Das Porsche-Wappen, war ja klar. Günne hebt ihn auf und gibt ihn zurück.

»Die Schanze ist durch, sag ich dir. Alles voller *bridge and tunnel crowd*. Von Pinneberg bis Winsen/Luhe. Und beim Ausparken zerkratzen die mir dann meinen Z4.«

Das muss der andere sein. Wahrscheinlich haben sie zwar ein HH-Nummernschild, wohnen aber trotzdem auf der anderen Seite der Elbbrücken oder des Elbtunnels. Warum sollten sie sonst mit dem Auto hier sein? Sie werden wohl kaum in High Heels unterwegs sein. In St. Pauli kann man sich da allerdings nie so sicher sein. Mir begegnet auf der

Straße hin und wieder ein vollbärtiger Zwei-Meter-Mann, der seine endlos langen Beine durch hohe Absätze noch verlängert. Dazu trägt er knapp sitzende Miniröcke und, zum Glück, blickdichte Strumpfhosen. Eine eindrucksvolle Erscheinung. Durch das Astloch kann ich nicht sehen, ob diese Herren auch auf hohen Absätzen unterwegs sind. Ich vermute aber mal: nein.
Reflexartig stellt Günne den beiden Trendsettern zwei Bier hin. Flaschen, keine Gläser.
»Echt cool hier«, sagt der eine. »Mal was anderes.«
Matthias Dört hat Clark inzwischen in ein Gespräch über seinen neuesten »Karriere-Move« verwickelt: Er hat ein paar Songs geschrieben, will eine CD aufnehmen. Clark gibt ihm Tipps zur Covergestaltung und protzt damit, welche Produzenten er kennt. Ich hoffe innig, dass der Dört keine Demo-CD dabeihat. Zum Glück hat Günne sich jetzt gefangen und Roger Whittaker wieder angestellt.
Der sonore Klang des Schmusebarden wird übertönt vom grellen Kichern einer größeren Frauengruppe, die die »Gemütliche Ecke« betritt.
Günne ist völlig platt von dem plötzlichen Ansturm.
»Eine Runde Saure für alle aufs Haus!«, brüllt er und schenkt rasch möglichst viele der selbstgemixten Schnäpse ein. Das Angebot wird dankbar angenommen. Ich nutze das allgemeine Sichzuprosten, um unauffällig zu verschwinden.
»Komm, wir wollen Marmelade kochen«, flüstere ich Heidi noch rasch zu. Und tatsächlich, so an ihre Mondphasen-Pflichten erinnert, gelingt es ihr, sich von Günnes Anblick loszureißen. Ich verstecke mich hinter ihrem Körbchen und ihren Locken und verlasse die »Gemütliche Ecke«,

ohne dass Clark und der Dört mich bemerken. Sie sind zu sehr in sich selbst vertieft, die tollen Hechte.
Hoffentlich kommen die nicht öfter hierher.

Tun sie natürlich doch. Mit einer eindrucksvollen Entourage im Schlepptau. Für Günne freut mich das ja. Er serviert jetzt sogar Sekt auf Eis. Und zu jeder Bestellung reicht er ein Schälchen Wasabi-Erdnüsse, angeblich selbstgeröstet. Das würde Lounge-Atmosphäre verbreiten, sagt er. Mein Tipp: viel Eis, wenig Sekt, und der dann nicht allzu teuer, aber mit St.-Pauli-Etikett. Das zieht. Als wären das Touristen, die ausgehwütigen aus dem Umland. Günne soll doch wenigstens etwas davon haben, dass die »Gemütliche Ecke« nun angesagter Szenetreff ist. Wie auch immer das passieren konnte, es muss wohl an der authentischen Ausstrahlung liegen.

Teil 4:

Festlegen

19. Kapitel

Alex schläft noch, als ich aufstehe und mich auf den Weg in die Redaktion mache. Bei »Transmontana«, dem besten portugiesischen Café am Schulterblatt, hole ich mir ein getoastetes Croissant und einen frisch gepressten Orangensaft. Damit setze ich mich auf die »Piazza«. Das ist der extrem verbreiterte Gehweg, der leicht an den tristen Charme kleinstädtischer Fußgängerzonen erinnert. Schön glatter Fußbodenbelag, ein starker Kontrast zur »Roten Flora«, dem abbruchreif aussehenden Gebäude gegenüber. Das war vor langer, langer Zeit mal ein prächtiger Theaterbau, jetzt steht noch die Ruine des Foyers. Besetzt seit Ende der achtziger Jahre. Dort finden Dub-Partys statt, Diskussionen, Vorträge.

Ich setze mich kurz auf einer der Bierbänke in die Sonne. »Kaffeestrich« heißt dieser Teil der Straße auch. Die Damen neben mir auf der Bank schuckeln schicke Kinderwagen und reden so laut, dass ich gar nicht anders kann, als hinzuhören.

»Die Ludwigstraße 11 soll abgerissen werden.«

»Das süße Holzhaus? Wie schade!«

»Ja, die müssen wohl raus. Kann man nichts machen. Und beim Sternschanzenbahnhof kommt McDonald's rein.«

»Echt? Aha. Obwohl: Das soll ja alles super kontrolliert sein, das Essen. Die geben sich wirklich Mühe.«

»Und H&M kommt bestimmt auch bald.«
»Na, dann aber hoffentlich mit großer Kinderabteilung. Hast du schon die neuen Babysachen von denen gesehen? So süß!«
Schnepfen, denke ich, die haben ja keine Ahnung.
Auf der Bank neben mir liegt die »Morgenpost«, ich blättere ein wenig darin. Da: ein Artikel über die Häuser an der Elbtreppe. Ein Beispiel dafür, dass man es schaffen kann. Denkmalwürdige alte Häuser, aber heruntergekommen. Seit Jahrzehnten nicht saniert. Es gab ein Gutachten, das die Baufälligkeit bestätigte, der Abriss war bereits genehmigt. Doch die Mieter haben sich aufgelehnt, weit über zehntausend Unterschriften gesammelt, in der Presse gekämpft und den Abbruch abgewendet. Was jetzt kommt, wird man sehen. Es ist aber so gut wie sicher, dass die Häuser bleiben. In Hamburg wächst eine Protestkultur. Schließung des Altonaer Museums, Abriss des Gängeviertels, massive Kürzungen im Kulturetat, IKEA in Altona – die Leute haben gemerkt: Man muss sich nicht alles gefallen lassen. Man kann dagegen protestieren. Man kann viel bewirken.
Auch wir. Mittendrin. Klein, aber da. Mit einem Ziel: unser Haus retten. Auch wenn unsere Treffen noch sporadisch sind und wir keinen Plan haben, wie das funktionieren soll. Aber Gefühl und Wille sind da.

Bei Renate will ich mir die tägliche Ration Pesto und Ciabatta holen, doch ihr Laden ist immer noch zu. Merkwürdig. Vielleicht ist sie spontan in den Urlaub gefahren, nachdem sie mir das empfohlen hatte. Gönnen würde ich ihr das ja. Aber sie hätte wenigstens einen Zettel an die Tür hängen können. Als Sofort-Trost gehe ich weiter zum

Gemüseladen und hole mir eine Tüte Kirschtomaten, die ich in meiner XXL-It-Bag versenke.
An einer Kreuzung zögere ich. Keine Ahnung, warum ich nicht sofort über die Straße gegangen bin. Die Autos bewegen sich im Stop-and-go-Tempo, ich hätte mich gefahrlos einfach durchschlängeln können. Wahrscheinlich haben mich die Vögel abgelenkt. Unter dem Dachvorsprung eines Jugendstilhauses nisten Spatzen, deren Junge gerade flügge werden. Die Jungvögel taumeln durch die Luft, landen im Vorgarten des Hauses, machen wieder einen kleinen Satz, heben mit energischem Flattern wieder ein Stückchen ab, landen auf dem Rhododendron.
Man muss auch mal ins kalte Wasser springen, denke ich, und wie genau dieser Satz hier passt. Nicht wörtlich, nein, aber einfach aus dem Nest zu springen, ohne zu wissen, ob man fliegen kann, das ist einfach wahnsinnig mutig. Oder ist das leichtsinnig? Nein, es ist natürlich.
Es ist berührend, den kleinen Spatzen dabei zuzusehen, wie sie sich beherzt in ihr eigenes Leben hineinstürzen. Einer ist besonders mutig. Er flattert bis auf den Gehweg. Setzt sich kurz neben mich und sieht mich keck an. Dann hebt er wieder ab und fliegt in seinem Taumel-Flug auf die Straße zu. Auf und ab und auf und ab. Oha, denke ich noch, wenn das mal gutgeht. Aber ich tue nichts. Renne nicht auf die Straße, versuche nicht, den Verkehr anzuhalten. Bleibe einfach nur stehen. Der weiße VW-Transporter hält, wartet, bis der Verkehr wieder ein Stück nach vorne rückt. Der Spatz taumelt vor dem Kühler auf und ab. Er wird es schaffen, denke ich zuversichtlich. Auf und ab. Dann verlassen ihn seine Kräfte. Er landet, ruht sich kurz aus. Flattert wieder los, ohne weit zu kommen.
Ich könnte doch einfach auf die Straße gehen, mich vor

den Transporter stellen und verhindern, dass der losfährt. Warum mache ich das nicht? Ich könnte gegen die Scheibe klopfen und den Fahrer auf den kleinen Vogel aufmerksam machen. Ich mache einen langsamen, zögerlichen Schritt nach vorne. Der Vogel landet wieder, ziemlich genau vor einem Reifen des Transporters. In diesem Moment kommt der Verkehr wieder in Gang, der Transporter ruckt ein wenig nach vorne. Er rollt genau über den kleinen Vogelkörper hinweg.

»Halt!« Ich flüstere es mehr, als dass ich es rufe, aber es ist sowieso zu spät. Der kleine Spatz ist ein platter Brei, die winzigen Knochen zerknackt, da ist kein Leben mehr drin. Ich sehe nicht genau hin, noch andere Autos fahren achtlos über ihn hinweg. Für den Spatz ist es vorbei. Alles vorbei.

Das ist eben die Natur. Brutal. Hart. Unerbittlich. Das versuche ich, mir bewusst zu machen.

Stimmt zwar alles, aber in diesem Fall eben nicht. Ich hätte was tun können. Ich fühle mich schuldig. Wenn ich mich ein bisschen mehr eingesetzt hätte, wenn ich schneller reagiert hätte, wenn ich entschlossener gewesen wäre, hätte ich das kleine Leben retten können. Mein Versagen schnürt mir die Kehle zu und treibt mir Tränen in die Augen.

Mittags ruft mich Clark zu sich. Das heißt, er lässt seine Maria anrufen und ausrichten, ich solle zu ihm kommen. Bestimmt geht es um das Maria-Donna-Interview. Ich weiß, dass es gut geworden ist. Um noch einen weiteren Trumpf in der Hand zu haben, nehme ich die Pornokaraoke-Reportage mit, die ich inzwischen fertig habe.

Ich spüre, dass ich auf dem richtigen Weg bin, nicht immer nur der Kleinkram – der trotzdem wichtig ist, das muss ich

zugeben, und ich will mich auch nicht davor drücken –, sondern eben auch mal ein längeres Stück. Mit meinem Namen darunter.
»Sensationell!«, lobt Clark. Die Spitzen seiner Cowboystiefel auf dem Schreibtisch wackeln vor Begeisterung. »Das Interview ist echt eine Wucht! Das ist dir genial gelungen. Es fängt so sanft an und wumms – geht es richtig tief. Man merkt, dass ihr sofort eine gute Verbindung hattet, du und die Donna.«
Hach, das tut gut. Ich hätte nie gedacht, dass ich so stark auf Lob reagieren würde. Aber Clark weiß, wovon er redet, und auch wenn er ein eitler Macho ist: Er hat einfach Ahnung von Zeitschriften. Er ist ein erfolgreicher Chefredakteur. Er weiß, wie das läuft.
»Es ist fast schade, dass nachher nur Matthias Dört in der Autorenzeile stehen wird«, sagt Clark.
Wie bitte? *Fast* schade? Das ist eine riesengroße Frechheit! Der dumme Dört hat das Interview quasi sabotiert!
»Matthias Dört hat zu dem Interview nichts Sinnvolles beigetragen. Ohne ihn wäre es einfacher gewesen – und das Interview noch besser geworden.« Ich versuche, sachlich zu bleiben und meine Stimme unter Kontrolle zu halten.
»Schon klar. Aber er ist der Promi. Seinen Namen kennen die Leute. Und der Erste-Klasse-Flug, die Suite und sein Honorar sind auch nicht ganz ohne. Aber das muss ich dir ja nicht erklären.«
Was? Der Depp bekommt auch noch Honorar dafür? Ich schnappe nach Luft, bin weit davon entfernt, Verständnis zu heucheln. Aber Clark ist schon bei einem anderen Thema.
»Unsere kleine Schiffsparty morgen, die wird sensationell. Kannst dich ruhig ein bisschen auftakeln. Keine Jeans, verstanden! Und High Heels, bitte. Wir sind hier zwar

nicht bei der »Vogue«, ich verlange von meinen Redakteurinnen nicht, dass sie im Abendkleid am Schreibtisch sitzen, aber morgen will ich Glamour!«
So, so, er will Glamour. Soll er haben, seinen Glamour. Aber zuerst klatsche ich ihm noch meinen Pornokaraoke-Text auf den Tisch.
»Sind das die Vorschläge für die Fitness-Seite? Wird auch Zeit. Und du könntest dir mal überlegen, wer eine Kolumne im Lust-&-Liebe-Teil für uns schreiben könnte. Das sollte schon jemand Bekanntes sein, du kannst das dann ja *ghostwriten*. Frag doch bei dieser Nackttänzerin an, die mal mit diesem komisch geschminkten Typen liiert war – du weißt schon. Danke, das war's für heute! Mach mir morgen keine Schande!«
Clark wedelt mich aus seinem Büro raus.

Ich setze mich an meinen Schreibtisch und fange an, Themen für die Fitness-Seite zu sammeln und mir eine Struktur zu überlegen. Dann arbeite ich nebenbei den Kleinkram ab: Hier ein Text, da ein Text, hier was kürzen, dort was verlängern, neue Headline für die Musikseite, denn die muss, so will es die Grafik, aus zwei fast gleich langen Wörtern bestehen.
Ich funktioniere. Aber innerlich tobe ich. Ich quäle mich hier mit dem mühsamen Pflichtprogramm ab, während der Dört aus meiner Arbeit Lorbeerkränze gewunden bekommt. Eine himmelschreiende Ungerechtigkeit! Wütend hacke ich auf die Tastatur ein, hämmere die einzelnen Buchstaben fast durch die Schreibtischplatte. Womit habe ich das verdient? Warum sahnt der arrogante Fatzke ab?
Zack, noch eine Headline.
Rumms, noch eine Bildunterschrift.

So, ich kann das. Ich will die Anerkennung, die mir zusteht. Arrghh!
Dann blitzt ein kurzes Bild in meinem Kopf auf: der kleine Vogel, der vorhin überfahren wurde. Er flattert quer durch meinen Kopf. So schnell kann das Leben vorbei sein. Und ich habe nichts getan, um ihn zu retten.
Der Gedanke verdrängt zwar meine Wut, trägt aber nicht dazu bei, dass ich mich besserfühle.
Innerlich aufgewühlt, aber äußerlich auf Autopilot, beende ich meine Arbeit und verlasse die Redaktion.
Ich möchte nicht allein sein, ich möchte getröstet werden. Alex sollte jetzt hier sein. Ist er aber nicht, deshalb mache ich mich auf den Weg zu ihm. Ob ich ihn vielleicht auch morgen zu der glamourösen Schiffsparty mitnehme? Aber nein, lieber nicht. Gestern hat es ihm ja schon nicht gefallen, da muss ich ihm das zwei Tage später nicht noch mal antun.
Ich werde ihm einfach nichts davon sagen. Er ist, so liste ich für mich auf, erstens kein Mann für gemeinsame Partys und zweitens, dieser Gedanke kommt einfach hinterhergeschossen, eher einer zum Ansehen als zum Anlehnen. Dabei wäre anlehnen ja jetzt ganz schön. Ausnahmsweise. Mit einer abrupten Kopfbewegung schüttele ich Gedanken Nummer zwei ab. Ansehen ist doch auch was Schönes – so gut, wie Alex aussieht. Mal sehen, ob er noch schmollt. Vielleicht freut er sich ja über meinen überraschenden Besuch.

Doch er macht nicht auf. Vielleicht ist er gar nicht da? Ich schicke ihm eine SMS und gehe ein bisschen durch die Straßen, bis runter zum Hafen. In einer unauffälligen Seitenstraße bleibe ich stehen. Etwas zieht mich magisch an.

Clark will Glamour. Natürlich habe ich ein paar ganz ansehnliche Teile im Schrank hängen, aber dieses Kleid dort im Schaufenster ist eine Sensation. »DFM« heißt der Laden, den ich nie und schon gar nicht dort erwartet hätte.
Vollkommen von dem Kleid gefangengenommen, betrete ich den Laden und sehe mich um. Schwere weiße Schnüre hängen von der Decke, fügen sich zu dichten Vorhängen, die kreisförmig bis zum Boden reichen. Wie extravagante Lampenschirme, nur viel zu lang.
Die Frau, die im hinteren Bereich eine Treppe hochsteigt und auf mich zukommt, sieht meinen verwunderten Blick und erklärt: »Unsere Umkleidekabinen. Etwas gewöhnungsbedürftig, aber sie funktionieren.«
Sie lächelt mich an. Ich lächle zurück und versuche dabei herauszufinden, wie die verschiedenen Details ihrer Kleidung sich zu einem sehr eleganten und dabei lässigen Ganzen verbinden. Wie sie das Tuch ums Haar gewickelt trägt. Wie der Ausschnitt der Bluse fällt. Die oben schmale, unten weite Hose. Die Hosenbeine leicht aufgekrempelt. Eine spannende Erscheinung, meilenweit entfernt von den Modeschnepfen der Redaktion – viel eigener, viel schicker.
»Kann ich dir helfen?« Sie stellt die klassische Boutiquenverkäuferinnenfrage, wirkt dabei aber viel sympathischer.
»Ja«, antworte ich. »Ich würde gerne das Kleid aus dem Fenster anprobieren, wenn das möglich ist.«
»Klar. Das hole ich dir eben in deiner Größe.« Sie taxiert mich kurz, ohne eine Zahl zu nennen, und holt ein Kleid aus dem Lager.
»Hier ist das gleiche Modell wie im Fenster – in einer Farbe, die dir noch besser stehen würde.«

»Aber das ist – orange!«

»Genau. Magst du es anprobieren?«

Ich muss aufpassen, mich nicht in den Umkleidekabinenschnüren zu verheddern, und schlüpfe in das Kleid. Es sitzt perfekt.

Vorsichtig teile ich den Schnurvorhang und trete in den Ladenraum vor den Spiegel.

Der Traum von einem Kleid schmiegt sich wie ein Kompliment an meinen Körper. Es fällt wie ein Wasserfall, weich wie Seide, doch gleichzeitig fester und noch geschmeidiger. Es modelliert meine Formen, meine Hüften, meine Brüste. Marilyn würde neidisch werden. Ein Sonnenstrahl fällt durch die Fenster direkt auf mich – es sieht aus, als würde ich leuchten. Das Muster – Hunderte von kleinen Zirkuspferden, zu raffinierten Ornamenten verschlungen – beginnt zu tanzen, und ich möchte mitschwingen. Übermütig drehe ich mich vor dem Spiegel.

Ich sehe aus wie eine Göttin, und das ist noch bescheiden ausgedrückt. Schade, dass ich Alex nicht nach seiner Meinung fragen kann.

»Das ist wie für dich gemacht«, sagt die Verkäuferin und seufzt selbst ganz hingerissen. Während dieser Satz sonst oft geheuchelt klingt, wie eine schamlose Schleimerei, um den Umsatz zu steigern, ist es hier ganz einfach wahr.

»Ich würde es dir sagen, wenn es nicht so wäre«, versichert sie, und ich glaube ihr. Ach, ich muss ihr gar nicht glauben: Ich sehe ja, dass sie recht hat. Dieses Kleid hat auf mich gewartet.

Ich verstehe gar nicht, warum manche Frauen Stunden um Stunden mit Shopping-Touren verplempern können. Ich bin nach zehn Minuten fertig und trage sehr zufrieden mein Tütchen heim.

»Du kannst es sogar in die Waschmaschine stecken«, hat die Verkäuferin noch gesagt.

Beim Grünen Jäger wird schon wieder ein neues Haus gebaut. »Bezahlbare Wohnungen in unbezahlbarer Lage« wirbt ein Schild und preist ein hundertachtundsiebzig Quadratmeter großes Penthouse an. Bezahlbar ist jeder Preis, denke ich, wenn man das Geld hat. Was stand da eigentlich vorher für ein Haus? Komisch, sobald etwas weggerissen ist, wird es auch aus meiner Erinnerung gelöscht. Ich weiß wirklich nicht mehr, wie das Gebäude aussah, das da vorher stand. Stand da überhaupt was? Wahrscheinlich, sonst wäre mir wohl die Baulücke aufgefallen. Da war was. Aber was genau? Ich kann mich wirklich nicht erinnern.
Eigentlich wäre mir das ja egal, aber jetzt denke ich an unser Haus. Ob ich das auch vergessen würde, sobald es abgerissen ist?
Und was ist mit den Menschen? Kann man die auch so einfach wegreißen? Was ist mit Erna, Heidi, Jan und den anderen? Wenn sie in alle Winde verweht werden? Werde ich sie auch vergessen? Kann man Menschen auch so einfach dem Vergessen preisgeben wie Häuser – oder ist es bei ihnen sogar noch einfacher? Weniger staubig, mehr so sang- und klanglos?

20. Kapitel

Nicht vergessen habe ich, dass Jan beim heutigen Haustreffen eine große »Deko-Aktion« plant. Ich soll Kartoffeln mitbringen, wozu, das wollte er mir vorher nicht verraten. Doch das Dekorative muss erst mal warten, denn es ist erstens Post da, und zweitens haben wir einen Gast aus dem Nachbarhaus.

Er heißt Horst, so stellt er sich vor, und der hat keine guten Nachrichten.

»Wir müssen alle ausziehen«, fällt er mit der Tür ins Haus.

»Wir?«, wiederholt Erna fassungslos.

»Neee«, sagt der etwas schüchterne, erschöpft aussehende Horst und reibt sich seine Tränensäcke. »Wir. Nummer 45. Das Haus neben uns – nicht eures, sondern das auf der anderen Seite – wird abgerissen. Und wir sollen währenddessen aus Sicherheitsgründen raus. Bekommen Ersatzwohnungen, für ein paar Monate. Dann dürfen wir wieder zurück.«

»Glaubst du …«, unkt Günne.

»Heißt es zumindest.« Horst klammert sich an die Hoffnung. »Das haben wir schriftlich. Außerdem steht unser Haus auf so einer Denkmalliste.«

Dass Nummer 47 irgendwann abgerissen werden soll, ist keine neue Information. Der Gewerbeflachbau steht schon

ewig leer. Aber dass die Nachbarn dafür auch rausmüssen, das ist uns neu.
»Können wir euch irgendwie helfen?«, frage ich.
»Habt ein Auge auf unser Haus«, bittet Horst. »Ich habe da so ein merkwürdiges Gefühl.« Er deutet vage auf seine inneren Organe, befühlt seine Nierengegend, holt dann aber nur Zettel und Stift heraus, um seine Telefonnummer aufzuschreiben.
»Okay«, versprechen wir. »Wird gemacht.« Obwohl wir keine Ahnung haben, was wir da machen könnten.
Als Horst gegangen ist, zieht Jan einen Brief aus der Hosentasche: »Vom Gutachter!«
Während wir vor Spannung die Luft anhalten, öffnet er den Umschlag.
Er liest vor, doch ich bin so aufgeregt, dass bei mir nur einzelne Passagen hängenbleiben:
»… stelle hiermit fest: Das Haus ist nicht einsturzgefährdet … Der bauliche Zustand ist zwar nicht überragend, aber eine Sanierung scheint durchaus lohnenswert … Abriss wird nicht empfohlen … Erhaltenswert ist vor allem das Treppenhaus …«
»Das Treppenhaus?«, frage ich verblüfft nach.
»Das steht hier«, bestätigt Jan. »Da hat er auch besonders viele Pröbchen abgekratzt.«
»Die Dachbalken fand er aber auch gut«, ergänzt Heidi mit einem gewissen Stolz in der Stimme.
»Auf jeden Fall haben wir nun schwarz auf weiß: Das Haus kann stehenbleiben. Das hält.« Erna haut zur Bekräftigung erstaunlich fest mit ihrer zarten Faust auf den Tisch. Der hält auch, aber nur eben so gerade.
»Dann hätten wir diese Finte des Vermieters schon mal entkräftet«, sagt Günne.

»Das war aber auch nicht mehr als eine Finte«, gibt Jan zu bedenken. »Der will doch das CarLoft.«

»Tja, aber das passt nun nicht mehr hin«, grinst Erna. »Hier ist schon besetzt.«

Die Hansens sagen gar nichts.

Dafür ist Frau Hansen beim dritten Programmpunkt des Abends sehr geschickt: Kartoffeldruck ist ihre Stärke. Jan hat sich auf diese alte Kulturtechnik besonnen, um mit uns gemeinsam bunte Wimpelketten mit eigenem Logo anzufertigen, die wir von Fenster zu Fenster hängen – statt der FC-St.-Pauli-Fahnen.

»Wir brauchen eine eigene Identität, die auch optisch wahrnehmbar ist«, behauptet Jan, und keiner widerspricht.

»Und wir brauchen Solidarität. Wir müssen auf uns aufmerksam machen, nicht nur mit hübschen Bastelarbeiten«, höre ich mich plötzlich sagen. »Wie wäre es mit einer Unterschriftenaktion? Wir machen Zettel und Listen und legen die aus.«

»Du bist aber schon gut vertraut mit dem Widerstandsinstrumentarium«, neckt mich Jan. »Machst du die Listen?«

»Nein, du«, gebe ich zurück. »Du bist doch hier der Deko-Beauftragte. Dann kannst du auch gleich überall deinen Kartoffeldruck-Stempel draufsetzen.«

Weit nach Mitternacht klingelt es an meiner Tür. Schlaftrunken schlurfe ich in meinem Nachthemd, einem REM-Tour-Shirt von 1988, in meinen Flur und öffne mit einem Tritt auf die Bodenmarkierung die Tür. Alex! Auf meine Anrufe hatte er nicht reagiert, jetzt ist er einfach da. Leicht angetrunken, mit schiefem Grinsen: Er sieht zum Anbeißen aus.

»Komm ins Bett!«, fordere ich ihn auf. Ein schöner Traum ist das.

»Aber klar doch«, grinst Alex und zieht sich aus.

Ich überlege kurz, ob ich mit ihm über den Pornokaraoke-Abend reden sollte, über den Text, den ich geschrieben und auch schon dem Chefredakteur gegeben habe. Nein, beschließe ich, ich will erstens die Stimmung nicht verderben und zweitens auch nicht zu emotional werden. Man muss ja wirklich nicht immer reden.

21. Kapitel

Kaum bin ich wach, schlüpfe ich rasch in mein neues Göttinnen-Outfit. High Heels dazu, sorry, Sockenfetischist, du gehst heute leider leer aus. Vielleicht ist es übertrieben, in der Robe ins Büro zu gehen, aber diese Schiffsparty soll schon um fünfzehn Uhr beginnen, und zwischendurch werde ich wohl kaum Zeit haben, nach Hause zu fahren und mich umzuziehen. Das einzige Accessoire aus meinem Alltag, das mitkommt: meine Tasche. Diese kleinen Clutches sind nichts für mich. Und zum Glück haben die It-Bags gerade ein vernünftiges Format – passend für eine Schiffsreise, finde ich.

Ich klappere ein bisschen in der Wohnung herum, weil ich mich Alex gerne so zeigen möchte. Aber er wird nicht wach, nicht freiwillig zumindest, ich muss ihn erst küssen, bis er die Augen öffnet.

»Wie siehst du denn aus? Wow! Nur für mich?«, fragt er und will mich gleich wieder auf die Matratze ziehen.

»Nur gucken, nicht anfassen«, weise ich ihn zurecht. »Ich muss nachher noch zu so einer offiziellen Veranstaltung von Ancilla.«

»Was Glamouröses?«, fragt Alex.

»Was Langweiliges«, antworte ich. Und das ist noch nicht mal gelogen. Merkwürdig: Noch vor nicht allzu langer Zeit hätte ich es als allerhöchste Ehre empfunden, mit dem Redaktionsteam eines Hochglanzmagazins und ein paar handverlesenen Promis feiern zu dürfen. Heute löst allein die Vorstellung eines solchen Champagnergelages schon Gähnreize bei mir aus. Es gibt Schlimmeres, ich weiß, ich beschwere mich ja auch gar nicht. Ich will nur schnell los.

»Du lässt mich allein. Du kümmerst dich gar nicht um mich«, mault Alex.

Das ist albern, darauf antworte ich lieber nicht. Noch schnell ein Kuss, schon bin ich weg.

»Wow! Tolles Kleid!« Auch Jan stockt fast der Atem, als er mir im Treppenhaus begegnet. An diese Reaktion von Männern muss ich mich anscheinend gewöhnen. Er selbst sieht aus, wie ein wenig zu früh und mit Gewalt aus dem Bett gezogen. Na ja, der Pyjama-Look soll ja gerade wieder im Kommen sein.

»Was machst du denn schon um diese Uhrzeit?«, frage ich ihn.

»Erst noch was für meine Ausstellung, und dann wollte ich zum Bezirksamt. Vielleicht kann ich noch was über unseren Vermieter herausfinden.« Jan ist inzwischen richtig in Schwung gekommen und engagiert sich aktiv. »Und wo willst du hin? Zum Presseball?«

»Nö, nur so eine kleine Redaktionsparty.«

»Muss ja ein Wahnsinnsjob sein …«

Auch darauf antworte ich jetzt nicht, sondern stöckele davon.

Auf zu Renate, mir eine Ration Pesto, Ciabatta und Lebensweisheiten holen.

Vor dem Laden steht Oliver.

»Du bist doch der mit dem Ciabatta? Der sein bestelltes

Brot mit mir geteilt hat?«, frage ich, obwohl ich mir ziemlich sicher bin.
Als ich das sage, sieht er aus, als wollte er gleich losheulen.
»Oliver, nicht wahr?«
Er sieht wirklich wahnsinnig traurig aus. Ist es so schlimm, dass ich mich an seinen Namen erinnern kann? Einmal von Renate mit ihrer unnachahmlich kratzigen Stimme ausgesprochen, hat sich der wohl in meinem Gehirn festgesetzt.
Ist er ein Undercover-Agent, dessen Identität auf keinen Fall preisgegeben werden darf? Habe ich in meiner Rolle als Bond-Girl versagt? Oder ist es was Schlimmeres? Was guckt der denn so trübe? Liegt das an meinem neuen Kleid?
»Du siehst toll aus. Zu schön, um wahr zu sein.« Er klingt ein wenig heiser.
»Wenn etwas zu schön ist, um wahr zu sein, dann ist es nicht wahr, sagt Renate immer.« Ich muss grinsen, wenn ich an all die klugen Weisheiten meiner liebsten Pesto-Verkäuferin und Seele des Viertels denke. »Warum gehst du denn nicht rein?«
Er zeigt auf einen Zettel an der Ladentür. Der ist neu. Ich lese den Text, kann aber nicht glauben, was da steht.
Oliver spricht das Unfassbare aus.
»Renate ist tot.« Er sagt es mit Grabesstimme.
»Das kann nicht sein!« Ich denke an die geschlossene Ladentür, da war doch vorher kein Zettel. Das ist doch ein geschmackloser Scherz, ein Irrtum! »Das kann nicht sein!«, wiederhole ich. Denn was nicht sein kann, ist nicht wahr.
Oliver ignoriert mein Verleugnungskonzept und sagt einfach: »Doch.«

»Scheiße.« Meine Reaktion ist völlig undamenhaft, trifft es aber genau. Was soll man dazu auch sagen? Ich bin so vor den Kopf geschlagen, dass ich Oliver nicht frage, ob er mehr weiß, als das Wenige, das auf dem Zettel steht.
Wie ferngesteuert gehe ich zum Gemüseladen, kaufe eine Tüte Tomaten, esse eine davon und deponiere den Rest in meiner Tasche. »Kind, du brauchst Vitamine! Iss Tomaten, die muss man nicht kochen und die sind gut gegen freie Radikale!«, hat Renate immer gesagt. Der Gemüsemann wirkt auch wie paralysiert.
»Weißt du es schon?«, fragt er.
Ich nicke.
Mit dem Ärmel seines Pullis wischt er sich eine Träne aus dem Augenwinkel und sagt: »Ich habe gehört, sie sollte raus aus ihrem Laden, das hat ihr wohl den Rest gegeben. An gebrochenem Herzen kann man sterben.« Jetzt schluchzt er hemmungslos. Nach einem lauten Schniefer zeigt er auf mein Kleid: »Trotzdem, auch wenn das jetzt gerade gar nicht passt: Du siehst toll aus.«
»Danke!« Ich schlucke trocken. Mit aller Kraft versuche ich mich zu beherrschen und nicht auch loszuheulen.
Oliver ist mir gefolgt und starrt in die Gemüseauslage. Als würde das helfen.
Ich überlasse die beiden Männer ihrem Elend und gehe zum Bus.
Mechanisch steige ich ein und klammere mich an einer Haltestange fest, während ich mit meinen Tränen kämpfe. Alle Mitfahrer mustern mich von Kopf bis Fuß, das fühle ich. Für Menschen in nervlich angespannten Situationen, die zudem noch überdeutlich festlich aufgerüscht sind, ist der ÖPNV vielleicht nicht die ideale Fortbewegungsmöglichkeit. Das hätte ich mir ja auch vor dem Einsteigen

überlegen können, wenn ich emotional dazu in der Lage gewesen wäre, überhaupt einen klaren Gedanken zu fassen. Immerhin ist im Bus eine gewisse Anonymität gewahrt, niemand spricht mich an, und ich balle den Schmerz über Renates Tod zu einer festen Kugel zusammen, die mir beim Hinunterschlucken fast im Hals stecken bleibt. Ich darf da jetzt einfach nicht drüber nachdenken.

In der Redaktion angekommen, habe ich den Eindruck, dass ich direkt im Vogelpark Walsrode gelandet bin. Die Moderedakteurinnen tragen das prächtigste Gefieder, sogar echte Federn. Ich wirke, obwohl in Orange, eher wie eine Amsel. Ein Goldfisch im Koi-Teich. Eine der Mode-Assistentinnen fällt mir besonders auf, denn sie sieht ein wenig aus wie Jan, allerdings in einer Mikro-Version eines Pyjamas. Scheint wirklich ein neuer Trend zu sein. Clark lässt die Glamour-Girls an seinem Büro vorbeidefilieren und nickt anerkennend. Zur Feier des Tages hat er heute feuerrote Cowboystiefel angezogen. Beim Blick durch die Tür des Chefzimmers sehe ich, dass da noch ein zweites Paar Cowboystiefel auf dem Schreibtisch liegt – darin steckt Matthias Dört. Darf der etwa auch mit auf das Boot? Ich überlege kurz, ob ich Clark fragen soll, ob ich noch jemanden mitbringen könnte. Für Alex wäre das wohl doch die richtige Veranstaltung.

»Wer kommt denn nachher alles?«, frage ich Maria. Die blättert in der Gästeliste und stöhnt. »Anzeigenkunden, Promis, die Redaktion natürlich, selbst Gerlinde ist eingeladen.«

»Wer weiß, wen die wieder anschleppt. Hoffentlich keinen fetten Techno-Produzenten. Ich musste eh schon von der

Barkasse auf einen Raddampfer umbuchen. Die Barkasse wäre wegen Überlast glatt abgesoffen.« Marias Telefon klingelt, ich winke ihr noch kurz zu und gehe dann in mein Büro und mache mich rasch an die Arbeit. Vielleicht sollte ich Alex doch noch schnell Bescheid sagen und ihn mitnehmen?

Clark ruft mich zu sich. »Dem Dört hat das Interview auch sehr gefallen«, sagt er und grinst dabei. »Na ja, hat er ja auch gemacht.« Er grinst noch breiter. Hat er schon was getrunken? Oder ist das diese Männerkumpelei, die ihn so bescheuert werden lässt? Ich sehe mich um. Dört ist nicht mehr da. Aber seine schleimige Aura klebt noch im Raum.

»Wow! Du siehst steil aus!«, grinst Clark. Ach so. Wahrscheinlich hat sich das Grinsen die ganze Zeit nur auf mein Outfit bezogen. Ich sehe aus wie ein ganz normaler Mensch. Nur besser, den vielen »Wows« nach zu urteilen.

»Ich hab mich übrigens schlappgelacht«, stellt Clark fest und wedelt mit ein paar Blättern Papier. »Dein Pornokaraoke-Text ist echt ein Brüller!«

»Danke«, antworte ich.

»Leider passt er so überhaupt nicht ins Heft. Weißt du, ich stelle mir eine etwas elegantere Aufmachung vor, dieser merkwürdige Sexteil soll etwas verruchter werden. Da passt nichts Komisches rein. Tja, tut mir leid.« Er lässt die Blätter mit dem Text in den Papierkorb fallen. »Immerhin hattest du einen amüsanten Abend.«

Wie jetzt? Er wirft meinen Text weg? Ich hatte einen amüsanten Abend? Das stimmt doch gar nicht! Ich habe meine Beziehung dafür riskiert, den Menschen brüskiert, der mir am liebsten ist. Okay, es war meine Schuld, dass ich Alex

mitgenommen habe, aber ohne diesen Reportageauftrag wäre ich doch niemals zum Pornokaraoke gegangen!
»Was wäre denn verrucht genug?«, frage ich schneidend. »Wenn die Frauen in den Pornos solche Lackpumps tragen?« Ich zeige auf eines seiner »Kunstwerke« an den Bürowänden. Dann gehe ich wortlos aus dem Zimmer. Auf der Wendeltreppe muss ich mich festklammern, um nicht vor Wut den Halt zu verlieren. Meine Fingerknöchel sind schon ganz weiß, so hart ist mein Griff, es würde mich nicht wundern, wenn das Holz des Geländers darunter zersplittert. Clark hält mich wohl für eine Lachnummer.
Ich schnappe mir meine Tasche und spiele kurz mit dem Gedanken, nicht in den roten Doppeldeckerbus zu steigen, der schon vor dem Verlagsgebäude bereitsteht, um die Ancilla-Redaktion zu den Landungsbrücken zu bringen. Doch wahrscheinlich bin ich zu pflichtbewusst und diszipliniert, um diesen Gedanken auch nur eine Sekunde länger zu verfolgen.
Im Bus warnt der Fahrer diejenigen, die auf dem Oberdeck sitzen, davor, während der Fahrt aufzustehen. »Die Äste hängen hier so tief, Sie sind dann ruckzuck einen Kopf kürzer.« Clark plaudert mit Dört, vielleicht sind beide so abgelenkt, dass sie die Warnung überhört haben. Aber Clark ist eh zu klein, er ragt wahrscheinlich gar nicht über die Oberkante des Busses hinweg. Es ist also für einen Ast wohl nicht möglich, ihn zu massakrieren. Selbst wenn der Baum hinreichend moralisches Empfinden hätte.
Mein Telefon klingelt. Hmpf-hmpf-hmpf-iiiiiik macht es, wenn man es genau nimmt. Warum kann nicht einmal der von mir gewählte dezente Klingelton leise vor sich hin klingeln?
Wahrscheinlich ist das Alex. Ich gehe nicht ran. Hier im

Bus habe ich keinerlei Privatsphäre und ich will wirklich nicht, dass der Rest der Redaktion inklusive Dumpfbacke Dört mithört, was ich mit meinem Liebsten zu besprechen habe. Ich kann ja später zurückrufen, so dringend wird es wohl nicht sein.

Das Schiff, das Maria in Clarks Auftrag gebucht hat, sieht aus, als hätte es sich verlaufen. Es ist ein Schaufelraddampfer, der wohl nur kurz in Hamburg haltgemacht hat, um nach dem Weg zum Mississippi zu fragen. Anders kann ich mir das nicht erklären. Der Dampfer wirkt so deplaziert wie Clark in Lackpumps. Mousse au Chocolat zum Labskaus. Ein Hängebauchschwein als Haustier. Also – irgendwie schon wieder vorstellbar, aber ziemlich gaga.
Es ist auf jeden Fall nicht »völlig authentisch und diesseitig«, wie eine Kollegin gerade von Matthias Dört schwärmt.
»Ich finde ihn ja eher jenseitig«, lästere ich, allerdings so leise, dass sie es nicht hören. Ich meine: Was soll ich mit Frauen reden, die einen derart verirrten Geschmack haben und sich noch nicht mal Mühe geben, den zu kaschieren?
Mein Telefon klingelt schon wieder, auch geschmacksverirrt: Ufftata-uftatta-ratatata, dazu eine Art Trillerpfeife.
Es ist Alex. »Na, hat deine langweilige Veranstaltung schon angefangen?«, nölt er.
»Hm«, murmele ich.
»Gerlinde sagte mir, die Veranstaltung sei gar nicht so langweilig, und sie hätte eigentlich erwartet, mich dort zu treffen.«
»Dich?«
»Ja, sie betreut mein Projekt und ist davon ausgegangen, dass du mich mitnimmst. Das wäre so wichtig für mein Standing. Aber dir ist das ja egal. Du lässt mich hängen.«

»Nein, so ist das nicht …« Ich spüre, wie Gerlinde sich von hinten an mich ranschleicht. Sie hat so einen merkwürdig schlurfenden Gang.
»Na, wo ist denn unser kleiner Alex? Das *next upcoming thing?*«, schrillt sie.
»Ich muss auflegen«, flüstere ich ins Telefon.
»Nie tust du was für mich«, mault Alex noch, bevor ich die rote Taste drücken kann.
»Ich kann ja mal in meiner Handtasche nachschauen, vielleicht hat er sich da versteckt«, schlage ich Gerlinde vor und werfe mein Telefon in die Tasche. Ein wenig schuldig fühle ich mich schon, weil ich ihn nicht mitgenommen habe. Aber er hätte mir ja ruhig mal erzählen können, dass Gerlinde seine neuen Projekte promotet. Der Raddampfer legt ab, jetzt wäre es eh zu spät gewesen, Alex herzuholen. Soll er Gerlinde doch bei einer anderen Hafenrundfahrt treffen. Oder sie ihn zum Tretbootfahren einladen. Ich habe keine Lust, mich mit Gerlinde über Alex zu unterhalten – und schon gar nicht über die besondere Verbindung zwischen Alex und mir.
»Ich hole mir einen Champagner. Möchtest du auch einen?« Noch bevor sie antworten kann, gehe ich in den mit Parkett und rotem Teppich ausgelegten Innenraum. An den Sprossenfenstern hängen Raff- und Rüschengardinen. Das soll ein Schiff sein? Das sieht aus wie der Abklatsch eines Südstaaten-Landgasthauses. Und es ist so voll, dass ich mich fast durchdrängeln muss, um zur Champagner-Bar zu gelangen. Als ich endlich ein Glas in der Hand halte, sehe ich mich nach etwas Essbarem um. Nichts in Sicht. Doch, dahinten kommen Serviererinnen mit Tabletts aus einer Tür. Auf den Tabletts sind – ich kann es nicht genau erkennen, ich bin zu weit weg – diverse Winzigkeiten auf

verbogenen Löffeln. Doch kaum haben die Tabletts den Schutz der Kombüse verlassen, sind sie auch schon ratzfatz ratzeputz leer gegessen. Die Servierdamen kommen genau genommen nur ein bis drei Schritte voran, dann sind sie schon von einer gierigen Meute umzingelt.

Möglichst unauffällig stecke ich mir eine Kirschtomate aus meiner Tasche in den Mund. Es darf keiner mitbekommen, dass ich Nahrungsmittel dabeihabe, sonst werfen die sich noch auf mich. Nur die Moderedakteurinnen nicht, die essen nämlich nicht, zumindest nicht, wenn jemand zusieht. Sie haben sich um Clark geschart, der auf dem Oberdeck Hof hält. Ich stelle mich einfach dazu. Sie lästern über die bunten Häuser der Hafenstraße.

»Was für eine Verschwendung«, sagt eine der Damen. »Diese Lage! Das wissen diese unkultivierten Hausbesetzer doch gar nicht zu schätzen.«

»Man hätte so wunderbare Terrassenhäuser dort bauen können, großzügig und lichtdurchflutet. Das hätte den ganzen Stadtteil aufgewertet.«

Unglaublich, was die für einen Schrott von sich geben.

»Aber so – na ja, St. Pauli ist doch so langsam im Kommen. Dieser *shabby chic*, das hat auch was«, bemerkt eine andere.

»Nur, wenn man selbst vom Penthouse draufgucken kann«, kichert die Nächste.

»Da gibt es doch bestimmt Kakerlaken«, mutmaßt die Erste und deutet mit ihrem Glas wieder auf die Häuser. Es ist nicht ganz klar, ob sie damit das Ungeziefer oder die Bewohner meint. »Auf jeden Fall: Diese Farben sind so etwas von geschmacklos.« Sie nimmt einen großen Schluck Champagner. »Einfach plattmachen!«

Was? Ich muss an die Farben in meiner Wohnung denken. High Society, Drachensaatrot, Ballsaal. Natürlich sind die schön, schöner als die grellen Wandmalereien der Hafenstraße. Aber: Wer entscheidet eigentlich, was schön ist? Wer hat das Recht, den Geschmack der anderen zu dominieren? Das mag ja der Job der Modenattern sein, doch sie käuen ja auch bloß wieder, was die PR-Armada der Modedesigner ihnen anträgt.
Ich sehe mir die Häuserzeile noch mal an, die bunt bemalten Gebäude leuchten in der Sonne wie eine Blumenwiese. Eine etwas ungepflegte Blumenwiese, aber mit eigenem Charakter.
Leicht angewidert nehme ich räumlich Abstand von den champagnerbeduselten Lästersnobs. Die sind ja so was von … sozial unverträglich.
Ich bin über mich selbst überrascht. Sozial unverträglich? So habe ich doch sonst nie gedacht. Ich fühle mich geradezu melancholisch und muss an unser Haus denken. UNSER Haus! MEIN Haus! Mein ZUHAUSE! Die da, also meine Kolleginnen, würden es glatt niederreißen, wenn sie könnten, wahrscheinlich mit ihren bloßen – natürlich manikürten – Händen.
Mein Telefon klingelt schon wieder, diesmal erstaunlicherweise in dem von mir gewählten Klingelton. Ich ziehe es zwischen den restlichen Kirschtomaten hervor, vergrößere den Diskretionsabstand zu meinen Kolleginnen und gucke auf das Display. Es ist nicht Alex. Es ist auch nicht meine Mutter. Es ist eine mir unbekannte Nummer. Ich gehe ran und verstehe erst gar nicht, wer dran ist. Dabei kommt mir die Frauenstimme sehr bekannt vor.
»Du musst sofort kommen! Die ganze Straße ist voller Bagger und Bulldozer! Die wollen das Haus abreißen«, schnarrt

die Stimme, die ich nach einigem Nachdenken als die von Erna identifiziere. Meine sonst so coole Nachbarin scheint ein Nervenbündel zu sein.
»Hallo, Erna, beruhige dich doch erst mal. Was ist denn los?«
»Die haben schweres Gerät aufgefahren. Die wollen alles abreißen. Und niemand sonst ist da. Was soll ich denn tun?«
»Das ist doch bestimmt der genehmigte Abriss nebenan. Das wussten wir doch«, versuche ich sie zu beruhigen. »Dafür stellen die nur schon mal ihren Maschinenpark auf.«
»Glaub ich nicht!«, beharrt sie. »Der Abriss sollte doch erst nächste Woche sein. Das ist ein Rollkommando. Das ist ernst!«
»Wieso ist denn niemand sonst da?«, frage ich.
»Keine Ahnung«, schnarrt Erna. »Katrin, kannst du bitte, bitte, bitte kommen? Sofort!« Dann legt sie auf. Legt einfach auf. Die Frau hat Nerven.
Ich versuche, Jan zu erreichen, doch nur die Mailbox meldet sich.
Dann klingelt es wieder.
»Sie reißen das Haus ab!«, schreit Erna, während hinter ihr ein gewaltiges Rumsen und Donnern zu hören ist.
»Unser Haus?«, frage ich so gefasst wie möglich zurück, denke dabei aber: Quatsch. Sie ist doch drinnen, in ihrer Wohnung, und niemand würde ein Haus abreißen, in dem sich Menschen befinden. Obwohl: So sicher bin ich mir da nicht.
»Nein, drei Häuser weiter, am Ende der Straße«, kreischt Erna. »Aber die werden weitermachen! Die fressen sich einfach weiter durch! Wie Heuschrecken, wie Motten!

Die sind nie satt, die machen immer weiter, bis sie die ganze Häuserzeile abgerissen haben! Ich habe Angst! Du musst sofort kommen!« Ihre sonst so coole, rauhe Whiskystimme klingt gar nicht mehr wie tiefergelegt, sondern überschlägt sich fast.

Dann gibt mein Akku auf.

22. Kapitel

Plötzlich kommt mir das alles hier auf dem Schiff so lächerlich vor. Diese aufgetakelten Leute – mich eingeschlossen –, die andere aufgetakelte Leute so »diesseitig und authentisch« finden. Was soll das überhaupt heißen? Was ist daran authentisch, auf einem Mississippi-Raddampfer auf der Elbe entlangzutuckern, den Verkauf von Hochglanzmagazinen zu feiern und sich dabei selbst zu beweihräuchern?

Okay, ich wollte den Job. Ich habe ihn mir immer erträumt. Wollte Teil sein dieser Glitzerwelt. Ich wollte es genießen – und genau das gelingt mir jetzt nicht mehr. Ich versuche, mich zu entspannen, und atme ein paar Mal kurz durch, aber meine Gedanken gehen wieder zum Haus.

Die Kolleginnen lästern weiter über die Hafenstraßen-Häuser, Symbol einer erfolgreichen Hausbesetzung, des gelungenen Widerstands gegen Spekulanten.

»Die hätte man damals einfach abreißen sollen, diese hässlichen verfallenen Dinger. Und dann diese Schmierereien! Ist ja grauenhaft! Diesen Leuten fehlt jegliches Gefühl für Stil und Ästhetik.«

Wie komme ich bloß hier weg?

Ich kämpfe mich bis zum Kapitän durch.

»Könnten Sie mal kurz anlegen?«, bitte ich ihn. »Ein Notfall!«

»Was für ein Notfall?«, fragt er zurück und greift sich besorgt an die höchst offiziell aussehende Mütze. »Mann über Bord?«
»Äh, nein«, antworte ich irritiert.
»Jemand ernsthaft erkrankt?«, forscht er weiter.
»Nein, eher ein häuslicher Notfall. Ich muss schnell aussteigen.«
»Hast du dein Bügeleisen angelassen oder was? Nee, mien Deern, da musst du schon warten, bis der Törn zu Ende ist. Ich kann hier nicht einfach irgendwo festmachen, da braucht man eine Genehmigung für, das muss ich doch anmelden. In zwei, drei Stunden sind wir wieder im Hafen, so lange musst du noch Geduld haben.«
Er schiebt mich beiseite und widmet sich wieder seinen höchst offiziellen Kapitänstätigkeiten: aufs Wasser starren und Knöpfe drücken.
Ich drängele mich wieder an die Reling, eingekeilt zwischen den Modenattern und Beauty-Biestern und suche nach einer Lösung.
Man muss auch mal ins kalte Wasser springen. Das ist mein Lebensmotto. Und das könnte ich ja mal ganz konkret hier anwenden. Brrr. Damit habe ich doch nie echtes Wasser gemeint, und schon gar nicht dieses versiffte Elbwasser.
Das Schiff tuckert an den mit Bastmatten umzäunten Beach-Clubs beim Dockland vorbei. Die sind so abgeschottet, da käme ich ja gar nicht an Land.
Ich denke an die aufgeregte Erna. Die hat viel Gefühl für Stil und Ästhetik, ich denke da an diese putzigen Pantöffelchen, in denen sie immer herumläuft. Aber anscheinend hat sie leider gerade keine guten Nerven.
Auch Jan und Heidi haben Gefühl für Stil und Ästhetik, nur eben einen anderen Geschmack. Selbst Günne und

die Hansens – nun, nein, vielleicht doch nicht. Aber das ist doch völlig egal!
Was soll denn dieses dämliche Geschwätz von den sozial unverträglichen Zimtzicken, die eben noch bloß meine Kolleginnen waren? Das ist so was von oberflächlich!
Nicht, dass ich mich darüber wundere. Oberfläche ist das, was wir produzieren, das, was uns verbindet: Ancilla. Das Oberflächlichste vom Oberflächlichen. Spiegelglatt und wirklich nichts dahinter. Dagegen hat ein Floß noch Tiefgang.
Daran gibt es auch gar nichts auszusetzen. Ein Hochglanzmagazin ist nun mal auf angenehmste Art und Weise banal, das muss so sein. Aber man darf das doch nicht so ernst nehmen und seine ganze Weltsicht danach ausrichten. So Ancilla-zentristisch, mit Clark als Sonnengott. Nicht so – wie ich es tue. Getan habe. Bis eben zu diesem Augenblick.
Das Schiff fährt gerade an der »Strandperle«, dem wunderbarsten Kiosk Hamburgs, vorbei. Am Elbstrand ist viel los. In kleinen Grüppchen hocken die Menschen am Strand, graben ihre Füße in den Sand, trinken Bier. Hunde holen Stöckchen aus dem Wasser, da hinten spielt einer Gitarre. Ein Mann, kein Hund.
Ich starre ins Elbwasser. Das sieht nicht nur kalt aus, sondern vor allem dreckig. Wer weiß, wo das herkommt und was da alles drin herumschwimmt. Fische mit drei Köpfen, vor Jahrzehnten ertrunkene und von Schiffsschrauben zerkleinerte Taucher, Lack- und Lösungsmittelreste aus den Docks der Werften …
Ach was. Soll doch inzwischen ganz gut sein, das Elbwasser. Ich kann ja auch den Mund zumachen.
Ich stehe direkt an der Reling auf dem unteren Balkon. Es

ist nicht weit ins Wasser. Vom Wasser aus ist es nicht weit bis an den Strand. Und vom Strand aus nicht weit nach Hause. Die paar Kilometer werde ich wohl barfuß schaffen. Ich drehe mich zu Clarks Assistentin um, die gerade mit einem Anzeigenkunden plaudert.

»Maria, könntest du bitte auf meine Tasche aufpassen?«, frage ich.

»Klar doch«, antwortet Maria. Zum Glück stellt sie keine Fragen.

Ich drängele mich noch einmal zur Bar durch und hole mir ein Glas Champagner. Zu Testzwecken. Ein Containerschiff fährt an uns vorbei. Ich werde abwarten müssen, bis keine Schiffe in der Nähe sind, sonst wird es zu gefährlich. Wieder an der Reling, trinke ich das Glas in einem Zug aus. Das ist gar nicht so leicht bei Champagner, diese kleinen Prickelperlen sind so widerspenstig, abgestanden müsste es leichter gehen, aber die Zeit habe ich jetzt nicht. Ich will nach Hause. Jetzt und sofort.

Hätte ich noch mal eben auf die Toilette gehen sollen? Wahrscheinlich ist die Schlange auf diesem überfüllten Kahn lang. Und angesichts des brackigen Elbwassers – na, da ist das wohl auch egal.

Probeweise lasse ich das Glas ins Wasser fallen. Ich achte sehr genau darauf, dass es auch wirklich ins Wasser fällt und nicht zwischendurch irgendwo zerschellt. Das klappt, es sind keine Hindernisse im Weg, die die Flugbahn beeinträchtigen. Einfach runterspringen würde bei mir also auch funktionieren. Etwas weiter hinter mir an Deck ist man nicht so sorgfältig mit dem Geschirr. Ich höre es klirren, meine Nerven beginnen zu flattern.

Schnell raus aus den High Heels. Jetzt kommt gerade kein anderes Schiff. Ich klettere fix über die Reling, bevor mich

jemand aufhalten kann. Das fehlte mir noch, irgendein selbsternannter Held, der in die Fußstapfen von Leo DiCaprio treten will. Bin ganz froh, dass ich Alex nicht mitgenommen habe. Er hätte mich davon abhalten können.
Das Kleid kann man waschen, denke ich, halte mir die Nase zu und springe.
Bahhh, ist das kalt! Widerlich!
Ich gehe unter. Es ist, als würde die Elbe mich klamm umarmen.
Was nun, denke ich.
Glaubst du, du könntest hier einfach so reinspringen, dich einkuscheln, nur weil dir das Leben zu viel wird? He, streng dich an! Tu was!, murmelt eine Stimme mir zu.
Wer spricht da?
Die Elbe, was hast du denn gedacht?
Äh …
Hast wohl noch nie »Draußen vor der Tür« gelesen, was? Ich bin noch immer nicht romantisch, auch wenn ich nicht mehr so stinke. Wer hier einfach so ins Wasser hüpft, bekommt es mit mir zu tun. Jetzt los, mach schon, damit du dein Leben nicht verpasst!
Okay. Die Elbe.
Jetzt losschwimmen, schnell vom Schiff weg, schnell ans Ufer. Meine Arme und Beine schieben das Elbwasser beiseite, es fühlt sich sehr, sehr, sehr authentisch und diesseitig an. Ein bisschen zu authentisch, aber da muss ich durch. Ich bin ins kalte Wasser gesprungen.
Schwimmen ist anstrengender, als ich es in Erinnerung hatte. Das kostet richtig Kraft. Die habe ich. Ich bin keine gute Technikerin, mein Schwimmstil ist ziemlich schräg, aber ich bin zäh.
Hinter mir auf dem Schiff kreischen meine Kolleginnen.

Ich verstehe nicht, was sie rufen, ich würde auch nicht darauf hören. »Komm zurück!« wird es wohl kaum sein.
So habe ich wenigstens etwas Schwung in die Party gebracht, da haben sie mal was, worüber sie reden können. Das ist doch bestimmt das Spektakulärste, was sie seit langem erlebt haben, abgesehen vielleicht von der Präsentation des neuen Sommerduftes eines hochkarätigen Designers.
Doch gleich werden sie sich wieder ihren bewährten Themen aus dem Reich des schönen Scheins zuwenden. So nachhaltigen Unterhaltungswert hat ein Sprung in die Elbe auch wieder nicht. Zumal ich noch nicht mal einen eleganten Kopfsprung geboten habe. Es war eher so eine Art Bauchklatscher.
Der Strand kommt näher. Die Menschen dort erwarten mich. Einige sind aufgestanden, um besser sehen zu können. Sie gestikulieren, manche recken den Daumen hoch. Das Wasser wird flacher, ich kann mich hinstellen. Ganz langsam entsteige ich den Fluten, mein Kleid klebt mir am Leib. Wie das aussieht, ist mir egal, aber so schlimm kann es nicht sein, denn die Leute applaudieren, als ich den Strand betrete.
»Die Party war schrecklich langweilig, nicht zum Aushalten«, behaupte ich, um meine Aktion in der Öffentlichkeit zu rechtfertigen.
Und da ist plötzlich auch wieder Oliver. Wo kommt der denn her? Hat der mich auf seinem Radar?
Er kommt mir mit einer Decke entgegen, die er mir umhängt. Gute Idee, denke ich, mir ist wirklich kalt geworden. Leider ist die Decke total sandig. Trotzdem weiß ich diese wohl gutgemeinte Geste einen Moment lang zu schätzen. Dann gebe ich ihm die Decke zurück, versuche

vergeblich, den Sand von meinem nassen Kleid und meiner nassen Haut abzustreifen und sage: »Ich muss nach Hause. Wie komme ich am schnellsten nach St. Pauli?«
»Da oben ist eine Bushaltestelle.« Oliver deutet den Elbhang hinauf Richtung Elbchaussee.
»Danke!« Ich stapfe durch den Sand davon.
»Hast du Geld?«, ruft er mir hinterher. Will er jetzt etwa eine Belohnung dafür, dass er mich mit seiner kratzigen Decke vollgekrümelt hat?
»Nein«, antworte ich.
»Brauchst du aber für den Bus. So wie du aussiehst, wirst du bestimmt kontrolliert.«
»Nur weil ich nass bin und keine Schuhe anhabe? Das ist ja Diskriminierung!«, behaupte ich.
»Hier.« Oliver zieht eine Handvoll Kleingeld aus der Hosentasche und hält es mir hin. Ich nehme die Münzen.
»Danke.«
Es sieht so aus, als wollte er noch was sagen, aber ich kann hier nicht noch mehr Zeit vertrödeln. Ich drehe mich kurz um und sehe nach dem Raddampfer. Der ist inzwischen ein ganzes Stück die Elbe runtergetuckert. Die Party geht weiter – ohne mich.
Ich muss nach Hause.

Als ich in die Straße einbiege, sehe ich Erna schon aufgeregt vor einem provisorisch errichteten Bauzaun hin und her flattern wie ein kleines Vögelchen. Dahinter stiebt eine Staubwolke atompilzartig in die Höhe, nur mühsam von einem Wasserstrahl aus einem Schlauch in Schach gehalten. Die Geräuchkulisse gleicht der eines Terminator-Films; wie wildgewordene Roboter fressen sich Baggerzähne durch die Hauswände. Als sich die Wolke verzieht, sehe ich, dass das Haus, dessen Abriss genehmigt wurde, inzwischen fast nur noch ein Schutthaufen ist. Wie eine riesige Zahnlücke sieht das Loch aus, nur noch ein abgeschliffener Stummel darin.

»Es ist eine Schande«, schnarrt Erna.

Immer mehr Menschen bleiben stehen.

»Cooler Bagger«, freut sich ein kleiner Junge.

Ich lege meinen Arm um Erna.

»Die müssen doch jetzt mal aufhören«, murrt sie. »Ist doch schon alles kaputt.«

Immerhin scheint sie sich langsam wieder zu beruhigen. So auch die Bagger. Das Abrissgetöse ebbt ab. Einen Moment ist es fast ganz ruhig, das ist selten auf St. Pauli.

Dann kracht es.

Die Seitenwand des Wohngebäudes neben dem Abrisshaus bricht zusammen. Ganz schnell, als hätte jemand daran gezogen. Vor Schreck machen wir einen Satz zurück. Als sich der Staub legt, können wir in die geräumten Wohnungen hineinsehen. Tapeten an den Wänden, Farben. Ein rotes Zimmer, ein mattgrünes. Das da muss ein Kinderzimmer sein, mit einem großen Elefanten an der Wand, dem jetzt der Rüssel fehlt. Wie ein Puppenhaus, bereit zum Spielen.

»Erna, hast du ein Telefon dabei?«, frage ich alarmiert.

Aus den Tiefen ihres Kimonos zieht sie einen beachtlichen Knochen. Ihr kabelloses Festnetzgerät.

Damit kann ich keine Nummern googeln. Und ich bezweifle, dass Erna die Durchwahlen der Hamburger Behörden gespeichert hat. Deshalb wende ich mich an eine junge Frau mit roten Rastazöpfen, die den Abriss mit ihrem Smartphone fotografiert, und bitte sie, mir die Nummer der Baubehörde rauszusuchen.

Da geht keiner ran. Beim Bezirksamt auch nicht. Doch. Da nimmt jemand ab, eine Frauenstimme. Die Bagger haben wieder angesetzt, sie ist kaum zu verstehen.
»Hier wird ein Haus abgerissen, dabei ist die Wand eines Nachbarhauses eingestürzt«, brülle ich ins Telefon, dazu unsere Adresse.
Ob ich es am Montag noch mal versuchen könnte, es sei Freitag, niemand sei mehr da, ein schönes Wochenende noch. Sie legt auf.
Die Bagger beginnen, sich ins Nachbarhaus zu fressen. Eindeutig nicht genehmigt. Erna rüttelt wie wild am Zaun und schreit den Bauarbeitern schlimmste Beleidigungen zu, die im Dröhnen der Motoren und im Krachen von Mauerwerk untergehen. Ein zuständiger Baustellenleiter ist nicht zu entdecken. Niemand, der Kommandos gibt, das Ganze zentral steuert. Es ist, als würden sich die Maschinen in einen Fressrausch hineinsteigern.
Man sieht schon das Treppenhaus. Ein wunderschönes, fein geschwungenes Treppenhaus. Bleiverglasung in den Fenstern.
Hatte unser Nachbar nicht gesagt, dass es auf einer Denkmalschutzliste steht? Das Denkmalschutzamt also, die müssen kommen. Aber auch da meldet sich niemand. Der Name des zuständigen Beamten? Die Rothaarige googelt ihn. Ich würde gerne tief durchatmen, um mich noch weiter zu sammeln. Es ist ein merkwürdiges Gefühl: Mein Puls rast zwar, aber ich bin hundertprozentig da, konzentriert, organisiert, klar.
Dort, hinter dem Zaun, hinter den Bulldozern, da steht doch ein Typ rum. Mit Helm. Der gehört dazu. Ich finde eine Lücke in der hohen Metalldrahtabsperrung und quetsche mich durch. Barfuß balanciere ich durch den Schutt,

schürfe mir einen Knöchel auf. Der Typ mit Helm – und Klemmbrett – sieht mich von seiner erhöhten Position aus spöttisch an.
»Stopp!«, rufe ich, lächerlich mit piepsiger Stimme, die gegen das Lärminferno nicht ankommt.
»Verschwinden Sie lieber, bevor Ihnen noch ein Stein auf den Kopf fällt«, droht mir der Typ.
»Ich rufe die Baubehörde«, drohe ich zurück.
»Ist schon da«, behauptet der Typ.
Kann das sein?
Ich sehe zum Zaun, wo Erna hüpft und die Rothaarige ihr Mobiltelefon schwenkt.
»Wir haben ihn gefunden«, brüllt Erna.
Ich arbeite mich wieder zu ihr hin, raus aus der Gefahrenzone.
»Das muss er sein, hier im Tennisclub, da auf Facebook und das könnte seine Privatnummer sein.«
Zum Glück machen die Bulldozer gerade wieder eine Pause. Warten wohl ab, bis der Rest von alleine runterkommt, denke ich bitter.
»Hier Jörgens«, meldet sich eine Frauenstimme. Falscher Name. Ich frage nach Herrn Greter vom Denkmalschutz.
»Ja, das ist mein Mann, einen Moment. Schatz, kannst du mal kommen.« Der letzte Satz galt nicht mir.
Herr Greter ist entsetzt, als ich ihm erzähle, was hier gerade vor sich geht, und verspricht, sofort zu kommen.
Die anderen Menschen um uns herum gaffen nur. Sie gaffen und schütteln die Köpfe. Machtlos, hilflos, neugierig, sensationslüstern, schockiert, unfähig, etwas zu tun. Es tut weh, mit ihnen einfach nur rumzustehen und abzuwarten.
Jan kommt, dann Heidi und Günne. Wir erklären ihnen, was passiert ist und auf wen wir warten.

»Warum hast du keine Schuhe an?«, fragt Jan.
»Das ist eine andere Geschichte«, wehre ich ab. Meinen Blick kann ich nicht von dem aufgerissenen Haus lösen. Es sieht aus, als würden seine Eingeweide bloßliegen, so verletzt.
Ein Mann im Tennisdress steigt aus einem Auto, das er nachlässig quer auf dem Gehweg geparkt hat. In der Hand hält er keinen Tennisschläger, sondern etwas, das wie ein Ausweis aussieht.
Das muss Herr Greter sein.
Ich winke ihm zu.
»Haben Sie mich angerufen?«, fragt er, wirft einen Blick auf das Schlachtfeld hinter dem Zaun und stöhnt, ohne meine Antwort abzuwarten: »Ach du Scheiße!«
»Sag ich doch«, sage ich.
»Vielleicht knöpfen Sie sich den da vor?«, ich zeige auf den behelmten Klemmbrett-Typen.
Herr Greter hechtet los. Superman in weißen Shorts. Mit Dienstausweis.
Bang sehen wir zu, wie er auf den Abrissleiter einredet, fuchtelt, stampft. Wie Rumpelstilzchen. Aber viel effektiver. Endlich stoppen die Bulldozer. Ein Stück Wand bricht noch von alleine raus, das Ohr des Elefanten. Ein Teil des Treppenhandlaufs splittert. Dann ist es still.
Herr Greter kommt wieder zu uns.
Ich antworte ihm auf seine zuvor gestellte Frage.
»Ja, ich hatte Sie angerufen. Mit Unterstützung meiner Nachbarn und anderer Helfer.« Ich sehe mich nach der Frau um, die die Nummer herausgefunden hatte, doch sie ist schon wieder weg.
»Anscheinend wohl zu spät. Es tut mir leid«, sage ich. Dann bekomme ich einen nervösen Hustenanfall.

»Danke«, antwortet Herr Greter, als ich mich endlich wieder beruhige. »Danke, dass Sie sich eingesetzt haben. Das machen nicht viele. Das Haus steht wirklich unter Denkmalschutz. Mal sehen, ob noch was zu retten ist. Und wer weiß, wie es weitergegangen wäre. Was die noch alles weggerissen hätten. Der Typ hat doch glatt behauptet, sie hätten es aus Sicherheitsgründen gemacht, weil die Statik nicht mehr gegeben sei.«

»Halunken. Dreiste Halunken«, knurrt Erna Richtung Zaun.

»Ja, da stimme ich Ihnen zu«, nickt Herr Greter und verabschiedet sich.

23. Kapitel

Als wir sicher sind, dass wirklich alle Maschinen stillstehen und die Arbeiter das Trümmerfeld verlassen haben, gehen wir rein.

Erna kocht Pfefferminztee und tröpfelt Jan, dessen Hände vor Aufregung zittern, ein wenig Baldrian hinein. Und gibt dann noch mal einen großen Schuss hinterher. Mich schickt sie zu ihrem Kleiderschrank, ich soll mir »was überziehen, damit ich mich nicht verkühle«. Wahrscheinlich will sie verhindern, dass ich mit meinem reichlich mitgenommenen, staubigen Kleid ihre Polstermöbel verunreinige. Hinter der Schranktür leuchten mir bestimmt dreißig Kimonos in allen Farben entgegen. Ich entscheide mich für einen pestogrünen mit Drachenmotiv auf dem Rücken und lege mein Kleid sorgfältig auf einen Stuhl. Fühlt sich gut an, der zarte, flatterige Stoff. Fast tanze ich zu den anderen in die gute Stube und plaziere mich neben meiner Gastgeberin auf dem Sofa.

»Renate ist tot«, sagt Erna gerade.

»Kann nicht sein«, erwidert Jan und springt vor Schreck auf. Der Baldrian scheint nicht zu wirken. Ich gebe mir auch etwas davon in den Tee. Ich hatte die schreckliche Nachricht schon wieder verdrängt.

»Ich hole uns erst mal einen Schnaps.« Erna steht wieder auf, öffnet eine Klappe in ihrer Schrankwand, hinter der

eine beleuchtete Hausbar zum Vorschein kommt. Sie zieht eine Flasche Korn heraus und schenkt ihn in fünf feinziselierte Gläschen ein.
»Einfach so«, sagt Erna. »Morgens nicht mehr aufgewacht. Einfach *dood bleven.*« Sie ist ins Plattdeutsche verfallen. Tot geblieben – der etwas irreführende Ausdruck für »gestorben«. Tot geblieben – als ob man hauptsächlich tot wäre und nur zwischendurch, wenn man sich aufrafft, ein bisschen lebt.
»Im Schlaf sterben, das ist doch ein schöner Tod«, sagt Günne verträumt. Erna sieht ihn an, als wollte sie ihm die Tasse aus der Hand schlagen.
»Es gibt keinen schönen Tod. Tod ist immer schrecklich«, knurrt sie und sieht sich um, als würde der Sensenmann in ihrem Wohnzimmer lauern und sie könnte ihm einen Tritt verpassen. Doch dann besinnt sie sich, greift zum Glas, hebt es hoch und sagt: »Renate, wir werden dich nie vergessen!«
Ich denke an Renate und dass sie stets gesagt hat, dass alles gut wird. Sie hat uns immer Mut gemacht, dass wir uns wehren und für das Haus einsetzen. »Auch aus Steinen, die einem in den Weg gelegt werden, kann man etwas Schönes bauen«, hat sie behauptet, angeblich ein Goethe-Zitat, aber ich glaube, in Wahrheit ist das von ihr. Sie hat uns versorgt und auf uns geachtet. Was soll ich denn jetzt ohne sie machen? Was soll ich essen?
Günne lässt sich auf einen der putzigen Cocktailsessel fallen und nestelt an einem der zahlreichen Spitzendeckchen herum.
»Da kann man wohl nichts mehr machen«, seufzt er.
Stimmt, denke ich. Tot ist tot und bleibt tot. Tot geblieben.
Erna schenkt noch eine Runde Korn ein.

Wir sitzen da wie versteinert. Ich spüre die Trauer in mir aufsteigen. Diesmal halte ich meine Tränen nicht zurück. Die erste kullert aus meinem rechten Auge, an der Nase entlang, bleibt an der Oberlippe hängen. Sie schmeckt salzig wie Renates Pesto. Dann folgen zwei aus dem linken Auge, sie schaffen es bis zum Kinn. Die nächsten finden keinen Halt mehr, sie fallen auf den Kimono. Ich habe das Gefühl, im Sofa und in den Tränen zu versinken, und schaue mich hilflos um. Auch Jan weint still vor sich hin, Heidi ebenso. Erna wischt sich mit dem Kimonoärmel übers Gesicht.

Ich denke an die vielen Male, die ich bei Renate eingekauft habe. An all ihre Lebensweisheiten. Jede einzelne versuche ich mir in Erinnerung zu rufen.

Wie soll ich auf sie verzichten können?

Erna verteilt eine Runde Taschentücher. Stumm schniefen wir hinein. Eine Schweigeviertelstunde, mindestens. Als hätte man uns in Gelatine gegossen. Der Tod macht uns ratlos, hilflos.

Irgendwann, nach einer Ewigkeit, durchbricht Erna die Stille.

»Immerhin steht das Haus noch«, wirft sie zweckoptimistisch in die Runde.

»Und wir sind hier alle zusammen«, meint Heidi tröstlich.

»Fast alle«, widerspricht Günne. Er sieht sich um.

»Wo sind eigentlich die Hansens?«, fragt Jan und reibt noch einmal mit seinem Taschentuch über die Wangen. »Mit Lady spazieren?«

»Ach was, der Köter ist in seinem ganzen Leben keine drei Schritte zu Fuß gelaufen«, lästert Erna, sichtlich froh über die Ablenkung. »Die anderen Biester, die sie davor hatte, übrigens auch nicht.«

»Aber die müssen doch gehört haben, was draußen los ist«, gibt Heidi zu bedenken. »Lasst uns mal nachsehen.«
Wir gehen ins Treppenhaus.

Ernas Blick fällt auf die Tür der Hansens. Die ist nur angelehnt.
Durch den kargen Flur folgen wir Erna in die ebenso spärlich ausgestattete Küche. Die Türen der Küchenschränke stehen offen, es ist nur noch wenig Geschirr da. Ansonsten deutet nichts darauf hin, dass die Mieter ausgezogen sind. Um einen wackeligen Resopaltisch herum stehen drei Plastikstühle, auf dem Tisch sitzt Lady. Die einst preisgekrönte Dackelhündin gibt keinen Laut von sich, sie knurrt noch nicht einmal. In ihrer Schnauze hält sie einen Brief. Ihre Augen sehen lebendiger aus als sonst, funkelnder, alles spricht dafür, dass sie ausgestopft ist. Erna tippelt furchtlos auf das steife Tier zu und fummelt den Umschlag zwischen den Dackelzähnen hervor.
Dann steht sie da, mit hängenden Armen, als wüsste sie, was in dem Brief steht.
»Machst du den denn noch auf?«, fragt Günne.
»Eine alte Frau ist kein D-Zug«, knurrt Erna. Sie lässt sich auf einen der Plastikstühle fallen und reißt den Umschlag auf. Dann liest sie vor:

Liebe Nachbarn,
wir haben die Abfindung des Vermieters angenommen und sind ausgezogen. Woanders wollen wir noch mal ganz von vorne anfangen. Wir hoffen, dass wir nicht schuld sind, wenn das Haus hier abgerissen wird, aber wir können nicht anders.
Fritz wollte immer schon mal mit einem Wohnmobil

durch das Land reisen, das war von jeher sein Lebenstraum. Den werde ich ihm nun erfüllen. Denn so ist das in einer Ehe: Man muss auch mal zurückstecken, damit beide glücklich werden können. Und wir wollen wieder glücklich werden.

»So ein verlogener Bockmist!« Erna zieht hörbar ihre Nase hoch.
»Steht das da?«, fragt Günne verwundert.
»Nein, das habe ich mir alles ausgedacht. Hör einfach zu«, herrscht Erna ihn an. Dann liest sie weiter:

Das ist unsere Chance auf ein ganz neues Leben.
Wir wünschen Euch viel Glück!
Eure Hildegard und Fritz Hansen

PS: Die Möbel werden abgeholt.

Wie rührend, denke ich, die wollen beide zusammen noch mal ganz neu anfangen. Das klingt so nach Hoffnung, nach zweitem Frühling und Verliebtheit. Aber gleichzeitig bin ich wütend: warum so heimlich? Warum haben sie uns nicht in ihre Pläne eingeweiht. Einfach so die Abfindung einstecken und sich aus dem Staub machen, das ist unfair.
»Das stimmt doch alles gar nicht. Die macht sich doch was vor!« Ernas Ton klingt scharf, aber sie hat Tränen in den Augen. Aus dem Ärmel ihres Kimonos zupft sie ein Taschentuch und putzt sich laut die Nase.
Günne tritt von einem Bein auf das andere, ihm ist die Situation sichtlich unangenehm. Lady starrt uns unverwandt an.
»Ich muss dann mal die Kneipe aufmachen. Ich probiere es

heute mit neuen Kaffeespezialitäten«, sagt Günne und verdrückt sich. Jan nutzt die Gelegenheit und geht gleich mit.
»Ich muss Blumen gießen«, entschuldigt sich Heidi. Erna und ich bleiben mit Lady zurück.
»Da ist noch ein Brief«, bemerke ich. Ich ziehe einen Umschlag unter Ladys ausgestopftem Popo hervor. »Der ist für dich.« Auf dem Umschlag steht »Erna«, ich gebe ihn ihr.
»Ich brauche erst mal einen Schnaps«, sagt sie, also haken wir uns unter.
»Was machen wir denn mit Lady?«, frage ich noch.
»Mitnehmen«, meint Erna, deshalb umfasse ich den starren kleinen Körper und trage ihn rüber zu Erna. Dort setze ich Lady auf einem mit Spitzendeckchen verzierten Beistelltisch ab.
Erna sinkt in einen der zierlichen Sessel, streicht mit den Händen über den altrosa Mohairbezug und öffnet dann den zweiten Brief.
»Was Dolles wird das auch nicht sein«, knurrt sie. Sie liest, steckt den Zettel wieder zurück in den Umschlag und schiebt diesen wieder unter Ladys Hinterteil.
»Geht es dir gut?«, frage ich besorgt.
»Ganz im Gegenteil.« Erna schnieft. »Meine große Liebe ist gerade abgehauen.«
»Was? Fritz Hansen?« Das erklärt so einiges.
»Ach was«, Erna macht eine wegwerfende Handbewegung. »Der olle Kartoffelsack. Ich rede von IHR!«
»Von Frau Hansen?«
»Hildegard«, seufzt Erna und trompetet laut in ihr Taschentuch. »Hildegard ist meine große Liebe.«
»Ich wusste ja gar nicht, dass du …«
»Du weißt so einiges nicht, Kindchen.«
Kindchen. So hat mich noch nie jemand genannt. Noch

nicht mal meine eigene Mutter. Es klingt komisch, wenn Erna das sagt. Gar nicht herablassend, sondern eher liebevoll. Ein würdevoller Auftakt zu einer großen Lebensbeichte.

»Sie war so schön! Wir sind zusammen zum Tanzen gegangen, ins ›Café Keese‹, als da noch ordentlich was los war. Damenwahl. Die Männer, die waren mir ja egal, ich hatte nur Augen für Hilde. So ein zartes Persönchen! Ein bisschen naiv war sie ja, es hat ganz schön lange gedauert, bis sie gemerkt hat, dass ich mehr sein will als nur ihre beste Freundin. Unter dem Bismarckdenkmal haben wir uns das erste Mal geküsst. Wir waren unzertrennlich. Wir haben sogar zusammen gearbeitet, bei Taue-und-Seile-Brockmeyer im Büro. Nach Feierabend sind wir dann bummeln gegangen am Jungfernstieg oder in Streit's Filmtheater. Wir mussten gar nicht viel sagen, ein Blick von ihr hat gereicht, und ich wusste, was sie denkt.

Doch eines Tages hat sie sich verlobt, mit diesem Trottel von Nachbarssohn: ›Erna, das gehört sich so! Man muss einen Mann finden und heiraten. So ist das richtig. Du bist trotzdem meine Freundin. Nur das andere, du weißt schon, das muss aufhören.‹« Erna schnieft. »Bumms – war sie verheiratet. Dabei ist sie doch meine große Liebe. MEINE! Sie sah aus wie ein Engel, als sie vor dem Altar stand. Als sie bei Brockmeyer aufgehört hat – ›Als Ehefrau muss ich nicht arbeiten‹, hat sie gesagt –, habe ich da auch gekündigt. Ich habe mir was Neues gesucht. Weggezogen bin ich aber nicht, und sie auch nicht. Aber dieses ganze Ehefrauengetue hat mich wahnsinnig gemacht. Fritz hier und Fritz da, dabei hatte sie nur Kummer mit dem ollen Muffkopp. Konnte es ihm nie recht machen, hat sich deshalb diese dämlichen Dackel angeschafft. Tschuldigung Lady, du kannst ja nichts dafür.« Erna wirft dem ausgestopften Hund einen leicht glasigen Blick zu. »›Such dir doch auch endlich einen Mann‹«, hat sie immer zu mir gesagt. »›Du wirst ja noch eine verbitterte alte Jungfer.‹ Nichts hat sie verstanden! Auch meinen neuen Job nicht, auf mir rumgehackt hat sie, nur weil ich als Domina gearbeitet habe. Aber das ist eine ganz andere Geschichte. Und weißt du, was das Schlimmste ist? Ich habe ihr das nie gesagt. Ich habe ihr nie gesagt, dass ich sie liebe.«

»Nie?«, frage ich verwundert. Ich bin ja auch nicht so sehr dafür, über Gefühle zu reden, aber bei der einen großen Liebe wäre es vielleicht angebracht gewesen.

»Nein, nie«, schluchzt Erna und trompetet wieder in ihr Taschentuch. »Ich habe immer auf den richtigen Moment gewartet. Aber der kam nie. Und nun ist sie weg!«

»Ich dachte immer, ihr könnt euch nicht leiden.«

»Im Gegenteil, Kindchen, jedenfalls was mich betrifft. Was sie angeht – ich weiß es nicht. Ich glaube, sie hat mich auch geliebt. Hat sich aber nicht getraut. Ach, hätte ich es ihr damals gesagt, wie sehr ich sie liebe, vielleicht wäre dann alles anders gekommen.«

»Vielleicht auch nicht«, sage ich.

»Doch, ganz sicher. Kindchen, wenn du jemanden liebst, dann sag ihm das. Warte nicht zu lange, sonst ist er weg.«

Alex, denke ich. Weiß Alex, dass ich ihn liebe? Ja, ich liebe ihn, ich bin mir in diesem Moment ganz sicher. Mir ist so wohlig warm zumute, als würde das Gefühl in meinem Inneren glühen, und gleichzeitig fühle ich mich ganz ausgeglichen. Auf die Idee, dass das am Baldrian in Kombination mit dem Schnaps liegen könnte, komme ich gar nicht. Ich denke nicht, ich fühle – Liebe. Ich muss es ihm sagen. Jetzt sofort.

Draußen steht Heidis Fahrrad, ich nehme es mir einfach. Schließlich habe ich ja noch immer keine Schuhe an, und das ist bei dem Scherbenaufkommen auf St. Pauli eigentlich unverantwortlich. Immerhin habe ich mich von Ernas Kimono getrennt und mein Kleid wieder angezogen. Schwungvoll umkurve ich eine volle Windel, einige leere Übertöpfe und ein paar Socken. Es ist wie schweben, ich fliege einfach über den Unrat der Welt hinweg zu einem höheren Ziel. Das blumengeschmückte Rad bringt mich zu Alex. Vor seiner Haustür lasse ich es stehen, heute glaube ich auch nicht an Schlösser, sondern nur an die Liebe.
Ganz zart drücke ich den Klingelknopf und ein wenig zu zart dann gegen die Tür, denn die geht nicht auf. Ich muss noch mal klingeln, beim zweiten Summen werfe ich mich mit voller Kraft dagegen und falle fast in den Flur. Es wäre einfacher, wenn ich einen Schlüssel hätte. Aber nichts überstürzen. Einen Schritt nach dem anderen.
»Ich liebe dich!«, rufe ich, kaum dass Alex die Tür zu seiner Wohnung geöffnet hat.
Das war der erste Schritt.
Alex zieht mich rasch in seine Wohnung, hektisch sieht er sich um, als hätte ich ein Staatsgeheimnis herausposaunt. Lauern im Treppenhaus feindliche Geheimagenten?
»Was brüllst du denn hier so rum? Was ist los?«
Wahrscheinlich hat er mich gar nicht verstanden, deshalb wiederhole ich meine Botschaft noch mal: »Ich liebe dich!«
Keine Reaktion auf seinem Gesicht. Er könnte mich wenigstens küssen. Noch nie habe ich das zu jemandem gesagt, aber das kann Alex ja nicht wissen. Das ist ja auch ein Satz, dessen Bedeutung sehr mächtig ist. Situationsbedingt vielleicht manchmal ein wenig abgeschwächt, zum Bei-

spiel wenn ihn ein Mann kurz vor dem Orgasmus herausstöhnt. Das kommt erfahrungsgemäß öfter vor, heißt aber nur so viel wie: Ich komme gleich, und wenn du auch gerne einen Orgasmus hättest, dann solltest du dich jetzt ganz fix beeilen, bevor es zu spät ist.

Alex hat sich inzwischen auf sein Bett fallen lassen, das schafft ein wenig räumliche Distanz zwischen uns.

»Ich bin gekommen, weil ich dir sagen wollte, dass ich dich liebe. Mir ist klargeworden: Du bist der Mann meines Lebens. Ich will immer mit dir zusammen sein.« Oh mein Gott, ich klinge, als würde ich vor laufenden TV-Kameras einen einstudierten Antrag machen. Ich muss ein bisschen zurückrudern: »Außer, wenn du oder ich gerade arbeiten, natürlich.« So, schon besser. Aber jetzt wieder nach vorne, geradeheraus, zum Kern der Sache: »Du bist perfekt für mich. Du bringst mich zum Lachen. Du machst mich scharf. Ich will eine tiefe, innige, wahre Beziehung. Ich will nicht mehr so cool sein.«

Alex lehnt sich zurück und verschränkt die Arme hinter dem Kopf. Wahrscheinlich muss er darüber nachdenken, was ich gesagt habe, um eine entsprechend wahre, tiefe und innige Antwort zu finden. Ein Kuss würde mir ja schon reichen, doch wenn er seine tiefe emotionale Aufgewühltheit in Worte fassen möchte, soll mir das auch recht sein. Dieser Moment ist so klar, so rein, so wichtig.

Das Problem ist nur: Man ist nicht vorbereitet auf die Reaktion, die eine solche Offenbarung provoziert. Zumindest nicht auf eine, die von dem, was man aus einschlägigen Hollywoodfilmen kennt, abweicht.

Alex sagt immer noch nichts, kommt nicht näher und sieht ein wenig angespannt aus. Ein Hauch von Ablehnung liegt in seinem Blick. Ich komme mir mittlerweile so

vor, als hätte ich einem Tierhaarallergiker eine Katze in die Hand gedrückt. Oder einem Vegetarier eine Schlachtplatte vorgesetzt. Aber ich kann nicht anders und packe noch ein Eisbein drauf: »Ich liebe dich wirklich.«
Das Telefon klingelt. Alex wartet, bis der Anrufbeantworter anspringt.
»Hallo, Alex«, piepst eine aufgeregte Mädchenstimme, »das war schön mit dir. Rufst du mich zurück? Bitte, bitte, bitte!«
Ach ja, der ist schon gefragt, der Alex. Natürlich bin ich nicht die Einzige, die sich für ihn interessiert. Aber uns verbindet etwas ganz Besonderes. Eine tiefe Nähe.
Leider ist davon gerade nichts zu spüren.
Der Mann meines Lebens dreht den Kopf sanft von links nach rechts und wieder zurück. Wenn er es schneller tun würde, könnte das ein Kopfschütteln sein.
Jetzt wird er doch wohl gleich etwas dazu sagen. Mich anlächeln. Mich zu sich auf das Bett ziehen, mich küssen, mich entkleiden, was auch immer, alles ist besser als dieses Schweigen.
Doch das denke ich nur bis zu dem Moment, in dem er den Mund aufmacht und sagt: »Das war's dann wohl mit uns.«
Wie meint er das? Ah, ja: Unsere lockere, unverbindliche Affäre ist vorbei, sie wird ersetzt durch eine tiefe, innige Beziehung. Wir begegnen uns auf einer ganz neuen Ebene. So wird er das gemeint haben. Trotzdem frage ich noch mal nach: »Wie meinst du das?«
»Es ist aus. Vorbei.«
Das ist ein Witz. Das kann nicht anders gemeint sein. Klar, die Situation ist ja auch absurd: ich in meiner emotionalen Aufgewühltheit, dann diese TV-reife Liebeserklärung. Das fordert ja geradezu solche Scherze heraus. Und irgendwie

ist das vielleicht ja auch komisch, was er da sagt. Was mag ich noch mal so an ihm? Dass er mich zum Lachen bringt. Also lache ich. Dann sage ich: »Nein, jetzt hör mal auf mit den Witzen. Ich meine das wirklich ernst.«

»Ich auch«, sagt Alex und starrt so eiskalt an mir vorbei wie die Haie im Tropen-Aquarium. Bei unserem ersten Date. Ich fühle mich wie eine Qualle. So haltlos. Ich weiß nicht, was ich denken soll. Das hier läuft so gar nicht, wie ich es erwartet hatte.

»Ach was. Küss mich, und vergiss einfach, was ich gesagt habe.« Mein Versuch, zurückzurudern und mich – uns – wieder auf die Affärenebene hinüberzuretten.

»Es ist auch für meine Karriere besser. Ich muss mich mehr auf mich konzentrieren.«

»Daran wollte ich dich nicht hindern.« Ich sehe mich ein bisschen im Zimmer um, als wollte ich mich mit meinen Blicken festhalten. Eine neue Wandfarbe wäre schön. Ich würde auch umräumen. Mein Bett würde gut hier reinpassen. Dieses komische schwarze Regal müsste natürlich raus, viel zu finster. Und die Fenster könnte man auch mal wieder putzen. Mein Bewusstsein versucht, Alltag herzustellen, aber das gelingt ihm nicht.

Warum ist er so weit weg? Ich gehe einen Schritt auf das Bett zu und stoße mein Schienbein an der Kante.

Alex dreht sich weg und blättert durch ein paar Vinyl-Schallplatten, die an der anderen Seite des Bettes lehnen.

»Aber du liebst mich doch auch. Wir lieben uns.« Langsam kann ich das L-Wort nicht mehr hören. Wieso benutze ich das so inflationär? Ist das wie eine Droge oder wie diese raffiniert gewürzten Kartoffelchips – wenn man einmal damit angefangen hat, kann man nicht mehr damit aufhören?

»Das sehe ich nicht so.« Sein Silberblick wandert zu mir rüber. Er schielt. Jetzt fällt es mir auf: Er schielt richtig. Und das steht ihm verdammt gut. Er guckt leicht an mir vorbei und trifft mich trotzdem in meinem Innersten. Er sieht das nicht so. Mit seinem krummen Blick kann er das auch nicht sehen.
»Wie siehst du es denn?« Soll er mir doch mal seinen schrägen Blick erklären.
»Anders. Es war schön mit uns. Aber mehr ist da nicht. Tut mir leid.«
Das ist das Letzte, was ich will. Mitleid. Ich drehe mich um und gehe.

Heidis Rad ist weg. Nur eine Seidenblume liegt noch dort, wo ich es abgestellt hatte. Die hebe ich auf und stecke sie in meinen Ausschnitt. Heidi glaubt nicht an Schlösser. Ich glaube nicht mehr an die Liebe.
Dann laufen Tränen über meine Wangen. Das würde sicher malerisch aussehen, wenn nicht gleichzeitig auch meine Nase anfangen würde zu laufen. Ich heule aus den Augen und aus den Nasenlöchern.
Die Frau mit den zwei Einkaufswagen schiebt an mir vorbei. Ihr Rouge leuchtet in der Abenddämmerung. Sie bleibt stehen, betrachtet mich von oben bis unten. Ihr Blick bleibt an meinen Füßen hängen. Ich habe immer noch keine Schuhe an, seit ich vom Schiff gesprungen bin. Sie wühlt in ihrer Habe und zieht zwei verschiedene Flip-Flops heraus.
»Kannste mir ja irgendwann wieder zurückgeben«, nuschelt sie und drückt mir die Schuhe in die Hand. Dann bugsiert sie den einen Einkaufswagen ein paar Meter vor und holt den anderen nach.

Durch den Tränenschleier betrachte ich die Flip-Flops. Auf dem einen sind rosa Herzen, wie passend. Der andere ist einfach nur schmutzighellblau. Der mit den Herzen ist ungefähr drei Zentimeter länger. Ich ziehe sie an und gehe nach Hause, dabei weiche ich einer aus dem Fenster gefallenen Orchidee, einem kaputten Eierkocher und ein paar Kabelresten aus. Es ist ein wunderschöner Sommerabend, vom Mississippi-Raddampfer aus muss der Sonnenuntergang traumhaft aussehen. Selbst die sechsspurige Kreuzung auf dem Neuen Pferdemarkt ist in malerisches orangerotes Licht getaucht, das weiße Haus an der Ecke beim Grünen Jäger sieht mit seinen Erkern und Türmchen aus wie die Schwarzwaldklinik. Ich könnte heulen. Ach was, das tue ich ja schon.

Das Schild vor der »Gemütlichen Ecke« ist neu. »Coffee Togo« steht da, »Latte & mehr«. Günne hat seine Andeutung wahr gemacht und bietet jetzt – wohl in letzter Verzweiflung – angesagte Spezial-Kaffees an.

Ich setze mich an den klebrigen Tresen. Dahinter funkelt eine neue Kaffeemaschine wie ein UFO, das aus Versehen hier notlanden musste.

»Na, was sagst du dazu?«, fragt Günne. Die Haare, die aus seinen Ohren wachsen, ringeln sich stolz nach oben, und Biene Maja auf dem T-Shirt sieht auch sehr zufrieden aus. »Geiles Teil, was?«

»Ich hätte gerne einen doppelten Espresso.« Ich bin so durch den Wind, ich brauche etwas Starkes. Und Schnaps hatte ich schon bei Erna. Aus Verzweiflung trinken, das ist eh nicht mein Stil. Das überlasse ich lieber meiner Mutter.

»Ich denke, du trinkst gar keinen Kaffee?«, fragt Günne mich überrascht. Wieso weiß der denn das jetzt?

»Willst du Umsatz machen?«, hake ich leicht genervt nach.
»Ja, schon«, sagt Günne. »Aber hier soll sich niemand selbst verleugnen. Deshalb kostet der Latte macchiato für hippe Schnösel auch zehn Euro. Damit die sich nicht so fremd vorkommen.«
»Interessantes Konzept. Meinst du, das funktioniert?«
»Keine Ahnung.« Günne dreht sich zur Kaffeemaschine um, bedient ein paar Knöpfe, woraufhin das Ding anfängt zu fauchen wie ein Drache, der eine Prinzessin entführt hat. Nur dass dieser Drache Dampf statt Feuer spuckt. Günne, der tapfere Ritter, springt zur Seite. Als der Drache ruhiger wird, tastet er sich wieder vorsichtig heran. Irgendwie gelingt es ihm, dem Ungetüm eine schwarze Flüssigkeit zu entlocken.
Sieht aus wie Pech, denke ich, als ich in die Tasse starre. Wie passend. Der Espresso schmeckt ekelhaft, fies bitter, da ich aber sonst nie Kaffee trinke, weiß ich nicht, ob das vielleicht sogar so sein muss. Ich stürze das Gebräu in einem Schluck runter und konzentriere mich mit allen Fasern darauf, nicht zu würgen. Das ist gut, das lenkt ab. Nur kann ich damit leider nicht stundenlang weitermachen.
Was ist, wenn das zwischen Alex und mir nun ein einziges großes Missverständnis war? Wenn er gar nicht verstanden hat, was ich da wirr vor mich hin geredet habe, und er nur meinte, er hätte im Moment keine Zeit? Weil er vielleicht irgendeinen Abgabeschluss hat für einen neuen Remix? Von einem Song, der zufällig »Das war's dann mit uns« heißt? Vielleicht ist das eine einzige große Verwirrung, die sich gleich klären wird, und dann ruft er mich an, und wir lachen darüber?
Er kann mich ja gar nicht anrufen.

Das heißt: Er kann mich schon anrufen, aber mein Handy ist immer noch in der Tasche (und die wahrscheinlich immer noch auf dem Schiff) und mein Telefon oben hinter einer verschlossenen Wohnungstür, deren Schlüssel sich gemeinsam mit dem Handy auf der Bootstour vergnügt. Geld, um diesen Espresso zu bezahlen, habe ich nicht, wie mir gerade siedend heiß einfällt. Heidis Fahrrad ist auch weg. Und das Haus wird sowieso bald abgerissen. Was macht Günne dann mit seiner neuen Kaffeemaschine?

»Wie viel kostet der doppelte Espresso?«, frage ich Günne. »Zehn oder zwanzig Euro?« Ist ja jetzt auch egal.

»Der geht aufs Haus.«

»Danke, Günne.« Ich rutsche vom Barhocker herab, ohne mich auf dem schmierigen Tresen abzustützen.

»Willst du schon gehen? Ich fange gleich mit dem Roger-Whittaker-Abend an.«

»Ja, ich muss los. Ein andermal gern«, lüge ich.

Das mit Alex, das wird einfach nur ein Missverständnis sein. Er wird anrufen. Ich darf mich natürlich nicht zuerst melden, damit er ein bisschen in seinem Saft schmort und weichkocht. Das ist einfach für mich, denn ich kann ja nicht ans Telefon gehen. Ich will aber wenigstens hören, dass er anruft.

Deshalb setze ich mich oben ins Treppenhaus, direkt vor meine Wohnungstür.

Nichts klingelt.

Ich fühle mich ganz weit weg von dieser Welt, abgeschnitten von meinem Leben. Ich kann nicht an mein Telefon, habe kein Handy, und noch nicht mal E-Mails schreiben könnte ich. Ich könnte eine öffentliche Telefonzelle suchen. Gibt es so etwas noch? Und wenn ja, woran erkennt man die? Ganz früher strahlten sie in Gelb, dann mit Magenta,

und nun haben sie sich in nichts aufgelöst. Sind einfach verschwunden, zumindest aus meinem Blickfeld. Es war mir egal. Bis eben. Jetzt fänd ich allein das Wissen um die Existenz von öffentlichen Telefonzellen, und wo man sie findet, beruhigend. Allerdings: Das würde mir nichts helfen.
Erstens wüsste ich nicht, wen ich anrufen sollte.
Zweitens kann ich, neben meinen drei eigenen Nummern (Redaktion, Handy, Festnetz) nur eine einzige Telefonnummer auswendig: die meiner Eltern. Und die würde ich ganz bestimmt nicht anrufen.
Ich könnte in ein Internet-Café gehen.
Allein bin ich eigentlich ganz gerne. Ich mag es, für mich zu sein. Ungestört zu arbeiten. Aber das hier ist etwas anderes. Das ist Einsamkeit. Gekoppelt mit Selbstvorwürfen. Warum bin ich zu ihm gefahren und habe ihm gesagt, dass ich ihn liebe? Wenn ich das nicht getan hätte, wäre alles in Ordnung.
Ich könnte zu Erna gehen und ihr sagen, dass ihr guter Rat so dermaßen nach hinten losgegangen ist. Bei Frauen mag das ja anders sein, aber Männern darf man eben nicht sagen, dass man sie liebt. Ich habe gerade erlebt, was dann passiert: Man steht sofort wieder auf der Straße und bekommt von einer Pennerin die hässlichsten Flip-Flops der Welt geschenkt.
Ich bleibe vor meiner Wohnungstür sitzen. Aber ich weiß: Nicht weit von mir entfernt, hinter ihrer Wohnungstür, sitzt Erna. Auch mit Liebeskummer. So traurig das ist, so tröstlich ist es auch für mich. Ich fühle mich gleich nicht mehr so allein.
Er ruft immer noch nicht an. Langsam, finde ich, wird es Zeit, dass er sich meldet, um das Missverständnis aufzuklären. Nicht, dass ihm das sofort gelingen würde, ich kann ja

noch nicht mal ans Telefon gehen, aber ein bisschen guten Willen darf man doch wohl erwarten.
Mein rechtes Bein ist eingeschlafen. Ich stehe auf und wandere, um es wiederzubeleben, ein wenig im Treppenhaus herum. Der Rest meines Körpers ist zappelig. Das mag am doppelten Espresso liegen oder an der Tatsache, dass die Wirkung der Baldriantropfen nachlässt. Machen die eigentlich sofort süchtig? Immerhin ist es ja ein reines Naturprodukt.
Kaum bin ich eine Etage tiefer gehumpelt, reißt Jan die Tür auf. Gehört haben kann er mich nicht, die Flip-Flops klappern nicht.

»Gut, dass du gerade da bist. Wir sollten dein Bettgestell aus dem Treppenhaus rausschaffen.«
»Jetzt?« Ich bin seelisch angeschlagen, ich weiß nicht, ob mir körperliche Arbeit jetzt guttut.
»Je eher, desto besser. Wir müssen in allen Punkten, die uns der Vermieter vorwirft, unangreifbar sein. Vielleicht sollten wir auch noch putzen und neu streichen. Hast du von deinen Wandfarben noch was übrig?«
»Bisschen«, nuschele ich.
Gemeinsam gehen wir runter zum Bettgestell. Das Ding ist ganz schön wuchtig und wahnsinnig schwer.
Oder liegt das daran, dass Jan und ich in verschiedene Richtungen ziehen?
»Rausschaffen«, hat er doch gesagt. Raus, das heißt für mich nach draußen. Aber ich kann einfach nicht klar denken.
»Los, nach oben damit«, fordert Jan mich nach einem planlosen Hin und Her auf. »Das soll doch in deine Wohnung!«

»In meine Wohnung?«, frage ich leicht entgeistert zurück, als hätte er mir vorgeschlagen, die sieben Zwerge zu adoptieren. Ich denke kurz nach und antworte dann: »Ach nö, die Zeiten, in denen ich in einem Designerbett schlafen wollte, sind irgendwie vorbei. Das hat in meinem Leben nichts mehr zu suchen.« Heute ist der Tag der Trennungen. Immerhin kann ich mich hier aktiv trennen, statt verlassen zu werden. Das fällt mir überraschend leicht. Von dem Bettgestell ist nicht viel Widerstand zu erwarten.
»Dann wenigstens auf den Dachboden«, schlägt Jan vor.
»Das passt doch niemals! Das Treppenhaus wird ja immer enger nach oben hin.«
»Du hast recht«, lenkt er ein.
Es gelingt uns, das sperrige Teil auf den Gehweg zu manövrieren. Roger Whittaker singt dazu »Albany«.
»Und wohin jetzt damit?«, fragt mich Jan.
»Keine Ahnung.« Was will der denn von mir? Da stehe ich, vom Liebeskummer gepackt, mit zwei verschiedenen Flip-Flops an den Füßen, in einem Kleid, das gerade erst wieder trocken ist, ohne Tasche, Schlüssel, Telefon und Geld und soll einen perfekten Plan haben, wohin das Bettgestell, das bis eben noch im Treppenhaus festklemmte, zu liefern ist?
»Komm, wir bringen es in Heidis Garten. Da kann es dann ein Rankgerüst sein – in seinem neuen Leben.«
Ich fange an zu heulen.
»Hey, tut mir leid«, lenkt Jan ein. »Ich wusste nicht, dass dir das Bett so viel bedeutet. Wir finden schon eine andere Lösung. Wir könnten es erst mal in die ›Gemütliche Ecke‹ tragen.«
»Blödsinn«, schluchze ich.
»Ja, stimmt, ein Bett in der ›Gemütlichen Ecke‹, das ist

natürlich Blödsinn.« Jan guckt nachdenklich. Aber der perfekte Ort für das Bettgestell fällt ihm auch nicht ein.
»Ich meine doch gar nicht das Bett. Das ist mir egal.« Um das zu bekräftigen, trete ich wütend dagegen, stoße mir aber an dem Eisenrahmen den kleinen Zeh und heule vor Schmerz auf.
Jan lehnt das Ungetüm gegen eine Straßenlaterne, kommt zu mir rüber, kniet nieder und nimmt meinen Fuß in die Hand.
»Lass mal sehen.«
Hoffentlich sieht er nicht, wie schmutzig meine Füße von dem heutigen Tag sind.
Dann pustet er ganz sanft. »Besser?«
Ich nicke. Diese Geste ist so rührend süß, da ist eine kleine Notlüge einfach angebracht. Es hat natürlich nichts geholfen. Im Zeh hämmert ein pochender Schmerz, und der Kummer über das Missverständnis mit Alex geht von ein bisschen warmer Luft auch nicht weg.
Dann tragen wir gemeinsam das Bettgestell in Heidis Garten, ganz vorsichtig, damit wir kein Pflänzlein traumatisieren. Und damit man uns nichts vorwerfen kann, lehnen wir es unauffällig hinter dem Gewächshaus an die Wand des Nachbarhauses. Das wird deswegen ja wohl nicht gleich abgerissen werden. Mieses Karma färbt doch nicht ab, oder?
»Tolles Kleid«, sagt Jan. Anscheinend will er mich aufmuntern. »Nur die Schuhe – trägt man das jetzt so?«
»Ja«, muffel ich ihn an. Das scheint ihn aber nicht abzuschrecken.
»Komm, wir gehen in die ›Gemütliche Ecke‹!«
Oh nein, denke ich. Da war ich doch gerade.
»Okay«, sage ich. Wo sollte ich denn sonst hin. Außerdem

könnte ich mal richtig über die Stränge schlagen und einen weiteren doppelten Espresso trinken. Oder einen vierfachen.

Selbst mein Redaktionsschlüssel ist noch in der Tasche. Ob die Kollegen immer noch herumschippern? Mittlerweile sind sie wahrscheinlich alle so angeschickert, dass sie glauben, ich wäre von Bord gefallen. Oder sie haben mich vergessen.

»Du hast wohl kein Zuhause?«, begrüßt mich Günne.

»Doch. Das ist hier«, sage ich ganz sicher.

24. Kapitel

»Auf der Reeperbahn hat schon wieder ein Discounter aufgemacht«, sagt Jan später, als wir nebeneinander am Tresen sitzen.

»Für Dildos?«, frage ich. Was soll man denn auf der Reeperbahn sonst verkaufen?

»Nee, Aldi. Penny und Lidl gibt es schon. Du gehst da wohl nie einkaufen?«

»Immer nur bei Renate«, sage ich, und die Tränen schießen mir wieder in die Augen.

»Schöne Scheiße«, knurrt Günne.

»Hm«, erwidert Jan nickend.

Wir legen eine Schweigeminute ein, in Trauer um Renate.

»Was da dann wohl hinkommt?«, fragt Günne.

»Bestimmt H&M«, mutmaßt Jan.

»Quatsch, das ist doch viel zu klein. H&M geht in die Schanze, habe ich neulich gehört.« Bei Schanze muss ich an Alex denken, der wohnt da. Und mir gibt er keine Chance in der Schanze.

»Na, dann eben Starbucks. Ist doch eh das Gleiche. Der Kaffee bei Starbucks kostet jedenfalls genauso viel wie die T-Shirts bei ›Hasi&Mausi‹.« Es klingt komisch, wenn Jan »Hasi&Mausi« sagt. Viel zu niedlich für ihn und viel zu niedlich für eine weltumspannende Billigmodetrendkette.

»Du weißt noch nicht, was der Kaffee hier kostet«, warne ich Jan.
»Wieso?«
»Zehn Euro. Mein neues Konzept. Wenn etwas viel kostet, denken die Leute, es sei viel wert. Das ist Psychologie. Und sie bezahlen das authentische Image mit. Mit Sirup ein Euro mehr. Es gibt Butterscotch, Granatapfel und Spicy Mango. Mit Serrano-Pfeffer.« Günne nickt und lässt seinen ausgebufften Blick auf Jan ruhen. Der schweigt verblüfft.
»Für dich nur 1,80«, ergänzt Günne. Dann versucht er wieder, seine neue Kaffeemaschine zu bändigen. »Willste einen? Latte mit Schaum? Schaum ist aber laut und schwierig.«
»Gerne«, sagt Jan, »Aber ohne Sirup. Ich nehme einen schlichten, schwierigen Schaum-Latte.«
Alex trinkt gerne Caffè Latte. Ach Alex.
Ohne zu fragen, stellt Günne mir einen doppelten Espresso hin. »Der geht aufs Haus.«
»Solange das noch steht«, antworte ich.
»Wir schaffen das«, behauptet Jan.
Ich kippe den Espresso hinunter, in mir zieht sich alles zusammen. Wieso tue ich mir das an?
»Ich weiß ja noch nicht mal, wie ich in meine Wohnung komme«, sage ich und sehe dabei mindestens so trüb aus wie der Espressorest in meiner Tasse.
»Hast du dich ausgesperrt?«, fragt Jan mitfühlend. »Passiert mir auch manchmal. Ich habe extra einen Ersatzschlüssel unter Heidis Blumentöpfen deponiert. Wie meine Mutter früher.«
Ich nicke und ziehe sehr undamenhaft und geräuschvoll das hoch, was mir durch die Nase laufen will.

»Heidis Fahrrad ist auch weg. Geklaut.«

»Ach was«, sagt Günne. »Das hat sich bestimmt nur jemand ausgeliehen. Das ist schon okay.«

»Ich habe es mir ausgeliehen. Bin damit zu Alex gefahren. Und dann war es weg.«

»Und warum bist du schon wieder da? Normalerweise bleibst du doch immer mindestens über Nacht bei deinem Alex«, wirft Jan ein.

»Der musste arbeiten.« Der Tresen, den ich bei dieser Unwahrheit anstarre, ist so klebrig, dass ich einen Moment befürchte, ich könnte mich darin spiegeln. Ich hebe schnell den Kopf, denn ich könnte mir bei dieser Lüge nicht selbst in die Augen sehen.

»Ach was«, sagt Jan. Was schwingt denn da in seiner Stimme mit? Glaubt der mir etwa nicht? Und was geht ihn das überhaupt an? Mir ist nicht wohl. Das muss am Espresso liegen. Die Kaffeemaschine zischt zur Bestätigung.

»Ich habe auch noch was zu tun.« Auf eine Lüge mehr oder weniger kommt es nun nicht an.

»Was denn?«, fragt Jan ganz frech. Sind wir verheiratet? Muss ich mich vor ihm rechtfertigen?

»Äh, ich wollte nachsehen, wie das auf dem Dachboden aussieht. Der wird doch angeblich illegal genutzt. Nicht, dass der Vermieter da noch was in der Hand hat …«

Jan wird rot.

»Da stehen nur so ein paar Sessel rum. Ich habe da mal mit ein paar Freunden ein bisschen diskutiert und so, Karten gespielt.« Er druckst herum.

Das kann ich gut: von meinen Problemen ablenken. Die anderen in den Mittelpunkt stellen. Zu Hause habe ich das gelernt: Meine Mutter wollte – musste – immer im Mittelpunkt stehen. Ihre neue Frisur, ihr neues Kleid, ihr tolles neues Hobby, sei es nun japanisches Blumenstecken, Fußreflexzonenmassage mit heißen Kohlen, Objekte aus Strandgut basteln oder Schwarzweißfotografie von Wolken. Was sie gerade interessierte, war Gesprächsthema. Und nur das. Alle zwei, drei Jahre ein neues Haus, das eingerichtet werden musste. Dann ging es um Strukturtapeten, die optimale Länge von Gardinen (ja, sie sollen auf dem Boden aufstoßen) und Lichtregie. Meine Mutter wäre gerne Schauspielerin geworden, doch dann kam mein Vater und dann ich. Sie sagte das immer, als hätten wir uns unaufgefordert in ihr Leben gedrängt und sie hätte sich dieser Invasion einfach ergeben. Nun war ich ihr einziges Publikum, mein Vater war ja ständig auf Geschäftsreise. Richtige Freundinnen hatte sie nie, hin und wieder gaben meine Eltern repräsentative Dinner-Partys, doch das hörte auf, nachdem sich meine Mutter zu fortgeschrittenen Abendstunden deutlich weniger repräsentativ benahm. Mit den Nachbarinnen in den anderen Häusern hinter den hohen Hecken (und es waren immer hohe Hecken um diese Häuser, ab den neunziger Jahren dann gerne mal Sichtschutzanpflanzungen aus Bambus, aber das zählt für mich auch als Hecke) wurde sie nie richtig warm. Die hatten in ihren Augen »keine kreative Persönlichkeit«. Und sie war nicht so kreativ, sich die Kreativität der anderen einfach mal vorzustellen. Als ich noch kleiner war, im Grundschulalter, bekam ich ihre Ausfälle nicht so richtig mit. Ich fand es völlig normal, dass sie manchmal bis mittags im Bett blieb. Migräne hieß es dann, sie hat Kopfschmerzen, lass sie bloß in Ruhe. Schulbrote zu schmieren sah sie nicht als ihre Lebenserfüllung, also machte ich das allein. Ich kam ganz gut zurecht. Doch irgendwann kamen zum Alkohol die Tabletten – oder war es der Alkohol, der zu den Tabletten kam? –, und ihre Stimmung wurde unberechenbar.

Und dann ging das los mit den Wutanfällen. Aus dem Nichts konnte sie sich über die kleinste Kleinigkeit aufregen. Ein Mückenschiss auf der Fensterscheibe war so schlimm wie ein Elefant, der sich auf ihr Cabrio setzt. Wenn sie sich aufregte, schrie sie zuerst schrill, danach schmiss sie etwas auf den Boden. Meistens war das ein Glas.

»Mach die Scherben weg!«, befahl sie mir, das gehörte zum Anfall dazu. Sie rauschte ab, knallte eine Tür hinter sich zu und hatte schlimme Kopfschmerzen. Später hat sie sich jedes Mal bei mir entschuldigt.

Aber das gehört alles nicht hierher. Nicht in die »Gemütliche Ecke«, nicht in dieses Haus und – wenn ich mir das aussuchen könnte – nicht in mein Leben.

»Na, dann mal los«, sage ich zu Jan. »Zeig mir den Dachboden!«

Günne dreht Roger Whittaker wieder lauter. Als wir reinkamen, hatte er die Musik zu einem unverständlichen Gebrumme gedrosselt, aber nun stürmen drei Damen mit frisch gebügelten Rüschenblusen und hautengen Röhrenhosen den Laden und sehen sich um, als seien sie hier falsch. Erst als Roger Whittaker wieder seine warme Stimme erhebt, setzen sie sich. Günne bringt ihnen drei Caffè Latte. Mit Sirup. Aufs Haus. Man muss seine Stammgäste pflegen. Günne ist ein guter Wirt mit großem Innovationspotenzial.

Jan und ich steigen die Treppen hoch, an meiner Wohnungstür vorbei. Dass da das Treppenhaus noch weitergeht, wenn auch schmal und finster, ist mir schon aufgefal-

len, aber ich habe noch nie nachgesehen, wohin der Weg führt. Jan öffnet eine Tür, und wir sind auf dem Dachboden. Er knipst das Licht an, eine einzelne kahle Glühbirne beleuchtet den staubigen Raum.
»Es wird gleich gemütlicher«, erklärt er. »Das ist nur, damit du dich nicht an den Balken stößt.«
Er hat recht: Die Dachbalken sind ziemlich massiv und mit langen, rostigen Nägeln gespickt, die nicht vollständig eingeschlagen sind.
»Die sind noch original, von ganz früher«, behauptet Jan, was auch immer »ganz früher« heißen mag. »Die machen fiese Kratzer, wenn man nicht aufpasst.«
Ich passe auf. Jan führt mich zu einer recht bequem aussehenden Sitzgruppe aus Cocktail-Sesseln im hinteren Teil des ansonsten leeren Raumes. Dort schaltet er eine Stehlampe an. Das sieht wirklich schon viel heimeliger aus. Eine Wohnzimmer-Installation, komplett mit Couchtisch und – wegen der schrägen Wände – freischwebender Hirsch-Idylle in Öl.
Stolz lässt Jan sich in einen der Sessel fallen.
»Das muss raus«, sage ich streng.
»Du bist aber hart drauf.« Er senkt den Kopf. Seine Haare sehen aus, als hätte er sie mit der Abreißkante einer Backpapier-Verpackung geschnitten.
»Mein Bett musste auch raus.« Und Alex hat mich aus seinem Leben geschmissen. Wie ein zu sperriges Bettgestell oder einen alten Sessel. Das denke ich nur, sage es aber nicht. Vielleicht, so dämmert es mir, war das doch kein Missverständnis. Vielleicht war alles, was davor zwischen uns war, ein Missverständnis.
Probeweise hebe ich einen der Sessel an. Er ist leichter, als ich dachte. Jan mault ein wenig, steht dann aber auf und

folgt mir, auch mit einem Sessel in den Händen, die Treppe hinunter.
»In deine Wohnung?«, frage ich.
»Bloß nicht! Die sind von meiner Ex-Freundin. Die kommen mir nicht in die Wohnung.«
»Aber für den Dachboden waren sie gut genug?«
Jan schwenkt den Kopf leicht hin und her. »Da hatten sie keinen direkten Einfluss mehr auf mich.« Merkwürdige Logik.
Weil Jan mir nicht sagt, wo ich den Sessel hinstellen soll, trage ich ihn raus auf die Straße und stelle ihn vor der »Gemütlichen Ecke« auf dem Bürgersteig ab. Jan stellt den anderen daneben.
»Setz dich schon mal«, schlägt er mir vor. »Ich hole die anderen.«
Wie höflich, denke ich, doch er schiebt den praktischen Grund hinterher: »Sonst sind die Sessel gleich weg.«
Quatsch, denke ich, wer nimmt denn einfach so ein Möbelstück mit? Kaum habe ich mich hingesetzt, kommt ein Mann mit zu kurzen Hosen auf mich zu. Er bleibt vor dem freien Sessel stehen und streicht prüfend über das Polster.
»Der ist besetzt«, sage ich. Er lässt sich nicht ablenken, geht in die Hocke und inspiziert die Beine des Möbels.
Dann richtet er sich wieder auf und fragt, ohne dabei den Blick von den Objekten seiner Begierde zu nehmen: »Brauchst du die noch?«
Ich brauche die Sessel zwar überhaupt nicht, und ob Jan sie braucht, ist auch fraglich, trotzdem will ich sie nicht so einfach hergeben und schon gar nicht den ganzen Zusammenhang erläutern. Aber er scheint ernsthaft interessiert.
»Komm in einer Stunde noch mal wieder. Dann kann ich dir mehr sagen.«

»Danke schön. Das mache ich.« Beim Weggehen stolpert er über einen halbleeren Popcorn-Eimer, weil er immer noch völlig fasziniert den Sessel anstarrt.
Der Popcorn-Behälter, groß wie ein Putzeimer, aber aus Pappe und bunt bedruckt, kippt um. Der Mann stellt ihn schnell wieder auf, murmelt »Entschuldigung« in die Nacht und schaufelt das herausgefallene Popcorn wieder hinein.
»Eine Stunde. Ich komme wieder«, ruft er mir noch zu.

Eine knappe Stunde später sind Jan und ich bei der dritten Bio-Zisch-Limonade. Meine Hitliste: Holunderblüte kommt auf den dritten Platz, Litschi – allein schon wegen der Aussprechschwierigkeiten bei dem Versuch, Litschi-Zisch zu sagen – auf den zweiten. Mein absoluter Favorit ist Himbeer-Cassis. Jan steht mehr auf Guarana.
»Das hätte ich dir nie zugetraut«, sagt er, als ich ihm von meinem Sprung in die Elbe erzähle.
»Sehe ich so aus, als könnte ich nicht schwimmen?«
»Doch, schon. Aber ich dachte, das wäre dir alles so wichtig. Dein Job, die Redaktion, die Leute.« Jan sieht mich prüfend an.
»Es war einfach nicht mehr auszuhalten«, sage ich. Er hat recht: Ich dachte auch, es wäre mir alles so wichtig. Der glamouröse Job, die einflussreichen Leute, diese Hochglanzszene. Aber, so stelle ich nun fest, es ist mir mittlerweile ziemlich egal.
Mir geht es gut. Die Sommernacht duftet, wenn man von dem leichten Bierdunst, der durch die Straße weht, mal absieht. Wenn man die Lichter ringsherum ausschalten würde, könnte man bestimmt ein paar Sterne sehen. Immerhin erkenne ich die blinkenden Lichter eines Flugzeugs

am Nachthimmel. Die Roger-Whittaker-Rhythmen aus der »Gemütlichen Ecke« mischen sich mit Reggae-Beats, die aus dem offenen Fenster einer Wohnung gegenüber wummern. In den putzigen kleinen Alleebäumen, die mir gerade zum ersten Mal auffallen, zwitschern Vögel. Auch die scheinen in St. Pauli ein wenig anders zu ticken und nicht zu schlafen, zumindest nicht nachts.

Mein Leben erscheint mir völlig unwirklich. Viel unwirklicher, als man es in einem Hochglanzmagazin wie Ancilla darstellen könnte.

Eine lachende Heidi kommt in Schlangenlinien herangeradelt. Sie bremst knapp vor uns ab und springt von ihrem blumengeschmückten Fahrrad.

»Aber ich dachte …«

»Nicht denken, fühlen!«, unterbricht mich Heidi. »Ich kam gerade aus dem ›3001 Kino‹ und ging die Schanzenstraße entlang und hatte überhaupt keine Lust zu laufen. Da stand dann mein liebes Rad und hat mich abgeholt.«

»Wie kann das sein?«, frage ich verwirrt.

»Ich habe einen Wunsch ans Universum geschickt.« Heidi sagt das in verschwörerischem Ton, als hätte sie mir das geheime Apfelkuchenrezept ihrer Großmutter verraten. Dann verschwindet sie lachend im Haus.

»Ich glaube, ich brauche auch mal ein Fahrrad«, sage ich zu Jan.

»Dann gehen wir morgen auf dem Flohmarkt gucken. Oder willst du es lieber beim Universum bestellen?« Er trinkt den letzten Schluck aus seiner dritten Bio-Zisch-Flasche.

Wie beim Universum bestellt, taucht auch der Typ von vorhin wieder auf. Ich bin ihm noch eine Antwort schuldig. Aber das muss Jan entscheiden.

»Jan, dieser Herr interessiert sich für deine Sessel«, erkläre

ich. Der Mann streichelt schon wieder über den Stoff eines freien Sessels.
»Das sind ja mehr geworden«, stellt er entzückt fest und betrachtet die Sitzgruppe, die wir auf dem Gehweg aufgebaut haben. Inklusive Couchtisch.
»Diese Sessel bedeuten mir etwas«, sagt Jan.
»Wie viel?«, fragt der Interessent. Müsste es nicht heißen: Was bedeuten sie Ihnen? Aber Jan möchte anscheinend nicht näher auf seine spezielle persönliche Verbindung zu den Sesseln eingehen. Stattdessen äußert er seine ganz konkreten Preisvorstellungen:
»Hundert. Pro Stück. Der Tisch noch mal fünfzig extra.«
Es sind vier Sessel. Das wären vierhundert Euro. Für schäbige, gebrauchte Möbel.
»Den Tisch brauche ich nicht. Zweihundert für alle Sessel«, sagt der Interessent.
»Der Tisch gehört dazu. Den müssen Sie auch nehmen. Dreihundert für alles zusammen.« Sie einigen sich auf zweihundertdreißig Euro, und ich bin baff.
»Brauchen Sie vielleicht auch noch ein Bettgestell?«, frage ich geistesgegenwärtig.
»Nein danke«, ist die Antwort. Das wäre ja auch zu schön gewesen. Dann wird es eben eine Rankhilfe. Und das finde ich sogar noch schöner.

»Und nun?«, fragt Jan und steckt die Scheine lose in die Hosentasche.
»Ich würde gerne schlafen. Aber ich komme nicht in meine Wohnung. Meine Tasche mit Schlüssel, Telefon, Geld und so habe ich auf dem Schiff gelassen.«
»Wenn es weiter nichts ist«, sagt Jan. »Komm mit, ich lass dich rein.«

»Okay.« Ich folge ihm. In seine Wohnung.
»Aber ich wollte eigentlich zu mir.« Ich bin leicht verunsichert. Jan grinst mich verführerisch an.
»Das habe ich schon verstanden.« Er kramt in einem kleinen Schränkchen und zieht ein enormes Schlüsselbund hervor. Ein Wunder, dass das Monstrum überhaupt in das kleine Möbelstück hineinging. »Einer davon könnte passen. Ich glaube nämlich an Schlüssel. Deshalb bewahre ich auch alle auf.«
»Und wieso meinst du, dass einer davon funktionieren könnte?«
»Weil die Vorvorvormieterin mir mal einen Ersatzschlüssel für die Wohnung gegeben hat. Und ich habe den nie zurückgegeben.«
Jan hatte also die ganze Zeit einen Schlüssel für meine Wohnung. Er hätte jederzeit unangemeldet hereinspazieren können. Oder herumschnüffeln, während ich nicht da war.
Er scheint es nicht gemacht zu haben, denn er probiert geduldig einen Schlüssel nach dem anderen aus. Doch keiner passt.
»Ich kenne da noch einen Trick«, behauptet er nach Schlüssel Nummer sechsunddreißig. »Kreditkarte her«, fordert er.
»Ist auf dem Schiff.«
»Hm. Dann tut es auch diese hier. Das habe ich mal in einem ›Tatort‹ gesehen.« Er zieht seine Budni-Card aus der Tasche. Mit der Kundenkarte einer Drogeriekette und dubiosem Secondhand-Wissen aus dem Fernsehen will er meine Tür öffnen? Immerhin hat er das Wissen aus einem öffentlich-rechtlichen Sender, aber das ist ein schwacher Trost.

»Das klappt nie!«, sage ich, doch Jan hantiert geschickt mit der Karte und tritt gleichzeitig fest auf eine der Holzdielen, und schwups ist die Tür offen.
»Danke!« Ich umarme ihn kurz, weil ich so froh bin, endlich wieder richtig zu Hause zu sein. Er riecht leicht nach Vetiver und kein bisschen schimmlig, wie ich noch vor ein paar Wochen irrtümlich vermutete.
»Denk daran: Morgen gehen wir zusammen zum Flohmarkt!«, sagt er zum Abschied.
Jetzt wird alles gut. Heidis Fahrrad ist wieder da, der Dachboden und das Treppenhaus sind leer, der Vermieter wird mit seiner fristlosen Kündigung nicht durchkommen, Günne wird mit seiner Kaffeemaschine fantastischen Umsatz machen, morgen gehen Jan und ich ein Fahrrad kaufen.
Es gelingt mir perfekt, die unangenehmen und wirklich deprimierenden Aspekte des Tages auszublenden: Renates Tod kommt nicht in meinen Gedanken vor, und dass Erna ihre große Liebe verloren hat, auch nicht.
Ich muss nur noch Alex anrufen und das Missverständnis zwischen uns klären. Es ist halb zwei, da wird er ja wohl mit der Arbeit fertig sein.
Der Anrufbeantworter springt an. Ich lege auf. Nein, ich bin keins von diesen Hühnern, die ihm aufs Band gackern. Ich probiere es fünf Minuten später noch mal. Wieder der Anrufbeantworter. Wahrscheinlich ist er gerade im Bad.
Drei Minuten später. Er geht immer noch nicht ran.
Er wird ausgegangen sein. Ich probiere es auf seinem Mobiltelefon. Die Nummer habe ich mir zum Glück mal notiert und nicht nur in meinem Handy abgespeichert.
»Der Teilnehmer ist nicht erreichbar. Bitte probieren Sie es zu einem späteren Zeitpunkt noch einmal.« Keine Mailbox.

Was meint die Ansage mit »zu einem späteren Zeitpunkt«? Wie viel später? Eine Stunde? Einen Tag? Oder zwanzig Sekunden? Wahrscheinlich ist das Netz überlastet. Ich probiere es sofort noch mal. Wieder die gleiche Ansage.
Dann besser Festnetz. Da ist wieder der Anrufbeantworter dran. Dann eben doch: »Hallo Alex, ich bin jetzt zu Hause. Melde dich!«
Drei Minuten später fällt mir ein, dass ich mich vielleicht bei ihm entschuldigen sollte. Also noch mal: »Lieber Alex, entschuldige, dass ich dich vorhin so überfallen habe. Lass uns miteinander reden.«
Kaum habe ich aufgelegt, bemerke ich, dass ich gar nicht gesagt habe, dass er sich bei mir melden soll. Bei Männern muss man immer ganz konkret werden, damit sie wissen, was sie tun sollen. Deshalb rufe ich wieder an und ergänze: »Du kannst gerne jederzeit hier anrufen oder vorbeikommen.«
Dann kommt mir der Gedanke, dass ich mich damit quasi rund um die Uhr an die Wohnung gekettet habe. Ich kann ja nicht tagelang hier warten, bis er anruft oder aufkreuzt. Und mein Mobiltelefon bekomme ich wohl frühestens Montag wieder. Deshalb der nächste Versuch: »Lieber Alex, du erreichst mich im Moment nur über das Festnetz. Oder du kommst her. Bin bestimmt bis morgen früh um neun im Bett und warte auf dich.«
Ich dachte immer, ich hätte Stolz. Nun stelle ich fest: Ich habe keinen Funken davon. Nicht, wenn es um meine große Liebe geht. Da wäre der nur im Weg. Ich kämpfe. Deshalb lasse ich auch nicht locker und rufe noch mal an.
Ich bin ganz erschrocken, als Alex rangeht. Seine Stimme klingt ganz verschlafen.
»Habe ich dich geweckt, Süßer?«, säusele ich sanft.

»Welchen Teil von ›das war's dann wohl mit uns‹ hast du vorhin *nicht* verstanden?« Er klingt erschöpft, als er das sagt.
»Den Mittelteil«, versuche ich schwach zu scherzen. »Hör zu, mein Auftritt war wirklich peinlich. Das lag vielleicht am Baldrian. Jetzt bin ich wieder normal.«
»Dann benimm dich auch normal und hör auf, hier anzurufen.« Kann es sein, dass ich im Hintergrund eine Frauenstimme kichern höre? Ist ja widerlich.
»Komm einfach her, dann rufe ich nicht mehr an«, locke ich ihn.
»Es ist aus. Falls da überhaupt je was war. Wir hatten unseren Spaß, und jetzt ist es genug.« Er sagt es, als würde er routiniert einen Vordruck ablesen oder als wäre dieser Satz einprogrammiert. Bisschen wie ein Navigationsgerät.
Und dann dieses alberne Gackern im Hintergrund.
Es klingt, als würde er auflegen, aber anscheinend hat der Hörer die Gabel nicht richtig getroffen. Alex hat noch so ein altmodisches Telefon, angeblich ein total seltenes Teil. Offensichtlich kann er es nicht richtig bedienen, denn ich höre ihn nach wie vor.
»Zur Sache, Schätzchen«, fordert er. »Gilt das schon als gefummelt?«
Dann wieder dieses Kichern.
Er befummelt eine andere Frau, und ich höre dabei zu. Mein Alex!
»Wer war denn das?«, höre ich die Frau gackern. Der Stimme nach ist das gar keine Frau, sondern eine minderjährige »Minnie Maus«, die zu tief in einen Helium-Ballon geguckt hat.
»Niemand Besonderes.«
Es war kein Missverständnis. Alex hat mit mir Schluss ge-

macht. Oder es war ein einziges großes Missverständnis: Wir waren nie ein Paar.
Während ich den Kopulationsgeräuschen am Telefon lausche, rinnen mir stille Tränen über die Wangen und tropfen hinab. Mein Kleid, das heute schon vom Elbwasser getränkt wurde, bekommt jetzt bestimmt auch noch Salzränder.
Ich versuche, mich an die schlechten Momente von Alex und mir zu erinnern. Aber da fällt mir nichts ein. Ich kann nur an die Wärme seines Körpers denken, an seine weiche Haut, an das marionettenfeine Gesicht, die kleinen Kabbeleien zwischen uns, die immer im Bett endeten. Seine mitreißende, hinreißende Lust. Er ist ein so gekonnter Verführer, das spüre ich sogar jetzt am Telefon, obwohl diese Kunst diesmal nicht für mich bestimmt ist.
Dabei war er doch immer so eifersüchtig! Hat geglaubt, ich würde für Clark schwärmen oder für Jan. Absurd! So sehr hat er mich eben geliebt – dachte ich.
Was ich jetzt denken soll, weiß ich nicht.
Gefühlte drei Ewigkeiten später schaffe ich es, aufzulegen. Ich gehe ins Bett und fühle mich einsam. Die Matratze ist zu groß für mich, das Kissen auch und die Decke erst recht. Wie kann man sich unter einer so riesigen Decke nicht verloren fühlen? Das kommt mir gar nicht mehr vor wie normales Durchschnittsdeckenmaß, sondern wie ein monströser Pfannkuchen des Grauens, der mich unter sich begraben will. Ich kann gerade noch darunter hervorkriechen und mich ins Wohnzimmer auf das Sofa retten. Dort decke ich mich mit meinem Schreib-Cape zu.
Vielleicht sollte ich zu Erna rübergehen und nach noch mehr Baldrian fragen.
Doch dadurch habe ich mir das ja alles eingebrockt. Ich

weiß, dass ich mich damit belüge, aber es ist leichter, dem Baldrian die Schuld zu geben. Und Erna mit ihrem Liebesgefasel und dass man das sagen soll.

Wenn ich nichts gesagt hätte, wäre alles wie bisher. Alex würde nicht wissen, dass ich ihn liebe – und ich würde nicht wissen, dass Alex mich nicht liebt.

Wäre das besser?

Ohne diese Frage zu beantworten, schlafe ich ein.

Und ohne eine Antwort gefunden zu haben, wache ich auf.

Ich bin zu Hause. Das ist gut.

Ich bin allein. Das macht mir normalerweise nichts aus.

Allein bis auf die vielen Pickel, die ich vom Kaffeekonsum bekommen habe. Um zu wissen, dass sie da sind, muss ich gar nicht in den Spiegel gucken. Ich fühle sie unter der Haut brennen, wie sie sich ihren Weg nach draußen bahnen.

Kaum bin ich wach, klopft es an der Tür. Ich sehe kurz an mir herunter, stelle fest, dass ich immer noch das Kleid anhabe, und öffne die Tür mit einem gezielten Tritt auf den Dielenboden.

»Dein Lieblingskleid?«, fragt Jan, während er ganz selbstverständlich in meine Küche geht und Teewasser aufsetzt.

»Wieso?«

»Weil du es immer noch trägst. Sonst ziehst du nie Sachen zweimal hintereinander an. Es sei denn, du hast bei Alex übernachtet.«

»Habe ich aber nicht«, gifte ich ihn an.

»Glückstee?«, fragt er und schaufelt, als ich nicht reagiere, ein paar Löffel getrocknete Kräuter aus einer Papiertüte in meine Kanne.

»Als ob Tee glücklich machen könnte«, sage ich mit Grabesstimme.

»Oder möchtest du lieber Detox? Den müsste ich noch schnell von unten holen. Ach, lass uns beim Glückstee bleiben und dann schnell auf den Flohmarkt am Schlachthof. Der frühe Vogel fängt den Wurm.«
»Wurm? Igitt!«
»Was ist denn mit dir los?« Jan hält in der Teezubereitung inne, sieht mich verwundert und gleichzeitig besorgt an.
Sag ich es ihm oder nicht? Ehrlichkeit Männern gegenüber, das kann Katastrophen verursachen. Allerdings: Dieser Mann kocht für mich Tee. Das spricht wiederum dafür. Einem Mann, der Tee kocht, dem kann man alles sagen. Hat Renate mal gesagt.
»Alex hat mit mir Schluss gemacht.«
Es tut weh, das zu sagen. Dadurch, dass ich es ausspreche, wird es noch wirklicher. Eine Tatsache.
»So ein Idiot!« Jan ist ehrlich empört. »Dieser dödelige, mittelmäßige Drecks-DJ. Sei bloß froh, dass du ihn los bist!«
Ich fange an zu heulen.
Jan merkt, dass das genau der falsche Rat war. »Wann war denn das? Gerade eben?«
»Gestern Abend. Bevor wir aufgeräumt haben.«
»Und da weinst du jetzt erst? Du bist ja ganz schön *tough*. Es lohnt sich aber nicht, um diesen Deppen zu heulen.«
»Er ist kein Depp!« Jetzt fange ich auch noch an, Alex zu verteidigen.
»Ist er wohl. Muss er ja, wenn er dich verlässt.«
Da hat Jan auch wieder recht. Alex hat mich verlassen – dabei habe ich ihm so viel zu bieten. Okay, für seine Karriere habe ich noch nicht sehr viel getan, aber diesen Protektionismus hat er doch gar nicht nötig.
»Du verlierst sehr viel Flüssigkeit«, stellt Jan trocken fest.

Die Tränen tropfen schon auf den Fußboden. »Du musst viel trinken. Das hilft.«
Ich bezweifle ja, dass Glückstee meinen Liebeskummer beseitigt, stelle aber fest, dass er zumindest meinem Körper guttut. Und Jan versucht, mich abzulenken, indem er mir von seinen schönsten Flohmarktfunden berichtet: Eine Kiste mit Super-8-Filmen und Fotos einer ihm unbekannten Familie, Weihnachten, Ostern, Fasching, alles drauf, man kann richtig miterleben, wie die Kinder größer werden und die Ehe den Bach hinuntergeht.
Na danke, das ist ja toll. Immerhin gibt es von Alex und mir keine Super-8-Aufnahmen. Und unser Pornokaraoke-Auftritt wurde hoffentlich auch nicht für die Nachwelt dokumentiert.
Jan erzählt weiter von Rimowa-Koffern mit Einschusslöchern, von Lampen, in deren Licht man wie eine Zwanziger-Jahre-Schönheit aussieht, von einer Lederjacke, in deren Taschen er noch einen Fünfzigmarkschein und einen Lottoschein fand. Er kommt richtig in Schwung und sieht gar nicht mehr so aus wie einer, der den ganzen Tag nur rumhängt und nichts mit sich anzufangen weiß. (Ich muss gestehen, das habe ich am Anfang und später immer noch manchmal über ihn gedacht.)
Auch ich kann nicht den ganzen Tag herumhängen und nichts mit mir anzufangen wissen. Liebeskummer hin oder her, ich muss etwas tun. Statt wie sonst am Wochenende zu arbeiten. Denn das erschiene mir gerade wirklich absurd, erst in die Elbe springen, dann vom Freund verlassen werden und zack zurück an den Computer, das wäre zu einfach.
An den Computer gehe ich trotzdem kurz, ich finde Marias Privatnummer heraus und rufe sie an. Vielleicht kann ich

meine Tasche ja gleich bei ihr abholen. Aber da ist nur der Anrufbeantworter.
»Bitte hinterlassen Sie eine Nachricht nach dem Piepton. Und, Katrin, falls du es bist: Deine Tasche bringe ich dir Montag mit ins Büro. Zusammen mit deinen Schuhen.«
Sie ist ein Schatz – aber Geld habe ich nun keines.
Trotzdem lasse ich mich von Jan überreden, mit ihm zum Flohmarkt zu gehen. Ich wasche mir das Gesicht, tausche das Kleid gegen meine ältesten Jeans und ein uraltes The-Smiths-Tour-T-Shirt (als Protestakt gegen Alex und um meinem zart aufkeimenden »Kill the DJ«-Gefühl Ausdruck zu verleihen). Um mich gegen die Unwägbarkeiten der Gehwege zu wappnen, ziehe ich Turnschuhe an. Natürlich mit Socken, vielleicht kann ich die ja verkaufen. Die Flip-Flops stecke ich in meine Tasche.
»Warum nimmst du die denn mit?«, fragt Jan.
»Ich möchte sie zurückgeben.« Schuh-Schulden sollte man zeitnah begleichen, finde ich.
Ich bin ganz schnell fertig. Ich bin nämlich keine von diesen *High-Maintenance*-Frauen, die stundenlang am richtigen Schwung ihrer Wimpern arbeiten oder schon bei der Auswahl der Unterwäsche ins Grübeln geraten. Alex hat mich einmal dafür bewundert: für mein Tempo beim Anziehen. Er konnte Abende damit verbringen, seine Brusthaare einzeln auszuzupfen. Und morgens lange darüber sinnieren, welche Unterhose am besten zu seiner Stimmung passt. Aber da war ich meistens schon bei der Arbeit.
Nur beim Schlussmachen, da war er schnell.
Auf dem Flohmarkt am Schlachthof gibt es eine üppige Auswahl an Fahrrädern. Jan hat sofort einen Favoriten, den er ausgiebig untersucht: ein Klapprad. Mit Lila-Metallic-Lackierung. Bestimmt original siebziger Jahre.

»Brauchst du auch ein Rad?«, frage ich. Wie sonst sollte ich mir sein Interesse für dieses merkwürdige Ding erklären können?

»Ich? Wieso?«, fragt Jan zurück.

»Sehr gutes Rad!«, mischt sich der Verkäufer ein. »Technisch einwandfrei. Sie können sofort losfahren.« Zum Beweis, dass das Rad eindeutig funktionstüchtig und auch sonst ein Spitzenprodukt ist, läutet er die Klingel. Die ist sehr laut. Dann kratzt er sich am Bauch, versucht, mit Blicken unsere Zahlungsbereitschaft einzuschätzen, und macht uns dann einen ganz individuellen Preisvorschlag: »Für euch nur hundertdreißig Euro. Weil ihr es seid.«

»Sechzig«, sagt Jan trocken. Das ist weniger als die Hälfte, rechnet mein Kopf unwillkürlich sofort aus. Aber was sollen wir mit diesem grauenhaften Ding, das garantiert nicht fährt, und selbst wenn, man müsste sich eine Papiertüte über den Kopf ziehen, um nicht damit gesehen zu werden.

Der Verkäufer verzieht das Gesicht: »Willst du mich beleidigen?«

»Nein, das hatte ich nicht vor«, sagt Jan.

»Einhundert«, kontert der Verkäufer.

Jan sagt gar nichts.

»Neunzig«, schlägt der Verkäufer vor.

»Wir kommen später noch mal wieder.« Jan wendet sich ab.

»Dann ist es weg«, behauptet der Verkäufer. Das wage ich zu bezweifeln, halte aber lieber den Mund.

Am nächsten Stand stürzt sich Jan auf ein Rad, das aussieht, als hätte meine Uroma es gefahren.

»Guck mal, ein altes ›Adler‹!« Er schaut total verzückt. Ich hoffe, dass er das Rad nicht berührt: Es sieht dermaßen

altersschwach aus, dass ich befürchte, es fällt dann zu einem kleinen Häufchen Staub zusammen.
»Och nee«, stöhne ich. Ich betrachte lieber die normalen Fahrräder. Vor allem die Hollandräder. Die sehen ein bisschen aus wie das Gucci-Rad neulich in der Modestrecke. Obwohl: Ist das wichtig? Hat das eine Bedeutung? Ist es nicht völlig egal, ob ein Fahrrad oder ein T-Shirt oder eine Handtasche mal in einem Magazin abgebildet war? Wird es denn dadurch besser? Nein. Eindeutig. Und ich weiß ja, wer dafür sorgt, dass gewisse Dinge ins Rampenlicht gestellt werden: meine Kolleginnen, deren Meinungen auch sonst nicht unbedingt mit meinen übereinstimmen, wie ich auf dem Boot deutlich gemerkt habe. Nein, die haben ja auch nicht wirklich viel zu melden. Es sind die Anzeigenkunden, die bestimmen.
Aber die Anzeigenkunden bestimmen nicht über mich.
Ich muss mich alleine entscheiden, was für ein Rad ich haben will. Völlig ohne Hilfe – na ja, fast, wenn man mal von Jans Verirrungen absieht.
Das schwarze Hollandrad gefällt mir. »Gazelle« steht drauf. Es sieht so angenehm unspektakulär aus, genau das, was ich jetzt brauche. Nicht noch mehr Aufregung. Ich drücke ein bisschen auf die Reifen. Noch Luft drin. Die Gangschaltung bewegt sich auch. Bisschen Rost. Der Kettenschutz hat auch schon mal bessere Tage gesehen.
»Was hältst du davon?«, frage ich Jan.
Er guckt kritisch. Erst auf mich, dann auf das Rad, dann wieder auf mich. Dann flüstert er mir ins Ohr: »Perfekt. Das passt perfekt zu dir.«
Ich bin irritiert. Klar, das Rad ist mir auf den ersten Blick sympathisch, aber warum passt es perfekt zu mir? Haben wir Ähnlichkeit miteinander, wie Hund und Herrchen?

Mir fällt auf, dass der Sattel eingerissen ist. Passt das zu mir? Die rostige Lampe. Wahrscheinlich geht das Licht gar nicht – heißt das, dass Jan findet, dass mir kein Licht aufgeht? Und warum mache ich mir überhaupt Gedanken darüber, was Jan von mir hält?
Mitten in diesen Überlegungen sehe ich plötzlich Alex. Er hält eine Stehlampe in der einen und eine blutjunge Blondine mit der anderen Hand.
»Ich muss hier weg«, flüstere ich Jan zu.
»Wieso? Und wieso flüsterst du?«
»Ist doch egal, los, weg hier.«
»Was soll dieses Rad kosten?«, fragt Jan noch schnell den Verkäufer.
»Fünfundneunzig. Weil ihr es seid.«
Liegt es an Jan, dass wir überall diese »Weil ihr es seid«-Preise angeboten bekommen, oder ist das ein billiger Ranschmeißer-Trick?
»Da vorne ist Alex«, zische ich mit trockenem Hals. »Los, weg hier.«
»Ach so«, sagt Jan. »Aber das ist auch deine Stadt.«
Alex lässt die Blondine los und wendet sich einem Karton mit Langspielplatten zu. Ich kann meinen Blick nicht von ihm abwenden. Und doch … irgendetwas stimmt nicht.
»Wie spät ist es?«, frage ich Jan.
»Halb zehn.«
»Dann kann es nicht Alex sein. So früh steht der nicht auf.« So früh ist er jedenfalls mit mir nicht aufgestanden. Das Goldlöckchen macht ihn anscheinend wacher.
»Dann können wir ja auch in Ruhe das Fahrrad kaufen«, flüstert Jan.
»Warum flüsterst du denn so?«, herrsche ich ihn gereizt an. Oh, jetzt sieht Alex in meine Richtung. Ach nein, doch

nicht. Dass der aber auch so schielen muss. Außerdem blendet die Sonne. Wie soll ich mich denn in einer solchen Ausnahmesituation und in meiner schwierigen persönlichen Verfassung auf so eine weitreichende Entscheidung wie den Erwerb eines Fahrrades konzentrieren? Ich kann mir doch nicht einfach fünfzehn Kilo Stahl ans Bein binden, emotional daneben wie ich gerade bin.

»Fünfzig. Weil du es bist.« Ein dreistes Angebot von Jan.

Der Verkäufer kratzt sich den Rücken unter seinem Holzfällerhemd. Da scheint sein Rechenzentrum zu sitzen, denn er wirft kurz darauf eine neue Zahl aus: »Achtzig. Ist ein super Fahrrad. Geht alles.« Zum Beweis betätigt er die Klingel. Sie geht. Wenn es mir allerdings *darum* gegangen wäre, hätte ich auch das Klapprad nehmen können.

Alex, der ja nicht Alex sein kann, weil er eigentlich gar nicht so früh aufsteht, lässt die LPs los und betatscht wieder die Blondine.

Er kommt näher.

Und näher.

Ich könnte ihm eine reinhauen. Mit der Faust mitten aufs Auge. Allerdings bin ich im Faustkampf äußerst ungeübt und würde entweder nicht richtig treffen oder mir die Hand verletzen. Ich könnte auf das Rad springen und rasend schnell verschwinden. Ich könnte auch einfach im Boden versinken. Oder weiter hier stehen bleiben und ihn fassungslos anstarren.

Jan scheint das überhaupt nicht zu interessieren. Er ist total rücksichtslos.

Angespannt klammere ich mich am Lenker des Rades fest. Meine Handknöchel sind schon ganz weiß.

»Reg dich ab, das ist nicht dein DJ!«, versucht Jan mich zu beruhigen.

»Wie? Nicht Alex?«
Im gleißenden Gegenlicht kommt das Paar näher. Die gegensätzlichen Impulse in mir – entweder wegrennen oder auf Alex zustürzen – bewirken, dass ich wie mit den Füßen in Beton gegossen reglos verharre.
Und dann sehe ich es auch: Es ist gar nicht Alex. Es ist jemand, der Alex ganz unglaublich ähnlich sieht. Die gleiche Frisur, ähnliches Outfit und auch so einen feinen Marionettenkörper mit Porzellangesicht. Er schielt allerdings nicht.
»Das ist der Sänger von Turbomatic«, erklärt Jan.
»Er sieht genauso aus wie …«, stammele ich noch verwirrt.
»Original und Fälschung. Ich würde mal sagen: Das hier ist näher dran am Original.« Jan grinst, als hätte er einen ganz tollen Witz gemacht.
Und er hat recht. Von Turbomatic, dem neuen heißen Ding der Musikszene, hatte ich bislang nur unscharfe Bandfotos gesehen. Da war mir die Ähnlichkeit gar nicht so aufgefallen. Aber Alex hatte sich schon mal beschwert, dass jemand *seinen Style* kopieren würde. Einen kurzen Moment überlege ich, Alex einfach durch diesen Sänger zu ersetzen. Aber erstens scheint der schon vergeben zu sein, und zweitens – nein, das wäre nicht dasselbe. Das, was zwischen Alex und mir ist, das ist einfach einzigartig. Ein ganz besonderes Knistern. Wir ergänzen uns magisch. Wir verstehen uns. Bis auf dieses eine kleine Missverständnis gestern Abend. Ich war eben nicht ich selbst, und er war es deshalb auch nicht.
Ich liebe ihn. Oder doch nicht? Oder wünsche ich mir, ihn zu lieben? Oder einfach nur, geliebt zu werden?
Ich bin ganz durcheinander. Das kann ich überhaupt nicht ertragen. Da hilft nur eine schnelle, eindeutige Entschei-

dung. Sozusagen als Verhaltenstherapie. Ich wende mich wieder dem Hollandrad zu. Es ist schlicht, es wirkt solide, zuverlässig. Vielleicht nicht gerade zum Drananlehnen, aber immerhin zum Festhalten. Es ist genau das, was ich jetzt brauche.

»Ich nehme das Rad«, sage ich entschlossen.

»Für fünfzig«, ergänzt Jan schnell.

»Fünfundsiebzig«, sagt der Verkäufer. »Hier, du kriegst noch eine Klingel dazu, falls die mal kaputtgeht.« Er greift in einen Umzugskarton voller Fahrradklingeln und zieht eine heraus. Dann schraubt er sie an den Lenker des Rades. Jan bezahlt. Ich habe ein Fahrrad mit zwei Klingeln.

Absurd. Aber auch praktisch.

»Das ist bestimmt gut fürs Feng-Shui«, mutmaßt Jan. »Man soll ja die Dinge immer paarweise … äh, vielleicht sollten wir das Thema wechseln. Willst du nicht mal eine Probefahrt machen?«

»Eine Probefahrt macht man, bevor man ein Fahrrad kauft. Ich habe dieses Rad bereits gekauft. Es wird also eher eine Jungfernfahrt. Auch wenn das Rad eher aussieht wie eine alte Jungfer …«

Bevor ich mich hier noch um Kopf und Kragen rede, schiebe ich meine Neuerwerbung gen Flohmarktausgang und schwinge mich auf den Sattel. Es ist, als hätte ich nie etwas anderes gemacht. Lässig trete ich in die Pedale, kurve um Passanten, vergessene Zeitungen, einen Kaffeebecher und einen Blumenübertopf über die Feldstraße in Richtung Heiligengeistfeld. Dort, auf der ungeheuer großen Freifläche, radele ich durch gleißenden Sonnenschein, fahre Schlenker und Kreise, mache Vollbremsungen und schreie einmal ganz laut, einfach nur so. In dem Schrei, einer Mischung zwischen Brüllen und Juchzen, ist beides drin: Wut

und Vergnügen. Ich fühle mich lebendig bis in die Haarspitzen. Ein vorbeilaufender Hund zuckt zusammen.
Dann fahre ich zurück zum Flohmarkt. Jan hat sich einen Kaffee und ein portugiesisches Croissant geholt, sitzt auf einem Mäuerchen und blättert in der »Mopo«.
Er hat auf mich gewartet. Und das anscheinend ganz selbstverständlich. Wie schön!
»Sieh mal, was sie da am Anfang der Reeperbahn bauen wollen. Tanzende Türme nennen sie den Schrott. Vierundzwanzig Stockwerke hoch – alles Büros und ein Hotel. Unten darf dann wieder der Mojo-Club rein. Aber der ist da jetzt sowieso schon. Und die Künstler, die in dem alten Gebäude ihre Ateliers haben, müssen raus.«
»Du hast ja gesagt: Die Künstler sind als Erste da, die Künstler sind schuld.«
»Nein, das müsste man schon ein wenig differenzierter betrachten. Aber da gibt es etwas, das möchte ich jetzt noch viel dringender differenzierter betrachten, nämlich diese Lampe dahinten.«
Jan kauft eine original dänische Hängelampe (nicht wirklich von Arne Jacobsen, aber eine hoffnungsvolle Kandidatin für einen Lookalike-Contest) und ein quietschgelbes Klapprad.
»Da mache ich mir schwarz-weiß-karierte Spanngurte dran und Aufkleber drum, dann sieht das aus wie ein *Yellow Cab*«, behauptet er. Ich bezweifle erstens, dass es so etwas wie karierte Spanngurte überhaupt gibt, und finde zweitens, dass das Ding dann höchstens ein wenig kleinkariert aussieht, aber Jan lacht nur über meinen Kommentar.
Das ist das Gute an ihm: Er lässt sich nicht so leicht die Laune verderben, jedenfalls nicht von mir. Er unterstellt

mir noch nicht mal, dass ich es darauf anlegen würde. Alex hat alles, was ich gesagt habe, auf sich bezogen, persönlich genommen und auf die Waagschale gelegt. So sensibel ist er eben. Jan ist dagegen geradezu ein Klotz. Ein gutgelaunter Klotz. Er grinst mich an.

»So, jetzt schaffen wir unsere Beute nach Hause. Und dann kaufen wir dir ein Fahrradschloss. Oder glaubst du nicht an Schlösser?«

»Ich habe bis gestern sogar an Luftschlösser geglaubt«, antworte ich finster.

»Ich mal dir mal eins, dann glaubst du wieder dran«, verspricht Jan. Als ob das so einfach wäre.

Die Frau mit den zwei Einkaufswagen schiebt vorbei. Erst einen voran, dann den anderen hinterher. Ein bisschen wie eine Raupe. Sie ist grell geschminkt und trägt ein schwarzes Pillbox-Hütchen mit Tüllschleier, der die Wirkung des pinken Lidschattens ein wenig dämpft. Ich gehe zu ihr und gebe ihr die Flip-Flops zurück.

»Vielen Dank, Sie haben mir sehr geholfen.«

Sie scheint mich nicht zu erkennen, nimmt die Latschen aber entgegen und dreht sie hin und her.

»Die müssen auch mal zum Schuster«, murmelt sie versonnen. Dann verstaut sie einen Schuh im ersten Einkaufswagen und den anderen im zweiten.

»Es muss alles seine Ordnung haben«, sagt sie.

»Da haben Sie vollkommen recht«, bestätige ich.

Eine Horde Jugendlicher flaniert vorbei. Die Mädchen tragen Röhrenhosen, die Jungs auch. Erstere füllen die Beinkleider zu üppig aus, Letzteren scheinen sie fast über die Hüften nach unten zu gleiten, haltlos verloren auf den flachen Hinterteilen. Auf den Köpfen tragen sie kleine schwarze Hüte, um den Hals dürre Krawatten zu am Kragen ausgeleierten T-Shirts. Sie stoßen sich gegenseitig an, machen sich auf Details ihrer Umgebung aufmerksam und kichern dann kurz, um schnell wieder einen coolen Gesichtsausdruck anzunehmen.

»Alle keinen Hintern mehr in der Hose«, flüstert Jan. Die Jugendlichen sind gar nicht so viel jünger als wir, zehn Jahre vielleicht oder zwölf, aber sie scheinen aus einer anderen Welt zu kommen.

»Ich fühle mich alt«, sage ich zu Jan.

»Wir sind auch alt«, meint Jan. »Aber das ist alles relativ. Meistens fühlen wir uns jünger, als wir sind. Daran sollten wir merken, dass wir alt sind. Denn nur, solange man wirklich jung ist, fühlt man sich älter, als man ist.«

»Wie jetzt?«, frage ich etwas verwirrt nach.

»Ach, ganz egal«, antwortet Jan und fügt solidarisch hinzu: »Ich fühle mich auch alt.«

Auf dem Weg nach Hause, in der Paul-Roosen-Straße, kurz hinter dem ehemaligen »Bambi Kino«, in dem die Beatles in den sechziger Jahren des vergangenen Jahrtausends übernachtet und angeblich ein Kondom angezündet haben, sehen wir ein paar zurückgelassene Bretter auf dem Gehweg. Jan hält an.

»Sieh mal, was für dich!«

»Wunderbar. Daraus könnte ich einen Scheiterhaufen errichten und rituelle Verbrennungszeremonien feiern, um meine geschundene Seele vom Liebesleid zu befreien.«

»Zum Beispiel«, antwortet Jan. »Du könntest es aber auch zusammenschrauben und darauf schlafen.«

»Warum sollte ich?«

»Weil das ganz nach einem Bett aussieht. Und zwar nicht nach irgendeinem Bett, sondern nach einem dänischen

Designklassiker aus den Sechzigern. Teakholz, Hans Wegner und so weiter.«
Ich horche interessiert auf. Der Name sagt mir zwar nichts, aber Jan scheint sich auszukennen.
»Immerhin würde es durch das Treppenhaus passen«, stelle ich mit Blick auf die Einzelteile fest. »Darf man das einfach so mitnehmen?«
»Siehst du hier irgendwo einen Umzugswagen?« Jan schaut sich um und beantwortet seine Frage sogleich selbst. »Nein. Also aufgeladen.«
Wir binden die Teile, so gut es geht, auf unsere Gepäckträger und schieben dann die Fahrräder nach Hause.

»So, und jetzt bauen wir dein Bett auf!«
Jan packt die Holzteile und schleppt sie nach oben.
»Wir haben ganz vergessen, Fahrradschlösser zu kaufen«, bemerke ich.
»Machen wir später!«
Die Räder trage ich vorsichtshalber ins Treppenhaus.
Jan öffnet mir meine Wohnungstür mit seiner Budni-Karte und einem gezielten Tritt, verschwindet dann kurz und kommt mit einem hellblauen Karton mit der Aufschrift »Mamas Liebling« wieder.
»Willst du mir jetzt deine schönsten Babyfotos zeigen?«
»Nee, guck mal.«
Der Karton ist voller Schrauben und Muttern. »Passt doch, oder?«, grinst Jan.
»Nur, ob die zu diesem Sperrmüll passen, den wir mühevoll in dieses abrissreife Haus transportiert haben, das ist eine andere Frage.«
»Ein paar werden schon passen. Fragt sich nur, welche …«
Jan arrangiert die Bretter um meine Matratze herum. Ich

ziehe die Bettdecke zurecht. Er soll die Flecken auf dem Laken nicht sehen, die eingetrockneten Zeugen dafür, dass ich mal so etwas wie eine Beziehung mit Höhepunkten hatte.
Ich könnte Alex anrufen …
Ich will gerade unauffällig das Zimmer verlassen, aber wirklich unauffällig geht es nicht, der Raum ist zu klein, und ich stoße bei dem Versuch, elegant über ein Seitenteil des Bettes zu steigen, gegen den Karton mit den Schräubchen, von denen einige wie aufgeschreckte Insekten in die Luft springen und dann in die breiten Lücken zwischen den Holzdielen kullern.
»Hiergeblieben!«, sagt Jan. »Du kannst mal dort anfassen.«
Er scheint einen Plan zu haben. Er scheint zu wissen, wie man aus diesen wild zusammengewürfelten Müllresten ein Möbelstück formt. Nach zwanzig Minuten ist ihm dieses Zauberkunststück gelungen. In meinem Schlafzimmer steht ein Bett.
»Sieht merkwürdig aus«, nörgele ich. »Da fehlt doch was.«
In der Tat: Die Matratze liegt nach wie vor auf dem Boden, nur hat sie einen hohen Rahmen – vorne und hinten noch etwas höher als an den Seiten. Es sieht aus wie ein Freilaufgehege für Kleintiere mit Erholungsdefizit.
»Ein Lattenrost. Den bekommst du überall.«
»Ich brauche jetzt erst mal einen Tee.« In meiner Küche stelle ich den Wasserkessel auf und werfe einen sorgenvollen Blick auf die einzige Steckdose. Es befindet sich ein Mehrfachstecker darin und in diesem wiederum all die Anschlüsse, die man so braucht. Es ist mir früher nie aufgefallen, wie viele elektrische Geräte ich in der Küche habe. Der Kühlschrank, okay. Die Stehlampe. In anderen Kü-

chen mag es Decken- oder Wandlampen geben oder eine Beleuchtung, die diskret in den Oberschränken oder in der Dunstabzugshaube eingelassen ist, aber das ist hier alles nicht vorhanden. Hier gibt es eine Stehlampe.
Der Toaster. Der müsste nicht sein, aber ich hänge nun mal dran. Nein, es gibt keine vernünftige Erklärung dafür.
Das Radio. Bisschen verstaubt, wird auch selten eingeschaltet. Aber: Hamburg ist eine Hafenstadt, hier hat es schon öfter Sturmfluten gegeben. Ich will doch gewarnt sein. Zwar ist es unwahrscheinlich, dass das Wasser bis in den dritten Stock steigt, genauso unwahrscheinlich ist es, dass einer der internationalen Internet-Radiosender, die ich auf meinem Computer so gerne höre, örtliche Sturmflutwarnungen ins Programm nimmt, aber man kann ja nie wissen. Außerdem zahle ich GEZ-Gebühren.
Der Stabmixer. Ich brauche ihn so gut wie nie, aber falls mich mal ein spontanes Verlangen nach einem Schaumsüppchen überfällt, wäre es gut, ihn zur Hand zu haben.
Die Waschmaschine. Die ist ja nun wirklich wichtig.
Ich bereite einen extrastarken Ostfriesentee zu. Schwarz und bitter, wie meine Laune, wenn ich an Alex denke. Und ich denke an Alex, trotz der Ablenkung durch Jan, der gerade in die Küche kommt und dem ich eine Tasse Tee einschenke.
»Brrrrr, das ist ja herrlich widerlich«, ist sein Kommentar. »Du könntest mit Günne in einen Heißgetränke-Wettstreit gehen.«
»Du musst viel Zucker reintun. Und Milch. Tee ist übrigens der neue Wein.«
»Wie meinst du das jetzt?«, fragt Jan erstaunt.
Ich wundere mich, dass ihm dieses Hippness-Geplänkel nichts sagt. Dabei hat er doch den Glückstee ange-

schleppt und, wenn ich mich recht entsinne, einen Detox-Tee erwähnt. Der muss sich doch auskennen. Und nun tut er so, als würde ich von einer neu entdeckten Insektenart reden, die im südlichen Amazonasdelta gerade mal von ein bis zwei Wissenschaftlern in Augenschein genommen wurde, bevor die Ureinwohner ihr Recht geltend machten und die letzten Exemplare auf Stöckchen spießten und grillten.

»Na wie: Grau ist das neue Schwarz. Seriös ist das neue Sexy. Fotografieren ist das neue Rauchen. So eben.«

»Fotografieren ist das neue Rauchen?« Jan sieht mich an, als wäre er ein Hund, dem ich die binomischen Formeln erkläre. Und genauso komme ich mir auch gerade vor. Deshalb verzichte ich auf weitere Vergleiche und inspiziere meinen Kühlschrank. Dort steht noch ein wenig Renate-Gedächtnis-Pesto. Ich mache die Tür schnell wieder zu.

»Hast du auch Hunger?«, fragt Jan. Woher weiß der, was ich denke? Alex wusste das auch mal. Ganz am Anfang, als er sogar Sushi ins Tropen-Aquarium mitbrachte. Danach war Essen eher selten ein Thema, genau wie gemeinsame Mahlzeiten. Was will man in dieser Hinsicht auch von einem Mann erwarten, der eine Küche für einen überflüssigen Raum hält? Guter Ansatz, lobe ich mich innerlich. Nach Fehlern beim Ex suchen. Aber ist das wirklich ein Fehler von ihm? Und mehr fallen mir auch gar nicht ein.

»Was ist nun?«, fragt Jan. »Wir könnten nachsehen, welche jungen, hippen Restaurantketten über Nacht in unserer Straße aufgemacht haben. Erst ein T-Shirt bei Zara kaufen, dann ein Röckchen bei H&M, einen Kaffee bei Starbucks trinken und vielleicht schnell noch einen Cheeseburger bei McDonald's holen – und dann fühlen

wir uns wie Millionen andere junge Menschen auf der ganzen Welt, die exakt das Gleiche erlebt haben«, predigt Jan.
»Du hast eins vergessen: Ich habe gar kein Geld. Mein Portemonnaie ist noch in meiner Tasche, und die ist bei Maria in guten Händen.«
»Ach so, dann kommt der kleine Konsumrausch für dich nicht in Frage. Zum Essen würde ich dich aber gern einladen. Muss ja nicht McDonald's sein.«
»Du hast doch schon das Rad bezahlt. Du kannst mir Geld leihen, ich gebe dir alles wieder.«
»Wie du meinst«, sagt Jan.
Ich möchte nicht, dass das hier Dating-Formen annimmt. Mich von ihm zum Essen einladen lassen – nein, was soll das denn? Aber etwas ausleihen ist okay, auch wenn es nicht Milch oder Zucker ist.
»Du musst dich aber nicht so anstellen. Du hast mir immerhin den Geldsegen gebracht, indem du meine alten Sessel verkauft hast.«
»Das warst du doch selbst.«
»Nein, du!«
»Nein, du!«
Wir kabbeln uns ein bisschen weiter, und ich wundere mich, wie leicht es ist, mit Jan Spaß zu haben. Gegenseitig schubsen wir uns aus der Wohnungstür und fallen dabei fast über Erna.
»Hast du es ihm endlich gesagt?«, fragt sie und sieht dabei etwas irritiert Jan an. Vermutlich hat sie damit gerechnet, Alex neben mir zu sehen.
»Ja«, antworte ich einsilbig. Meine Laune fährt sofort wieder in den Keller.
»Was gesagt?«, fragt Jan.

»Das geht dich nichts an«, zische ich.
»Dass sie ihn liebt«, erklärt Erna indiskret. »Wenn man einen Menschen liebt, dann sollte man ihm das auch sagen.«
»Er hat mit ihr Schluss gemacht«, klärt Jan sie auf.
»Danke, dass ihr mein Privatleben hier im Treppenhaus diskutiert. Wollt ihr mit euren Handys noch ein paar Fotos von mir und meinem Elend machen und ins Internet stellen? Nur zu!«
»Ach, das meintest du mit ›Fotografieren ist das neue Rauchen‹«, fällt Jan ein.
»Man kann mit einem Handy fotografieren?«, fragt Erna.
Ich bin ihnen dankbar, dass sie so schnell vom Thema ablenken.
Erna zieht etwas, das aussieht wie ein Brikett, aus den Tiefen ihres Kimonos. Ich wundere mich, wie diese kleinformatige Frau so etwas Großformatiges am Körper verstecken kann.
»Damit kann man fotografieren?«
»Nein, das ist zwar ein drahtloses Telefon, aber kein Handy, sondern ein Festnetzanschluss«, klärt Jan sie auf.
»Aber mir reicht das«, sagt Erna. »Überall, wo ich hingehe, kann ich damit auch telefonieren. Sogar in der Paul-Roosen-Straße. Und bei Wohlschnitt. Und bei der Haspa.« Das markiert Ernas Bewegungsumfeld: einmal die Straße rauf bis zu Renate und noch kurz um die Ecke zum Gemüsehändler. Vielleicht, aber allerhöchstens, noch zum Supermarkt. So weit reicht wahrscheinlich die »Home Zone«. Das erklärt auch, warum sie alles mühelos in ihren Feder-Pantöffelchen schafft.
»Gehst du mit uns was essen?«, fragt Jan.
»Wie, was essen? Es ist vier Uhr, Kaffeezeit. Was soll ich da

essen, außer vielleicht ein Stück Kuchen? Was für eine verrückte Idee, jetzt essen zu gehen!« Erna regt sich auf.
»Ich wusste nicht, dass Sie so viel Wert auf Form und Etikette legen, Eure Majestät«, neckt Jan sie.
»Das ist nur Struktur. Ich habe beschlossen, meinem Leben Struktur zu geben. Wenn alles andere um mich herum zusammenfällt, dann brauche ich etwas, das mich hält. Und wenn es nur ein Korsett aus Tageszeiten ist.«
»Es wird nicht alles zusammenfallen«, konstatiert Jan. »Das Haus bleibt stehen.« Um seine Behauptung zu bekräftigen, klopft er ein paar Mal gegen die Wand des Treppenhauses. Ein paar Brocken Putz lösen sich und rieseln zu Boden. Jan schiebt sie möglichst dezent mit dem Fuß zur Seite.
Ich weiß nicht, ob Jan weiß, was mit Erna los ist. Ob er ihre Geschichte kennt. Ich weiß es ja selbst nicht, bis auf die Andeutungen, die sie gemacht hat. Ihre große Liebe, Frau Hansen. Und hatte sie nicht gesagt, dass sie als Domina gearbeitet hat? Dieses zarte Persönchen?
»Wir können ja auch irgendwo hingehen, wo es Kuchen gibt«, schlage ich vor.

Aus der »Gemütlichen Ecke« dringt eine Dampfwolke. Die Kaffeemaschine.
»Ist euch aufgefallen, wie viele Cafés hier in letzter Zeit aufgemacht haben?«, fragt Jan und lässt seinen Blick die Straße auf und ab wandern. »Hier, das ›Kaffee Stark‹. Die ›Candy Bar‹. ›Die Eisheiligen‹. Um die Ecke ›Café Mimosa‹ und ›Café Meincke‹. Und das ›Don't tell Mama‹ mit dem göttlichen Käsekuchen«, zählt Jan auf.
»Ist das jetzt gut oder schlecht, dass es hier jetzt so viele Cafés gibt?«, frage ich nach. Mir ist das wirklich noch

nicht aufgefallen, denn ich arbeite normalerweise und vertrödele meine Zeit nicht damit, an einem Latte macchiato zu nippen. Ich finde Cafés überflüssig. Oh nein, jetzt fange ich schon so an wie Alex.

»Das weiß ich noch nicht«, sagt Jan nachdenklich. »Aber ich würde euch gerne zum Käsekuchen einladen.«

»Dagegen habe ich nichts einzuwenden«, schnarrt Erna.

Nun hat Jan zwei Frauen mit Liebeskummer im Schlepptau. Er weiß, was wir brauchen: *New York Cheesecake*. Ich hätte nie gedacht, dass das hilft. Danach ist mir latent übel, aber ich weiß wenigstens, woher das kommt, und das ist ein beruhigendes Gefühl. Den Körper spüren, darum geht es.

»Ich hätte ihm das nie sagen dürfen«, werfe ich Erna vor. Als ob sie etwas dafürkönnte.

»Der taugt eh nichts«, entgegnet sie mir. »Glaub mir. Ich kenne mich aus mit Männern. Jahrelange Berufserfahrung.«

Nichts glaube ich ihr, Berufserfahrung hin oder her, hier geht es um mein Privatleben, das ist ja wohl etwas ganz anderes. Wir sitzen zu dritt nebeneinander auf dem großen Sofa in dem kleinen, etwas kargen Raum. Die Kasse steht auf einem zierlichen Schreibtisch aus Teak, der ein wenig an mein neues Bett erinnert.

»Aber der hier, der ist pures Gold!« Erna beugt sich vor, zeigt auf Jan und sieht ihn an, wie man einen seltenen Schmetterling betrachten würde. Jans Gesicht wird knallrot. Er stopft sich schnell noch einen Bissen vom Käsekuchen in den Mund, verschluckt sich daran und beginnt zu husten. Ich klopfe ihm auf den Rücken, bis er wieder aufhört. Das hat Alex auch mal mit mir gemacht. Das Leben ist ein Kreislauf, nur läuft bei mir nichts rund.

»Ich habe mein Leben mit Warten verschwendet. Ich wollte keine Fehler machen – das war mein größter Fehler. Aber jetzt ist Schluss damit.« Zur Bekräftigung schiebt sich Erna den Rest ihres Kuchens auf einmal in den Mund. Ein paar Krümel bleiben auf dem rosa Lipgloss hängen. Es scheint sie nicht zu stören. Stattdessen sieht sie mich an, als hätte ich die Krümel am Mund. »Du hast eine Krise«, diagnostiziert sie. »Du brauchst eine neue Frisur. Das ist das Einzige, was hilft.«

Ich gucke Erna kritisch an. Nachdem ihr erster Rat in Sachen Lebensbewältigung schon so gewaltig nach hinten losgegangen ist, traue ich ihren Tipps nicht mehr.

Ein großer Hund erscheint in dem Café und schaut sich suchend um. Die Bedienung ist wohl gerade im Keller, deshalb kann er nichts bestellen. Er schnüffelt ein wenig an unseren Füßen, wir halten die Teller höher.

Erna tätschelt das riesige, zottelige, stinkende Vieh. »Vielleicht sollte ich mir einen Hund kaufen. Der liebt mich so, wie ich bin. Ach, fast hätte ich vergessen: Ich habe ja jetzt einen – Lady.« Sie sagt das mit leichtem Spott in der Stimme, doch es schwingt auch viel Bitterkeit mit. »Ich muss dann mal«, sagt sie, erhebt sich und drückt Jan ihren leeren Teller in die Hand. »Danke für die Einladung!« Sie trippelt davon, der große Hund folgt ihr.

Jan und ich sehen uns an.

»Was ist eigentlich mit deinem Job?«, fragt er.

»Aus. Vorbei«, antworte ich, ein wenig erstaunt über mich, wie leicht mir diese Erkenntnis fällt.

»Weil du vom Schiff gesprungen bist?«

»Weil das nicht mehr meine Welt ist.«

»Ich kann mir das gar nicht vorstellen …«, murmelt Jan.

»Hey, ich denke, du bist Künstler. Die sollen doch angeb-

lich Phantasie haben«, spotte ich und beiße mir dann auf die Lippe.
Wenn Jan Alex wäre, wäre er jetzt so beleidigt, dass er mindestens eine Stunde nicht mit mir reden würde. Eher noch ein bis zwei Tage. In der Zwischenzeit hätte ich natürlich gut zu tun, deshalb würde mir das nicht sonderlich auffallen, aber es wäre doch anstrengend. Deshalb habe ich mich oft zurückgehalten. Aber Jan ist nicht Alex. Jan lacht. Einfach so.
Dann gehen wir Fahrradschlösser kaufen und veranstalten anschließend eine Waschmaschinenparty bei ihm. Während des Schleuderns müssen mindestens zwei Erwachsene auf der Maschine sitzen, damit diese sich nicht losreißt und auf eigene Faust einen Reeperbahnbummel unternimmt. Meine Gedanken wirbeln durcheinander wie taumelnde Wäschestücke, ich stelle mir vor, dass sie bei dem Gerüttel auch gereinigt werden. All die trüben Gedanken an Alex und das Ende unserer Liebe sollen fortgespült werden!
Danach gehen wir noch auf einen Absacker zu Günne. In der »Gemütlichen Ecke« findet heute ein Freddy-Quinn-Abend statt – Günne meint, es sei gut, sich auch mal auf seine Wurzeln zu besinnen und so viel Lokalpatriotismus wie möglich zu zeigen. Außerdem sei »der Freddy jetzt hip«. Ich weiß nicht, ich weiß nicht – die Kaffeemaschine ist vielleicht ein guter Ansatz, wenn Günne in nicht allzu ferner Zukunft lernt, sie richtig zu bedienen. Aber sein musikalisches Konzept sollte er auch mal überarbeiten. Doch bei »Junge, komm bald wieder« rinnen mir Tränen die Wangen herab und versalzen das suppenartige Getränk, das Günne mir mit den Worten »Mexikaner« und »hilft gegen alles« hingestellt hat. Ich lehne meinen Kopf an Jans Schulter, rein freundschaftlich-nachbarschaftlich.

Die Schulter ist sehr schmal und spitz, ich muss meinen Kopf ein paar Mal umbetten, bis ich eine halbwegs bequeme Position gefunden habe. Aber dann fühlt es sich tröstlich an.

»Abschied ist ein schweres Schaf«, denke ich kurz vor dem Aufwachen. Beim Aufwachen ändere ich den Gedanken in »Abschied ist ein schwarzes Pferd«. Nein, auch falsch. Wie ging das noch? »Abschied ist ein scharfes Schwert.« Ich taste zur Seite hinüber. Kann gar nicht sein. Da liegt jemand. Alles ist gut. Aber seit wann hat Alex Bettwäsche mit dem FC-St.-Pauli-Logo? Die würde doch eher zu Jan passen.

Sie passt genau zu Jan. Es ist Jans Bettwäsche. Der Blick aus dem Fenster kommt mir auch sehr vertraut vor, es ist fast der gleiche wie aus meiner Wohnung ein Stockwerk höher. Neben mir liegt Jan und schläft. Und, ja, wir hatten Trostsex. Warum er genau getröstet werden musste, weiß ich nicht mehr. Ich wollte Alex vergessen. Nein, ich wollte Alex wiederhaben, aber der war nicht da, und Jan war da und ... es ist eben passiert. Ist ja auch nichts Schlimmes. Aber geholfen hat es auch nicht. Im Gegenteil. Jetzt fühle ich mich erst richtig elend.

Ich betrachte Jan. Er sieht nicht ein Zehntel so gut aus wie Alex. Nett, sympathisch, das alles. Der Tag gestern mit ihm war einfach schön. Aber mehr ist da nicht. Ich bin nicht verliebt – wie könnte ich auch? Ich bin in Alex verliebt und habe nun das brennende Gefühl, ich hätte ihn betrogen. Es ist absurd, aber es ist so. Um mich selbst zu bestrafen, würde ich mir jetzt gerne sofort einen Teller Linsensuppe über den Kopf kippen oder etwas ähnlich Demütigendes. Als ob das nicht genug wäre: Sex mit dem Nachbarn. Da kann ich ja gleich ausziehen, die Abfindung nehmen, weg. Wie die Hansens.

Und wenn Jan nun in mich verliebt ist? Nein, das darf nicht sein. Ich habe ihn zu gern, um ihn unglücklich zu machen. Aber wiederholen würde ich diese Nacht nicht. Das ist nichts gegen ihn, das ist nicht persönlich gemeint. Er hat getan, was er konnte, nehme ich mal an. Aber Trostsex fühlt sich unter der heißen Oberfläche immer kalt und trostlos an.

Was ist, wenn er jetzt aufwacht? Was soll ich ihm dann sagen?

»Das sollten wir in Zukunft lieber sein lassen?« Der Satz trifft es genau – aber ob er ihn direkt nach dem Aufwachen würde hören wollen? Ober er ihn überhaupt hören möchte? Womöglich kommt er sich einfach bloß benutzt vor. Und genau das habe ich ja auch getan: Ich habe Jan benutzt, um mich von meinem Kummer abzulenken.

Lieber nichts wie weg. Leise schleiche ich davon. Als die Tür hinter mir ins Schloss schnappt, fällt mir ein, dass ich gar keine Budni-Karte dabeihabe, um meine eigene Wohnungstür zu öffnen.

Ich gehe in die Wohnung der Hansens. Dort ist die Tür immer noch nur angelehnt. Im Wohnzimmer steht ein Sofa mit Schonbezug. Darauf sitzt Erna und weint. Ihre Tränen tropfen auf das durchsichtige Plastik und kullern von dort auf den PVC-Fußboden. Und da sitzt Lady.

»Ach, es ist alles so albern. Du solltest mich nicht so sehen«, schnieft Erna.

Wortlos setze ich mich neben sie und weine auch ein bisschen. Erna hält mir ein Taschentuch hin.

»So, jetzt reicht es aber. Genug geheult. Das Leben ist einfach zu kurz dafür«, sagt sie.

»Außerdem passt das gar nicht zu uns«, ergänze ich.
»Da hat sie recht. Nicht wahr, Lady?« Erna sieht den ausgestopften Dackel an. »Oh Gott, jetzt rede ich schon mit einem Hund. Einem toten Hund. Schlimmer kann es eigentlich gar nicht kommen.«
»Doch«, sage ich. »Ich habe mit Jan …« Was zum Teufel reitet mich da? Warum erzähle ich meiner Nachbarin, dass ich mit unserem gemeinsamen Nachbarn aus Versehen die Nacht verbracht habe? Ist das nicht schon schlimm genug – muss ich es auch noch herumtratschen? Ich beiße mir auf die Unterlippe, um mich zu stoppen.
»Sex ist nicht wichtig. Sex spielt keine Rolle. Das ist eine einfache Ware. Die kann man kaufen wie ein Stück Butter oder ein Pfund Hack. Aber das haben die meisten Menschen noch nicht begriffen.« Ganz leise und weise sagt sie das.
»Aber …«, versuche ich einzuwenden, doch Erna unterbricht mich: »Mit Liebe hat das nichts zu tun. Liebe ist etwas ganz anderes. Man sollte das nicht verwechseln. Liebe ist …«
Ich lausche gespannt. Kann Erna mir erklären, was Liebe ist?
»Liebe ist … ach, ich weiß auch nicht.«

Teil 5:

Aufdrehen

25. Kapitel

In der Ecke entdecke ich einen Blumenhocker mit einer einsamen Pflanze.

»Die haben sie wohl vergessen«, sage ich und deute auf das bemitleidenswerte Gewächs.

»Der Mann war nicht so für Grünzeugs«, kommentiert Erna.

»Ich glaube, ich bringe die mal zu Heidi in Pflege«, erwidere ich, nehme den Blumentopf mit Inhalt und trage ihn aus der Wohnung durchs Treppenhaus zu Heidi. Erna klemmt sich Lady unter den Arm und folgt mir.

»Kannst du dich darum kümmern?«, frage ich und halte Heidi die Pflanze hin.

»Ach, du armer Schatz! Was hat man dir denn angetan?«, ruft Heidi, als hätte ich ihr ein von der Mutter verstoßenes, fast verhungertes Kätzchen gebracht. Sie drückt das halb vertrocknete Ding an ihre Brust, aber ganz vorsichtig, damit kein Blättlein gekrümmt wird. »Wo habt ihr die denn her?«

»Aus der Hansen-Wohnung«, sage ich.

»Ein Jammer, dass die jetzt leer steht«, meint Heidi. Erna und ich nicken. Eine leerstehende Wohnung, das ist nicht nur Verschwendung, das wirkt auch wie der Anfang vom Ende dieses Hauses. Fehlt nur noch, dass dort die Fenster eingeschmissen werden. Wenn erst mal die Fenster kaputt sind, ist das ganze Haus verloren. Ich habe düstere Gedanken. So ist das doch, wenn sich der Besitzer nicht zuständig fühlt. Eigentum verpflichtet. Und wenn wir das Haus kaufen? Nur ganz kurz blinkt der Gedanke in meinem Kopf auf. Verrückt, aber warum eigentlich nicht?

Jan kommt die Treppe herunter. Wenn ich könnte, würde ich mich jetzt in Luft auflösen. Da ich das nicht kann, sage ich einfach »guten Morgen«. Und: »Wir sollten mal wieder ein Haustreffen machen. Wie wäre es mit Mittwoch?« Dabei sehe ich Jan nicht an und er mich auch nicht.

»Gut«, stimmt Heidi zu. »Wo denn? In der ›Gemütlichen Ecke‹?«

»Ach nee, da läuft immer dieses schreckliche Gedudel vom ›scharfen Schwert‹«, grummelt Erna. »Außerdem waren wir da schon.«

»Es geht aber nirgendwo anders, weil Günne sonst nicht weg kann«, gibt Heidi zu bedenken.

»Na gut«, lenkt Erna ein. »Ich hätte aber auch gerne mal«, sie guckt sich in der kleinen Runde um und bleibt dann bei Jan hängen, »deine Wohnung gesehen. Aber dieses Privileg haben wohl nur wenige.« Ein blitzender Seitenblick zu mir.

»Okay. Bei mir also ein andermal«, sagt Jan. Dann geht er die Treppe hinunter und aus dem Haus.

»Ich sag Günne Bescheid«, erklärt Heidi. »Habe ihm sowieso versprochen, seine Pflanzen abzustauben.«

»Dann bis übermorgen Abend um acht. Ich hänge noch Zettel auf, damit es keiner vergisst«, biete ich an. Dann gehe ich auch, vorbei an Jans und meinem Fahrrad (die beiden lehnen einträchtig aneinander), raus auf die Straße und denke noch ein wenig über die Hauskauf-Idee nach, während ich mich auf den Weg in die Redaktion mache, um meine Tasche bei Maria abzuholen.

Dort sind alle in Aufruhr. Oben auf der Galerie sind ringsherum Tische aufgebaut, auf denen die Beauty-Redakteurinnen Kartons abstellen. Die anderen Kolleginnen wühlen darin herum. Es sieht aus wie bei einer Plünderung. »Hier, wir spenden auch was«, sagt eine Mode-Assistentin und stellt ein winziges Schächtelchen auf den Tisch. Darin liegt etwas Zusammengekrumpeltes, es könnten Strumpfhosen sein. »Und was ist mit dir? Trägst du gar nichts zu unserem Charity-Markt bei? Immer nur nehmen ist nicht so gern gesehen, weißt du.«

Charity-Markt? Ach ja, ich erinnere mich, da war eine Mail. Ich gehe erst mal zu Maria ins Büro.

»Starker Abgang«, grinst Maria mich an. »Hab mir aber ein bisschen Sorgen gemacht, wegen des Frachters, der uns entgegenkam.«

Ach, die Gute. Den Frachter hatte ich zum Glück gar nicht gesehen.

»Danke, dass du auf meine Sachen aufgepasst hast«, sage ich, als ich die Tasche und die Schuhe übernehme.

»Das war doch selbstverständlich. Und irgendwann erzählst du mir vielleicht mal, warum du so plötzlich losmusstest. Aber jetzt sieh zu, dass du bei dem Basar da draußen noch etwas abbekommst.«

»Und du?«, hake ich nach.

»Ich hab schon. Sonderversorgung – ich habe eben gute Beziehungen.« Sie lächelt verschmitzt, die gute Seele der Redaktion.

Als ich eine Kiste voller aussortierter CDs von Death Metal bis Volksmusik anschleppe, werde ich von der Beauty-Chefin ins Prozedere eingewiesen: Kiste abstellen, eine monetäre Spende in eine bereitgestellte Schale legen, dann dürfe ich mir etwas aussuchen. Auch mehrere Teile. Wenn noch was übrig ist. Wofür denn das Geld sei, will ich wissen.

»Das spenden wir an die Bärenhilfe. Die befreien in China Kragenbären, die auf Farmen in winzigen Käfigen gehalten werden. Täglich wird ihre Galle gemolken, die Tiere leiden unsagbar. Da muss man einfach was tun! Du hattest doch bestimmt auch mal einen Teddybären, den du sehr geliebt hast, oder? Da darf man nicht einfach wegsehen!«

China? Bären? Nein, davon wusste ich noch nichts. Von Menschenrechtsverletzungen hatte ich gehört, auch davon, dass ein junger Bernhardiner dort als Delikatesse gilt, aber von kasernierten Kragenbären – das mag ja sicher furchtbar sein, aber es erscheint mir auch sehr weit weg.

Die Kollegin macht ein wahnsinnig betroffenes Gesicht, ich lege schnell einen Zehn-Euro-Schein in die Schale und komme mir dabei etwas schäbig vor. Einerseits, weil dort sonst nur Zwanzig-Euro-Scheine liegen (und zwei Fünfziger) und ich wirklich genug verdiene. Andererseits, weil ich noch nie von den elenden Bären gehört habe und sie mir egal sind. Sicher, so ein Schicksal wünscht man niemandem, aber würde es meine Kolleginnen auch so rühren, wenn es um hässliche, unsympathische Tiere ginge? Oder gar um Menschen, denen ich mich, wenn ich ehrlich bin, doch sehr viel näher fühle?

Auf den Tischen steht eine Armee von Produkten der Schönheitsindustrie. Wie kleine Soldaten recken die Flakons und Fläschchen ihre glänzenden Helme in die Höhe,

Lidschatten und Lippenstifte haben sich in flachen Kartons wie in einem Schützengraben postiert, Cremes tragen Rüstungen aus dreifacher Verpackung. Ob die alle ohne Tierversuche hergestellt wurden? Ich wage das zu bezweifeln, aber das ist jetzt wohl kein so gutes Gesprächsthema. Zum Reden hat sowieso keiner Lust, alle sind konzentriert dabei, das Bestmögliche für ihr Geld zu ergattern. Manche setzen auf Qualität, andere ganz deutlich auf Quantität.

Ich bin überfordert. Eigentlich brauche ich nichts. Obwohl: Shampoo und Gesichtscreme braucht man ja immer. Aber was davon ist jetzt was? Die Produkte sind schwer zu identifizieren, sie sehen alle sehr wertvoll aus, aber was davon ist für die Haare und was für die Haut? Nachher ist noch etwas ganz anderes dabei, und was mache ich dann damit? Sind schwere gesundheitliche Schäden durch Fehlanwendungen bekannt? Oder vergrätzt das nachher die Anzeigenkunden, wenn so ein durch fachliche Inkompetenz hervorgerufener Skandal ans Licht kommt? Bloß nichts anmerken lassen!

Halbwegs zügig greife ich mir zwei quadratische Packungen, die Tiegel enthalten könnten. Drei nicht ganz so teuer wirkende Flaschen, ebenfalls von bekannten Marken. Dann wende ich mich den Lippenstiften zu. Die nude- und pinkfarbenen lege ich beiseite, auch die orangen sind nichts für mich. Einen knallroten nehme ich in die Hand und drehe ihn bis zum Anschlag heraus.

»Die Farbe steht dir bestimmt wunderbar«, sagt eine Kollegin. »Damit kannst du alles erreichen!«

Das wage ich zu bezweifeln.

»Bei wem reiche ich eigentlich meinen Urlaub ein?«, frage ich die Kollegin neben mir, die sich versonnen mit glitzerndem Lidschatten einen Schmetterling auf den Handrücken pinselt. Um solche praktischen Fragen habe ich mich bislang nie gekümmert. Urlaub? Ein Wort, das sonst in meinem aktiven Sprachgebrauch keine Verwendung findet. Ich habe nie frei.

»Urlaub?«, die Kollegin sieht mich mit weit aufgerissenen Augen an und echot noch einmal: »Urlaub?« Die anderen werden auf uns aufmerksam, drehen ihre Köpfe zu uns. Eine dichte Duftwolke wabert durch den Raum.

»Urlaub? Dass du dich so etwas traust! Wie lange willst du denn weg?«

»So lange es geht. Dreißig Tage – also sechs Wochen.« Ich sage das jetzt nur, um zu sehen, wie sie reagieren. Richtig: Münder bleiben offen stehen, etwas fällt klackernd um, eine Kollegin hat hektische rote Flecken im Gesicht. Als hätte ich ein Tabu gebrochen. Etwas völlig Verbotenes und äußerst Unmoralisches angekündigt. Mir das Wort »Low Performer« auf die Stirn tätowieren lassen.

»Ist euch schon mal aufgefallen, dass man für die Dinge, die man wirklich machen möchte, nie genug Zeit hat? Dass das, was man eigentlich will, oft zu kurz kommt?«

Eigentlich hätte ich sagen sollen: »Ich bin gekommen, um zu kündigen.« Ein Tocotronic-Songklassiker. Mit dem Job, mit der Redaktion, mit Ancilla habe ich innerlich abgeschlossen. Aber deshalb muss ich hier ja nicht gleich den Holzhammer schwingen. Die Urlaubsankündigung ist schon Schock genug.

Verwirrte Augen gucken mich an. Wie Rehe, die von einem Autoscheinwerfer geblendet werden. Ich kann sie verstehen. Für mich ist der Gedanke ja auch neu.

Bislang wollte ich nichts als arbeiten. Vielleicht noch auf Konzerten und Partys herumstehen, aber das auch nur, wenn da für mich ein Zusammenhang mit meiner Karriere zu erkennen war. Sogar Alex im Bett liegen zu lassen und zur Arbeit zu gehen bereitete mir keine Probleme. Aber dann kam das Haus. Die Nachbarn.

Neulich lief bei Günne mal ganz kurz was anderes als Roger Whittaker. Ein sanfter Folksong. Und ich habe zufällig auf den Text gehört. Da sang jemand, dass man im Leben nie genug Zeit hat für die richtigen Dinge – wenn man denjenigen gefunden hat, den man liebt, ging der Text weiter. Aber für mich reichte schon der erste Teil des Refrains zur persönlichen Erleuchtung. Ich wusste: Ich habe zu wenig Zeit. Und langsam wird mir auch klar, was in meinem Leben wichtig ist.

»Ich brauche einfach ein bisschen Zeit für ein paar andere Dinge«, sage ich. »Womöglich gibt es noch ein Leben außerhalb der Redaktion.« Die Kolleginnen wenden sich wieder den unwiderstehlichen Produkten zu. Ein Leben außerhalb der Redaktion? Was soll das denn sein? Und wie soll das gehen? Kaum vorstellbar. Nur eine Mode-Assistentin betrachtet versonnen ihre Finger und seufzt: »Ach ja, ich hätte auch gerne mal wieder einen Tag frei, um mir in aller Ruhe die Nägel zu machen.«

Immerhin, denke ich, das ist doch ein Anfang. Wenn auch kein ganz hoffnungsvoller.

Ich stecke meine Beute ein, einen Tiegel Creme, ein Produkt wie von einem anderen Stern. Dann lasse ich mir von Maria ein Urlaubsantragsformular geben, fülle den Zettel aus und stecke ihn in einen Hauspostumschlag, den ich an die Personalabteilung adressiere. Ob es die noch gibt? Vielleicht sind die schon outgesourct? Vielleicht geht die Hauspost in ein indisches Service-Personalverwaltungs-Center? Ganz unmöglich scheint mir diese Variante nicht.

In meiner Straße zwitschern die Vögel, man hört sie sogar, denn Halligalli-Heiner hat die Musik ausgestellt und sitzt ganz friedlich auf seinen Gartenstühlen, diesmal in einen dreiteiligen Anzug gekleidet. Ein bisschen zu warm, anscheinend kann auch er sich nicht komplett dem Modetrend verweigern. Aber er war nur kurz in Behandlung, durfte schnell wieder zurück, hat Erna berichtet. Es ist also alles in Ordnung.

Ich weiche einem toten Fisch, ein paar Kreidestückchen und einer Haarspange aus und wäre fast in ein geschmolzenes Eis getreten, weil ein Souterrain-Schaufenster mich fasziniert. In dem Raum stehen Bilder an die Wand gelehnt. An eine High-Society-farbene Wand. Auf den Bildern sind grobe Hafenansichten, Kräne und Schiffe in klaren Farben, rauh auf die Leinwand geworfen. Das gefällt mir. Ich gehe ganz dicht ran, um mehr zu sehen. Als würde ich von den Arbeiten angezogen. In dem Raum ist eine Tür, die öffnet sich, und rauskommt – Jan. Er sieht mich, es ist zu spät, zurückzuweichen.

»Komm doch rein!«, ruft er mir zu und winkt. Ich steige ein paar Stufen hinab. »Willkommen in meinem Atelier! Du warst noch nie hier, nicht wahr? Warum eigentlich nicht?«

Gute Frage. »Ist mir noch nie aufgefallen«, gebe ich zu. Warum eigentlich nicht?

»Das könnte daran liegen, dass ich meistens die Vorhänge zugezogen habe. Ich mag es nicht, wenn man mich beobachtet.«

»Ist das nicht zu dunkel?« Ich dachte immer, ein Atelier hätte zumindest ein Oberlicht.

»Ach, das geht schon. Ich male eher intuitiv.«

»Aha.« Ich bin beklommen. Was ist nun mit Jan und mir? Erwartet er etwas von mir?

Ich tue einfach so, als wäre nichts gewesen.
Er tut auch einfach so, als wäre nichts gewesen.
Man muss ja nicht immer über alles reden.
Über manches aber vielleicht doch.
»Ich mag dich. Ich finde dich toll. Aber ich bin nicht in dich verliebt.« Habe ich das gerade gesagt? Habe ich. Das musste gesagt werden. Wenn ich Alex gestehen kann, dass ich ihn liebe, dann kann ich auch Jan damit konfrontieren, dass ich ihn nicht liebe. Mal sehen, was das nun für eine Katastrophe auslöst.
»Das habe ich mir schon gedacht«, antwortet er.
Das ist alles? Er hat es sich einfach schon gedacht? Ich sehe ihn fragend an, vielleicht macht er nur eine dramaturgische Pause, damit das, was er mir gleich mitteilen will, besser zur Geltung kommt. Aber da kommt nichts mehr. Er nimmt einen Pinsel und malt weiter an einem Bild. Ein Barkassenunglück, soweit ich das erkennen kann.
»Das gefällt mir«, durchbreche ich die Stille.
»Willst du mehr sehen?«, fragt Jan.
»Gern!«
Er zeigt mir die Bilder, die er für die nächste Ausstellung fertig hat. Was ich sehe, begeistert mich. Auch Jan sehe ich noch mal in ganz anderem Licht, und das hat nichts mit der schummerigen Atmosphäre im Souterrain zu tun. Er ist ganz bei sich, wirkt kein bisschen verloren oder lasch, sondern souverän. Seltsam, wie der Blick auf ein und denselben Menschen sich immer wieder verändern kann.

Die »Gemütliche Ecke« sieht beim Haustreffen am Mittwochabend irgendwie anders aus. Heller. Hat Günne jetzt etwa zusätzlich zur Kaffeemaschine ein neues Lichtsystem installiert? Ob sich diese Investition lohnt? Ich suche die Decke ab, kann aber keine Lampen entdecken. Das muss ganz geschickt gemacht sein, bestimmt irgendwo versenkt.

Heidi kommt herein. »Ich habe die Fenster geputzt. Die Pflanzen brauchen Licht, sonst kümmern die vor sich hin.«

»So etwas tust du für einen Mann?«, mischt sich Erna ein. »Fenster putzen? Da hätte ich dich aber ganz anders eingeschätzt.«

Heidi wird knallrot, was sich etwas mit ihren Haaren beißt. Wahrscheinlich fühlt sie sich in ihrer Rolle als praktizierende Feministin angegriffen.

»Ich habe es für die Pflanzen getan!«, betont sie. Günne lächelt ihr dankbar zu.

»Eine Frau hat doch ein ganz anderes Händchen für Raumgestaltung. Viel kreativer«, sagt er.

Heidi ballt ihre Hände zu Fäusten.

»Was, bitte, ist am Fensterputzen kreativ?«, wende ich ein.

»Ich meinte ja nur, eine Frau weiß viel mehr, worauf es wirklich ankommt.« Günne hat es gerade noch mal geschafft, seinen Kopf aus der Schlinge zu ziehen.

»Das will ich wohl meinen. Man kann den Männern nicht einfach so die Welt überlassen. Dafür sind sie viel zu unreif.« Heidi sieht mit fürsorglichem Blick zu Günne rüber. Der lächelt. Dann streicht sie sanft über die Sansevierien, die sie von Staub und Ablagerungen befreit hat.

»Möchte jemand eine Kaffeespezialität?«, fragt Günne.

»Ach nee, lass mal«, antwortet Erna und setzt Lady auf den Tisch. Der ausgestopfte Dackel stiert mit seinen Glasaugen Richtung Kaffeevollautomat. »Sonst stehe ich die ganze Nacht senkrecht im Bett.«

»Ich hätte auch lieber einen Tee«, sage ich.

Etwas bedröppelt lässt Günne die Arme hängen. Darin hat er zwei extralange Cappuccino-Löffel, die nun fast den Boden berühren.
»Ich nehme einen!« Heidis Bestellung muntert Günne wieder auf.
»Ist auch fair gehandelt«, sagt er und bringt die Maschine zum Fauchen.
Jan kommt rein, kocht wie selbstverständlich für mich und sich Tee, Günne überredet Erna zu einer neumodischen Limonade mit altmodischem Quittengeschmack.
So, alle sind bereit. Das ist der richtige Moment, um die verrückte Idee zu präsentieren, die sich mittlerweile in meinem Kopf festgesetzt hat und sich immer besser anfühlt:
»Wir kaufen das Haus. Dann sind wir nicht Hausbesetzer, sondern Hausbesitzer.« Der Unterschied in den Wörtern ist klein, nur ein einziger winziger Buchstabe. Aber es liegen Welten dazwischen!
»Wir kaufen das Haus?«, fragt Heidi ungläubig. Hoffentlich kommt sie mir jetzt nicht mit der Tour, dass man kein Haus besitzen könnte, weil es eine Seele hat und so weiter und so fort. Wir müssen realistisch bleiben.
»Aber das ist doch schon verkauft, dachte ich«, knurrt Erna.
»Der Vertrag ist noch nicht wirksam. Er ist sogar«, ich schaue in meinem Notizbuch nach, »schwebend unwirksam.« Ich habe Erkundigungen eingezogen, kräftig recherchiert.
»Und was heißt das nun wieder?«, fragt Günne. Er ist hier doch der Geschäftsmann, ich hatte gehofft, dass er so etwas weiß und uns erklären kann.
»Na, der kann wohl noch davonfliegen«, spekuliert Jan,

macht eine Flatterbewegung und fügt dann hinzu: »Ich als Hausbesitzer? Niemals! Besitz belastet.«
Okay, grundsätzliche ideologische Einwände von Jan.
»Das sehe ich auch so«, meint Heidi. »Wie kann man sich anmaßen, etwas zu besitzen? Ich will nicht zu diesen Bonzen gehören.«
Habe ich es doch geahnt. Da schlägt man mal eine wirklich pragmatische und praktische Lösung vor, und sofort kommen meine lieben Nachbarn mit ihren »Lifestyle«-Bedenken.
»Wollt ihr hier nun wohnen bleiben oder nicht?« Ich sehe sie herausfordernd an.
»Sicher«, sagt Günne. »Aber ich habe da noch eine Frage: Wenn wir das Haus kaufen – wovon bezahlen wir das?«
Das ist ja mal eine gute Frage. Einen Moment lang gebe ich mich Phantasien hin, die alles ganz einfach machen würden:
Es könnte doch sein, dass Erna in Wirklichkeit wahnsinnig reich ist. Vielleicht ist sie Millionärswitwe und lebt hier nur inkognito, weil ihr das einfache Leben so gefällt. Oder sie hat als Domina unglaublich viel verdient, ihre Kunden – oder sagt man: Sklaven? – waren vermögende Geschäftsleute, Prominente gar, und haben ihr willig all ihr Geld und Geschmeide zu Füßen gelegt.
Oder Jan. Der tut nur so, als wäre er ein leicht abgerissener, unbekannter Künstler, dabei werden seine Werke in Japan schon zu exorbitanten Preisen gehandelt.
Heidi könnte ja reiche Eltern haben. Oder ihr ist eine sensationelle Rosenzüchtung gelungen, für die Liebhaber Spitzenpreise zahlen und die sie seit Jahren im Privatversand vertreibt.
Günne hat wahrscheinlich mal Lotto gespielt und dann

nie jemandem von seinen sechs Richtigen plus Superzahl erzählt.

Ach, was sollen diese Träumereien? Wir müssen uns einfach etwas einfallen lassen.

»Und wie viel soll die Bruchbude kosten?« Erna sagt das in einem Ton, als könnte sie den Betrag, egal, wie hoch er auch sein möge, aus der Portokasse begleichen. »Meine Kolleginnen haben sich ja Reihenhäuser gekauft. Eine nach der anderen, immer in so öden Vororten. Als wären sie gezwungen, nach diesem nichtbürgerlichen Job jedes Klischee zu bedienen. Aber ich wollte nie ein Reihenhaus und schon gar nicht in einem Vorort.«

Kurze Zwischenbilanz: Drei von fünf Betroffenen wollen gar kein Haus kaufen. Niemand von uns verfügt über nennenswertes Eigenkapital, selbst ich nicht. Dafür hat der glamouröse Job nicht gereicht. Schade eigentlich. Das Haus, um das es geht, ist so heruntergekommen, dass es ein echter Low Performer ist. Und wir, die Bewohner, sind sogar noch »lower« – wir können uns nicht mal diese Bruchbude leisten.

Da meldet sich Günne wieder zu Wort: »Wir könnten eine Genossenschaft gründen, der dann das Haus gehört. Wir würden so eine Art Miete an die Genossenschaft zahlen. Wir wären also gar nicht wirklich Hausbesitzer und schon gar nicht Spekulanten oder so etwas.«

Ja, genau. So weit hatte ich mich auch schon informiert. Günne scheint sich in dem Thema auszukennen. Jetzt müsste nur noch jemand genug Geld haben.

»Wir haben doch niemals genug Geld«, sagt Jan prompt.

»Die Währung des Patriarchats – so tot und unorganisch«, ergänzt Heidi.

»Geld regiert die Welt«, wirft Erna trocken ein.

»Aber ich will mich nicht vom Geld regieren lassen!« Heidi ist sofort bereit, sich auf eine längere, flammende Diskussion einzulassen, in deren Verlauf bestimmt alle, von Schurkenstaaten bis zu Rasenmäherherstellern, ihr Fett abkriegen. Sie hat bestimmt auch die eine oder andere Utopie parat, nach der wir uns auf dem renaturierten Erdball glücklich von Efeuranke zu Efeuranke schwingen, ohne dieser dabei ein Blättchen zu krümmen, und uns ausschließlich von Fallobst ernähren. Hoffentlich steigt niemand darauf ein.

»Wir könnten uns ja Aktionen ausdenken, die Geld bringen. Und Aufmerksamkeit! Ein Fest! Wir könnten ein Fest machen. Seid ihr dabei?«, frage ich.

»Ja, klar!«

»Hm.«

»Irgendwie schon.«

»Wir können es ja mal probieren …« So ganz eindeutig begeistert sind sie noch nicht.

»Partys sind immer gut«, nickt Günne schließlich anerkennend.

»Feiern, auch wenn es nichts zu feiern gibt!«, schmettert Erna. Sie lächeln sich mit leicht debilem Blick an.

»Seid ihr dabei? Kaufen wir das Haus? Springen wir ins kalte Wasser?«, bekräftige ich noch einmal meinen Vorschlag. Man muss das ja diesmal nicht so wörtlich nehmen, denke ich.

»Wir springen«, sagt Erna. »Und wenn du nass wirst, leihe ich dir wieder was zum Anziehen.«

»Ich hätte dann auch gerne so einen Kimono«, bettelt Jan.

»Ich auch«, steigt Günne mit ein. Heidi kichert.

Ich sehe uns schon alle in der Elbe rumplanschen und danach, in Ernas exotische Gewänder gewickelt, auf Spen-

denfang gehen. Aber meine Nachbarn haben viel bessere Ideen.
Sie legen los, ich notiere alles. Günnes Bestellblock ist rasch vollgekritzelt und sein einziger Bleistift bald stumpf. Ich renne kurz nach oben, um mehr Zettel und einen anderen Stift zu holen. Ich fühle mich richtig in Aufbruchsstimmung – dabei passt das gar nicht, wir wollen ja nicht aufbrechen, wir wollen bleiben. Uns fällt viel ein. Wir werden es schaffen! Bis spät in die Nacht spinnen wir weiter.

»Wir haben was vor!« Jan klopft an meine Tür. Morgens um halb neun, nach nur vier Stunden Schlaf. Er hat ja recht: Wir müssen weiter planen, organisieren. Dafür haben wir uns verabredet.
Wir fahren zur Elbe, um in Ruhe unsere gesammelten Ideen zu sortieren und weiter auszuarbeiten. Mein neues Rad vergrößert meinen Aktionsradius erstaunlich. An den Bambuszäunen der Beach-Clubs sausen wir vorbei. Auf der großen Elbstraße stehen die Cabrios im Stau. Na, wenigstens sind die Leute darin an der frischen Luft. Einen Sommertag genießt eben jeder im Rahmen seiner Möglichkeiten. Manche halt mit, andere ohne Bräunungsstreifen vom Sicherheitsgurt.
An der »Strandperle«, der Oma aller Beach-Clubs, lassen Jan und ich uns in den Sand fallen. Meine Schuhe habe ich ausgezogen, mir macht der Sand an den Füßen nichts aus. Ich bin hier schließlich nicht auf einem PR-Event, sondern am Elbstrand. Der Sand ist echt, er gehört hierher. Alles ist ganz selbstverständlich. Nur Jans neueste Idee, die ist alles andere als selbstverständlich. Die ist total abgehoben.

Damit meine ich nicht seine Recherche bei den Banken, bei der Stadtentwicklungsgesellschaft und so weiter. Er hat einen genauen Plan, was wir brauchen, um das Haus zu kaufen. Er weiß, welche Summe wir bieten müssten, wie wir das Ganze anstellen, wenn wir eine Genossenschaft gründen wollten. Wenn ich mit Jan darüber rede, klingt das völlig realistisch und machbar. Nicht wie ein verrückter Traum, sondern eher, als würden wir einen Urlaub zusammenstellen. Keine Pauschalreise, aber immerhin etwas mit Gepäcktransport.

Er hat sich überlegt, dass eine Kunstauktion mehr Einnahmen bringen könnte als der Verkauf von Heidis hellseherischer Mondphasenmarmelade. Wobei noch gar nicht klar ist, ob Heidi überhaupt bereit wäre, die Marmelade zu verkaufen, die sie aus den Geschenken der Natur kreiert hat. Geschenke der Natur, so Heidi, darf man höchstens weiterverschenken, aber nicht verkaufen. Natur ist nicht kapitalistisch, sagt Heidi. Günne ist da natürlich ganz ihrer Meinung.

Heidi ist aber nicht hier am Strand, und Jans Idee klingt in meinen Ohren auf Anhieb, na ja, nicht wirklich einträglich. Nur kann ich ihm das so direkt nicht sagen.

»Willst du da deine Bilder verkaufen?«, frage ich vorsichtig.

»Ja, die auch«, antwortet er. Ich gucke ihn wenig begeistert an. Seine Bilder sind zwar wunderbar, aber ob man sich davon ein Haus kaufen kann?

»Ich habe auch noch ein paar Freunde von mir gefragt, ob sie mitmachen. Ob sie ein paar Bilder spenden würden.«

Na toll, denke ich, Jans mittellose Künstlerfreunde können den Erlös wahrscheinlich gut selbst gebrauchen, vielleicht für ein zweites Paar Schuhe.

»Und?«, frage ich skeptisch.
»Die machen mit. David Reiter ist auch dabei.«
Nun bin ich baff. David Reiter, das »heiße Ding« der Kunstszene. Neulich habe ich in der Ancilla über ihn geschrieben, seine Bilder erzielen Rekordpreise, gerade erst hatte er eine Einzelausstellung in der Galerie der Gegenwart. Den kann er nicht meinen.
»Sprichst du von *dem* David Reiter?«, frage ich nach.
»Natürlich. Kennst du noch einen anderen?« Jan grinst.
»Äh – nein. Aber dessen Bilder kosten doch locker mal so fünfzigtausend Euro.«
»Das Doppelte.«
»Das macht der nie«, behaupte ich.
»Doch, das macht der«, behauptet Jan. Dann klingelt sein Telefon.
Er steht auf und geht ein paar Meter von mir weg. Hat anscheinend Geheimnisse.
Ich sehe mich um. Da hinten liegt ein Mann, der guckt immer so rüber. Das ist doch Oliver, der bei Renate sein Ciabatta mit mir geteilt hat. Wahrscheinlich wartet er darauf, dass ich wieder ins Wasser springe, damit er mir noch mal seine sandige Decke umhängen kann. Keine Chance, mein Lieber! Aber das mit dem Geld für den Bus, das war nett. Vielleicht könnte er sich heute einen etwas weniger kratzigen Annäherungsversuch einfallen lassen? Um ihn zu ermutigen, lächle ich ihn an. Er strahlt zurück, macht aber keine Anstalten aufzustehen. Schade!
Mit bedrücktem Gesicht kommt Jan ein paar Minuten später zu mir zurück. Er lässt sich in den Sand fallen, malt mit dem Stock ein Hochhaus hinein und kreuzt es dann wieder durch.
»Das war eine Freundin von mir aus dem Wohnprojekt in

der Ludwigstraße. Die werden zugebaut. Direkt daneben ist jetzt noch ein flaches Lagerhaus mit Parkplatz davor. Das wird plattgemacht, stattdessen kommt da nun ein fünfstöckiges Haus hin. Mit Gehweg-Überbauung, Promenade nennen die das. Sie kam aus dem Urlaub zurück und hat die Pläne in ihrem Briefkasten gehabt. Die war total in Tränen aufgelöst. Sie wird bald nur noch gegen Wände starren, wenn sie aus dem Fenster sieht.« Jan schluckt.

Das Seltsame ist: Ich sage nicht »In der Stadt werden nun mal Häuser gebaut, damit muss man rechnen« oder »Was ist denn so schlimm daran, wenn ein Parkplatz verschwindet? Du bist doch sonst immer gegen Autos?« oder »Wenigstens ist es kein Wohnhaus, das abgerissen wird«. Ich sage: »Das tut mir leid.« Und ich meine es auch so. Ich empfinde so etwas wie Mitgefühl für eine mir völlig fremde Frau. Ich stelle mir vor, wie sie vor einem Fenster sitzt und gegen Wände starrt. Und mir kommen dabei fast die Tränen. Was ist nur los mit mir?

»Wir müssen zusammenhalten«, sage ich zu meiner eigenen Überraschung. »Wir müssen alle zusammenhalten.«

»Genau«, antwortet Jan und ballt dabei die Faust. So habe ich das aber nicht gemeint. »Wir haben alle ein Recht auf Stadt!«

»Eine schöne Parole«, lobe ich.

»Ist nicht von mir«, sagt Jan. Wie bescheiden er ist. »Es gibt noch andere, die sich nicht verdrängen lassen wollen. Die mitten in der Stadt bleiben und nicht in irgendeinen Vorort umziehen wollen.«

»Ja!«, steige ich ein. »Dabei zählt jedes einzelne Haus. Wir sind ein Teil des Ganzen. Wir wehren uns gegen die Gentrifizierung. Gemeinsam. Zusammen schaffen wir es vielleicht. Wir müssen alle zusammen Geld auftreiben«, sage ich. »Wir müssen wahnsinnig viel Geld auftreiben. Dann können wir unser Haus retten – und alle da wohnen bleiben. Und das macht wiederum anderen Mut, setzt ein Zeichen.« Oha, ich möchte Teil einer sozialen Bewegung sein – ein für meine Verhältnisse völlig neues Bedürfnis.

»Vielleicht hast du recht.« Jan wiegt den Kopf so seltsam hin und her. »Vielleicht aber auch nicht. Vielleicht ist Geld gar nicht der entscheidende Faktor. Geld haben ja schon die, die uns aus unserem Haus raushaben wollen. Geld macht nicht glücklich.«

»Was soll denn die Weisheit nun wieder?«, frage ich irritiert. Auf der Elbe vor uns tuckert ein Mississippi-Raddampfer vorbei, darauf eine Party. Ich kneife die Augen zusammen, um zu sehen, ob vielleicht jemand über die Reling steigt und springt.

»Ich meine ja nur: Geld ist nicht alles. Wir haben viel mehr zu bieten. Das müssen wir zeigen.« Er guckt mich erwartungsvoll an. »Ich wollte nur sagen: Du hast wirklich Biss. Und Phantasie.«

So viel Lob! Das tut gut. Ich weiß zwar nicht genau, was er meint, aber ich fühle mich, als hätte er mich ganz tief in meinem Kopf gestreichelt. Klingt merkwürdig, ist aber großartig.

Der Typ auf der sandigen Decke guckt immer noch rüber und beißt in ein belegtes Ciabatta.

Zu Hause mache ich sofort weiter mit der Organisation. Ich schreibe einen Plan, entwickele eine Struktur, mache mich schlau, wie man sich so ein Fest genehmigen lässt, recherchiere Telefonnummern, spreche mit Anwohnern und Ladeninhabern. Die meisten sind auf Anhieb begeistert. Ich klinke mich in Netzwerke ein und besorge uns einen Facebook-Account. Und ich merke: Es tut gut, etwas zu tun. Ich habe das Gefühl, ich kann etwas bewirken. Ich kann die Welt verändern, Schritt für Schritt.

26. Kapitel

Wir verändern die Welt, nicht nur Schritt für Schritt, sondern auch Raum für Raum. Wir sind aktiv, es ist viel passiert in den letzten Wochen. Die Vorbereitungen für das Fest laufen auf Hochtouren, es soll Anfang Dezember stattfinden. Ein ungewöhnlicher Zeitpunkt für ein Stadtteil-Straßenfest – aber erstens hoffen wir auf eine gebefreudige Vorweihnachtsstimmung, zweitens ist auf St. Pauli immer Partysaison, und drittens brauchen wir einfach etwas Zeit.

Dabei läuft jeder aus dem Team zur Hochform auf. Und wir haben sogar Zuwachs bekommen – jemanden, mit dem ich nie und nimmer gerechnet hätte.

Die ehemalige Wohnung des Ehepaars Hansen sieht noch fast aus wie früher, nur mit mehr Tischen und Stühlen drin. Wir haben sie zu einem Jeder-bezahlt-was-er-kann-Restaurant gemacht, einer kleinen »Volksküche«. An den Wänden hängen Bilder, wir haben hier wechselnde Ausstellungen. Und es gibt regelmäßig Lesungen und Konzerte.

Erna und Clark – ja, genau, *der* Clark – sind für das Essen zuständig. Erna ist wirklich genial, wenn es darum geht, Spenden zu bekommen. Gerade gestern hat sie eine immense Lieferung Nudeln aufgetan. Und Clark kocht erstaunlich gut, das hätte ich ihm gar nicht zugetraut.

»Clark, das hat wunderbar geschmeckt!« Clark nimmt meinen Teller und räumt ihn in die Spülmaschine.
»Der Junge lernt dazu«, schnarrt Erna zu mir herüber.
»Was soll das denn heißen? Meine *Spaghetti aglio, olio e peperoncino* macht mir so leicht keiner nach. Der Trick ist, dass man den Teller vorher mit dem Knoblauch ausstreicht …«
»Der Trick ist, dass man den Knoblauch hauchzart schneidet«, herrscht Erna Clark an, der den Blick verlegen auf die Spitzen seiner Cowboystiefel senkt.
»Und dass das alles fast nichts kostet. Langsam kapiert er auch, was Service ist«, fährt Erna fort, während Clark die Tische abwischt.
»Möchten Sie noch Nachschlag?«, fragt Clark einen Mann am Nachbartisch. Der Mann nickt und verzieht den Mund zu einem fast zahnlosen Grinsen. »Du warst bestimmt mal so ein Spießer mit einer Harley«, grummelt er Clark zu.
»Porsche Cayenne«, berichtigt ihn Clark.
»Noch schlimmer!«, ruft der zahnlose Alte. »Damit findest du ja nie einen Parkplatz!«
»Stimmt«, nickt Clark. »Das hat schon irgendwie genervt.«
»Musst das jetzt nicht schönreden«, knurrt Erna. »Kannste ja nix dafür.«
In einer Ecke bringt ein Punk seinen zwei Schäferhundmischlingen bei, wie ausgestopft liegen zu bleiben.
Eine Gruppe älterer Damen in leicht abgeschabten Persianer- und Kaninchenmänteln kommt herein. Eine streichelt Lady, die auf einer Anrichte auf einem Spitzendeckchen thront, über den Kopf. Eine andere knickt mit ihren schiefgelaufenen High Heels um.
»Dass du immer noch diese Dinger trägst. Du brichst dir

damit noch den Hals! Hier, die gibt es bei Budni für 2,99 Euro!« Eine Dritte hält ihren Fuß hoch und zeigt einen Plastik-Clog mit runden Ausstanzungen, den sie mit Wollsocken winterfest gemacht hat.
»Sagt Ihnen dieser Tisch zu, meine Damen?«, fragt Clark galant und geleitet die Gruppe an einen wackeligen alten Küchentisch. »Darf ich Ihnen die Karte bringen?«
»Musst nicht gleich übertreiben«, bremst Erna ihn, aber die Damen kichern gerührt.
Ja, Clark. Der Ancilla-Chefredakteur. Der CarLoft-Kaufinteressent. Der Porsche-Cayenne-Fahrer. Der reibt jetzt hier die Teller mit Knoblauch aus. Und das kam so:

Vor ungefähr einem Monat kam ich spät nach Hause. Ich war noch bei einem NoBNQ-Treffen gewesen. Das BNQ, das sogenannte Bernhard-Nocht-Quartier, soll an der Bernhard-Nocht-Straße gebaut werden. Das ist zwar auf der anderen Seite der Reeperbahn, aber auch auf St. Pauli. Alte Häuser sollen abgerissen und durch Luxuswohnungen ersetzt werden. Teuer, trendy, langweilig – das ist die Zukunftsperspektive. Genau wie bei uns. Da regt sich Widerstand, und wir halten zusammen.
Vor meiner Haustür betrieb ich ein kleines Versteckspiel. Die »Gemütliche Ecke« war inzwischen unfreiwillig zur Szenekneipe mutiert, ohne dass Günne etwas dafürkonnte. Erst kamen Clark mit dem Dört und die Typen, die in der Schanze keinen Parkplatz gefunden hatten. Das waren die Trendsetter. Ungefähr fünf Minuten später kamen die optisch und intellektuell dazupassenden Frauen. Sie alle amüsierten sich prächtig und kamen am nächsten Abend wieder. Anscheinend hatten sie auch all ihren Bekannten von der wahnsinnig authentischen Bar im Her-

zen St. Paulis erzählt, denn die kamen auch alle. Die gesamte Ancilla-Redaktion ging nun abends ein paar Stockwerke unter meinem auf der Straße gefundenen Bett ein und aus. Und ich bemühte mich, niemandem von ihnen zu begegnen. Bei Matthias Dört wäre das nicht so schlimm, dem hätte ich voll ausgeleuchtet ins Gesicht springen können, der würde mich einfach nicht erkennen. Vor den anderen aus der Redaktion verstecke ich mich lieber. Deshalb gehe ich in der Straße immer erst in Deckung, bevor ich in den Hauseingang hineinstürze. Das hat bislang auch ganz gut funktioniert. Doch nun fängt Günne mich ab.

»Du, Katrin, hast du mal kurz Zeit?«, fragt er ganz sanft und vorsichtig. Komm zur Sache, denke ich, ich will ins Bett.

»Was ist denn, Günne?« Bitte, bitte lass ihn keinen Liebeskummer haben. Lass ihn mit Heidi glücklich werden bis ans Ende seiner Tage.

Dann denke ich, bevor Günne etwas sagen kann: Es ist Alex. Alex ist zurückgekommen – nicht nur, um in der total hippen »Gemütlichen Ecke« ein authentisches Getränk zu sich zu nehmen, sondern zu mir. Und nun wartet er dort drinnen am Tresen auf mich.

»Da ist so ein Typ …«, fängt Günne an, »… der macht einen ziemlich fertigen Eindruck.«

Ja!, jubele ich innerlich, er ist zerknirscht und reumütig und hat gemerkt, dass das alles ein Fehler war. Nun weiß er nicht, wie er mir das sagen soll, und harrt verzweifelt in meiner Nähe aus, in der Hoffnung, dass ich einen Schritt auf ihn zugehe.

Aber will ich das? Nach dieser Abfuhr? Will ich Alex überhaupt zurück? Der Gedanke ist neu. Ich habe immer

mal wieder an ihn gedacht, aber die Gedanken wurden weniger und unspezifischer. Er hat eine Lücke hinterlassen, von der ich erst dachte, sie würde sich nie schließen, aber inzwischen ist sie überwuchert. Ich weiß gar nicht mehr ganz genau, wie sein Gesicht aussieht, welches Auge stärker schielt, wie weit sein Haaransatz nun wirklich zurückgewandert ist. Es ist, als hätte ich die Erinnerung an ihn im ewigen Eis eingefroren, um sie haltbar zu machen, doch nun kommt der Klimawandel. Und an der Erinnerung ist Gefrierbrand.
Günne redet aber auch wirklich derart langsam, dass ich in der Zwischenzeit solch abwegigen Gedanken nachhängen kann.
»Ein ganz schön fertiger Typ«, bestätigt Günne seine Aussage noch mal, als hätte ich mittlerweile vergessen, was er gesagt hat. So langsam, wie er spricht, kann das durchaus schon mal vorkommen.
Ich nicke.
Ein fertiger Typ in der »Gemütlichen Ecke« – besonders ungewöhnlich ist das nicht. Oder hat Günne sich schon so sehr an sein aufgebrezeltes Szene-Publikum gewöhnt, dass er keine echten Ureinwohner mehr erkennt? Obwohl: Das ist natürlich auch ein bitterböses Klischee. St. Pauli besteht eben nicht aus fertigen Typen, abgetakelten Huren und aus Leuten, die sich nichts anderes leisten können. St. Pauli lebt durch die Mischung. Alt und Jung, wenig Geld, ein bisschen mehr Geld und vielleicht auch mal viel Geld. Aber eben auch Durchgeknallte wie Halligalli-Heiner. Das geht hier schon, da regt sich keiner auf, das gehört eben zum Leben. Leben in allen Facetten – nicht nur die glattpolierte Oberfläche. Ein fertiger Typ in Günnes Kneipe also – na und?

»Er hat gerade seinen Job verloren.« Günne schwenkt mitleidig seinen Kopf hin und her.
»Hm«, murmele ich. Und jetzt soll ich einen neuen für ihn finden?
»Der ist wirklich total fertig. Ich weiß gar nicht, was ich mit ihm machen soll.«
Ich nicke wieder.
»Der hat auch schon geweint.« Günne ist selbst den Tränen nahe.
Soll ich jetzt in die Kneipe gehen und mitheulen? Eine wirklich verlockende Aussicht, den Abend so ausklingen zu lassen. Das sage ich aber nicht.
»Vielleicht könntest du ihm ein Taxi rufen?«, schlage ich vor. Ich habe das Gefühl, dass dieses Problem nun wirklich nicht in meinen Zuständigkeitsbereich fällt.
»Er sagt, er hat bei Ancilla gearbeitet. Ich dachte, da bist du doch auch. Vielleicht kennst du ihn.« Günne ist es wirklich gelungen, drei Sätze ohne nennenswerte Pausen hintereinander zu sprechen.
»Bei Ancilla?«, frage ich nach. Alex hat nie bei Ancilla gearbeitet. Außerdem weiß Günne, wer Alex ist – obwohl: Bei Günne weiß man nie.
Ich gehe in die »Gemütliche Ecke«, Günne hinter mir her. Am Tresen sitzt ein kleines Häufchen Elend mit dünnen, schlaff herabhängenden Löckchen. Ein müder Wasserbüffel, denke ich in einem leichten Anfall von Mitgefühl. So zusammengesunken habe ich Clark noch nie gesehen. Er hat gar nichts chefredakteurmäßiges mehr, sondern wirkt wie ein Stück Pappe, das einen Tag lang draußen im Regen gelegen hat. Schlapp und unförmig. Ob das ansteckend ist? Ich überwinde den ersten Schock und setze mich zu ihm. Er scheint mich nicht zu bemerken.

»Hallo Clark! Alles in Ordnung?«

Ein Ruck geht durch die nasse Pappe. »Ach, hallo Katrin. Mein bestes Pferd im Stall, nicht unterzukriegen. Auf dich ist immer Verlass! Willste 'nen Drink?« Er reißt sich zusammen, strafft seine Haltung und seine Mundwinkel. Dabei fällt er fast vom Barhocker.

»Nee, lass mal, schon gut«, sage ich und halte ihn am Arm fest. Dann setze ich mich auf den Hocker neben ihm.

Günne fummelt an seiner Kaffeemaschine herum und macht Krach mit der Milchaufschäumdüse. Es ist spät am Abend, wir alle sind erschöpft. In so einer Situation hat es keinen Sinn, Höflichkeitsfloskeln auszutauschen oder lange drum herumzureden. Deshalb frage ich ganz direkt: »Was ist los, Clark?«

»Alles paletti!«, behauptet er und macht mit der Hand eine bekräftigende Geste, der sein Bierglas zum Opfer fällt. Der feuchte See breitet sich auf dem Tresen aus und tropft auf seine Hose, doch das scheint ihn nicht zu stören.

»Weißt du, deine Texte haben mir immer gut gefallen.« Er grinst mich schief an.

»Du sitzt nicht hier, um mir das zu sagen, oder?«

»Ein guter Chefredakteur kümmert sich um seine Mitarbeiter, nicht wahr? Der lobt auch mal! Ich war dir doch immer ein guter Chefredakteur, oder nicht?«

Was ist denn nun los? Führen wir hier ein Personalgespräch? Bettelt er mich um Lob an? Vielleicht ist es ja wirklich so: Clark möchte einfach auch mal gelobt werden. Kein Problem:

»Du bist ein guter Chefredakteur. Der Beste, den ich mir vorstellen kann.« Die Worte kommen mir erstaunlich leicht über die Lippen. Wahrscheinlich, weil ich raus bin

aus dem ganzen Zirkus und mir das alles nur noch unwirklich vorkommt.
Ich sage das in besänftigendem Ton und bin fast versucht, ihm dabei über den Kopf zu streichen. Das lasse ich dann doch lieber, weil ich Angst habe, dass dadurch sein Haupthaar noch weiter in Mitleidenschaft gezogen werden könnte.
»War ich das?«, fragt er nach und schnieft ein bisschen. »War ich ein guter Chefredakteur?«
»Wieso *war?*«
»Na, ich bin es nicht mehr. Bin gefeuert. Die dachten wohl, wenn sie schon sparen müssen, dann sparen sie am besten mal die ein, die am meisten verdienen. Und nun gelte ich als Low Performer.«
»Du doch nicht!«
»Ich bin raus. Da kann man nichts machen.«
Ich bin schockiert. Der Medienwelt traue ich fast alles zu, aber nicht, dass sie Clark einfach ausspuckt wie einen Kaugummi, aus dem alles Aroma entwichen ist.
»Das ist aber noch nicht das Schlimmste.« Clark seufzt schwer.
Günne stellt uns zwei Becher hin. »Heiße Milch mit Honig«, sagt er. »Ich weiß nicht, ob es hilft, aber schaden kann es nicht. Es sei denn, jemand von euch leidet unter Laktoseintoleranz.« Ach Günne. Er ist wirklich rührend.
Ich nicke einfach verständnisvoll und warte ab, was noch kommt.
Clark nimmt einen Schluck von der heißen Milch, setzt das Glas schnell wieder ab und saugt schnell etwas Luft ein. »Sehr heiß!«
So ganz freiwillig wird er wohl nicht erzählen, deshalb frage ich nach.

»Was ist denn noch passiert?« Ich kann mir eigentlich gar nichts Schlimmeres vorstellen. Oder hat es vielleicht mit diesem Haus zu tun? Wird das CarLoft nicht gebaut? Das mag in Clarks Universum ja eine Katastrophe sein, aber für mich und meine Nachbarn wäre es ein Glücksfall.
Clark nimmt noch einen Schluck von der viel zu heißen Milch.
»Ich wusste, dass es aus ist, als das mit der Sonnenblume passiert ist …« Versonnen lässt er seinen Blick durch den Raum schweifen und bleibt an dem von Heidi auf Hochglanz polierten Bogenhanf hängen. Erwartete er etwa, dass der sich spontan von der Fensterbank wirft? Ich nicke verständnisvoll, obwohl ich nichts verstehe.
»Gemeinsam haben wir sie gesät, die Frucht unserer Liebe«, deklamiert Clark mit feuchten Augen.
Huch! »Ist jemand schwanger?«, frage ich vorsichtig.
»Nein, wieso?«, fragt Clark zurück. »Ach so. Nein, den Sonnenblumenkern. Es war ein so schöner Frühlingstag, meine Frau und ich haben ein wenig auf dem Balkon gegärtnert. Gemeinsam haben wir einen Sonnenblumenkern in die Erde gesteckt. Ein Symbol unserer Liebe. Sie ist so ein sanfter, romantischer Mensch!«
Ich wusste gar nicht, dass Clark so ein romantischer Mensch ist. Seine Frau habe ich nur einmal gesehen. Sie trug kniehohe schwarze Stiefel, hatte die Haare zu einem straffen Zopf gebunden und hielt in der Hand eine Reitgerte, mit der sie auf den Schreibtisch von Clarks Assistentin Maria donnerte. Ein sehr sanfter Mensch, wirklich.
»Wir haben den Samen gegossen, er ging auf und wuchs zu einer stolzen Blume heran …« Clark malt mit seinen Händen eine stolze Blume in die Luft, wobei er fast vom Barhocker abstürzt. Günne seufzt gerührt. Die Geschichte

muss er Heidi erzählen, denke ich, ich bin die völlig falsche Adressatin.

»Ich habe manchmal sogar mit ihr gesprochen. Du kannst mich jetzt für verrückt halten …«

Das Ende von Clarks Satz bleibt in der Luft hängen, er wartet auf Bestätigung. Auf die Bestätigung, dass ich ihn nicht für verrückt halte.

»Nein, natürlich nicht. Es ist doch völlig normal, dass du mit deiner Frau redest. Viele Männer machen das – ich meine, nicht mit deiner Frau, sondern mit ihren eigenen.«

»Ich habe mit der Sonnenblume gesprochen«, gesteht Clark und versinkt mit seinem Blick in dem Milchbecher.

»Das macht meine Liebste auch immer«, sagt Günne verständnisvoll. »Das ist doch völlig normal.«

»Ist es nicht«, erwidert Clark. »Ich meine, wie soll man jemanden ernst nehmen, der mit einer Sonnenblume redet?«

Günne wendet sich ab.

»Vielleicht hättest du mal mit deiner Frau reden sollen«, rutscht es mir raus.

»Die redet doch nur mit ihren Pferden. Eins nach dem anderen habe ich ihr finanziert, sie wollte züchten. Jetzt hat sie sich in den Reitlehrer verliebt. Passt ja auch irgendwie besser.«

Clark sieht völlig resigniert aus. Als hätte er sich komplett aufgegeben, als triebe er mit einem Gummiboot auf offener See, ohne Kraft, sich einen Möwenschiss von der Nase zu wischen. Obwohl er fast nicht mehr zuckt und jeglicher Antrieb aus ihm entwichen scheint, frage ich: »Was willst du nun machen?«

»Wie – machen?«

Etwas anderes war nicht zu erwarten. »Ach«, sage ich, »erzähl doch erst mal die Sonnenblumengeschichte weiter.«

»Die Sonnenblume.« Clark sammelt sich einen Moment, mobilisiert seine letzte Energie und erinnert sich an glücklichere Zeiten: »Die Sonnenblume wuchs und wuchs. Platztellergroß ragte ihre Blüte in die Höhe. Manchmal hatte ich das Gefühl, sie sieht auf mich herab. Aber nicht arrogant, sondern eher fürsorglich. Sie strahlte eine ruhige, selbstverständliche Heiterkeit aus, ein perfektes Symbol für unsere Liebe. Ich habe sie oft fotografiert. Hier, sieh mal.« Er fummelt sein iPhone aus der Hosentasche, patscht mit seinen vom Honigrand des Bechers klebrigen Fingern darauf herum und zeigt mir schließlich das Bild einer Sonnenblume. Einer wirklich sehr großen Sonnenblume. Und dann noch eins. »Danke, Clark, ich glaube, ich habe inzwischen einen ganz guten Eindruck bekommen. Eine sehr schöne Sonnenblume hast du da.«

»Hatte ich. Es ist vorbei. Sie ist weg.«

»Hat deine Frau sie mitgenommen?« Ich lege ihm mitfühlend die Hand auf den Oberschenkel. Komisch, den eigenen Chef zu berühren. Aber er ist ja gar nicht mehr mein Chef.

»Nein«, sagt er mit einer Stimme, die aus einer Tiefgarage zu kommen scheint. »Schlimmer.«

»Du hast vergessen, sie zu gießen, und sie ist eingegangen?« Es ist brutal, was ich ihm da unterstelle, aber als Symbol für seine Ehe wahrscheinlich geeignet. Ich glaube nicht, dass Clark die Liebe zu seiner Frau gegossen hat. Wie auch immer er das hätte tun sollen – ich habe ja selbst keine Ahnung.

»Was denkst du denn von mir?« Clark bäumt sich wütend auf.

»Ich? Äh – nichts«, sage ich leicht verwirrt. Stimmt: Ich weiß wirklich nicht, was ich von Clark halten soll.
Diese Antwort scheint ihn zufriedenzustimmen.
»Sie hat sich umgebracht.« Seine Stimme kommt aus einer noch tieferen Tiefgarage. Aus der Tiefgarage der Hölle.
Erschrocken springe ich vom Barhocker (das ist gar nicht so leicht, die Sitzfläche klebt ein bisschen). »Ich dachte, deine Frau ist mit dem Reitlehrer durchgebrannt?«
»Die Sonnenblume. Sie hat sich umgebracht.«
Nun verstehe ich gar nichts mehr.
»Wie ist das möglich?«
Clark schluchzt nun hemmungslos. Es ist merkwürdig, einen Mann außerhalb eines Fußballstadions weinen zu sehen.
»Ich weiß es doch nicht. Ich saß am Fenster, in der unteren Ebene, du musst wissen, wir haben eine Maisonette …«
»Ich weiß, ich weiß«, flüstere ich beruhigend.
»… und putzte meine Schuhe.«
Das ist die eigentliche Sensation der ganzen Mitteilung: Clark putzt seine Schuhe selbst. Das hätte ich nicht gedacht. Aber warum macht er das nicht auf dem Balkon? Ich frage jetzt mal lieber nicht.
»Und da sah ich etwas fallen. Ein dunkler Schatten. Ich sprang auf und rannte raus auf die Straße. Da lag sie, meine Blume, zerschmettert auf dem Gehweg. Sie hatte sich über das Balkongeländer gestürzt. Ganz alleine. Ich hatte ja keine Ahnung, dass sie des Lebens überdrüssig ist! Ich wollte zu ihr, sie in den Arm nehmen, doch dann kam schon das Putzauto und kehrte die Überreste fort.«
Ach ja, diese Kehrwagen. Auf St. Pauli wird alle paar Monate auch mal einer gesichtet, sagt man sich. Vielleicht fahren die nicht so gerne hier, weil der dichte Scherben-

teppich nicht gut für die Reifen ist. Oder weil der ausdifferenzierte Straßenmüll die Kompetenzen einer durchschnittlichen Kehrmaschine übersteigt.

»Das ist ja schrecklich«, sage ich so mitfühlend wie möglich. Günne schluchzt aus dem Hintergrund. Clark sieht mich ernst an.

»Da wusste ich, etwas läuft falsch in meinem Leben. Das war ein Zeichen.«

Dass Clark auch noch spirituell veranlagt ist, hätte ich nicht gedacht. Eine Überraschung nach der anderen. Fehlt nur noch, dass Günne verrät, dass er einen Bausparvertrag hat.

»Ein Zeichen wofür?« Ich habe es noch nicht ganz begriffen: Was hat eine suizidale Sonnenblume genau für eine Bedeutung?

»In dem Moment wusste ich: Unsere Liebe ist gestorben.«

Unsere Liebe? Ach, jetzt redet er von seiner Frau. Hoffentlich. Vielleicht klärt er das ja gleich auf.

»Sie war noch nicht mal so klug, ihre Schreibtischschublade abzuschließen. Ein rotes Band hatte sie um seine Liebesbriefe gebunden. Grauenhafte Briefe übrigens, stilistisch unterirdisch und voller Rechtschreibfehler.«

»Du hast ihre Liebesbriefe gelesen?«

»Seine Liebesbriefe. Sie würde niemals Liebesbriefe schreiben. In all den Jahren habe ich nie einen Brief von ihr bekommen.«

»Und sie von dir?«

»Darum geht es doch jetzt gar nicht.«

»Du hast recht. Aufrechnen ist mies. Aber in den Sachen des anderen zu schnüffeln ebenso.«

»Ich weiß.« Clark sackt noch ein weiteres Stückchen in sich zusammen. An Kinderstühlen gibt es Bügel, damit die

Kleinen nicht hinunterpurzeln. So einen bräuchte er jetzt auch.

»Sie kam nach Hause, sah mich inmitten der Briefe sitzen, schrie mich an und warf mich raus. Als sei ich schuld. Bin ich ja auch. Zumindest kommt es mir so vor.«

»Bist du nicht«, sage ich, obwohl ich das natürlich nicht beurteilen kann. Möchte ich mit Clark verheiratet sein? Nein. Würde ich mich deswegen einem Reitlehrer zuwenden? Auf keinen Fall. Ich versuche das Thema zu wechseln, leite also von Pest zu Cholera über: »Und in der Redaktion?«

»Der Jörg kam in mein Zimmer. Unangemeldet. Stand einfach so da und ließ die Schultern hängen. Sah aus wie ein schlapper Hampelmann. Dann fing er an mit irgendwelchen Zahlen, und da wusste ich schon: Etwas läuft schief. Der Jörg redet sonst nie von Zahlen, nicht freiwillig. Nur wenn es unangenehm wird. Aber Manns genug, es mir direkt zu sagen, war er nicht. Ich musste es ihm sagen!«

»Du hast selbst gekündigt?«

»Nicht direkt. Er hat davon geredet, dass Ancilla eingestellt werden müsste, Sparmaßnahmen, Ruder rumreißen, neuer Kurs und so weiter, lauter wirres Zeug, bis ich dann sagte: Die logische Konsequenz wäre dann ja wohl, dass es nur ohne mich hier weitergeht.«

»Aber warum denn? Die Auflagenzahlen waren doch super.« Ich bin verwirrt. Hatte Clark nicht gerade dieses Raddampfergelage inszeniert, weil die Verkaufszahlen so gut waren? Ach, das ist ja auch schon wieder eine ganze Weile her.

»Verschenkt! Freiexemplare für Flugpassagiere, all diese Tricks, um die Auflage zu steigern. Hat aber alles nichts geholfen. Ich habe jede Menge Ideen und gute Konzepte,

wie man das Heft radikal erneuern und eine ganz neue Zielgruppe ansprechen könnte. Aber das deckt sich nicht mit der *vision* vom Jörg. Ich bin dann einfach gegangen.«
Mitfühlend sehe ich ihn an. Zum ersten Mal sehe ich wirklich den Menschen, den verletzlichen Mann, den es tief in seinem Innersten trifft, wenn man seine Ideen ablehnt. Ich würde an ihn glauben. Zum Glück muss ich es nicht.
»Wobei, das stimmt nicht, ich bin nicht einfach gegangen. Ich habe vor Wut gegen den Papierkorb getreten und mir dabei den Knöchel verknackst. Raushumpeln musste ich aus dem Büro, meine Güte, war das peinlich.«
»Was willst du jetzt machen?«, frage ich noch einmal.
»Abwarten«, sagt Clark mit einer Ruhe, als hätte er alle Zeit der Welt. Jetzt, wo er sich alles von der Seele geredet hat, sieht er fast entspannt aus. Ich fühle mich, als würde ich gerade die Treppen zum Michel hochsteigen und hätte die Zeltausrüstung einer Pfadfindergruppe dabei. Und all die Bücher, die ich schon immer mal lesen wollte.
»Abwarten ist gut«, sagt Günne. »Aber nicht hier. Ich mache jetzt zu.«
»Wie? Zu? Wir sind hier auf St. Pauli, hier gibt es keine Sperrstunde!« Clark ist empört. Er hat also doch noch so etwas wie Lebenskraft.
»Sperrstunde nicht. Nur Feierabend. Das Wort kennst du wohl nicht.«
»Nö. Was soll das sein?«, flapst Clark zurück. Er scheint sich wirklich zu berappeln. Das ging ja schnell. Na ja, von einem Mann, der über eine Sonnenblume weint, kann man sich schon mal überraschen lassen.
Aber das Wiedererlangen der Lebenskräfte ist nur eine kurze Phase, Clark fällt schon wieder in sich zusammen.
»Ich weiß doch nicht, wohin«, haucht er.

»Wie jetzt? Soll ich dir ein Hotel buchen? Oder soll ich Maria anrufen, damit sie dir ein Hotel bucht?«
»Ich habe kein Geld. Das habe ich alles ins CarLoft gesteckt. Und meine Frau – meine Ex-Frau – hat meine Kreditkarten zerschnitten.«
»Sie hat deine Kreditkarten zerschnitten?«
»Ja, aber das ist eine andere Geschichte. Aber Geld«, und jetzt seufzt er wieder ganz lange, »macht auch nicht glücklich.«
»Aber auch nicht unglücklich«, sagt Günne. Und dann leise: »Nur manchmal vielleicht …«
»Was machen wir nun mit dir?«, frage ich. Gleichzeitig habe ich eine Idee: die Wohnung der Hansens. Die steht immer noch leer, logisch, neue Mietverträge gibt es hier nicht. Wir haben angefangen, sie zu nutzen. Jan hat eine Ausstellung organisiert, ich ein kleines Konzert (es war wirklich sehr klein, eine Sängerin mit Akustikgitarre, die ihre sehr leisen und verletzlichen Songs vor immerhin fünf ergriffenen Zuschauern gesungen hat), und Erna hat ein Treffen ihrer Bridge-Runde dorthin verlegt. Wir haben uns den Raum erobert, es wäre ja auch zu schade, die Wohnung einfach ungenutzt zu lassen.
»Wir bringen ihn zu Hansens«, schlage ich Günne vor. »Hast du zufällig noch eine Matratze über und eine Decke?«
»Wer sind Hansens?«, fragt Clark.
»Die sind weg«, sage ich nur. Ich habe keine Lust, ihm die Mietverhältnisse dieses Hauses detailliert zu erörtern. Es ist spät. Ich will ins Bett – nur noch schnell vorher meinen Ex-Chef ablegen.
Günne geht mit uns raus, schließt seine Kneipe ab und verschwindet in seiner Wohnung, während ich Clark zu

»den Hansens« (so heißt die leerstehende Wohnung, und so wird sie wohl auch immer heißen – bis das Haus abgerissen wird) bringe. Clark zuckt kurz zusammen, als ich das helle Licht anknipse und man deutlich den sehr ungepflegten Fußboden sieht. Doch dann wendet er sich den Bildern an den Wänden zu und betrachtet sie interessiert. Auf großen Leinwänden sind grob hingemalte Häuser zu sehen.
»Die gefallen mir«, sagt Clark.
»Das sind alles Häuser, die demnächst abgerissen werden sollen«, erkläre ich.
»So wie dieses hier?« Er zeigt auf das Bild von unserem Haus. Meinem Haus. *Mr. CarLoft!* Alle meine Muskeln spannen sich an. Ich fühle mich, als könnte ich ein Telefonbuch durchbeißen.
»Das werden wir verhindern«, knirsche ich hervor. »Und wenn du hierbleiben willst, solltest du besser auf unserer Seite stehen.« Hey, denke ich, der Mann hat gerade seinen Job verloren, und seine Frau ist auch anderweitig beschäftigt. Er hat also Zeit. Viel Zeit. Die könnte er doch hier sinnvoll einsetzen. Die Planung der Kunstauktion und des dazugehörigen Straßenfestes macht nämlich mehr Arbeit, als ich dachte. Viel mehr Arbeit.
Günne kommt herein. »Ich hab nur das gefunden.«
Clark stöhnt, als er die Luftmatratze sieht, die Günne auf den Boden plumpsen lässt. »Einen Blasebalg gibt es leider nicht«, sagt Günne und schüttelt die Decke, die er dabeihat, kurz aus. Durch die Staubwolke kann ich das Design erkennen: Biene Maja.
Clark entfaltet die Luftmatratze, die einen leicht historischen Geruch verströmt, der an Umkleidekabinen in öffentlichen Freibädern erinnert. Vielleicht mit einem Hauch Baggersee. In Günnes Augen sieht man geradezu

Erinnerungen aufblitzen, die von heißen Sommernachmittagen mit schwitzigen Händen und klebrigem Eis erzählen. Clark macht sich daran, die Luftmatratze aufzublasen. Günne verabschiedet sich, ich sehe Clark noch fünf Minuten zu, aber weil ich ihm ja doch nicht helfen kann, sage ich nur noch: »Das Bad ist dort«, und zeige auf die entsprechende Tür. Antworten kann er nicht, er pustet mit hochrotem Kopf. Heiße Luft verblasen gehört ja zum Glück zu seinen Stärken, denke ich, doch ein wenig tut er mir schon leid. Aber er ist tapfer.

»Gute Nacht, schlaf schön«, sage ich, finde im gleichen Augenblick, dass »schlaf schön« vielleicht einen Hauch zu intim klingt, aber nun kann ich es ja nicht mehr zurücknehmen.

Und seitdem ist Clark hier. Die Restaurant-Idee der »Volksküche« hat er gemeinsam mit Erna ausgebrütet. Seine Luftmatratze stellt er tagsüber in die Kammer und holt sie abends wieder raus. Nur die Biene-Maja-Decke hat er zurückgegeben und durch ein Federbett mit Satinbezug aus Ernas Vorräten ersetzt.

27. Kapitel

Die Musik wummert laut, ich verstehe nicht, was Jan mir versucht ins Ohr zu brüllen. Er zeigt auf den Becher in seiner Hand, dann auf den in meiner und deutet auf den Getränkestand. Ich nicke, gebe ihm meinen Becher und wende mich wieder der Band zu. Punk-Soul mit Reggae-Elementen und kapitalismuskritischen deutschen Texten. Eine interessante Mischung, allein durch die pure Lautstärke unwiderstehlich mitreißend. Oder durch die Leute, die alle auf und ab und hin und her wippen wie eine große, warme Welle in der strahlenden Wintersonne. Ein Meer von Zuneigung.

Ich sehe rüber zu Jan, er unterschreibt am Stand mit dem fair gehandelten Wein aus ökologischem Anbau diverse Petitionen und Protestnoten. Was wird nun aus meinem Nachschub? Aha, er gibt dem Typen neben sich den Becher, zeigt auf mich – ich winke –, dann wird mir mein Drink gebracht. Mr. Ich-teile-mein-Ciabatta-ungern-lege-dir-dafür-aber-meine-sandige-Decke-um-die-Schultern steuert auf mich zu und reicht mir den Becher. Ich bedanke mich, will mit ihm anstoßen, doch eine gewaltige Rückkopplung verschluckt meinen zarten Kommunikationsversuch, und eine heftige Welle aus Bass, Rhythmus und wogender Menge trägt meinen Weinkellner hinfort. Oliver überragt die anderen Menschen, deshalb kann ich ihm noch lange hinterhersehen, fast ein wenig sehnsüchtig, wie ich bemerke. Als die Reggae-Band dem Geigenensemble der Grundschule die Bühne überlässt, erkunde ich die anderen Aktionen des Festes. Es gibt Garküchen am Straßenrand mit afrikanischen Spezialitäten, vegetarische Würstchen, einen Bauwagen mit einer Märchenerzählerin, ein Gentrifizierungs-Monopoly mit lebendigen Figuren, einen Umsonst-Stand, an dem man sich einfach nehmen darf, was die Veranstalter zusammengetragen haben, eine selbstgestaltete Hüpfburg im Glasfassaden-Look – und eine Ausstellung mit den Ergebnissen der Wunschproduktion, bei der Anwohner und Gäste in wochenlanger Arbeit gesammelt haben, was sie sich statt aalglatter Luxusbebauung vorstellen könnten.

Ich schiebe mich durch die freundliche Menschenmenge, trotz der Enge lächelt man sich gegenseitig zu, niemand drängelt. Ein tolles Solidaritätsfest!

Allein die »Wunschproduktion«: eine geniale Aktion. Über Wochen gab es immer wieder Aufrufe, zu den Sonntagnachmittagsterminen in unsere kleine »Volksküche« zu kommen und seine Wünsche aufzumalen, aufzuschreiben, zu kneten, zu töpfern, zu singen. Wie könnte die Straße, wie das Viertel aussehen? Was wollen die Anwohner? Welche Träume und Wünsche haben die Menschen, die dort leben? Es ist viel zusammengekommen, die Ausstellung in der Schulaula ist voll mit Modellen, Skizzen, Listen, eine bunte, lebendige Mischung. Ein Mann hätte gerne eine Palmenallee, ein Kind ein System aus Hängebrücken, das die Straße überspannt, eine Frau möchte, dass Fußgänger, Autofahrer und Radfahrer sich die Straße gleichberechtigt teilen.

Draußen geht es weiter, mit einem monumentalen Modell von einem Park, zusammengezimmert aus grünen, roten, gelben, blauen und orangen Latten und Holzstücken. Bis hoch in den Himmel ragt das fantastische Gebilde aus Baumhäusern und Hängebrücken, ein eigener kleiner Kosmos.

Ach, denke ich, diese weltfremden Träumer. Das wird doch nie was.

Ich will gerade weitergehen, doch ich hänge fest. Hoffentlich hat sich mein Kleid nicht an einem der herausstehenden Nägel verfangen. Doch als mein Blick die Ursache sucht, sehe ich ein kleines Mädchen mit einem Luftballon in der Hand. Sie hält meinen Rockzipfel fest und zupft daran, jedes Mal ein wenig nachdrücklicher. Ich beuge mich zu ihr hinunter und frage:

»Was möchtest du denn?«

»Könntest du meinen Luftballon da ganz oben festbinden?« Sie sieht mich mit großen braunen Augen an. »Bitte?«

»Klar doch«, antworte ich und tüdele vorsichtig die Schlaufe mit dem Ballonfaden von ihrem schmalen Handgelenk.

Der Ballon ist nicht einfach nur ein Ballon, sondern ein pinkfarbenes Pony. Ein längliches Gebilde mit angeklebten Beinen und Ohren, wolliger Mähne und puscheligem Schweif. Es ist bezaubernd, einfach zum Knuddeln, genau wie das Mädchen.

»Hast du das gemacht?«, frage ich erstaunt.

Die Kleine nickt. »Und das soll da jetzt ran, denn ich möchte, dass es hier einen Ponyhof gibt. Wenn man die Autos weglässt, wäre doch Platz genug da.« Sie sagt es ernsthaft und mit Nachdruck.

»Und dafür willst du deinen schönen Pony-Ballon hergeben?«
»Klar! Das sollen doch alle sehen! Und nachher lasse ich noch einen Ballon mit einem Wunsch in die Luft steigen. Dann geht der nämlich in Erfüllung, das habe ich in den Lola-Büchern gelesen. Man muss nur gut aufpassen, was man sich wünscht. Nun mach schon!«, ermahnt sie mich.
Mit dem Ballon in der Hand recke ich mich zum höchsten Punkt des Holzmodells und knote den Faden vorsichtig an einer rauhen Latte fest. Das Pony tanzt fröhlich in der Luft.
»Danke!«, strahlt mich das Mädchen an.
»Ich danke dir!«, antworte ich, und einen Moment lang bin ich durch und durch glücklich.

Autos kommen keine mehr durch, nicht die Hein-Hoyer-Straße entlang, nicht die Clemens-Schultz-Straße und die Wohlwillstraße schon gar nicht. Menschentrauben sammeln sich vor den Häusern, drängen die Treppen hinauf, in die Wohnungen und in die Läden. Selbstgenähtes, Selbstgelötetes und Selbstgebackenes wird feilgeboten, bei der Goldschmiedin kann man Anhänger selbst stempeln, Bands scheppern in Küchen und Wohnzimmern, dazwischen Erna mit Wollsöckchen in ihren Pantoffeln und der Sammelbüchse.
»Katrin, probier doch mal die Hafenpralinen«, ruft eine große Frau im roten Satinkleid, dann nimmt sie ein Mikrofon und singt »La Paloma ohe«. Es ist Karola vom Café am Anfang der Paul-Roosen-Straße, die selbstgemachte Hafenpraline ist eine auf der Zunge explodierende Köstlichkeit. Ich eile weiter zu Jan, der in der Halle

des ehemaligen Restaurants »Schönberger« in der Großen Freiheit die Kunstauktion vorbereitet. Er hat die bekanntesten und unbekanntesten Namen der Kunstszene angeschleppt, vom Pudel-Club bis zum Gängeviertel. Maler wie David Reiter, dessen Bilder schon mal mit sechsstelligen Summen gehandelt werden, Aktionskünstler, die uns den ganzen Laden auseinandernehmen und mit warmem Ochsenblut beschmieren könnten. Jan nimmt mich zur Seite: »Es läuft ganz gut. Da ist ein bekanntes Sammlerehepaar. Die könnten die Preise hochtreiben. Und die da vielleicht auch.« Er zeigt auf ein weiteres, nicht mehr ganz junges Paar, die Frau trägt exaltierte High Heels und einen weinroten Smoking mit einem flauschigen Fellkragen. Der Mann neben ihr sieht aus wie Sky du Mont. Es ist aber nicht Sky du Mont. Ich sehe die beiden an, als wären es Fremde. Dann sage ich zu Jan: »Das sind keine Kunstsammler. Das sind meine Eltern.«

»Das sind deine Eltern? Die hatte ich mir ganz anders vorgestellt«, kommt von Jan.

»Ich mir auch – genauer gesagt: ganz woanders«, erwidere ich.

Meine Mutter sieht auch aus wie eine Diva, Oper oder Hollywood, Hauptsache meterdicker roter Teppich, in der linken Hand hält sie ganz beiläufig ein Whiskyglas. Mein Vater, im Maßanzug mit handgenähten Schuhen und silbrig-grauen Schläfen, deutet auf das Bild, das gerade hereingetragen wird. Ein David Reiter, Farbexplosion auf riesengroßer Leinwand. Allerdings in einem von ihm entwickelten, speziellen Druckverfahren, Auflage limitiert auf zehn Stück, handsigniert natürlich.

»Vielleicht wollen sie es kaufen?«, überlegt Jan.

Ich sehe entgeistert zwischen dem attraktiven Paar, das meine Eltern zweifelsohne darstellen, und dem Bild, dem Zugpferd unserer Auktion, hin und her. Seit wann interessieren sie sich für bildende Kunst? Genauso wenig, wie sie mich kennen, kenne ich sie. Sie kommen mir vor wie ein Komet, der in meine Welt hereinbricht. Der Aufprall ist nicht mehr fern, es ist noch nicht abzusehen, wie viel Schaden er anrichten wird.

»Dass du David Reiter für diese Auktion gewinnen konntest, ist einfach genial«, sage ich zu Jan, während der Preis des aufgerufenen Bildes in die Höhe schnellt. Fünftausend, fünftausendfünfhundert, schwups sind wir bei zwölftausend Euro.

»Wer macht denn so viel Geld locker?«, ätzt Jan, der jeglicher Kommerzialisierung von Kreativität aus Prinzip ablehnend gegenübersteht. Dabei sollte er sich freuen, dass die Auktion so gut funktioniert.

»Unk nicht rum«, zische ich ihn an und beobachte fasziniert, wie mein Vater seine Hand hebt. Sechzehntausend Euro.

»Deine Unterschriftenaktion läuft aber auch super«, lobt Jan zurück. Wir machen uns gegenseitig Mut, wollen uns von der Euphorie des Abends tragen lassen.

»Das war ja eigentlich deine Idee«, gebe ich zurück.

»Aber du bist es deutlich professioneller angegangen. Das als Bürgerbegehren anzulegen, war einfach brillant.«

»Zweiundzwanzigtausend Euro. Verkauft.«

Eine Frau mit herbstlaubfarbenem Haarturm strahlt, sie ist die neue Besitzerin des Kunstwerks, das dem Farbverlauf ihrer blickdichten Strumpfhose ähnelt. Meine Eltern sehen sich im Raum um, ein ehemaliges Fabrikgebäude mit rohen Backsteinwänden und einem aus Ytong-Steinen gemauerten Bartresen. Solche Orte gibt es kaum noch. Suchen sie jemanden? Mich vielleicht?

»Stell mich ihnen doch mal vor«, fordert Jan mich auf. Er schnappt sich eines der Klemmbretter mit den Unterschriftenlisten, die überall ausliegen. »Dann können sie sich gleich mal eintragen.«

»Und als was soll ich dich vorstellen?«, frage ich zögerlich. »Könnte ich stattdessen nicht einfach auf die Knie gehen und unauffällig unter den Tischen davonkriechen?«

»So schlimm?« Jan sieht mich mitfühlend an. »Du könntest mich als politischen Aktivisten vorstellen. Als Rebell. Meinetwegen auch als Hausmeister, flüchtiger Bekannter, Verlobter, der nächste Shooting-Star des Kunstmarktes, Nachbar, Assistent – was immer du willst.« Jemand drängelt sich unsanft an mir vorbei: Oliver, der mir damals am Strand die Decke gereicht hat. Der mit mir bei Renate das Ciabatta teilen musste. Weder erkennt er mich, noch entschuldigt er sich. Er quetscht sich direkt hinter mir an einen Tisch, zieht einen Füllfederhalter, einen blauen Pelikano, wie man ihn in der Grundschule benutzte, aus der Tasche und trägt sich auf einer Unterschriftenliste ein. Ich bin kurz versucht, mir danach das Klemmbrett zu schnappen und seinen Nachnamen zu lesen, doch in diesem Moment haben mich meine Eltern entdeckt und kommen, winkend und Gläser schwenkend, zu mir herüber. Ich versuche zu lächeln. Meine Mutter strahlt und verteilt Küsschen über meine und Jans Wangen.

»Ein himmlischer Abend, so inspirierend!«, zwitschert sie und sieht dabei fabelhaft aus. Mein Vater umarmt mich. »Ich freue mich, dich endlich mal wiederzusehen«, flüstert er mir ins Ohr. Ich stelle ihm Jan als »meinen Freund, äh, Nachbarn« vor, er schüttelt ihm die Hand.

»Ich habe euch eigentlich erst morgen erwartet«, sage ich ein wenig verlegen.
Meine Mutter nimmt einen Schluck aus ihrem Glas. Die Eiswürfel klappern.
»Interessant«, sagt Jan und lässt seinen Blick von meinem Gesicht zu dem meiner Mutter wandern und wieder zurück, als suche er nach Zeichen einer Familienähnlichkeit. »Die Nase«, meint er dann, »Sie haben fast die gleiche Nase.« Meine Mutter hat ihre Nase immer gehasst, zu groß fand sie sie, mit einem wuchernden Leberfleck an einem Nasenflügel und einer leichten Unebenheit an der Wurzel. Es stimmt, denke ich, wir haben die gleiche Nase, sie hat ihre gehasst und meine wahrscheinlich genauso, und dass mir meine Nase immer völlig egal war, muss sie aus der Fassung gebracht haben. Aber, denke ich in diesem Moment zum ersten Mal, vielleicht maße ich mir da zu viel an. Vielleicht habe ich gar nicht diesen Einfluss auf das Leben, auf die Wahrnehmung meiner Mutter. Vielleicht sieht sie mich gar nicht so.
»Ach Kind, da war dieses verlockende Angebot für eine Villa in Othmarschen, in der Nähe der Waitzstraße, exzellente Lage. Die wollten wir uns schnell mal ansehen«, sagt mein Vater mit diesem leicht abwesenden Ton und dem schweifenden Blick, den er hat, wenn er nicht genau weiß, was er an dem Ort soll, an dem er sich gerade befindet.
»Original Bleiverglasung im Treppenhaus«, schwärmt meine Mutter. »Und das Parkett! Herrlich erhalten, sensationell gepflegt! Und auf dreihundertfünfundzwanzig Quadratmetern hätte ich richtig schön Platz, da würden die Möbel endlich mal zur Geltung kommen. Ich könnte Antiquitäten sammeln. Und einen Literatursalon veranstal-

ten. Eine himmlische Idee, findet ihr nicht auch?« Sie heischt nach Anerkennung.
»Wunderbar!«, bestätigt Jan, und ich kann keinerlei Ironie in seiner Stimme mitschwingen hören. Er bekommt von meiner Mutter ein strahlendes Lächeln geschenkt. Ein Dich-hätte-ich-gerne-als-Schwiegersohn-Lächeln – oder eines, das auf eigennützige Verwendungszwecke hindeutet?
»Und was macht ihr jetzt genau hier?«, hake ich nach. Zwischen Othmarschen und St. Pauli liegen Welten.
»Wir wollten mal gucken, in was für einer Gegend du so lebst«, lächelt meine Mutter. »Eine sehr lebendige Gegend.« Sie vollführt eine kleine Pirouette, als wolle sie sich in Höchstgeschwindigkeit im Raum umsehen. Der Rock ihres orangeroten Taftabendkleides streift dabei meine Schuhe, sie sieht aus wie eine Flamenco-Tänzerin. Und ein wenig, als wolle sie sich in den Boden schrauben. »Was für entzückende Bilder!«
Auf der Bühne wird eine Serie von Jan präsentiert, fünf Motive von Gebäuden, die demnächst abgerissen werden sollen, gemalt wie Paläste der Vergangenheit.
»Von mir«, sagt Jan und studiert dabei den Rocksaum von Mutters Robe.
»Die muss ich haben!«, ruft meine Mutter und stupst meinen Vater an. »Mach mal«, zischt sie ihm zu. Mein Vater tut, wie ihm geheißen, ersteigert die Serie für zweitausendsiebenhundertfünfzig Euro und geht nach vorne, um dem Auktionator seine Personalien zu geben.
Meine Mutter strahlt Jan an, der leuchtet zurück. Die perfekte Harmonie. Sie lässt die Eiswürfel in ihrem Glas klimpern, er fragt: »Darf ich Ihnen noch etwas zu trinken holen?« Ich könnte kotzen und hoffe, dass sie es später nicht tut. Wer weiß, der wievielte Drink das heute Abend wäre.

Ich könnte mich unauffällig absetzen, aber das bringe ich nicht fertig. Meine Eltern benehmen sich tadellos, rein objektiv gibt es nichts daran auszusetzen. Trotzdem bin ich angespannt. Irgendetwas wird heute Abend noch entgleisen, das spüre ich. Die Beklemmung böser Vorahnung schnürt mich ein. Ich muss hier raus.

»Ich möchte mal nachsehen, ob jemand Hilfe braucht«, sage ich.

»Ich komme mit – wollen Sie uns begleiten?«, fragt Jan und reicht meiner Mutter galant den Arm. Schnösel. Mein Vater nickt knapp, er scheint die Reaktionen auf die Strahlkraft seiner Frau gewohnt zu sein. Ich fühle mich, als würde ich neben ihr verglühen, klein, hässlich, schrumpelig, finster. Dabei ist das hier mein Abend! Meine Arbeit!

Die ersten Schneeflocken tanzen durch die Luft und verschwinden augenblicklich, sobald sie den Boden berühren. Flauschige kleine Kunstwerke, taumelnd im Lichterglanz, nur für den Moment.

Die Straßen sind voller Menschen. Lachender, plaudernder Menschen, in Gruppen, alleine, zu zweit, Pärchen, Freunde, Kollegen. Eine Frau verliert ihren bunten Schal, ein Mann ruft ihr hinterher, sie rennt zurück, vorbei an einer Clique telefonierender Teenie-Mädchen. Und von oben rieselt Puderzucker. Ein friedliches, fröhliches Bild.

Die Große Freiheit funkelt vor lauter Lichtern, wir gehen bis ans Ende und biegen in die Paul-Roosen-Straße ein.

»Was macht Miss Juni im Dezember?«, singt Bernd Begemann in der Bäckerei und fordert kurz darauf »Judith, mach deinen Abschluss«. Der Pulk, der sich vor ihm gebildet hat und von seinem kleinen tragbaren Verstärker bis mitten auf die Straße reicht, antwortet im Chor: »Sicher ist sicher!«

»Spendet, Leute, spendet! Rettet ein Haus auf St. Pauli! Geben macht glücklich!« Er lässt einen Hut rumgehen, der sich klimpernd füllt.

»Müssen wir uns nicht um irgendetwas kümmern?«, wispere ich Jan zu. Der antwortet grinsend: »Das fragst du mich? Du hast doch alles organisiert. Es läuft. Du musst nur loslassen und genießen. Schau zu, mach mit – wir sehen morgen, was es gebracht hat. Oder übermorgen. Es funktioniert, das ist doch das Wichtigste.«

»Einfach draufhauen«, sagt Dörte und reicht mir den Hammer. Mit Schmackes stanze ich einen kleinen Anker in die Silberplakette. Meine Mutter nippt an einem Prosecco. Dörtes Goldschmiede ist unsere fünfte Station, meine Mutter hatte bereits Prosecco im Käsekuchenladen, Aperol Spritz in einer Bar mit A-cappella-Konzert, Prosecco in einer Ausstellung im Treppenhaus, einen Obstbrand in einem Feinschmeckerladen. Jan trinkt kräftig mit. Mein Vater sagt nichts, sondern hält ihre Handtasche.

»Gibt es hier nicht irgendwo Karaoke? Ich würde jetzt auch gerne singen«, säuselt die derangierte Diva. Bislang ist nichts passiert, bislang hat sie nur einen Plastikbecher umgestoßen. Wenn ich ihre Mutter wäre, würde ich sie sofort ins Bett stecken.

»Wo ist euer Hotel? Ich bringe euch hin«, sage ich zu meinem Vater.

»Ich bin noch gar nicht müde. Und deine Mutter auch nicht.« Er ist trotzig wie ein kleines Kind. Fasziniert starrt er seine schöne Frau an, die ihn gar nicht beachtet. Er muss schon vor Jahren aufgegeben haben, um ihre Aufmerksamkeit zu kämpfen. Vielleicht ist sie aber auch zu abhängig von seinem Geld. Eine andere Theorie: Sie lieben sich. Doch das erscheint mir zu abwegig.

»Haben Sie schon unterschrieben?«, fragt Dörte, die Schmuckdesignerin, und hält meiner Mutter ein Klemmbrett mit Unterschriftenliste hin.

»Wofür?«, fragt meine Mutter und macht eine abwehrende Bewegung, die Jan streift.

»Sie haben gar keine Ahnung, worum es hier geht?«, fragt er.

»Belustigung«, sagt meine Mutter und nimmt noch einen Schluck Prosecco. »Es geht darum, sich zu amüsieren!« Sie leert das Glas. »All die schönen Dinge«, sie deutet auf Dörtes Auslagen, »all die Menschen«, sie zeigt auf die Straße, dort ziehen Trauben von Teenagern vorbei, »das ist das Leben! Darum geht es: Wir wollen Spaß! Nachschenken, bitte!« Sie dreht sich wieder wie eine Flamenco-Tänzerin, doch ihre Achse verschiebt sich von vertikal ins leicht Schräge. Mein Vater fängt sie auf. »Hoppla!«

»Spaß?«, fragt Jan ungläubig. »Es geht nur um Spaß?«

Auch mich ergreift das kalte Grausen. Zumal ich erkenne: Promilleglitzern hin oder her, Mama hat recht. Die da draußen sind alle nur gekommen, um sich zu amüsieren. Denen ist es egal, ob unser Haus abgerissen wird. Ihnen wäre es auch egal, wenn man ganz St. Pauli planieren und mit Zuckerguss überziehen würde. Wahrscheinlich fänden sie es sogar lustig. Amüsant. Hauptsache, es ist was los. Sie wollen bespaßt werden, dann kehren sie zurück in ihre Vorstädte. Man kann es ihnen nicht verübeln. Was haben sie denn zu erwarten vom Leben als ein bisschen Vergnügen? Warum sollten sie sich für Probleme interessieren, die nicht ihre sind? Gibt es dafür einen guten Grund? Ich weiß keinen.

»Ich zeig Ihnen mal was«, sagt Jan und hakt meine Mutter unter. Sie lässt sich widerstandslos von ihm aus dem Laden führen, ich folge mit meinem Vater.

»Gewonnen.« Ernas Stimme ist fast tonlos, ihr Gesicht ein Pokerface. Nur an ihren wippenden Pantöffelchen kann man sehen, wie sehr sie ihre Rolle genießt. Sie hält am Ecktisch in der »Gemütlichen Ecke« Hof, vor sich hat sie ein Schild aufgebaut: »Knobeln & Kartenlesen – Einsatz: fünf Euro«. Sie hat ihren lila Kimono mit einem farblich passenden Hut in Topfform kombiniert, das lässt sie älter wirken, ungefähr wie einhundertundfünf.

»Ich wollte ein wenig geheimnisvoll aussehen«, raunt sie mir zu, nachdem sie ihre Kundschaft, ein Paar in den zwanzigern, dem sie eine romantische Zukunft und ein eigenes Reihenhaus vorhersagte, abkassiert hat.

»Du bist geheimnisvoll. Du musst nicht auch noch so aussehen«, flüstere ich zurück. Kommentarlos lässt Erna den Hut unter dem Tisch verschwinden. Dann legt sie meiner Mutter die Karten.

Ich wusste nicht, dass Erna Karten legen kann, und beim Zusehen bezweifle ich, dass sie weiß, was sie da tut. Zugegeben, dass ist eine ganz gute Idee, etwas Geld einzutreiben. Doch hätte Knobeln nicht gereicht? Darin ist Erna spitze. Mit dem Eso-Kram hat sie es eigentlich nicht so. Meine Mutter schon eher. Aber Erna ist die, die die Karten verteilt.

»Und hier wohnst du also?«, fragt mein Vater ungläubig und sieht sich in der Kneipe um, als wäre die mein Wohnzimmer.

»Hier wohnen wir«, korrigiert ihn Jan, als wäre die Kneipe unser gemeinsames Wohnzimmer.
»Ahhh, soooo«, sagt mein Vater, als hätte er verstanden, worauf Jan hinauswill.
»Noch«, sagt Jan bedeutungsschwanger.
»Wollen Sie gemeinsam umziehen?«, fragt mein Vater und sieht dabei Jan mit diesem »Können Sie überhaupt eine Familie ernähren«-Blick an. Er könnte ja auch mich fragen. Wäre naheliegend. Ich bin seine Tochter. Ich könnte ihm erklären, wie das alles ist, aber ich habe überhaupt keine Lust dazu, denn er würde mich ja sowieso nicht verstehen.
Deshalb höre ich lieber zu, wie Jan unsere Situation erklärt. Die des Hauses, um genau zu sein.
»Ich verstehe«, nickt mein Vater. »Ah, so ist das, interessant. Deshalb haben Sie das hier alles organisiert? Beachtlich!«
Jan lächelt verlegen. Er ist es anscheinend nicht gewohnt, gelobt zu werden. Und ich bin es nicht gewohnt, meinen Vater loben zu hören.
»Wir haben das organisiert«, sagt Jan und legt den Arm um meine Schulter. »Genauer gesagt: Katrin hat die meiste Arbeit gemacht.«
Clark kommt herein, schüttelt sich etwas Schnee wie Schuppen von den Schultern, im Schlepptau den Dört. Meine Mutter erkennt ihren geliebten TV-Moderator und ist augenblicklich der Ohnmacht nahe, was Erna sofort für ihre Wahrsagekunst ausnutzt: »Ein Fremder tritt in Ihr Leben. Ein bedeutender Mann. Er stürzt Sie in tiefe Verwirrung. Aber seien Sie beruhigt: Ihr Leben bekommt durch ihn eine neue Dimension.«
Meine Mutter nickt wissend. Neue Dimensionen, das ist

genau das, was sie sich immer erträumt hat. Drei sind ihr nicht genug.
»Fette Party«, sagt Clark und reißt die Hand zum *High-five*-Klatscher hoch. »Günne, mach mal das ›scharfe Schwert‹ an, für mehr Authentizität, das ist hier unsere Überlebensversicherung!«
Günne legt die »Best of Roger Whittaker«-CD ein, die in letzter Zeit so oft den lässigen Lounge-Mixes der frühen neunziger Jahre weichen musste, und gibt eine Runde »Hugo« aus.
»Hugo?«, fragt meine Mutter, nicht in Richtung Günne, sondern mit einem langen Blick auf Dört. »Wie Hugo Boss?«
»Nein, wie das von der Cocktail-Innung bezeichnete Trendgetränk 2011 aus Prosecco, Holundersirup, Mineralwasser, Limetten und Minze«, rattert Günne routiniert herunter. »Allerdings ohne Minze, die hat Heidi aus dem Rezept gestrichen.«
»Sparkling!«, kichert meine Mutter, Erna legt weiter Karten und knöpft ihr mit neblig-süßen Vorhersagen mehrere Scheine ab. Dört verwickelt derweil meinen Vater in ein Fachgespräch über rahmengenähte britische Lederschuhe.
»Die Auktion ist sensationell gelaufen«, grinst Clark. Jan und ich lächeln uns an, ich drücke kurz Ernas Hand. Der perfekte Moment, voller Hoffnung und Zuversicht.
Dann lässt meine Mutter ihren Hugo fallen.
Die Scherben sind überall, auf dem Boden, auf dem Tisch, in der Gegenwart, Vergangenheit und Zukunft, vor allem in meinem Kopf, sie zerschneiden meine Gedanken, mein Blick splittert, meine Hände zittern.
»Alles okay?«, fragt Jan besorgt.
»Nein«, sage ich leise und gehe hinaus. Ich will allein sein

und will es doch auch nicht. Was ich aber vor allem nicht will, ist das, was jetzt passiert: Im Gänsemarsch folgen mir Jan, mein Vater, meine Mutter (torkelnd), Clark und Erna. Immerhin: Dört bleibt, Günne klebt ihn hoffentlich mit Holundersirup am Tresen fest.
Die Treppe ächzt und knarzt unter unseren Schritten. Oben angekommen öffne ich mit einem festen Tritt auf die Dielen meine Wohnungstür (ich habe herausgefunden, dass das auch von dieser Seite aus funktioniert, es ist sehr praktisch, keinen Schlüssel mehr mitnehmen zu müssen).
»Wer möchte Pfefferminztee?«, fragt Jan, als wäre das eine Konfirmandenfreizeit, und drängt sich an mir vorbei in die Küche, wo er Wasser aufsetzt.
»Ich könnte etwas Stärkeres gebrauchen. Und du bestimmt auch, Katrin«, vermutet Erna. »Ich geh mal schnell einen Schnaps holen.«
»Ich hätte gerne einen Whisky auf Eis. Wenig Eis«, trällert meine Mutter, gestützt von meinem Vater.
Das ist zu viel für mich.
»Du!«, schreie ich sie an. »Du bekommst hier gar nichts. Keinen Schluck Alkohol!« Meine Stimme überschlägt sich.
»Aber Kind«, versucht mich mein Vater zu besänftigen.
»Nichts Kind!«, schrille ich. »Du hast ja keine Ahnung. Du warst ja nie da, als sie« – ich zeige auf meine Mutter wie eine Fremde, eine tragische Hauptfigur in einer Vorabendseifenoper – »als sie sich Tag für Tag betrunken hat. Die Kante gegeben – bis zur Besinnungslosigkeit. Bis sie ihr Glas fallen ließ, weil sie nicht mehr konnte. Ich habe die Scherben weggefegt. Das konnte sie noch: mir befehlen, ihren Dreck wegzumachen. Einmal, ein einziges Mal habe

ich mich geweigert. Weißt du, was sie da gemacht hat? Sie hat eine der Scherben aufgehoben und sie sich ans Handgelenk gehalten. Gelächelt hat sie, dann ein wenig geritzt. ›Sieh mal, mit Scherben kann man sich leicht verletzen‹, hat sie gesagt, ›Kind, du willst doch sicher nicht, dass ich mir weh tue?‹ Ich habe ihr die Scherbe aus der Hand genommen, sie war spitz, ich habe mich selbst daran geratscht. Auf Knien bin ich auf dem Boden herumgerutscht und habe alle Splitter sorgfältig aufgesammelt und mich gleichzeitig dafür gehasst. Mich gehasst, nicht sie, das kam erst danach. Ich wollte nicht, dass es ihr so schlecht geht, ich wollte nicht, dass sie sich betrinkt. Und ich wollte schon gar nicht, dass sie sich umbringt.« Das letzte Wort verhallt im Raum. Ich habe geschrien, nun ist es still. Ich fühle mich, als hätte ich gekotzt, faule Erinnerungen gekotzt.

»Bist du sicher, dass sie sich umbringen wollte?«, fragt mein Vater. Er sieht überrascht aus und klingt, als würde er mir nicht glauben.

»Wie denn? Damals war ich zehn oder elf, ich konnte nicht wissen, ob das wieder einer ihrer Show-Auftritte war. Ich habe sie ernst genommen. Noch.«

Wie kann es sein, dass ich mich hier rechtfertigen muss? Etwas läuft gründlich falsch.

»Nein, nein, nein!«, ruft meine Mutter mit glockenheller Stimme und schmeißt sich in Pose. »Kind, du irrst dich! Ich würde mir doch nie etwas antun! Vielleicht ist mir mal ein Glas herabgefallen, ich kann ja recht ungeschickt sein« – sie kichert mädchenhaft-albern – »aber so einen Unsinn? Nein, nein, nein. Du warst ja noch ein Kind. Das musst du falsch verstanden haben!«

Falsch verstanden? Was gab es daran falsch zu verstehen?

»Das sind meine Erinnerungen! So war es für mich!«, schreie ich, dann renne ich raus, höre noch, wie im Treppenhaus hinter mir der Putz abblättert, als ich die Tür zuknalle, und fliehe auf die Straße – genau in die Arme von Alex.

»Du siehst merkwürdig aus«, sagt er, hält mich an den Schultern und streckt seine Arme. Ein starrer Abstand zwischen uns. Ich blinzle ihn an, blinzle die Tränen aus meinen Augen und versuche ein schiefes Lächeln.
»Du auch«, entgegne ich, obwohl das nicht stimmt. Er sieht aus wie immer. Zum Niederknien.
»Was ist nun?«, höre ich eine leicht nölige Stimme hinter Alex. Eine Frau, ach was, ein Mädchen, schmiegt sich an seine Schulter und beißt ihm ins Ohrläppchen. Ich würde ihr gerne die Nase abbeißen, bin gerade in der Stimmung dafür. Alex lässt mich los, nimmt das junge Ding im Häschengriff – Hand ins Genick – und schiebt mit ihr ab. Lässt mich zurück wie einen Scherbenhaufen. Ich gebe keinen Ton von mir. Es gibt nichts mehr zu sagen.
Und immer noch fällt der Schnee, als wollte er alles sanft zudecken. Doch das gelingt ihm nicht, die Flocken werden, kaum dass sie den Boden berühren, gleich zu Matsch. Zitternd lehne ich mich in den nächsten Hauseingang, mir ist innerlich wie äußerlich kalt. Selbst meine Tränen fühlen sich an wie Eis.
Es sind *meine* Erinnerungen, denke ich, die kann *sie* doch nicht einfach verdrehen. Wenn es doch für mich so war! Wenn ich doch geglaubt habe, sie wollte sich umbringen! Da kann sie jetzt nicht einfach kommen und behaupten, das hätte ich irgendwie missverstanden.
»Möchtest du?« Durch den flirrenden Schnee- und Trä-

nenschleier vor meinen Augen materialisiert sich ein Mensch, der zwei Pappbecher in den Händen hält.
»Was möchte ich?«, frage ich verwirrt zurück.
»Gute Frage«, meint er. Es ist Oliver, meine Ciabatta-Hälfte, mein Sanddeckenheld. »Ähm. Tee. Irgendwas mit Yogi. Gab es da drüben.« Er deutet – immer noch beide Becher in der Hand – auf das Café gegenüber. Das muss ganz neu aufgemacht haben. Ich nehme ihm einen Becher ab und probiere. Süß. Viel Zimt. Scharf. »Lecker.«
Dabei fällt mir auf, wie lecker auch Oliver aussieht. Groß, unrasiert, ein wenig wie ein wildes Tier. Aber dafür ist er zu höflich. Mir fällt auf, dass er mir beinahe jedes Mal, wenn wir uns begegnet sind, etwas Gutes getan hat. Einfach so, ohne dass ich ihn darum gebeten hätte. Er strahlt so viel Wärme aus, wie ein Kachelofen. Ganz kurz überlege ich, wie es wäre, wenn er mich umarmen würde.
»Kannst meinen auch haben. Ist nicht so mein Fall«, nuschelt er und drückt mir den zweiten Becher auch noch in die Hand. Dabei berühren sich unsere Finger für einen Moment. Einen langen Moment. Fast so, als wolle er nicht den Becher abgeben, sondern mich festhalten. Mach doch, denke ich kurz, halt mich fest. Dann würde zwar der Tee runterfallen, aber das wäre es schon wert. Ich habe das Gefühl, eine höhere Macht hat uns gemeinsam in eine dieser kitschigen Schneekugeln gezaubert und sanft geschüttelt. Wir beide, abgeschnitten von der Außenwelt. Ganz, ganz langsam zieht Oliver seine Hand zurück. He, warum? Sein, Blick hat mich weiterhin fest im Griff – oder bin ich es, die sich kopfüber in seine Augen stürzt? Ohne den Blick von mir abzuwenden, tastet er nach seinen Knöpfen. Er sieht aus, als wollte er seine Jacke öffnen, doch da platzt Jan in die Szene.

»Da bist du ja! Deine Eltern sind mit dem Taxi ins Hotel abgerauscht. Du kannst wieder reinkommen.«
»Okay«, sage ich, schlotternd. Ich hätte mich gerne von Oliver auftauen lassen.
»Okay«, sagt auch Oliver und geht.
»Wer war das?«, fragt Jan.
»Keine Ahnung«, flunkere ich so halbwegs. Aber der Yogi-Tee, der tut gut.

In meiner Wohnung machen wir mit Pfefferminztee weiter.
»Sie verdreht alles«, jammere ich Jan vor.
»Das kann sie gar nicht«, sagt Jan.
»Du siehst ja, dass sie das kann«, erwidere ich.
»Jeder hat seine eigene Wirklichkeit. Du hast deine – sie hat ihre. Das heißt aber auch, dass deine Erinnerungen für dich richtig sind.«
»Obwohl es schöner wäre, wenn ich sie nicht hätte. Ihre Version klingt angenehmer. Aber sie lässt mich so lächerlich dastehen. Als würde ich mich wegen nichts aufregen. Mich nervt das ja selbst, dass ich bei Scherben immer austicke. Und ich war mir so sicher, dass es daran lag. An genau dieser Szene: Sie wollte sich umbringen.« Meine Hände umklammern den Teebecher.
»Das wäre eine recht einfache Erklärung«, sagt Jan. »Aber das Leben ist immer nur so einfach, wie du es dir machst.«
»Was soll das nun wieder heißen? Dass ich mir das Leben zu einfach mache?«
»Das heißt nur, dass eine vermurkste Kindheit nicht für alle Probleme, die man später hat, herhalten kann. Ab dreißig ist man für sein Leben selbst verantwortlich, da kann man nicht mehr seinen Eltern die Schuld geben, hat

der Regisseur John Waters mal gesagt. Es ist dein Leben, und ich habe das Gefühl, dass du es wirklich gut im Griff hast. Und alles, was war, ist Vergangenheit.«

»Ich habe aber immer noch das Gefühl, dass mich das beeinflusst. Ich bin wie im Hamsterrad. Ich dachte immer, wenn ich nur funktioniere, wenn ich arbeite, wenn ich mich wirklich anstrenge, dann schaffe ich es, dann bekomme ich die Anerkennung, nach der ich mich immer gesehnt habe. Ich wollte immer weiter, nach vorne, wollte was erreichen. Aber nun bin ich erschöpft. Den Job habe ich hingeschmissen, meine Erinnerungen sind falsch, also wertlos. Ich kann nicht mehr. Ich will auch nicht mehr.«

So. Jetzt ist es raus. Kapitulation. Tiefpunkt mit einer Tasse Tee in der Hand. Doch statt mich wie in einem dunklen Loch zu fühlen, denke ich: Jetzt kann es eigentlich nur noch wieder bergaufgehen.

Jan lächelt mich an. »Du hast wirklich geackert«, sagt er. »Erst für dieses Hochglanzmagazin. Ich finde ja, dass du nie in diese Glitzer-Flitter-Tüdelüt-Schickimicki-Szene gepasst hast. In diese aufgeblasene Scheinwelt mit lauter aufgeblasenen Typen. Dafür bist du doch viel zu – echt. Aber dann, dann hast du die Kurve gekriegt. Hast dich für das Haus eingesetzt und das Fest organisiert. So, und jetzt Schluss mit der Küchenpsychologie, wir sollten längst draußen unsere Runde machen und gucken, ob alles läuft. Die Kreativnacht, schon vergessen? *Wir* haben die angezettelt.«

Die Straßen sind voller Menschen. Alex sehe ich nicht wieder. Ein Gedränge. Von der Kunstauktion kriegen wir gerade noch das Ende mit. Wir stellen uns zu einem Bekannten von Jan, dessen Collagen auf der Bühne angepriesen werden. Er bekommt ganz heiße Ohren, als sie locker die Fünfhunderter-Marke knacken. Doch die Käufer, ein Paar um die dreißig, betrachtet er skeptisch. Jan ebenso.

»Die haben die Bilder doch nur danach ausgewählt, ob sie zum Sofa passen«, unkt Jan mit gerunzelten Brauen. Damit könnte er recht haben, immerhin hat die Frau Handtasche und Schuhe exakt passend kombiniert. Und der Mann trägt eine Karl-Theodor-Gelfrisur.

»Das ist für die doch nur eine dekorative Investition. Später, wenn das Bild im Wert gestiegen ist, verkaufen sie es wieder und machen einen riesigen Reibach. Und wir Künstler haben nichts davon. Der Kunstmarkt ist großer kapitalistischer Dreck!« Jan sieht aus, als würde er einsam unter einer Gewitterwolke stehen, die sich zum Glück rasch wieder verzieht, als ich sage: »Ist doch alles eine Blase. Eine bunte, schillernde Seifenblase, die wahrscheinlich bald platzt.«

»Weißt du: Wir haben uns mit dieser Aktion die ganzen Leute ins Viertel geholt, die wir hier eigentlich gar nicht unbedingt haben wollten. Potenzielle Mieter von luxussanierten Wohnungen, CarLoft-Käufer und so. Eigentlich ist das ein ziemlicher Schuss in den Ofen. Ein Rohrkrepierer.«

Ach Jan, diese Hobby-Kassandra …

»Okay, ich gebe zu, hier laufen ganz schön viele Leute rum, die wir uns vielleicht nicht unbedingt als Nachbarn wünschen. Aber erstens: Sei doch einfach mal ein bisschen tolerant. Die können ja auch nichts dafür, dass sie nicht so exquisite Pessimisten sind wie du. Zweitens: Die gehen nachher alle wieder nach Hause, die denken gar nicht daran, in so eine laute, überfüllte Gegend zu ziehen, wo man keine Parkplätze findet. Drittens, und das ist das Wichtigs-

te: Sie lassen ihr Geld hier. Darum geht es doch! Wir nehmen Geld ein, um das Haus zu retten! Das Fest ist ein Erfolg!«, sage ich entschlossen.
Jan lässt seinen Blick kritisch über das potente Kunstauktionspublikum gleiten. »Die denken, sie haben mit unseren Bildern eine tolle Wertanlage gekauft.« Dann grinst er, als würden seine Mundwinkel von zwei Haken nach hinten gezogen. »Aber da haben sie sich verkalkuliert. Wir machen denen nämlich einen Strich durch die Rechnung und machen absichtlich KEINE Karriere.«
Sein Kollege, der Collagen-Künstler, nickt zustimmend, sagt aber lieber nichts.

28. Kapitel

Erna sitzt auf ihrem Sofa und häuft Geldstapel vor und neben sich auf Spitzendeckchen-bewehrte Tische. Lose Häufchen mit Scheinen, wackelige Stapel aus Münzen – eine merkwürdige Landschaft mit einem ausgestopften Dackel als Zentralmassiv. Sie ist ganz in ihr Tun versunken, Heidi und Günne, Clark, Jan und ich sehen zu.

Es ist bitterkalt, die Heizung funktioniert nicht. Erna hat drei bis vier Kimonos übereinander angezogen, dazu Wollsocken in den Federpantöffelchen und einen etwas abgeschabten Nerzkragen um den Hals gelegt. Heidi und Günne tragen Norwegerpullover im Partnerlook, Günne strickt gerade an passenden Mützen. Clark hüpft wie ein Flummi auf der Stelle. Ich habe Jans Daunenparka an, und Jan kocht literweise Pfefferminztee.

Es ist ganz still, bis auf Clarks Hüpfen.

Erna sagt: »Ich zähle so wahnsinnig gerne Geld. Leider hatte ich nie genug. Auch jetzt nicht.«

»Wie viel?«, fragt Jan.

»52357 Euro. Und 62 Cent«, verkündet Erna das Ergebnis.

Günne pfeift leise durch die Zähne, Heidi nickt anerkennend.

Es ist albern, denke ich. Es ist einfach wahnsinnig albern von uns gewesen, uns einzubilden, wir könnten das Haus kaufen. Und über so einen Firlefanz finanzieren.

»Ein Anfang«, sagt Jan optimistisch.
»Das reicht nicht«, bemerkt Erna.
»Das werden wir ja sehen«, antworte ich.
Es klingelt.
Erna deckt schnell eine Zeitung über die Geldstapel. Der Gerichtsvollzieher kommt die Treppe hochgesprintet. Was will der denn hier?
Erna schenkt ihm Pfefferminztee ein, er setzt sich, als wäre er öfter hier zu Besuch. Ist mir da was entgangen?
»Haben Sie wieder offizielle Post für uns?«, frage ich ihn skeptisch.
»Ich wollte Ihnen nur das hier zeigen.« Der Gerichtsvollzieher nestelt umständlich einen Zettel aus seiner Aktentasche und faltet ihn auf. »Dieses Haus wird zwangsversteigert. Der Besitzer hat sich wohl ein bisschen verspekuliert. Schrottimmobilien in Spanien oder so, man weiß es nicht genau. In zwei Wochen ist der Termin. Vielleicht sollten Sie mitbieten.« Er lüpft die Zeitung und sieht sich die Geldstapel an. »Bisschen was haben Sie ja schon zusammen. Viel Glück!« Er nimmt noch schnell einen Schluck Pfefferminztee aus seiner Tasse (den Erna mal wieder mit einem Schuss Hochprozentigem verfeinert hatte) und verabschiedet sich.
Eine Zwangsversteigerung? Das ist unsere Chance!

Wir packen die Geldstapel gut weg, »an einen sicheren Ort«, wie Erna behauptet, nämlich unter ihre Matratze. Dann machen wir uns gemeinsam auf den Weg in mein Lieblings-Sonntagslokal.
»Wie immer?«, fragt der Kellner, nachdem mich die ganze Belegschaft so herzlich begrüßt hat, als wäre ich eine lange verschollene Verwandte. Ich nicke lächelnd.

»Zwangsversteigerung.« Clark lässt sich das Wort auf der Zunge zergehen. Seine »gefühlten Paprika« dagegen verschlingt er. Jan, Heidi, Erna, Günne und ich sind nicht so schnell.

Mein Teller ist noch fast unberührt.

»Wir brauchen mehr Geld. Vielleicht sollten wir uns um Investoren kümmern?«

»Investoren? Das ist der Anfang vom Ende!« Günne jault auf, als hätte man ihm auf den Fuß getreten.

»Ich meine ja Leute, die wir kennen. Ich könnte vielleicht ...«, ich atme noch mal tief durch, bevor ich den Gedanken ausspreche, »... ich könnte meine Eltern fragen. Die wollen sich eh gerade ein neues Haus zulegen.«

Nach ihrem – meinem – Abgang beim Fest habe ich mich nicht mehr bei ihnen gemeldet. Und sie sich auch nicht bei mir. Ich weiß, dass meine Mutter irgendwann wieder anrufen und so tun wird, als sei nie etwas gewesen. So ist sie eben. Neue Spielzeit, neues Theater, neuer Vorhang, neues Stück – nur ich bin eben immer noch die gleiche Tochter, worüber sie jedoch geflissentlich hinwegsieht.

»Ach ja«, seufzt Erna und nimmt einen großen Schluck Ayran. Das kleine weiße Joghurtbärtchen über der Oberlippe lässt sie richtig mondän aussehen. »Und wie würdest du dich dabei fühlen?«

»Na ja«, antworte ich und versuche, mein massives Unbehagen mit Ayran runterzuspülen. »Das wäre schon okay für mich.«

»Aber für uns ja vielleicht nicht«, wendet Jan ein. »Ich meine: Das ist keine so gute Idee. Du würdest dich in eine solche Abhängigkeit begeben.«

»Nee, von Eltern lassen wir uns nicht helfen. Wir schaffen das selbst!«, erklärt Erna fest entschlossen.
»Wenn wir ganz viel Unterstützung säen, dann können wir vielleicht auch ernten«, sagt Heidi und dreht verträumt an ihren Locken. »Wir müssen unsere Bitte direkt in die Herzen der Menschen pflanzen.«
»Das klingt ja sehr poetisch«, meint Clark.
»Das ist aber jetzt ganz konkret gemeint«, schiebt Heidi nach. »Du bist doch so ein Medienmacker.« Sie sieht dabei Clark herausfordernd an. »Du weißt doch, wie das geht, die Leute erreichen und so. Wir brauchen eine Kampagne! In allen Zeitungen, online, Facebook und so. Aber ratzfatz. Eine Solidaritätsaktion! Wenn jeder nur einen Euro gibt, können wir es schaffen, vorausgesetzt die Reichweite stimmt.«
Erstaunt gucken wir Heidi an. Wenn von Clarks Paprika noch etwas übrig gewesen wäre, sie würde ihm im Hals stecken bleiben. Stattdessen verschluckt er sich an einem Körnchen Bulgur. Erna zieht einen Pantoffel aus und klopft ihm damit fest auf den Rücken.
»Ich habe da ein paar Fotos gemacht«, sagt Günne bescheiden. »Vielleicht kann man die ja verwenden.« Er zieht eine Kamera aus seiner ausgebeulten Jackentasche und zeigt die Aufnahmen vom Fest. Auf einem Foto sieht man mich, wie ich diesen Pony-Luftballon an den Wunschproduktionsmodellen festbinde.
»Das ist es!«, ruft Clark. »Das ist das Bild! Da steckt alles drin. Damit gehe ich an die Presse. Das posten wir auf Facebook. Das jage ich durch meinen Mail-Verteiler. Mit Spendenaufruf!«
Alle sind begeistert von dem Plan. Und ich bin erleichtert. Es wäre mir sehr, sehr schwergefallen, meine Eltern um

Geld zu bitten. Und falls sie es mir gegeben hätten: Sie hätten es mir nicht leichtgemacht, es anzunehmen.
»Kleine Familienfeier?«, fragt der Kellner lächelnd, als er uns Tee in kleinen, goldverzierten Gläsern bringt.
»Ja«, nicke ich, ohne nachzudenken. Ja, er hat recht: Das ist meine Familie. Gut, rein optisch machen meine Eltern mehr her als Günne, dem anscheinend Winterfell in den Ohren wächst, Clark, dessen Kinn fettig glänzt, Erna, deren großzügiges Augen-Make-up ein wenig schief sitzt, Heidi, die sich etwas verdorrtes Laub in die Locken gewunden hat, und Jan, der so spillerig wirkt, als hätte er monatelang keine feste Nahrung zu sich genommen. Aber wir gehören zusammen, denke ich. Diese Familie habe ich mir ausgesucht. Nein: Das Leben hat sie mir geschenkt.
»Wir schaffen das«, sage ich. Und glaube fest daran.

Kaum sind wir wieder zu Hause, machen wir uns an die Arbeit. Ich schreibe Texte, Jan füttert unseren Facebook-Account, Clark aktiviert alle seine Kontakte. Er hat einen beeindruckenden E-Mail-Verteiler und ein noch beeindruckenderes Telefonbuch.
»Vielleicht könnte Gold-Guido einen Song über uns machen und Dört uns in seiner Talkshow …?«
Noch bevor Clark seinen Vorschlag zu Ende bringen kann, schreien Heidi, Günne, Jan, Erna und ich: »Nein!«
»Nun mal nicht übers Ziel hinausschießen«, mahnt Erna. »Das ist nur dem Kontostand gestattet.«
Und der übertrifft nach ein paar Tagen alle unsere Erwartungen. Das Foto ist auf der Titelseite einer überregionalen Zeitung erschienen, »Die Träumer von St. Pauli« war die Headline. In mehreren Wochenzeitschriften gab es Artikel über Gentrifizierung mit uns als Beispiel, »Spiegel online«

ist darauf eingestiegen. Und das »Abendblatt« berichtet täglich über uns.
Nach zehn Tagen haben wir eine ganz ordentliche Summe zusammen. Dazu das Geld von der Kreativnacht – das könnte reichen. Könnte. Wenn niemand anderes uns überbietet.

29. Kapitel

Nie, noch nie habe ich meinen Geburtstag gefeiert!«, schnarrt Erna. »Ich weiß gar nicht, was in mich gefahren ist, dass es diesmal sein muss. Ist ja noch nicht mal ein runder Geburtstag, ich werde doch nur siebenundsechzig.«

Wahrscheinlich hat Clark sie überzeugt, dass ein Fest sein muss. Clark ist absoluter Geburtstagsfeierverfechter. Er liebt Geburtstage, nicht nur seinen eigenen, weil er, wie er sagt, sich dann wieder wie ein Kind fühlt. Ich kann nichts Positives daran entdecken, sich wieder wie ein Kind zu fühlen, aber er scheint damit freundliche, heitere, unbeschwerte Dinge zu verbinden. Deshalb hat er auf Ernas Spitzendeckchentischchen überall Smarties verteilt.

»Die gehören einfach dazu«, strahlt er und freut sich. Obwohl er seine Idee, das Fest für Erna in der ehemaligen Wohnung der Hansens auszurichten, nicht umsetzen konnte. Erstens ist dort gerade eine Installation ausgestellt, mit Wollfäden, die sich kreuz und quer durch die Räume ziehen, was auch den Mittagstischbetrieb ein wenig erschwert, weil man sich ständig bücken und ducken muss, um unbeschadet von einem Ende zum anderen zu gelangen. Aber es handelt sich um das Werk einer renommierten Künstlerin. Wir haben ihr bei der Gestaltung völlig freie Hand gelassen – es ist nicht unser Ding, Künstlern in

die Arbeit hineinzureden –, und sie sagte, sie »arbeitet gerne mit dem Raum«. Nun hat sie ihn verknotet, verhäkelt und verstrickt, aber nur temporär.
Erna wollte sowieso lieber einen »privaten Rahmen«, also ihre Wohnung. Es ist oft nicht mehr ganz klar zu definieren, was hier privat ist und was öffentlich – oder was privat und was politisch.
»Das Private ist das Politische«, sagt Günne, und Heidi meint: »Oder gerade umgekehrt, wie war das noch?« Er sieht sie irritiert an.
Erna schenkt allen Eierlikör ein. Außer den Nachbarn aus dem Haus ist noch die Belegschaft aus Heidis Blumenkollektiv da, drei Roger-Whittaker-Fanclub-Damen sind gekommen und zwei Herren mittleren Alters, die auch immer bei Renate Pesto gekauft haben. Erna ist frisch onduliert, duftet betörend nach Haarspray, trägt einen leuchtend roten Kimono, Wollsocken in ihren Federflaum-Pantöffelchen, denn es ist kalt, und ein Paar Esstäbchen im Haar. Clark bringt eine Torte herein, die er selbst gebacken hat, sie ist ein wenig schief geworden, aber mit roten Marzipanrosen verziert. Es ist einfach bezaubernd: Mit der gleichen Energie, die Clark ins Zeitschriftenmachen gesteckt hat, stürzt er sich nun an Herd und Backofen. Er hat Sterneköche und Patisseure bequatscht, ihm Privatkurse zu geben und ihm ihre besten Tricks zu verraten, und setzt diese hingebungsvoll um. Man spürt, dass es ihm wirklich Freude macht – und seiner Begeisterung kann man sich einfach nicht entziehen. Muss man einem Menschen erst etwas wegnehmen, von dem er glaubt, es sei ihm wichtig, damit er zeigen kann, was in ihm steckt? Oder funktioniert das nur bei unverwüstlichen Typen wie Clark?

Heidi schenkt Erna einen selbstgezogenen Lebensbaum-Ableger, Jan ein kleines selbstgemaltes Bild, Günne ein kleines Spitzendeckchen (Heidi hat ihm geholfen, es auf dem Flohmarkt auszusuchen). Erna ist gerührt. Ich bin es auch, alle haben sich so viele Gedanken gemacht. Nur ich habe etwas eingepackt, was ich sowieso gerade griffbereit hatte. Etwas, das eigentlich jeder, zumindest jede Frau, gebrauchen kann. Etwas Praktisches. Was sollte ich denn auch machen?

Etwas verlegen gebe ich Erna mein Geschenk. Nach dem Auspacken streicht sie zunächst sorgfältig das Papier glatt und legt es zur Seite, als wolle sie es noch mal verwenden. Dann dreht sie die Schachtel hin und her, betrachtet sie versonnen, öffnet sie, holt den Tiegel heraus, öffnet ihn, riecht daran, dreht ihn wieder zu und fängt an zu weinen. Ich bin entsetzt. Okay, das ist jetzt kein besonders persönliches Geschenk, ich habe mir keine Gedanken gemacht, deshalb schäme ich mich auch ein wenig. Es ist einfach nur eine Creme, eine etwas teurere Creme vielleicht, die ich mal vom Beauty-Basar aus der Redaktion mitgenommen habe. Wer weint denn wegen einer Creme.

»Erna, ist alles in Ordnung?«, frage ich vorsichtig.

»Nichts ist in Ordnung«, schnarrt Erna.

»Gefällt dir die Creme nicht?«, hake ich nach.

»Und ob mir die Creme gefällt. Die Creme gefällt mir zu sehr. Hildegard hat sie auch gefallen. Ich habe Hildegard auch mal eine solche Creme geschenkt, aber sie hat sie im Schrank vertrocknen lassen.«

Auweia, Hildegard. Ernas große, unerwiderte Liebe. Heikles Thema. Aber ich muss einfach nachfragen: »Ich dachte, sie hätte ihr gefallen. Wieso hat sie die Creme denn vertrocknen lassen?«

»Weil die zu gut war. Fand Hildegard. Zu gut für sie, zu kostbar. Nur für ganz besondere Anlässe. Und die gab es nie. Und nun habe ich Angst, dass es mir genauso geht.«

»Wäre dein Geburtstag nicht der erste besonders gute Anlass?«, frage ich Erna. Doch die hat den Deckel der Schachtel schon wieder fest verschlossen und das Geschenk zu den anderen auf einem kleinen Beistelltischchen gelegt. Davon scheint es in ihrer Wohnung Hunderte zu geben, auf einem sitzt Lady und starrt in die Runde. Ich bin fast erleichtert, dass das Thema Geschenke nun durch ist. Ich habe doch nicht geahnt, was ich damit auslöse.

»Ich hole uns ein Likörchen.« Erna springt auf und eilt in die Küche. Wie eine Flucht sieht das aus. Heidi richtet alle in der Wohnung befindlichen Pflanzen optimal zur Wintersonne hin aus. Clark verteilt Torte, Jan assistiert ihm dabei. Günne starrt finster gegen die Wand.

»Alles klar? Wie kommen deine neuen Wintercocktails so an?«, frage ich ihn.

»Ich kann machen, was ich will, die saufen einfach alles. Völlig schmerzlos«, sagt Günne. Er redet von seinen neuen Stammgästen. Günnes Kneipe ist der gefragte In-Treff der Stadt. Günne bietet ständig neue Getränkevariationen zu Phantasiepreisen an – und dennoch gelingt es ihm nicht, seine Gäste zu vergraulen oder wenigstens zu verschrecken. Er veranstaltet auch weiterhin Roger-Whittaker-Abende. Er hat sogar schon Roger Whittaker für einen Konzertauftritt angefragt, »ein kleiner Club-Gig«, wie Günne es nennt. Auf meinen Einwand, dass seine Kneipe kein Club ist und Roger Whittaker keiner, der in Clubs auftritt, sagte er nur: »Na, dann passt das doch auch wieder.« Sein neuester Plan ist, einen DJ zu engagieren, einen möglichst hippen DJ, und ihn dann zu zwingen, den ganzen Abend abwechselnd Howard Carpendale und Freddy Quinn zu spielen. Und wenn der DJ Zicken macht, darf er nur noch Carpendale auflegen. Hätte von mir sein können, die Idee, ich wüsste auch schon, welchen DJ ich nehmen würde.

Doch jetzt sagt er etwas anderes: »Woran denkst du beim Sex?«

Die Frage ist für Günne wirklich ungewöhnlich, auch wenn man in Betracht zieht, dass es zwischen uns keinerlei erotische Anziehung gibt.

»Moment mal, Günne, warum willst du das denn wissen?« Oder ist das Günnes Art, mit mir zu flirten? Bitte nicht!

»Heidi denkt an Pflanzen«, sagt Günne tonlos und starrt auf seine Füße.

»Heidi denkt immer an Pflanzen, ich dachte, das weißt du.«

»Ja, das weiß ich, aber neulich, wir waren gerade so schön dabei, sagt sie, ich soll sie daran erinnern, dass sie später noch die Kakteen umpflanzen muss.«

Ich muss kichern. »Das ist ihr bestimmt nur so rausgerutscht«, versuche ich Günne zu beruhigen. Kakteen! Und ich hätte gedacht, Heidi sei mehr so der Blümchensex-Typ.

»Sie sollte an mich denken. Nicht an Kakteen!«, empört sich Günne.

»Vielleicht war das eine naheliegende Assoziation? Sie hat doch diesen einen schlangenförmigen Kaktus, der an eine Gurke erinnert …« Oh Mann, ich rede mich hier um Kopf und Kragen, ich sollte schnell weg.

»Aber der ist doch viel größer«, nimmt Günne den Faden auf.

»Du bist eifersüchtig auf einen Kaktus? Günne, das ist wirklich albern«, versuche ich das Gespräch abzubrechen

und wende mich Jan zu. »Wo ist Erna? Vielleicht kann ich ihr etwas helfen?«
»Die ist gerade mal kurz zu mir in die Wohnung, sie wollte noch mehr Gläser holen«, sagt Jan.
»Ausgerechnet bei dir? Und warum hilfst du ihr nicht?«
»Sie wollte keine Hilfe. Jedenfalls nicht von mir.« Jan schiebt sich eine große Gabel voll Torte in den Mund. »Die ist ja köstlich!«, mampft er zu Clark gewandt. »Gibst du mir das Rezept?«
Ich wende mich von den Tortenrezepttauschern ab. Mir ist, als ob es ein wenig kälter geworden wäre. Klamm ist es in dem Haus ja sowieso, aber bislang war es auszuhalten. Doch nun wird es ungemütlich. Durch das dunkle Treppenhaus taste ich mich in Jans Wohnung. Wieso geht eigentlich das Licht nicht? Ist der Schalter kaputt oder die Glühbirne? Sollten diese modernen Energiesparlampen nicht jahrzehntelang halten?
In der Küche ist Erna nicht. Aber wo sonst sollte sie Gläser finden?
»Erna, bist du da?«, rufe ich durch den Flur.
Keine Antwort.
Ich inspiziere Schlafzimmer und Wohnzimmer, so gut das bei dem Dämmerlicht geht. Er könnte mal wieder aufräumen, denke ich, als ich mit dem Fuß gegen etwas Großes, Weiches stoße.
Erna! Ich erschrecke. Aber nein, es ist nur ein Kissen. Unter der Badezimmertür schimmert ein zarter Lichtschein hervor. Badezimmer ist natürlich übertrieben, die Wohnungen haben alle den gleichen Schnitt, für mehr als ein Klo ist hier auch kein Platz. Ich klopfe an die Tür.
»Erna?«
Keine Antwort.

»Erna, brauchst du Hilfe?«
Immer noch keine Antwort, aber ein zartes Rascheln.
Oh weh, wahrscheinlich liegt sie hilflos auf dem Boden und kann nicht mehr sprechen.
»Ich komme jetzt rein«, sage ich und öffne die Tür.
Drinnen steht Erna im Schein einer tristen, aber hellen LED-Lampe, deren Licht sich in ihrem Gesicht zu spiegeln scheint.
»Alles okay?«, frage ich vorsichtig.
Ihre Wangen glänzen, Lippenstift und Lidschatten sind verschmiert, auch im gestärkten Haaransatz sind unübersehbare Spuren von Creme. Der Creme, die ich ihr geschenkt habe – sie hat sie also unbemerkt mitgenommen, den Tiegel dreht sie gerade wieder vorsichtig zu. Ein paar weiße Inseln flankieren ihre Nasenflügel, der Rest des Gesichtes sieht aus, wie mit Tortenglasur überzogen.
»Das war dringend nötig«, befindet Erna zufrieden und lächelt breit wie ein frittiertes Honigkuchenpferdchen. »Eine gute Creme. Gut für mich. Bisschen kleine Dose vielleicht. Reicht vielleicht nicht lange, aber was soll's. Ich lebe jetzt. Später ist später, da wird man sehen. Aber sag mal: Kann ich so überhaupt zurück zu den Gästen?«
Sie betrachtet ihr Gesicht prüfend im Spiegel. In den Augenfalten haben sich Fettschlieren abgesetzt, die verschiedenen Farben ihres eben noch kunstvollen Make-ups wechseln von Pop-Art über Im- und Expressionismus zu Action-Painting. Jackson Pollock mit viel Beuys-Einfluss. Sie sieht herrlich derangiert aus, nicht wie von dieser Welt, aber absolut hinreißend.
»Erna, du bist wunderschön!«, antworte ich aus ganzem Herzen.

Sie drückt auf den Schalter, das Licht geht aus, und wir stehen im Dunkeln und hören es poltern.
»Erna! Erna! Du glaubst nicht, wer da ist! Soll ich mit den Gläsern helfen?« Jan hat anscheinend doch noch die Gentleman-Seite in sich entdeckt. Aber wer sollte jetzt noch gekommen sein? Erna und ich gehen in den Flur, Jan bleibt verblüfft stehen.
»Wow!«, haucht er, als er Erna anschaut. »Du siehst irgendwie anders aus.«
»Klar«, schnarrt Erna und fügt hinzu: »Männer! Keine Ahnung von Kosmetik. Das ist eine Wunderwaffe!«
Jan grinst. »Und funktioniert sofort. Man sieht keine einzige Falte mehr. Also nicht, dass du welche hättest. Aber selbst wenn, dann würde man sie auch nicht mehr sehen. Schon beeindruckend!«
»Nu ist aber mal gut, Bubi«, ranzt Erna ihn freundlich an, trotz allem geschmeichelt, während ich in der Küche rasch ein paar Gläser zusammensuche. »Wer ist denn nun noch gekommen?«
»Komm einfach mit«, antwortet Jan, fasst Ernas cremefettige Hand und zieht sie vorsichtig mit sich.
Im Flur steht Frau Hansen und knipst nervös ihre Handtasche auf und zu.
»Hildegard!« Das ist das Einzige, was Erna herausbringt, danach klappt ihr Mund nur noch wie die Handtasche stumm auf und zu. Jan hält sie fest, damit sie nicht rückwärts aus ihren Pantöffelchen kippt.
»Erna!«, erwidert Frau Hansen ebenso wortarm. Die Kommunikation zwischen den Damen ist wirklich noch ausbaufähig. Immerhin zanken sie sich nicht.
»Wie siehst du denn aus?«, fährt da Hildegard Erna auch schon an. »Ist das jetzt die neueste Mode, oder was? Ich

dachte, aus dem Alter, wo du jeden Trend mitmachen musst, bist du inzwischen raus.«
»Und du warst noch nie in dem Alter! Du warst doch nie jung! Und was ein Trend ist, das kennst du doch höchstens vom Hörensagen«, giftet Erna zurück. In ihren Augen blitzt das Leben, sie sah nie wacher aus. Sie hält die Hand mit der Cremedose hoch. »Hier, kennst du die?«
Hildegard schüttelt denn Kopf.
»'n Gedächtnis wie ein Sieb. Nee, nee, nee«, motzt Erna, schraubt dann den Deckel ab, gibt ihn Jan und tunkt ihre Fingerspitzen in den Tiegel. Als sie Hildegard die Creme sanft auf die Wangen streicht, zuckt diese nicht zurück. Vorsichtig verreibt Erna den Fettfilm und klopft rund um die Augen etwas ein. Erst noch mit ausgestrecktem Arm, doch nach und nach kommt sie Hildegard immer näher – bis sich beide schluchzend in den Armen liegen.
»Ich habe dich so vermisst«, weint Hildegard. »Es war alles so öde, so trostlos ohne dich. Ich habe es einfach nicht mehr ausgehalten.«
»Macht doch jeder mal Fehler«, schnieft Erna zurück. Dann macht sie sich von Hildegard los und sieht sie ernst an. »Deine Wohnung ist weg. Aber du kannst bei mir einziehen. Auf dem Sofa. Und nicht schnarchen!«
Hildegard nickt nur stumm, dann geleitet Erna sie in ihre Wohnung, plaziert sie neben dem Tischchen mit der ausgestopften Lady auf dem Sofa und schenkt noch mal eine Runde Eierlikör ein.
Es wird heiß diskutiert: Günne und Jan regen sich über die inzwischen auf der Reeperbahn allseits präsenten Überwachungskameras auf.
»Dort treiben sich doch fast nur die Leute rum, die sowieso ins Fernsehen wollen, sei es nun bei DSDS oder in irgend-

eine Doku-Soap. Ob man die nun beim Biertrinken, Geldziehen oder Singen filmt, ist denen völlig egal. Die würden sich auch Bohnen in die Ohren stecken und eine Windel auf den Kopf setzen und damit zum Bäcker gehen, wenn ein Redakteur das von ihnen verlangen würde«, behauptet Clark.

»Nur wüssten die wahrscheinlich gar nicht, wo der nächste Bäcker ist«, pflichtet Jan ihm bei. »Zumindest nicht, wenn man die ganzen Industrie-Backketten nicht gelten lässt.«

»Und was Bohnen sind, wissen die sowieso nicht«, setzt Heidi nach.

»Aber ich gehe da auch manchmal lang. Und ich will nicht gefilmt und überwacht werden«, ereifert sich Jan. »Vielleicht will ich nur mein Altglas wegbringen oder ein Glas Gurken kaufen, und dann verhaften die mich, weil ich gegen das Waffenverbot auf dem Kiez verstoßen habe.«

»Da darf man keine Gurken mehr kaufen?«, wundert sich Heidi.

»Weil Flaschen als Waffen gelten«, erklärt Jan.

»Aber Gurken werden doch gar nicht in Flaschen …«, wundert sich Heidi weiter.

»Gewürzgurken werden aber in …«, souffliert Jan.

»Gläsern! Ach wirklich? Glas als Waffe?« Heidi ist baff. »Und was ist das eigentlich da links unten für ein Symbol auf den Waffenverbotsschildern, die jetzt hier überall herumstehen? Ein Schraubenzieher?«

»Ein Baseballschläger«, sagt Jan. »Wisst ihr, was mir Mut macht? Die Besetzung des Gängeviertels. Da sieht man mal, dass auch Künstler etwas durchsetzen können, wenn sie sich nur organisieren. Und dass man etwas erreicht, wenn man zusammenhält.«

»Und wenn man die Medien richtig nutzt«, ergänzt Clark. »Denn nur so erfährt die Öffentlichkeit etwas davon.«

»Springer-Presse?« Günne schüttelt sich angewidert. »Igitt, igitt, igitt! Das haben die doch nicht nötig!«

»Haben sie eben doch! Seht euch das doch mal an: Die Gängeviertel-Besetzer bekommen seitenweise Aufmerksamkeit, die stehen richtig toll da. Jeder Reihenhausbesitzer aus dem Speckgürtel will sich diese alten bröckeligen Hinterhöfe mit den engagierten Künstlern und ihren Werken jetzt mal ansehen. Das ist ein richtiger Tourismusmagnet geworden.«

»Ach, und das ist es, was sie gewollt haben?«, lästert Günne. »Butterfahrtziel werden? Busgruppen da durchschleusen?«

»Wenn es hilft«, sage ich. »Man muss doch pragmatisch denken: Alles, was den Abriss zu verhindern hilft, ist gut.«

»Alles?« Günne zieht die Augenbrauen hoch.

»Zumindest können wir von den anderen lernen. Uns gegenseitig helfen. Zusammenhalten. Gemeinsame Netzwerke nutzen. *Es regnet Kaviar!*«, skandiert Jan den Slogan der Anti-Gentrifizierungs-Bewegung und hebt sein Glas. Wenn er es jetzt bloß nicht ausschüttet.

»Bäh«, sagt Clark, »ich mag gar keinen Kaviar. Blöde Fischeier. Eine anständige Auster ist mir lieber.«

»Ich meine doch das Aktionsnetzwerk gegen Gentrifizierung«, sagt Jan. »Kennst du das nicht? Hol mal dein iPhone raus, ich zeig dir die Seite.« Gemeinsam sehen wir uns das Filmchen »Abwertungskit« an, mit lauter praktischen Tipps. Jan kann Clark danach nur knapp davon abhalten, seine Unterhosen sichtbar in allen Fenstern aufzuhängen, um die Teuerung der Mieten im Viertel zu stoppen.

Erna hat im ganzen Raum Kerzen verteilt. Dass es kalt ist, merken wir gar nicht mehr, was halb dem Eierlikör zuzuschreiben ist und halb der menschlichen Wärme, die nicht nur das Zimmer, sondern auch unser Innerstes wohlig aufheizt.

30. Kapitel

Gold-Guido sieht absolut lächerlich aus. Nicht nur, dass sein Hemd fast bis zum Bauchnabel offen steht und sich auf seiner haarigen Brust ein funkelnder Rentierschlitten an einer dicken Kette durch die üppige Behaarung kämpft. Er trägt auch eine Aktentasche, die er sich mit Handschellen an das rechte Handgelenk gekettet hat. »Guido arbeitet am nächsten Weihnachtshit«, schnarrt mir Gerlinde ins Ohr. »Der Song heißt ›Schlitten ins Glück‹«. Ach ja. Klingt ein wenig geschmackvoller als der geplante Sommerhit »Bitte, bitte, blas mir die Luftmatratze auf«. Damit werden er und Matthias Dört die Schinkenstraße auf Mallorca zum Kochen bringen, hat mir Gerlinde schon exklusiv verraten. Kochschinken, wie verlockend.

Dört muss ebenfalls seinen Einkaufsberater gebeten haben, ihn wie einen Zuhälter auszustaffieren, denn er unterscheidet sich in nichts von Guido und beide sich nicht von dem anderen Grüppchen, das sich zur Zwangsversteigerung einfindet.

Was machen die alle hier? Die wollen doch nicht etwa alle unser Haus kaufen? Wir haben alles vorbereitet, sogar bei der Bank waren wir und haben einen Finanzierungsplan.

»Es gibt auch noch andere Objekte, die heute versteigert werden«, versucht mich Jan zu beruhigen und nestelt an

einem Zettel. »Eine Ein-Zimmer-Souterrainwohnung in Lurup, ein Imbiss in Stellingen und eine Doppelgarage in Kirchdorf-Süd«, liest er vor.
»Wirklich sehr interessante Objekte«, schnarrt Erna und wendet sich dann an Clark: »Du weißt am besten, welche Sprache die verstehen. Beiß sie weg!«
Clark schlendert rüber zum Glamour-Grüppchen und beginnt etwas, das von weitem aussieht wie freundlicher Smalltalk. Er zeigt seine Zähne, dann zeigen die anderen ihre Zähne, dann wieder Clark. Man könnte denken, sie lächeln. Ich weiß, dass das Drohgebärden sind. Schließlich ziehen sie ab.
»Wie hast du das gemacht?«, fragt Heidi verblüfft.
»Ich habe ihnen bloß gesagt, dass ich sie vernichten werde. In der Presse. Und angedeutet, dass ich ein paar Dinge über sie weiß, die ein paar befreundete Chefredakteure interessieren würden. Steuer- und Frauengeschichten und so, nichts wirklich Aufregendes, aber mit dem richtigen Dreh könnte das sehr unangenehm für sie werden. Da haben sie ihre Schwänze eingezogen und haben gekniffen. Das ist ja das Tolle an meiner Situation: Mir können sie nichts, ich habe nichts zu verlieren.«
Wie durch ein Wunder interessieren sich die verbleibenden Bieter wirklich alle nur für die Doppelgarage und die Souterrainwohnung. Der Imbiss geht nicht weg. Und wir, wir kaufen unser Haus! Für das Mindestgebot!
»Na, ihr Hausbesitzer«, strahle ich, als wir nach draußen gehen.
»Pfui, sag nicht dieses schlimme Wort!«, juxt Günne und zieht eine Flasche »St. Pauli Perle« aus seiner wirklich erstaunlich großen Jackentasche. Er hat sogar Plastikbecher dabei. Heidi schnappt sich die Sektflasche, lässt ganz über-

mütig den Korken knallen, schüttelt und spritzt uns erst mal nass.

»Das wollte ich schon immer mal machen!«, jauchzt sie.

»Verschwendung«, knurrt Erna.

»Wir haben doch noch eine«, sagt Günne und holt eine zweite »St. Pauli Perle« hervor.

»Nun lass mal nicht gleich den Gutsherrn raushängen«, zwinkert Erna ihm zu und lässt sich dann einen Becher voll Prickelwasser reichen. Jan und Clark verbreiten die gute Nachricht vom Hauskauf in den einschlägigen sozialen Netzwerken.

Uns allen ist ein leicht debiles Grinsen wie ins Gesicht gemeißelt. Wir sehen aus, wie verrückt verliebt, verliebt in die Zukunft. Wir haben es geschafft! Wir haben unser Ziel erreicht! Wir bleiben!

Ich radele nach Hause, unser Zuhause, mein eigenes Zuhause!

Die anderen kommen nach, ich will schon mal die Fortsetzung unserer Sekt-Sause vorbereiten und ein paar Flaschen ins Eisfach packen. Vorher haben wir das nicht gemacht, denn »das bringt Unglück«, hat Erna behauptet. Quatsch, fanden wir, aber wir haben uns doch daran gehalten, und Heidi hat noch rasch ein paar Kräutersträußchen an uns verteilt, angeblich mit magischer Wirkung.

An der Ampel steht neben mir ein unauffälliger Mann, der mir auf die Füße starrt. Ich trage Turnschuhe. Aus seiner Hosentasche lugt eine Ecke Plastiktüte. Dabei hat er gar keinen Hund dabei. Ich kenne den doch irgendwoher? Bevor die Ampel auf Grün umspringt, fällt es mir ein: der Sockenfetischist. Wahrscheinlich schon schwer auf Entzug, wir haben nämlich einen sehr heißen, trockenen Mai. Er sieht mich verlegen an. Ich lehne mein Rad an den Ampelmast, schlüpfe aus den Schuhen, ziehe die kurzen, ein wenig verschwitzten Söckchen aus und drücke sie ihm in die Hand. Er lächelt verlegen, verstaut die unverhoffte Beute in der Plastiktüte, greift in seine andere Hosentasche und will vermutlich einen Geldschein herausziehen, doch da radele ich schon weiter.

31. Kapitel

Es dröhnt in meinem Kopf. Dabei habe ich doch gestern gar nichts getrunken. Nur einen Tee bei Jan. Ohne alles. Warum dröhnt das dann so? Wenigstens tut es nicht weh. Ich öffne langsam die Augen, steige aus meinem Fundbett und stelle fest: Das Dröhnen befindet sich gar nicht in meinem Kopf. Es kommt von außerhalb. Fremdes, ungewohntes Dröhnen. Hat sich Günne vielleicht eine neue Kaffeemaschine gekauft? Aber warum sollte er die dann um 6.30 Uhr ausprobieren?

»Was zum Teufelswurz …!« Heidis Stimme gellt durch das Treppenhaus. Mit einem Sprung bin ich in meiner Yogahose, mit einem gezielten Tritt auf die Dielen öffne ich die Wohnungstür.

»Kommt alle mal schnell raus!«, kreischt Heidi. »Sie machen meinen Garten platt! Das Haus wird abgerissen!«

Jetzt ist sie durchgedreht, denke ich, aber als ich nach draußen komme, sehe ich schweres Gerät anrücken. Eindeutig Baumaschinen. Laster. Sie rollen durch die Toreinfahrt, mitten hinein in Heidis Paradies. Ein Kettenfahrzeug macht gerade die Sonnenblumenkeimlinge platt. Clark rauft stöhnend seine Haare. Bauarbeiter laden Baumaterial von einem Laster. Schon kracht etwas ins Gewächshaus. Heidi jault auf.

»Ups«, sagt der Bauarbeiter.

»Wer ist hier der Chef?«, brülle ich ihn an, wohlwissend, dass ich in REM-Tour-Shirt von 1988, lila Yogahose im Haremsstil und Flip-Flops keinen sonderlich seriösen Eindruck mache. Aber Erna in Kimono und Pantoffeln, Jan in knappen, knallroten Boxershorts, Feinripp-Unterhemd und Chucks, Günne in Leinenschlabberhose und Biene-Maja-T-Shirt, Heidi im afrikanischen Stammesgewand und Clark in einem seidenen Versace-Schlafanzug auch nicht.

»Da drüben.« Mr. Ungeschickt zeigt auf einen Herrn mit Klemmbrett.

Ich gehe auf ihn zu und baue mich vor ihm auf. Langsam hebt er seinen Blick vom Klemmbrett und lächelt mich freundlich an. »Was kann ich für Sie tun?«

Wir sind hier doch nicht im Caféhaus!

»Sie können mir verraten, in wessen Auftrag Sie hier sind. Und dann können Sie Ihren Vandalen hier sagen, dass sie einpacken und sich vom Acker machen sollen. Ohne dabei weitere Flurschäden zu hinterlassen.«

»Finger weg von meiner Brombeerhecke!«, höre ich Heidi im Hintergrund kreischen.

»Das ist ein Auftrag von der CarLoft GmbH Dört und Goldgrube, also, ich weiß nicht, ob das jetzt wirklich so heißt. Hier wird ein CarLoft gebaut. Genauer gesagt: da.« Er zeigt auf die Lücke neben unserem Haus, wo der illegale Abriss stattfand.

Dann lächelt er mich wieder freundlich an.

Dört und Goldgrube? Das ist doch der Guido mit seinem albernen Künstlernamen. Und der Dört. Haben die sich doch glatt das Nachbargrundstück unter den Nagel gerissen und verwirklichen dort ihre albernen CarLoft-Phantasien.

»Aber wenn das Haus auf dem Grundstück dort gebaut wird«, ich weise in die gleiche Richtung, in die er eben gezeigt hat, »dann müssen Sie doch hier nicht den Garten plattmachen.«
Er guckt wieder auf sein Klemmbrett, während im Hintergrund eine neue Materialfuhre eine Staudenrabatte unter sich begräbt.
»Sie Trampel!«, zetert Heidi.
»Das hier gehört zum Nachbargrundstück. Das ist alles so genehmigt. Tut mir leid!« Er guckt ehrlich voller Bedauern.
Günne wirft sich schützend vor ein paar Töpfe und Zinkwannen mit Funkien und Hortensien. Jan hat eine Kamera geholt und fotografiert. Clark hat sich niedergekniet und gräbt mit bloßen Händen eine kleine Sonnenblumenpflanze aus. Erna spuckt vor einem Laster auf den Boden.
Der Bauleiter zeigt mir den Auftrag. Sieht alles korrekt aus.
»Vielleicht machen Sie erst mal Frühstückspause«, schlage ich vor. »Wir müssen da was klären.«
»Zeit ist Geld«, sagt der Bauleiter. »Aber okay. Fünf Minuten.«
Günne schließt uns die »Gemütliche Ecke« auf, und wir beraten uns.

Clark ruft Dört auf seiner geheimen Handynummer an.
»Die haben schon angefangen? Geil!«, quäkt es aus dem Apparat.
Was Dört sagt, versteht man nicht. Clark legt auf.
»Es ist wirklich ihr Grundstück«, knurrt Clark. »Und es ist ihnen irgendwie gelungen, diese CarLoft-Firma zu übernehmen. Da hängt auch noch mein Geld drin. Wartet nur, das ziehe ich da wieder raus.«

»Mein Garten! Mein Paradies!«, schluchzt Heidi.
Sie wiegt das Sonnenblumenpflänzchen, das Clark ausgebuddelt hat, in den Händen, als wäre das alles, was ihr noch geblieben ist.
»Ich gehe jetzt da raus und kette mich ans Gewächshaus an!« Günne strafft seine Hühnerbrust. Biene Maja funkelt kampfeslustig. »Anketten ist immer gut. Und ihr informiert die Presse!«
»Das würdest du für mich und meine Pflanzen tun?« Heidi sieht Günne ganz verliebt an.
»Ich würde alles tun – für deine Pflanzen und vor allem für dich, du stolzeste Blume von allen!«
»Bringt aber nichts«, fährt Erna dazwischen. »Ist leider wirklich das Nachbargrundstück. Da sollten wir nicht so viel Wind machen, sonst wird das kleine, von fast allen vergessene Paradies gleich zum Parkplatz. Wir können nur versuchen, sie zu beaufsichtigen. Und sie zu bestechen. Heidi, wie viel Brombeergelee hast du noch?«, fragt Erna.
»Den ganzen Keller voll. Wieso?«
»Wir drücken jetzt jedem der Bauarbeiter ein Glas Gelee in die Hand. Und erzählen ihnen, dass es von diesen Brombeerranken stammt. Damit sie wenigstens ein schlechtes Gewissen haben, wenn sie die abreißen. Was man kennt, das respektiert man auch leichter.«
Ach ja. Unsere Handlungsmöglichkeiten sind schon sehr eingeschränkt.
»Nistet da nicht wenigstens irgendein seltener Vogel drin? Ein Wachtelkönig oder ein Sperber? Oder lebt da eine geschützte Krötenart?«, fragt Jan hoffnungsvoll. »In Winterhude hat neulich ein brütendes Sperberpärchen eine Luxussanierung verhindert.«
Heidi schüttelt den Kopf. »Ich kenne mich ja nur mit

Pflanzen aus. Aber ungewöhnliche Tiere habe ich nicht bemerkt. Ich will ja auch gar nichts verhindern. Ich bin nur so schockiert. So traurig.«

»Nichts ist für die Ewigkeit. Selbst das Paradies nicht«, resümiert Erna. »Jetzt her mit dem Gelee, draußen wird schon weitergearbeitet.«

Mit Charme und viel Brombeergelee gelingt es Heidi und Erna, die Arbeiter dazu zu bewegen, möglichst große Teile des geheimen Gartens zu verschonen und auch die Brombeerhecke nur so weit als nötig zu stutzen. Trotzdem: Vieles geht unwiederbringlich verloren.

Und das ist erst der Anfang der Bauarbeiten.

Das CarLoft wächst zügig in wenigen Wochen Stockwerk für Stockwerk. Und weil es Clark gelungen ist, sein Geld wiederzubekommen – er hat die Skandal-Drohungen ein wenig aufgefrischt –, haben wir beschlossen, bei unserem Haus das Dach sanieren zu lassen. Clark baut sich gleichzeitig den Dachboden zu einer kleinen Wohnung aus, dann muss er nicht mehr »bei Hansens« auf der Luftmatratze schlafen.

Ich sitze zu Hause am Schreibtisch, neben mir ein Teller mit Tomaten, Bergblütenkäse und Ciabatta. Die Ausbeute aus dem neuen Feinkostladen, der bei Renate eingezogen ist. Die Käseauswahl: hervorragend. Das Ciabatta: von Pritsch, also erstklassig. Leider musste ich mir nie wieder eins teilen, mit diesem Typen, wie hieß der noch? Oliver oder so. Ich halte immer nach ihm Ausschau, habe ihn aber nicht wieder gesehen. An das hausgemachte Pesto habe ich mich noch nicht herangewagt. Ich käme mir dann vor, als würde ich Renate betrügen. Aber vielleicht hätte sie es ja so gewollt?

Es dröhnt neben und über mir. Der Lärm macht mich noch wahnsinnig!

Es ist unmöglich, einen klaren Gedanken zu fassen, weil immer wieder dieses ohrenbetäubende Rattern durchs Haus fährt. Die Wände zittern und ich auch, aber vor Wut. Vor ohnmächtiger Wut, denn ich kann nichts tun.
Wenn es still wäre, könnte ich mir geniale neue Konzepte ausdenken, ich habe inzwischen Kontakte, könnte Kundenzeitschriften entwickeln oder ein ganz neues Heftkonzept für einen anderen Verlag, der sehr interessiert ist. Wenn es nur still wäre.
Ist es aber nicht.
Angriff ist die beste Verteidigung. Ich gehe nach oben, ins Dachgeschoss. Dort brechen zwei Männer in blauen Latzhosen gerade eine Wand raus. Jeder hält so eine Art Pressluftthammer in der Hand. Ich bin irritiert. Von Ausbau war die Rede, nicht von Abriss. Ich muss eingreifen!
»Moment mal!«, brülle ich gegen den Lärm an. »Ist da nicht das Haus zu Ende?«
Einer setzt das Gerät ab und antwortet: »Nö. Da ist der Plan.«
Er zeigt auf ein Stück Papier. Der Bauplan des Hauses. Und wirklich: Da geht es weiter. Auch meine Wohnung hat eigentlich ein Zimmer mehr. Seltsam. Aber eigentlich auch logisch: Jans Wohnung ist größer, und die ehemalige Wohnung der Hansens – immer noch Clarks provisorisches Heim – ebenfalls. Und die »Gemütliche Ecke« sowieso. Nicht, dass ich mehr Platz brauche. Meine Wohnung reicht mir völlig. Aber nun bin ich neugierig, was sich hinter der Wand verbirgt. Ein geheimes Zimmer?
»Kann ich mir so ein Ding gleich mal ausleihen?«, frage ich.
»Wir sind sofort fertig.«
Kurz darauf schnappe ich mir die »Hilti«, so heißt das Ge-

rät, und schleppe es nach unten, zu mir. Habe mir noch kurz erklären lassen, wie das funktioniert. Fixiere meine Schlafzimmerwand. Setze wieder ab, zerre Bettzeug und Matratze nach draußen ins Wohnzimmer. Fixiere erneut die Wand.
Das Haus wird doch nicht einstürzen, wenn ich die Wand rausreiße?
Nein, denke ich, wenn sie früher nicht da war, kann es auch keine tragende Wand sein.
Mit einem Edding male ich ein großes Kreuz auf die Wand. Dann setze ich die Hilti an.
Ratatatatatat.
Mann, ist das Ding laut.
Mann, ist das Ding schwer.
Ich mache weiter. Brocken fallen, es staubt, die Mauer gibt nach. Kurze Zeit später: ein Loch in der Wand. Ich kann fast durchgucken. Beschwingt mache ich weiter. Jetzt kann ich das andere Zimmer sehen, die geheime Welt.
Oh! Da wohnt jemand. Es ist nicht so, dass der Raum hinter der Wand auf mich gewartet hätte. Der Raum sieht deutlich belebt aus. Ein von meiner Aktion arg verstaubtes, ehemals weißes Sofa. Mehrere Bücherregale. Ein Tisch. Auf dem Tisch ein halbes Ciabatta. Daneben Tomaten und Käse.
Kommt mir irgendwie bekannt vor.
Die Tür geht auf. Der Mann, der mit erschrockenem Gesichtsausdruck hereingestürmt kommt – in meine oder seine Wohnung, wie auch immer – trägt eine Kanne Tee in der Hand. Auch er kommt mir sehr bekannt vor.
Oliver! Der Ciabatta-Wegschnapper, Decken-Bereithalter, Yogi-Tee-Abgeber – wie oft bin ich ihm eigentlich schon begegnet?

Er ist sprachlos. Das wäre ich vermutlich auch, wenn ich ein Loch in meiner Wohnzimmerwand entdecken würde, das vor fünf Minuten noch nicht da war.

»Ich dachte, wir könnten das Ciabatta ja auch mal gemeinsam essen«, sage ich, setze die Hilti ab und streiche mir mit einem Ärmel den Staub aus dem Gesicht.

Er lächelt. Noch immer stumm.

»Obwohl ich natürlich gedacht habe, dass ich so doch noch unbemerkt auch an die zweite Hälfte komme«, setze ich nach.

»Unbemerkt?« Er scheint seine Sprache wiedergefunden zu haben. »Als ob ich dich jemals nicht bemerkt hätte. Und jetzt sprichst du auch noch mit mir!«

»Das ist ja wohl das Mindeste, was man erwarten kann. Wenn ich dir schon ein Loch in die Wand schlage.«

»Wenn das die nötige Voraussetzung ist, nehme ich das gerne in Kauf. Ich hoffe nur, dass du nicht jedes Gespräch so eröffnest.« Endlich stellt er die Teekanne auf den Tisch. »Möchtest du auch eine Tasse?«

»Gerne. Ich hole nur schnell meinen Käse-und-Tomaten-Brotteller.«

Epilog

Jan stemmt sich vehement dagegen, Karriere zu machen. Letztlich führen sein Widerwille, seine Ablehnung und die von ihm herbeigeführte Verknappung seiner Werke jedoch zu einer unfassbaren Nachfrage. Er fühlt sich schuldig, kann aber damit umgehen.

Günne kauft sich ein neues T-Shirt ohne Aufdruck, das er zu seiner Hochzeit mit Heidi anzieht. Ihre Kinder bekommen Pflanzen-Namen, sogar »Pfefferminza« wird vom Standesbeamten akzeptiert.

Clark entwickelt ein paar neue Zeitschriftenkonzepte, findet einen Investor und wird ein erfolgreicher Verleger. Aus Spaß eröffnet er nebenbei eine kleine Konditorei.

Das kleine, improvisierte Nachbarschaftsrestaurant, die »Volksküche«, wird nur noch geöffnet, wenn Clark und Erna Lust dazu haben. Es wurde entschieden, dass es nichts bringt, der örtlichen Gastronomie Konkurrenz zu machen. Außerdem haben die stinkenden Hunde der Punks genervt. Einer hat sogar mal in eine Ecke gepinkelt. Dafür waren dann doch alle zu bürgerlich, wurde festgestellt.

Dört zieht ins CarLoft nebenan. Sein Auto-Fahrstuhl ist mit vielleicht innovativer, aber nicht ausgereifter Technik ausgestattet und bleibt häufig stecken. Da er voll verglast ist, hat Dört von dort einen schönen Ausblick auf die Straße und die Passanten auf ihn – fast wie im Fernsehen.

Roger Whittaker tritt in der »Gemütlichen Ecke« auf. Paul McCartney kommt vorbei und begleicht seine Burger-Schulden.

Katrins Eltern ziehen wieder um. Katrins Mutter trinkt weiter, auch der Geburtstag ihrer Tochter ist ihr nicht immer zur rechten Zeit präsent. Dafür ruft sie häufiger mal an, um zu gratulieren.

Herr Hansen stirbt, Frau Hansen verkauft den Wohnwagen und zieht zu Erna und Lady. Gemeinsam schaffen sie sich zwei neue Dackel an.

Heidi verlegt sich aufs mobile Guerilla-Gardening, schreibt mit Katrin ein Buch darüber, bringt so eine ganze Bewegung ins Rollen und die Stadt zum Blühen.

Katrin und Oliver entfernen die Wand zwischen ihren Wohnungen komplett und benutzen fortan nur noch eine Eingangstür, eine Küche (die von Oliver, Katrins wird zum Arbeitszimmer) und ein Bett. Sie tüfteln gemeinsam an Pesto-Rezepten, bis ihnen endlich eines gelingt, das genauso schmeckt wie das von Renate.

Katrin findet innerhalb einer Woche folgende Dinge auf der Straße: ein totes Eichhörnchen, zwei iPod-Hüllen, ein Paar Handschuhe (im Juli), ein Regal (das sie mitnimmt), fünf Schnuller, einen Fahrradreifen, unzählige Hundehaufen, einen Schuh und einen Plüschhasen, der eine eigene Karriere im Internet macht.

Der Song zum Buch:

Oh, St. Pauli
Bernd Begemann & die Befreiung

Du hast mich umarmt
als mich niemand anders wollte
beschützt
als ich betrunken auf die Straße rollte
als ich vor 10 Jahren herkam
war ich ziemlich arm
jetzt bin ich immer noch arm

Oh, St. Pauli
du kennst mich
und du machst es mir leicht
Oh, St. Pauli
man fühlt sich wie ein Gewinner
obwohl man nichts erreicht

Deine leichten Straßen unter meinen leichten
Schuhen
man kann alles tun
bloß nicht ausruhn
manchmal denk' ich
ich kann mich nicht mehr lange halten
willst du mich behalten?

Oh, St. Pauli
du elendes Miststück
kriegst mich nicht klein
Oh, St. Pauli
wenn ich weg bin
wirst du immer noch da sein

Samstagnacht
kommen sie von überall her
und am Sonntagmittag
bist du wieder menschenleer
wie hältst du das nur aus
dieses Hin und Her
mir fällt es schwer

Gudrun nennt sich nicht mehr Jasmin
sie hat Geld gespart
und konnte endlich hier wegziehen
sie wäscht Gardinen
in ihrem Reihenhaus in Fischbek
aber heimlich träumt sie
von
Oh, St. Pauli
einmal berührt
für immer verflucht
Oh, St. Pauli
seit ich dich fand
hab ich nicht mehr gesucht

Ich danke:

- Michael, Liv und Stella
- meinen Eltern
- Timothy Sonderhüsken und Andrea Müller
- Albrecht Barke
- Thomas Schönberger
- den Bewohnern des abrissgefährdeten Hauses in der Ludwigstraße
- dem Netzwerk »Recht auf Stadt«
- »Es regnet Kaviar«, dem Aktionsnetzwerk gegen Gentrification
- NoBNQ, der Interessengemeinschaft gegen das Bernhard-Nocht-Quartier
- der unvergessenen Renate von »Renates Käseladen«
- der Wohlwillstraße
- ganz St. Pauli
- Bernd Begemann

Gabriella Engelmann

Inselsommer

Roman

»Kommen Sie uns jederzeit in Keitum besuchen, und bleiben Sie, so lange Sie wollen.« Immer wieder liest die Hamburger Galeristin Paula diese Einladung auf der Karte mit dem reetgedeckten Haus. Seit Wochen geht ihr der attraktive Vincent nicht aus dem Kopf. Dabei ist sie, bis auf ihre Kinderlosigkeit, glücklich in ihrer Ehe – oder doch nicht? Soll sie einen Neuanfang wagen oder festhalten, was sie hat? Ein Inselurlaub bei Buchhändlerin Bea und deren Nichte Larissa soll Klarheit in Paulas Gefühle bringen.

KNAUR